Si vous
le demandez

Du même auteur
aux Éditions J'ai lu

La série Crossfire

1 – DÉVOILE-MOI

2 – REGARDE-MOI

3 – ENLACE-MOI

SEPT ANS DE DÉSIR

SYLVIA DAY

Si vous le demandez

LA SÉRIE *GEORGIAN*

Traduit de l'anglais (États-Unis)
par Agathe Nabet

Éditions J'ai lu

Retrouvez l'univers de la série *Crossfire*
sur www.facebook.com/devoilemoi
et www.trilogiecrossfire.com, le blog officiel de la série

Titre original
ASK FOR IT
Éditeur original
Kensington Book published by
Kensington Publishing Corp., New York

À ma mère, Tami Day, qui a encouragé
mon penchant pour les romans
d'amour et qui accomplit des prodiges en
tant qu'attachée de relations publiques.
(Elle assure la promotion de mon livre
comme une folle !)
Je t'aime, maman.

Prologue

Londres, avril 1770

— Peut-être craignez-vous que je n'attente à la vertu de la dame, Eldridge ? Je confesse en effet ma préférence pour les veuves en matière de plaisirs galants. Elles sont d'un commerce plus agréable, et nettement moins compliquées que les vierges ou les femmes mariées.

Des yeux gris et vifs se détachèrent de la montagne de documents qui encombraient le monumental bureau d'acajou.

— Que vous n'attentiez à *sa vertu,* Westfield ? répliqua lord Eldridge d'un ton exaspéré. Un peu de lucidité, je vous prie. Cette mission est pour moi d'une extrême importance.

Le sourire malicieux qui visait à dissimuler le sérieux des pensées de Marcus Ashford, septième comte de Westfield, disparut instantanément. Il poussa un long soupir.

— Soyez sûr qu'elle revêt à mes yeux tout autant d'importance.

Lord Nicholas Eldridge cala ses coudes sur les accoudoirs de son fauteuil et forma un clocher avec ses mains, ses longs doigts se rejoignant au sommet. Grand et athlétique, il avait le teint bistré du navigateur qui n'a pas ménagé ses efforts sur le pont. Tout en lui respirait le pragmatisme, tant dans sa façon de parler que dans son apparence. La rue londonienne grouillante d'activité qui constituait la toile de fond de son bureau renforçait le caractère intimidant de sa présence. Un effet voulu et très efficace.

— Pour tout vous dire, Westfield, je l'ignorais. Je ne pensais qu'à votre compétence en matière de déchiffrement. Et je n'avais pas imaginé que vous vous porteriez volontaire pour mener cette mission à bien.

Marcus soutint le regard gris et pénétrant d'Eldridge avec détermination. Celui-ci commandait un groupe d'agents d'élite dont la seule vocation consistait à débusquer et à traquer pirates et contrebandiers. Sous les auspices de la Royal Navy, Eldridge disposait d'un pouvoir extrêmement étendu. S'il refusait de lui confier cette mission, Marcus ne pourrait rien y faire.

Mais il ne pouvait envisager de refus. Pas pour cette mission-là.

— Je vous interdis de la confier à qui que ce soit d'autre. Si lady Hawthorne est en danger, c'est à moi qu'il revient d'assurer sa sécurité.

Eldridge le scruta de son regard perçant.

— D'où vous vient cet intérêt ? Après ce qui s'est passé entre vous, je suis surpris que vous vouliez même l'approcher. Votre motivation m'échappe.

— Je n'ai aucune motivation cachée.

Aucune qu'il ait envie de partager, en tout cas.

— Mais, en dépit du passé, ajouta-t-il, je ne souhaite pas qu'il lui arrive malheur.

— Ses actes ont attiré sur vous un scandale dont le souvenir n'est pas encore tout à fait éteint. Vous avez su faire bonne figure, mon ami, pourtant vous portez encore des cicatrices. Vos plaies seraient-elles toujours ouvertes ?

Marcus demeura aussi figé qu'une statue, gardant un visage impassible tandis qu'il s'efforçait de juguler la rancœur qui le rongeait. Sa douleur était profonde et secrète. Il détestait qu'on l'interroge à ce sujet.

— Me croyez-vous incapable de séparer ma vie privée de ma vie professionnelle ?

Eldridge soupira et secoua la tête.

— Fort bien, je ne vous presserai pas de questions.

— Et vous ne m'opposerez pas de refus ?

— Vous êtes le meilleur homme dont je dispose. C'est seulement votre histoire personnelle qui me fait hésiter. Et si cela ne vous pose pas de problème, je n'ai quant à moi aucune objection. Je vous préviens cependant que je me réserve le droit de revenir sur cette décision au cas où l'intéressée en ferait la demande.

Marcus acquiesça et dissimula son soulagement. Elizabeth ne demanderait jamais qu'on nomme un autre agent à sa place ; sa fierté l'en empêcherait.

Eldridge se mit à tapoter ses doigts les uns contre les autres.

— Le carnet que lady Hawthorne a reçu était adressé à son défunt époux et est rédigé en langage codé. Selon toute probabilité, il s'agit du journal de bord de Hawthorne. Mais si ce document a un lien quelconque avec sa mort... Le vicomte Hawthorne enquêtait sur Christopher St. John quand il est passé de vie à trépas, ajouta-t-il après une pause.

Au nom du célèbre pirate, Marcus se figea. St. John était le criminel qu'il rêvait d'appréhender plus que tout autre, au point d'en avoir fait son ennemi personnel. C'était les attaques que St. John avait menées contre la flotte Ashford qui l'avaient incité à s'enrôler dans l'agence de lord Eldridge.

— Si lord Hawthorne consignait dans ce carnet le détail de ses missions et que St. John entre en sa possession…

Il se figea à l'idée du pirate rôdant autour d'Elizabeth.

— Exactement, approuva Eldridge. De fait, nous avons contacté lady Hawthorne au sujet de ce carnet dès que nous avons appris son existence, la semaine dernière. Autant pour sa sécurité que pour la nôtre, il serait préférable de l'en débarrasser au plus tôt. Elle a cependant reçu l'ordre de procéder à une remise du carnet en main propre, d'où la nécessité de notre protection.

— À l'évidence.

Eldridge prit un dossier.

— Voici les informations que j'ai recueillies jusqu'à présent. Lady Hawthorne les complétera quand vous la rencontrerez au bal des Moreland.

Marcus se saisit du dossier, se leva et prit congé de son supérieur. Une fois dans le couloir, il s'autorisa un sourire de sombre satisfaction.

Il n'était plus qu'à quelques jours de ses retrouvailles avec Elizabeth. Le terme du deuil de la jeune femme sonnerait aussi la fin de l'attente interminable de Marcus. Et bien que cette histoire de journal crypté ne lui dise rien qui vaille, elle jouait en sa faveur puisqu'elle lui donnait l'occasion de renouer avec Elizabeth. Après la façon scandaleuse dont elle l'avait éconduit quatre ans auparavant, elle ne serait certainement pas ravie de le voir resurgir dans sa vie. Mais elle n'en appellerait pas non plus à Eldridge. De cela, Marcus était certain.

Dans un avenir proche, très proche, désormais, tout ce qu'elle lui avait promis autrefois avant de revenir sur sa promesse lui appartiendrait enfin.

1

Marcus repéra Elizabeth avant même d'entrer dans la salle de bal. En fait, il se retrouva piégé alors qu'il descendait l'escalier par une nuée de pairs et de dignitaires désireux de s'entretenir avec lui. À peine l'eut-il aperçue qu'il resta stupéfait et ne prêta plus aucune attention à ceux qui cherchaient désespérément à attirer la sienne.

Elle était encore plus belle qu'avant. Marcus n'aurait su dire comment un tel prodige était possible. Elle était déjà d'une beauté exquise quatre ans auparavant. L'absence avait peut-être approfondi les sentiments de Marcus.

Un sourire de dérision retroussa ses lèvres. À l'évidence, les sentiments qu'Elizabeth lui vouait n'étaient pas aussi tendres. Quand leurs regards se croisèrent, il ne chercha pas à dissimuler le plaisir qu'il avait à la revoir. En retour, elle releva le menton et détourna ostensiblement les yeux.

Une rebuffade en bonne et due forme.

Un coup de lame direct, en plein cœur, mais incapable de le faire saigner. La blessure infiniment plus grave qu'elle lui avait infligée quatre ans plus tôt l'avait définitivement immunisé. Il encaissa son mépris avec aisance. Quoi qu'elle fasse, rien ne pouvait plus changer le cours de leur destin.

Il était un agent au service de la Couronne depuis plusieurs années maintenant, et la vie qu'il avait menée aurait pu rivaliser avec les récits d'aventures les plus sensationnels. Il avait livré d'innombrables duels, reçu deux blessures par balle et essuyé plus que sa part de coups de canon. Il avait aussi perdu trois navires de sa propre flotte et en avait envoyé par le fond une demi-douzaine d'autres avant que les exigences liées à son rang ne le contraignent à revenir en Angleterre. Pourtant, aucune de ces expériences n'avait su déclencher dans ses terminaisons nerveuses la sensation cuisante qui s'emparait de lui dès qu'il se retrouvait dans la même pièce qu'Elizabeth.

Avery James, son partenaire, le contourna et se planta devant lui quand il devint évident qu'il avait pris racine.

— La vicomtesse Hawthorne, milord, annonça-t-il en la désignant d'un discret mouvement du menton. À droite, au bord de la piste de danse. Elle porte une robe de soie violette. Elle est...

— Je sais à quoi elle ressemble.

Avery le dévisagea avec surprise.

— J'ignorais que vous vous connaissiez.

Les lèvres de Marcus, réputées pour avoir le don de charmer les femmes – voire de les rendre folles –, formèrent un sourire d'impatience difficilement contenue.

— Lady Hawthorne et moi-même sommes... de vieux amis.

— Je vois, déclara Avery avec un froncement de sourcils qui démentait son propos.

Marcus posa la main sur l'épaule de son compagnon, plus petit que lui.

— Allez devant, Avery, pendant que je me dépêtre de cette cohue, mais laissez-moi le soin de m'occuper de lady Hawthorne.

Avery hésita un instant, puis acquiesça à contrecœur et poursuivit son chemin sans que la foule qui assiégeait Marcus se soucie seulement de lui.

Celui-ci s'efforça de tempérer son irritation vis-à-vis des importuns qui entravaient sa route et répondit par de brefs hochements de tête aux salutations et aux requêtes qui lui étaient adressées. Cette mêlée était la raison pour laquelle il détestait ces événements mondains. Tous ces gentlemen que l'idée de venir le trouver à son domicile aux heures de visite n'effleurait même pas et qui se permettaient de l'approcher dans ce genre d'occasions lui tapaient sur les nerfs. Il avait pour principe de ne jamais mélanger le plaisir et les affaires.

Jusqu'à ce soir, en tout cas.

Elizabeth serait l'exception. Mais ne l'était-elle pas par excellence ?

Marcus ajusta sa lorgnette pour regarder Avery traverser la salle de bal, puis reporta son regard sur la femme qu'il était chargé de protéger. Et s'absorba dans ce spectacle comme un homme qui meurt de soif contemple une oasis.

Elizabeth n'avait jamais eu de goût pour les perruques et, contrairement à la majorité des autres femmes présentes ce soir-là, elle n'en portait pas. Le contraste du blanc immaculé des plumes de son aigrette avec sa chevelure d'un noir d'encre était saisissant et attirait irrésistiblement le regard. Un contraste renforcé par celui de sa chevelure avec la stupéfiante couleur de ses yeux – une couleur évoquant l'éclat des améthystes.

Son regard n'avait croisé le sien qu'un bref instant ce soir, mais le choc incisif de son magnétisme se faisait encore sentir. Ces yeux avaient le pouvoir de l'attirer à eux comme la flamme attire le papillon de nuit. Marcus courait le risque de s'y brûler, mais était incapable de leur résister.

D'autant qu'Elizabeth avait une façon bien à elle de regarder un homme avec ces yeux extraordinaires. En croisant son regard, Marcus aurait presque pu croire qu'il était le seul homme présent, que la terre entière avait disparu et que plus personne ne s'interposait entre lui, coincé dans l'escalier, et elle, à l'autre bout de la salle.

Il s'imagina, abolissant la distance qui les séparait, l'attirant dans ses bras et rapprochant sa bouche de la sienne. Il savait déjà que ses lèvres, au dessin et à la plénitude si érotiques, fusionneraient avec les siennes. Il rêvait de laisser glisser sa bouche le long de son cou souple et gracieux, de faire courir la pointe de sa langue sur sa clavicule, de s'immerger dans son corps aux courbes voluptueuses pour satisfaire sa faim, une faim qui était devenue si dévorante qu'elle menaçait de le rendre fou.

Autrefois, il avait tout voulu d'elle – ses sourires, son rire, le son de sa voix. À présent, son désir était plus basique. Marcus l'avait enfermé dans certaines limites qu'il ne l'autorisait pas à franchir. Il voulait avant tout reconquérir sa propre vie, retrouver une existence dénuée de souffrance, de rage et d'insomnie. C'était Elizabeth qui l'avait réduit à cet état, et il allait veiller à ce qu'elle lui rende tout ce qu'elle lui avait pris.

Il contracta volontairement sa mâchoire. Il était temps de la rejoindre.

Ce premier regard avait ébranlé son empire sur lui-même. Que se passerait-il quand il la serrerait de nouveau dans ses bras ?

La vicomtesse Hawthorne resta sidérée un long moment, les joues rosies.

Elle n'avait croisé le regard de Marcus que quelques secondes, et pourtant, cela avait suffi pour que son cœur s'emballe de façon alarmante. Elle demeurait là, stupéfaite, subjuguée par la beauté virile de son visage, un visage sur lequel s'était peint sans fard le plaisir qu'il avait à la revoir. Saisie et troublée par sa propre réaction après toutes ces années, elle s'était efforcée d'adopter une attitude blessante, détournant les yeux avec dédain.

Marcus, désormais comte de Westfield, était toujours aussi sublime et restait le plus bel homme qu'elle ait jamais vu. Quand leurs regards s'étaient croisés, l'étincelle qui était passée entre eux lui avait fait l'effet d'une force tangible. Et elle était choquée de constater que la puissante attraction qui les avait autrefois irrésistiblement poussés l'un vers l'autre était toujours là, inchangée.

Après ce qu'il avait fait, sa présence aurait dû lui inspirer de la répulsion.

Elizabeth sentit une main saisir son coude et revint brutalement à la réalité. Elle tourna la tête et découvrit George Stanton, qui posait sur elle un regard soucieux.

— Seriez-vous victime d'un malaise ? Vos joues ont rougi.

Elizabeth fit bouffer la dentelle de sa manche pour cacher son embarras.

— Il fait chaud ici, dit-elle en ouvrant son éventail, qu'elle agita devant son visage empourpré.

— Je crois qu'un rafraîchissement vous ferait du bien, proposa George.

Elizabeth récompensa sa prévenance d'un sourire et, une fois qu'il se fut éloigné, reporta son attention sur le groupe d'hommes qui l'entourait.

— De quoi parlions-nous ? demanda-t-elle à la cantonade.

Elle n'avait guère prêté une oreille attentive à la conversation jusqu'alors.

— Du comte de Westfield, répondit Thomas Fowler en désignant discrètement Marcus. Nous nous étonnions de sa présence, car le comte a la réputation de tenir les bals en horreur.

— En effet, répondit-elle, feignant l'indifférence alors que les paumes de ses mains devenaient moites sous ses gants. J'avais espéré que le comte serait fidèle à sa réputation ce soir, mais à l'évidence, la chance n'a pas joué en ma faveur.

La façon dont Thomas se dandina révéla son embarras.

— Je vous prie de m'excuser, lady Hawthorne. Votre histoire passée avec lord Westfield m'était sortie de l'esprit.

Elle laissa fuser un léger rire.

— Il n'est pas nécessaire de vous excuser. À la vérité, je devrais vous être reconnaissante. Vous êtes sans doute la seule personne à Londres qui ait eu le bon sens d'oublier cet épisode. Ne vous souciez pas du comte, Mr. Fowler. Il n'avait que peu d'importance pour moi à l'époque, et il en a encore moins aujourd'hui.

Elizabeth sourit quand George reparut avec son rafraîchissement, et les yeux du jeune homme pétillèrent de satisfaction sous son regard reconnaissant.

Tandis que la conversation reprenait, Elizabeth s'arrangea pour modifier discrètement sa position, afin de surveiller du coin de l'œil la progression de Marcus dans l'escalier. Visiblement, sa réputation de libertin n'avait pas entamé son pouvoir, ni son entregent. Même noyé parmi la foule, il dégageait un magnétisme indéniable. Plusieurs gentlemen en vue s'empressaient d'aller à sa rencontre au lieu d'attendre qu'il arrive en bas des marches. Des femmes vêtues de robes vivement colorées et chamarrées de dentelles se faufilaient en douce vers l'escalier. La foule d'admirateurs qui se dirigeait vers lui était si importante qu'elle modifiait l'équilibre de toute la salle. Mais, elle devait lui reconnaître cela, Marcus semblait presque indifférent à toutes les flatteries dont il était l'objet.

Il descendait l'escalier avec l'arrogante désinvolture d'un homme qui obtient toujours ce qu'il veut, se frayant avec aisance un chemin parmi la foule qui cherchait à le ralentir. Il répondait chaleureusement à certaines salutations, plus évasivement à d'autres, et, en de rares occasions, se contentait de lever impérieusement la main pour interdire toute approche. Il imposait sa volonté aux gens qui l'entouraient, et ceux-ci le laissaient faire.

Sentant le regard d'Elizabeth sur lui, il braqua le sien sur elle sans crier gare. Les coins de sa belle bouche remontèrent quand une nouvelle étincelle crépita entre eux. La lueur de ses yeux et la chaleur de son sourire étaient porteuses de promesses qu'Elizabeth savait mensongères. D'autres indices la mirent sur ses gardes – l'impression de solitude qui émanait de lui et l'énergie mal contrôlée de ses mouvements, qui n'existaient pas quatre ans auparavant.

George porta son regard au-dessus de sa tête et annonça :

— Méfiance, milady. Lord Westfield se dirige droit sur nous.

Elizabeth sentit un nœud se former au creux de son estomac. Marcus s'était littéralement figé sur place quand leurs regards s'étaient croisés la première fois, et le coup d'œil qu'ils venaient d'échanger avait été encore plus troublant. Il allait arriver, et elle n'avait pas le temps de se préparer. George baissa les yeux sur elle quand elle se remit à agiter nerveusement son éventail.

Maudit soit Marcus d'avoir eu l'idée de venir à ce bal !

Après trois années de deuil, c'était sa première sortie, et il lui tombait dessus alors qu'elle venait à peine de renaître au monde, comme s'il avait impatiemment attendu cet instant pendant toutes ces années. Or, elle savait très bien que ce n'était absolument pas le cas. Alors qu'elle était ensevelie sous ses voiles de crêpe noir, claquemurée dans son deuil, Marcus avait employé son temps à se forger une réputation de libertin dans Dieu seul savait combien de chambres à coucher.

Après la façon dont il lui avait brisé le cœur, Elizabeth n'était pas disposée à lui accorder la moindre attention. Surtout pas ce soir. Elle n'était pas venue à ce bal pour s'amuser, mais pour y rencontrer un homme. Un homme avec lequel elle avait un rendez-vous secret. Cette soirée était dédiée à la mémoire de son défunt époux. Elle œuvrait afin que justice lui soit rendue.

Marcus fendit la foule, qui s'écarta devant lui à regret et se reforma aussitôt dans son sillage, dans un mouvement qui soulignait sa progression vers elle.

Tout à coup, il fut là, devant elle. Il sourit, et Elizabeth sentit son pouls s'emballer. Elle fut tentée de reculer, de se sauver, mais l'instant où elle aurait raisonnablement pu le faire passa bien trop vite.

Elizabeth redressa les épaules et prit une profonde inspiration. Le verre qu'elle tenait à la main se mit à trembler, et elle s'empressa d'en avaler le contenu pour éviter de le renverser sur sa robe. Puis elle le tendit à George, sans le regarder. Marcus saisit sa main avant qu'elle ait le temps de l'écarter.

Il s'inclina devant elle, un sourire charmeur flottant sur ses lèvres, sans la quitter des yeux.

— Lady Hawthorne. Toujours aussi ravissante.

Sa voix chaude et sensuelle avait toujours évoqué pour elle la caresse du velours frappé.

— Serait-il fou d'espérer qu'il vous reste une danse et qu'il vous plairait de me l'accorder ?

Elizabeth chercha désespérément une excuse qui lui permettrait de refuser. L'énergie virile de Marcus, déjà puissante quand il se trouvait à l'autre bout de la pièce, la submergeait complètement maintenant qu'il était en face d'elle.

— Je ne suis pas là pour danser, lord Westfield. Vous n'avez qu'à demander aux gentlemen qui nous entourent.

— Ce n'est pas avec eux que j'ai envie de danser, répliqua-t-il sèchement.

Elle s'apprêtait à riposter quand elle perçut une lueur amusée dans son regard. Il la gratifia d'un sourire sardonique, la mettant silencieusement au défi de répliquer, et Elizabeth fit aussitôt machine arrière. Elle refusait de lui laisser croire qu'elle avait peur de danser avec lui.

— Si vous insistez, lord Westfield, je vous autorise à m'inviter pour la prochaine danse.

Il s'inclina gracieusement, tout en la caressant d'un regard approbateur. Puis il lui offrit son bras et la conduisit sur la piste de danse. Les musiciens se remirent à jouer, et les joyeux accents d'un menuet s'élevèrent.

Marcus se tourna et tendit la main vers elle. Elizabeth plaça la paume de sa main sur le dos de la sienne, en remerciant le Ciel que leurs gants empêchent leurs peaux d'entrer en contact. La salle était éclairée par des lustres surchargés de chandelles qui projetaient sur le visage de Marcus une lueur dorée, et l'attention d'Elizabeth fut attirée par la carrure de ses épaules. Les cils baissés, elle l'observa du coin de l'œil, guettant les changements qui s'étaient opérés en lui au cours de ces quatre années.

Marcus avait toujours été épris de sport et de mouvement. Et, si incroyable que cela puisse paraître, sa force physique semblait s'être encore développée. Il était la puissance incarnée. Elle avait été bien naïve de croire qu'elle pourrait dompter une telle force de la nature ! songea Elizabeth. Dieu merci, elle n'était plus aussi stupide.

Sa luxuriante chevelure brune, aussi brillante et lustrée que le pelage d'une zibeline, était le seul signe extérieur de douceur qu'il possédât. Son regard d'émeraude, en revanche, reflétait une intelligence aiguë, perçante. Pour un esprit comme le sien, la trahison n'était qu'un jeu – comme le cœur et la fierté d'Elizabeth avaient pu le constater.

Elle s'était à moitié attendue à le trouver marqué par les excès, mais son beau visage ne portait nulle trace de débauche, et son teint cuivré était celui d'un homme qui passe la majeure partie de son temps à l'extérieur. Son nez droit et aquilin surmontait des lèvres pleines et sensuelles. Des lèvres relevées en cet instant sur un demi-sourire à la fois charmeur et puéril. Marcus était toujours aussi séduisant, et il la regardait le passer en revue, parfaitement conscient de l'irrésistible impact de sa beauté. Elle baissa les yeux et fixa résolument son regard sur le jabot de sa chemise.

Le parfum qui émanait de lui l'enveloppa de sa sensualité. C'était une senteur délicieusement virile, mélange de notes de bois de santal, d'agrumes et d'une odeur qui n'appartenait qu'à Marcus. La chaleur qui s'était emparée de la peau d'Elizabeth gagna son ventre, se mêlant à son appréhension.

Comme s'il lisait dans ses pensées, Marcus inclina la tête et murmura son nom à voix basse.

— Elizabeth... Il me tardait tant de vous retrouver.

— Je ne peux en dire autant, lord Westfield.

— Vous m'appeliez Marcus, autrefois.

— M'adresser à vous d'une manière aussi informelle serait aujourd'hui parfaitement déplacé, milord.

Un pli taquin retroussa les lèvres de Marcus.

— Je vous autorise à vous comporter avec moi de façon déplacée chaque fois que vous en aurez envie. J'ai toujours pris beaucoup de plaisir à vos écarts de comportement.

— Vous avez depuis trouvé d'innombrables femmes disposées à vous prodiguer tout autant de plaisir.

— Jamais, ma chère. Vous avez toujours été sans rivale dans ce domaine.

Elizabeth avait croisé nombre de débauchés dans sa vie, et leur assurance, leurs manières ouvertement licencieuses l'avaient toujours laissée de marbre. Mais les talents de séducteur de Marcus étaient tels qu'il donnait l'impression d'être parfaitement sincère. Elizabeth avait autrefois cru chacune des déclarations d'adoration et de dévotion qui avaient franchi ses lèvres.

Aujourd'hui encore, elle avait du mal à se dire que le profond désir qu'elle lisait dans son regard n'était pas authentique. Et son corps, lui, tombait dans le piège. Elle se sentait fiévreuse et comme gagnée par un léger vertige.

— Trois ans de deuil, laissa-t-il échapper avec une pointe d'amertume. Je me réjouis de constater que le chagrin n'a pas altéré votre beauté. De fait, vous êtes plus exquise encore que lors de notre dernière rencontre. J'ose espérer que vous vous en souvenez...

— Vaguement, mentit-elle. Je n'y ai pas repensé depuis lors.

Elle profita du changement de partenaire pour l'étudier à la dérobée, tout en se demandant s'il l'avait crue. Il émanait de Marcus un magnétisme sexuel qui n'appartenait qu'à lui. Sa façon de bouger et de parler, son odeur, tout en lui clamait la puissance de ses appétits. Elizabeth sentit le bouillonnement d'énergie qu'il retenait, dissimulé derrière la surface civilisée qu'il présentait au monde, et se rappela à quel point il était dangereux.

Quand la cadence du menuet la ramena vers lui, les paroles qu'il prononça lui firent l'effet d'un flot de chaleur se déversant sur elle.

— Je suis blessé que vous ne manifestiez pas plus de plaisir à me retrouver. D'autant que je ne me suis résigné à affronter ce détestable événement que pour vous voir.

— Ridicule, railla-t-elle. Vous ne pouviez pas savoir que je serais ici ce soir. Quoi que vous ayez en tête, je vous prie de me le révéler et de me laisser en paix.

— Tout ce que j'ai en tête, c'est vous, Elizabeth, répondit-il d'une voix dangereusement douce.

Elle soutint son regard un moment et sentit son estomac se nouer un peu plus.

— Si mon frère nous voit danser ensemble, il sera furieux.

Le frémissement des narines de Marcus la fit grimacer intérieurement. Autrefois, William et lui étaient les meilleurs amis du monde, mais la rupture de leurs fiançailles avait sonné le glas de cette belle amitié. De toutes les choses qu'elle regrettait, celle-ci l'emportait sur tout le reste.

— Que voulez-vous ? demanda-t-elle comme il ne disait rien.

— Que vous teniez votre promesse.

— Quelle promesse ?

— Votre peau contre la mienne sans rien qui les sépare.

— Vous êtes fou.

Elle prit une longue et frémissante inspiration.

— Ne jouez pas avec moi, ajouta-t-elle. Pensez à toutes les femmes qui ont partagé votre lit depuis notre séparation. Je vous ai rendu un fier service en vous libérant de votre…

Elizabeth s'interrompit brusquement, bouche bée. La main gantée de Marcus venait de saisir la sienne et pressait violemment ses doigts.

— Notre rupture a eu bien des effets sur moi, déclara-t-il en posant sur elle un regard assombri. Mais vous ne m'avez certainement pas rendu service en me quittant.

Choquée par sa véhémence, Elizabeth riposta aussitôt.

— Vous saviez quelle valeur j'accorde à la fidélité. Vous ne pouviez pas prétendre me convenir en tant qu'époux.

— J'étais exactement celui que vous désiriez, Elizabeth. Vous me désiriez tellement que vous avez pris peur et que vous vous êtes enfuie !

— C'est faux ! Je n'ai pas peur de vous !

— Vous devriez, si vous aviez un tant soit peu de bon sens, murmura-t-il.

Elizabeth voulut répliquer, mais le changement de cadence força Marcus à s'éloigner d'elle. Il gratifia d'un sourire éblouissant la femme qu'il faisait danser autour de lui, et Elizabeth serra les dents. Il ne lui adressa plus la parole jusqu'à la fin de la danse, mais déploya tout son charme avec ses autres partenaires.

Elizabeth sentait sa paume la brûler après son contact avec celle de Marcus, sa peau s'échauffer sous la caresse de son regard. Il n'avait jamais fait mystère de son goût pour les plaisirs charnels, et il l'avait encouragée à donner libre cours à sa propre sexualité. En se comportant ainsi, il lui avait offert le meilleur de deux mondes : la respectabilité de sa situation doublée de la passion d'un homme qui enflammait ses sens – et elle avait cru qu'il saurait la rendre heureuse.

Elle s'était montrée bien naïve. Pourtant, vu la famille dont elle était issue, elle aurait dû être plus méfiante.

Dès que la danse s'acheva, Elizabeth s'empressa de s'éloigner. Son regard fut attiré par une main qui s'élevait à demi, et elle sourit en apercevant Avery James. C'était donc lui, l'homme qu'elle devait retrouver ce soir. Elle connaissait assez Avery pour savoir que s'il était là, c'était parce que lord Eldridge lui en avait donné l'ordre.

Eldridge lui avait assuré que son statut de veuve d'un agent de la Couronne l'autorisait à faire appel à ses services quand elle le désirait, et Avery avait été désigné pour lui tenir lieu de contact. En dépit du cynisme qu'il affichait, Avery était un homme plein de considération et il avait su se rendre indispensable au cours des premiers mois qui avaient suivi le décès de lord Hawthorne.

Elle pressait le pas pour le rejoindre quand elle entendit Marcus l'appeler.

— La danse que vous avez sollicitée est terminée, Westfield, lança-t-elle par-dessus son épaule. Allez donc cultiver cette réputation que vous vous êtes donné tant de mal à bâtir et recueillir les attentions de vos admiratrices.

Elle espérait qu'il se rendrait à l'évidence : quoi qu'il lui en coûte, elle ne voulait plus jamais le revoir.

Marcus regarda Elizabeth s'éloigner d'une démarche gracieuse en direction d'Avery. Elle lui tournait le dos, aussi n'eut-il pas besoin de dissimuler son sourire. Elle venait de lui infliger une nouvelle rebuffade.

Malheureusement pour elle, la douce Elizabeth ne tarderait guère à comprendre qu'il n'était pas homme à se laisser facilement éconduire.

2

— Bonsoir, Mr. James, dit Elizabeth d'un ton chaleureux. Je suis ravie de vous revoir.

Avery prit dans les siennes les mains qu'elle tendait vers lui, un de ses rares sourires illuminant son visage. Calant une des mains de la jeune femme sous son bras, il la guida jusqu'au calme d'un charmant jardin d'hiver.

Elizabeth pressa légèrement l'avant-bras de son compagnon.

— Je craignais d'être arrivée trop tard et que vous ne soyez déjà parti.

— Je vous aurais attendue toute la soirée s'il l'avait fallu, lady Hawthorne, répondit-il d'une voix chargée d'affection.

Elizabeth renversa la tête en arrière et huma l'air qui embaumait. Le plaisant parfum du vaste espace dans lequel ils venaient de pénétrer lui procurait un vif soulagement après les odeurs de fumée, de cire fondue, de poudre et de parfums capiteux dont la salle de bal était saturée.

— Me tromperais-je, si je pensais que vous êtes l'agent qu'on a chargé d'assurer ma sécurité ?

demanda-t-elle tandis qu'ils déambulaient dans les allées du jardin d'hiver.

— Je seconde en effet un autre agent dans le cadre de cette mission, répondit-il en souriant.

— Bien sûr, acquiesça-t-elle. Vous travaillez toujours par deux, n'est-ce pas ? Tout comme mon frère et Hawthorne.

— Une méthode qui a fait ses preuves, milady, et qui a permis de sauver bien des vies.

Elizabeth ralentit le pas. De sauver *certaines* vies.

— Je déplore l'existence même de l'agence, Mr. James. Et je me réjouis que William l'ait quittée à la suite de son mariage. Il a failli mourir la nuit où j'ai perdu mon mari. J'attends avec impatience le jour où l'agence ne fera plus partie de ma vie.

— Nous ferons de notre mieux pour que cette attente soit la plus courte possible, lui assura-t-il.

— Je sais que vous vous y emploierez, soupira-t-elle. Et je suis contente que vous soyez l'un des agents choisis par lord Eldridge pour cette mission.

Avery recouvrit brièvement la main d'Elizabeth de la sienne.

— Je me suis réjoui de cette occasion de vous revoir. Notre dernière rencontre remonte déjà à plusieurs mois.

— Tant que cela ? s'étonna-t-elle avec un froncement de sourcils. Je ne vois plus le temps passer.

— J'aimerais pouvoir en dire autant, intervint derrière eux une voix familière. Malheureusement, ces quatre dernières années m'ont donné l'impression de durer une éternité.

Elizabeth se raidit, et les battements de son cœur s'interrompirent brièvement avant de s'emballer.

Avery les fit tous deux pivoter d'un bloc de façon à faire face au nouveau venu.

— Ah, voici justement mon partenaire, annonça-t-il. J'ai cru comprendre que lord Westfield et vous-même étiez de vieilles connaissances. Il est à espérer que ce hasard rendra les choses plus aisées.

— Marcus, murmura-t-elle en écarquillant les yeux, sa soudaine réapparition l'atteignant avec autant de force que s'il lui avait porté un coup.

Il s'inclina devant elle.

— À votre service, madame.

Elizabeth chancela légèrement, et Avery raffermit sa prise sur son bras pour lui éviter de perdre l'équilibre.

— Lady Hawthorne ?

Marcus fut devant elle en deux enjambées.

— Vous semblez sur le point de défaillir, ma chère. Respirez bien à fond.

Mais Elizabeth n'était capable que d'ouvrir et de fermer la bouche comme un poisson hors de l'eau. Son corset la comprimait soudain terriblement. De la main, elle lui fit signe de s'écarter – sa proximité et le parfum de sa peau lui donnaient encore plus l'impression d'étouffer.

Elle vit Marcus échanger un regard entendu avec Avery, qui leur tourna le dos et s'éloigna, comme s'il éprouvait tout à coup le plus vif intérêt pour de lointaines fougères.

Encore en proie à un léger vertige, Elizabeth secoua la tête afin de recouvrer ses esprits.

— Marcus, vous avez complètement perdu la raison !

— Ah, je constate avec plaisir que vous vous sentez mieux, commenta-t-il, ses lèvres se retroussant sur un petit sourire sardonique.

— Trouvez un autre moyen de vous divertir. Renoncez à cette mission. Quittez l'agence.

— Votre inquiétude, si touchante soit-elle, me laisse perplexe après l'insensibilité que vous avez manifestée à mon égard.

— Gardez vos sarcasmes pour un autre jour, rétorqua-t-elle. Avez-vous la moindre idée des risques que vous prenez ? Travailler pour lord Eldridge est dangereux. Vous pouvez être blessé. Ou tué.

Elle le foudroya du regard et jeta un rapide coup d'œil à Avery, toujours plongé dans la contemplation des fougères. Elle baissa la voix.

— Depuis combien de temps faites-vous partie de l'agence ?

La mâchoire de Marcus se durcit.

— Quatre ans.

— *Quatre ans ?*

Elle recula d'un pas.

— Vous travailliez donc déjà pour lord Eldridge quand vous me faisiez la cour ?

— Oui.

— Maudit soyez-vous, répliqua-t-elle dans un douloureux murmure. Quand aviez-vous l'intention de me le révéler ? Étais-je censée ne l'apprendre que le jour où l'on me rapporterait votre dépouille dans un cercueil ?

Il fronça les sourcils et croisa les bras sur son torse.

— Je ne vois pas l'importance que cela peut avoir aujourd'hui, riposta-t-il d'un ton glacial.

Elle se raidit.

— Pendant toutes ces années, j'ai redouté de lire les bans annonçant votre mariage. J'aurais été mieux inspirée de parcourir la rubrique nécrologique.

Elle se détourna à demi et plaça la main sur son cœur battant.

— Vous ne pouvez pas savoir comme j'aimerais que vous soyez resté loin, très loin de moi, souffla-t-elle.

Je voudrais ne vous avoir jamais connu, ajouta-t-elle en rassemblant ses jupes avant de prendre la fuite.

La seule mise en garde qu'elle reçut fut le martèlement des talons de Marcus sur les dalles de marbre avant qu'il la saisisse par le coude pour la faire pivoter vers lui.

— Figurez-vous que c'est un sentiment que je partage, gronda-t-il.

Il la dominait de toute sa taille, un pli de colère étirant ses lèvres sensuelles, et la lueur qu'elle vit danser dans ses yeux d'émeraude la fit frissonner.

— Comment lord Eldridge a-t-il pu vous assigner cette mission ? s'exclama-t-elle. Et comment avez-vous pu accepter ?

— C'est moi qui ai insisté pour qu'il me la confie.

Face à son expression de surprise horrifiée, le pli de ses lèvres se durcit davantage.

— Que les choses soient claires. Vous m'avez échappé une fois. Je ne permettrai pas que cela se reproduise.

Il l'attira à lui, et l'air devint étouffant entre eux. Sa voix se fit rauque.

— Peu m'importe que vous épousiez le roi, cette fois-ci. Vous serez à moi.

Elle tenta de lui échapper, mais l'étreinte de sa main était implacable.

— Dieu du ciel, Marcus ! Ne pensez-vous pas que nous nous sommes déjà infligé assez de mal l'un à l'autre ?

— Loin de là.

Il la repoussa, comme si le contact de son corps lui répugnait.

— Appliquons-nous à présent à régler cette affaire concernant votre défunt mari, ce qui permettra à ce pauvre Avery de se retirer.

Tremblante, Elizabeth s'empressa de se rapprocher d'Avery. Marcus la suivit avec l'élégance prédatrice d'un fauve.

Et il ne faisait aucun doute qu'Elizabeth tenait le rôle de la proie.

Arrivée près d'Avery, elle prit une longue inspiration avant d'oser se retourner.

Marcus posa sur elle un regard parfaitement indéchiffrable.

— On m'a fait savoir que vous aviez reçu un journal écrit de la main de votre mari… En connaissez-vous l'expéditeur ? ajouta-t-il quand elle eut acquiescé.

— L'écriture qui figurait sur le colis était celle de lord Hawthorne. Le paquet avait visiblement été réalisé il y a fort longtemps, car le papier en était jauni et l'encre pâlie.

Elizabeth s'était posé toutes sortes de questions au sujet de ce paquet, sans parvenir à déterminer son origine ni les raisons pour lesquelles elle l'avait reçu.

— Votre mari se serait donc adressé un paquet à lui-même, mais il serait parvenu à destination trois ans après son assassinat… déclara Marcus en plissant les yeux. Lord Hawthorne aurait-il laissé des grilles[1], des cartons bizarrement perforés, des textes dont le contenu vous semblerait dénué de sens ou saugrenu ?

— Non, rien de ce genre.

Elle plongea la main dans son réticule, en sortit le carnet relié de cuir rouge ainsi que la lettre qu'elle avait reçus quelques jours plus tôt et les tendit à Marcus.

---

1. La grille de Cardan est une méthode de cryptographie en vogue en Europe aux XVIe et XVIIe siècles – le cardinal de Richelieu en était, paraît-il, friand. Elle permet de composer des messages secrets qui ne peuvent être déchiffrés qu'à l'aide d'un carton ajouré à des emplacements spécifiques. *(N.d.A.)*

Après avoir jeté un rapide coup d'œil au carnet, il le glissa dans sa veste, puis il parcourut la lettre, ses sourcils se rapprochant de plus en plus au fil de sa lecture.

— Dans toute l'histoire de l'agence, le meurtre de lord Hawthorne est le seul qui demeure inexpliqué. J'avais espéré vous mêler le moins possible à cette affaire.

— Je suis disposée à faire tout ce qu'il faudra, proposa-t-elle avec empressement. Hawthorne mérite que justice lui soit rendue. Je suis prête à tout pour qu'on en finisse.

Marcus replia soigneusement la lettre.

— Vous exposer au danger ne me plaît guère.

Elizabeth, déjà à fleur de peau, ne put réprimer un frémissement.

— Vous voudriez me garder à l'abri du danger pendant que vous risquez votre vie ? Permettez-moi de vous rappeler que je suis bien plus concernée que vous ou que votre précieuse agence par la résolution de cette affaire.

— Elizabeth... gronda Marcus d'un ton d'avertissement.

Avery s'éclaircit bruyamment la gorge.

— Il me semble que votre collaboration ne s'annonce pas sous les meilleurs auspices. Je suggère de porter cette difficulté à l'attention de lord Eldridge. Je suis certain que d'autres agents seront à m...

— Non !

La voix de Marcus claqua comme un coup de fouet.

— Si ! riposta Elizabeth, qui faillit s'effondrer de soulagement. Excellente suggestion, ajouta-t-elle avec un large sourire. Lord Eldridge comprendra certainement le bien-fondé d'une telle requête.

— Vous prenez la fuite, une fois de plus ? ironisa Marcus.

Elle le foudroya du regard.

— C'est une question de bon sens. À l'évidence, nous ne pouvons pas envisager, vous et moi, de collaborer.

— Du bon sens ! pouffa-t-il. De la lâcheté, oui !

— Lord Westfield ! s'exclama Avery.

Elizabeth agita la main à son intention.

— Laissez-nous un instant, Mr. James, voulez-vous ?

Tandis qu'Avery hésitait sur la conduite à adopter, elle garda le regard braqué sur Marcus.

— Faites ce qu'elle vous dit, murmura Marcus en soutenant le regard de la jeune femme.

Avery soupira, puis tourna les talons et s'éloigna d'un pas rageur.

Elizabeth exposa clairement ses intentions.

— Si je me vois obligée de travailler avec vous, Westfield, je refuserai de transmettre la moindre information à l'agence. J'opérerai complètement seule.

— Certainement pas ! répliqua-t-il, incapable de réprimer un tic nerveux dans sa mâchoire. Je ne vous permettrai pas de vous mettre en danger. Je vous préviens, ne tentez rien d'insensé !

— Et comment comptez-vous m'empêcher d'agir à ma guise ? riposta-t-elle, refusant de ployer face à ce tempérament qui faisait pourtant filer doux bien des hommes.

— Je suis un agent de la Couronne...

— C'est bon, nous savons cela désormais, le coupa-t-elle d'une voix presque chantante.

— ... et je suis chargé d'une mission, poursuivit-il. S'il vous prenait l'envie de la saboter, je considérerais votre action comme une trahison envers la Couronne et n'hésiterais pas à vous traiter en conséquence !

— Vous n'oseriez pas ! Lord Eldridge ne le permettrait pas !

— Oh, mais si, j'oserais ! Et lord Eldridge me laisserait faire. Figurez-vous, susurra-t-il en s'immobilisant devant elle, que ce carnet a toutes les chances d'être le relevé des missions de lord Hawthorne et qu'il est très certainement la cause même de son assassinat. Si tel est le cas, vous êtes en danger de mort. Eldridge ne tolérera pas cela plus que moi.

— Pourquoi cela ? répliqua-t-elle sur un ton de défi. Les sentiments que je vous inspire sont pourtant évidents.

Il se rapprocha encore, au point que le bout de ses souliers disparut sous l'ourlet de sa robe.

— Apparemment pas. Quoi qu'il en soit, plaidez votre cause auprès d'Eldridge si cela vous amuse. Dites-lui à quel point je vous trouble et combien vous vous languissez de moi. Racontez-lui notre passé scabreux et avouez-lui que le souvenir de votre cher et défunt époux ne suffit pas à chasser le désir que je vous inspire.

Elle le contempla un instant, bouche bée, puis laissa échapper un petit rire.

— Vous êtes d'une arrogance stupéfiante !

Elle lui tourna le dos, dissimulant ses mains tremblantes. Il pouvait bien garder ce satané carnet, cela ne l'empêcherait pas d'aller trouver Eldridge le lendemain matin.

Il émit un ricanement moqueur derrière elle.

— Arrogant ? Moi ? C'est vous qui êtes persuadée que cette histoire ne tourne qu'autour de vous.

Elizabeth pivota sur elle-même.

— C'est vous qui avez fait de cette mission une affaire personnelle avec vos menaces !

— Dire que nous sommes voués à devenir amants n'a rien d'une menace. C'est une évidence, et cela n'a rien à voir avec le carnet de votre défunt époux.

Elle voulut répliquer, mais il leva la main.

— Économisez votre souffle. Cette mission est d'une importance capitale pour Eldridge. C'est uniquement pour cette raison que j'ai demandé qu'elle me soit attribuée. Je n'ai pas besoin de faire équipe avec vous pour vous mettre dans mon lit.

— Mais...

Elle s'interrompit en se souvenant de ce qu'il avait dit plus tôt. Marcus n'avait effectivement jamais prétendu que son désir d'accomplir cette mission était lié à elle. Elle sentit ses joues s'empourprer.

Marcus la contourna et se dirigea d'un pas nonchalant vers la salle de bal.

— Allez donc trouver Eldridge pour lui exposer les raisons qui font que vous ne pouvez pas travailler avec moi. Gardez simplement à l'esprit qu'il sait que je n'éprouve, quant à moi, aucune difficulté à travailler avec *vous*.

Elizabeth serra les dents pour retenir les insultes qui lui venaient aux lèvres. Elle voyait clair dans son jeu. Et elle savait qu'il ne la laisserait pas tranquille tant qu'il n'aurait pas obtenu ce qu'il voulait, mission ou pas.

Son estomac se contracta. Maintenant que son deuil était fini, elle allait devoir subir le spectacle des turpitudes de Marcus, fréquenter les femmes avec lesquelles il se distrayait, le voir leur sourire tandis qu'il l'ignorerait.

Enfer et damnation ! Sa respiration s'accéléra. Au mépris de toute prudence, elle s'apprêta à lui emboîter le pas.

Avery lui rappela sa présence d'un léger frôlement des doigts au-dessus du coude.

— Tout va bien, lady Hawthorne ?

Elle acquiesça d'un hochement de tête.

— Je parlerai à lord Eldridge dès que possible et...

— Ce ne sera pas nécessaire, Mr. James.

Elizabeth attendit que Marcus soit hors de sa vue pour se tourner vers Avery.

— Mon rôle consistait seulement à vous remettre le carnet. La suite ne dépend que de vous et de lord Westfield. Je ne vois pas l'utilité de demander un changement d'agent.

— En êtes-vous certaine ?

Elle hocha de nouveau la tête, pressée d'en finir et de regagner la salle de bal.

— Fort bien, déclara Avery d'un air sceptique. Deux cavaliers ont été désignés pour vous escorter. Veillez à ce qu'ils vous accompagnent partout. Et dès que vous recevrez des informations au sujet du rendez-vous pour la remise en main propre dont il est fait mention dans la lettre, prévenez-moi.

— Je n'y manquerai pas.

— Ma foi, puisque nous en avons fini, je vais prendre congé, déclara-t-il avec un sourire de soulagement, avant de porter la main d'Elizabeth à ses lèvres. Je confesse n'avoir jamais eu beaucoup de goût pour ce genre de réjouissances.

— Elizabeth ?

La voix tonitruante de son frère William venait de retentir dans le jardin d'hiver.

Elizabeth écarquilla les yeux et pressa la main d'Avery.

— Il ne faut pas que mon frère vous voie. Il se douterait immédiatement de quelque chose.

Avery s'inclina et, en agent aguerri, s'éclipsa discrètement, se faufilant comme une ombre derrière un buisson.

Elizabeth se retourna et aperçut son frère qui venait à sa rencontre. Il approchait d'elle avec une grâce féline et nonchalante, d'une démarche aussi affirmée que celle de Marcus. Jamais on ne se serait douté que la blessure qu'il avait reçue à la jambe avait failli lui coûter la vie.

Bien que frère et sœur, William et Elizabeth n'auraient pu être plus différents. Elle tenait de leur mère ses cheveux d'un noir d'encre et ses yeux d'améthyste. William, lui, avait hérité des cheveux blonds et des yeux bleu-vert de leur père. Grand et large d'épaules, il avait tout d'un guerrier viking, puissant, dangereux mais toujours prêt à s'amuser, comme en témoignaient les rides d'expression qui encadraient ses yeux.

— Qu'est-ce que tu fais ici ? s'enquit-il en balayant les alentours d'un regard inquisiteur.

Elizabeth cala sa main au creux de son coude et l'entraîna vers la salle de bal.

— J'étais venue admirer le jardin. Où est Margaret ?

— Avec ses amis. Il paraît qu'on t'a vue danser avec Westfield...

— Les rumeurs circulent vite.

— Garde tes distances avec lui, lui conseilla tendrement son frère.

— Je n'ai pas trouvé de façon polie de refuser.

— Tu n'as pas à être polie avec lui. Je n'ai pas confiance en lui. Il n'a aucune raison d'être ici ce soir.

Elle laissa échapper un soupir de tristesse. Marcus n'avait pas l'étoffe d'un mari, mais il avait été le meilleur des amis pour William.

— La réputation qu'il s'est faite ces dernières années a amplement justifié ma décision passée. Je t'assure que je ne risque pas d'être à nouveau victime de son charme.

Sur cette profession de foi, Elizabeth entraîna son frère vers la salle de bal. William, à son grand soulagement, ne lui opposa aucune résistance.

Avec un peu de chance, elle pourrait peut-être encore apercevoir Marcus...

Marcus s'écarta de l'arbre derrière lequel il s'était caché et chassa une feuille morte du col de sa veste. Tout en débarrassant la semelle de ses souliers de la terre qui s'y était prise, il regarda Elizabeth s'éloigner. Le désir fou qu'elle lui inspirait était-il évident ? Son cœur battait à tout rompre, et ses jambes l'élançaient douloureusement tant il avait envie de se précipiter à sa poursuite, de la rattraper et de l'enlever pour assouvir son obsession.

Cette femme entêtée et obstinée était faite pour lui. Aucune autre n'aurait su exciter ainsi sa passion. Qu'elle soit furieuse ou folle de désir, Elizabeth était la seule femme capable de faire ainsi bouillir son sang.

Il aurait préféré éprouver de l'amour pour elle. Cette émotion-là finissait par se dissiper, au contraire de cette faim qu'il avait de la posséder et qui était plus dévorante que jamais maintenant qu'il l'avait enfin revue.

Avery surgit soudain près de lui.

— Si c'est ce que vous appelez une « vieille amie », milord, je n'ai vraiment pas envie de voir à quoi ressemblent vos ennemis.

Le sourire qui se peignit sur les lèvres de Marcus était dénué d'humour.

— Elle aurait dû devenir ma femme.

Un silence stupéfait accueillit cette déclaration.

— Vous aurais-je privé de l'usage de la parole, James ?

— Par le diable… souffla Avery.

— Je pense en effet qu'il fut mêlé à l'affaire. A-t-elle l'intention d'aller trouver Eldridge ? enchaîna-t-il d'un ton faussement désinvolte.

— Non, répondit Avery en lui coulant un regard par en dessous. Êtes-vous certain qu'il soit raisonnable pour vous de vous charger de cette mission ?

— Non, reconnut Marcus, soulagé que son stratagème ait fonctionné et satisfait de constater qu'il connaissait toujours aussi bien Elizabeth, malgré les années. Mais je suis certain de ne pas avoir le choix.

— Eldridge est déterminé à attraper l'assassin de lord Hawthorne. Notre mission nous contraindra peut-être à placer délibérément lady Hawthorne dans une situation périlleuse.

— Non. Hawthorne est mort. Risquer la vie d'Elizabeth ne le ressuscitera pas. Nous trouverons d'autres moyens de mener notre mission à bien.

Perplexe, Avery secoua la tête.

— Très bien. J'imagine que vous savez ce que vous faites, même si cela me dépasse. Maintenant, si vous voulez bien m'excuser, milord, je préfère me retirer avant qu'un autre incident fâcheux ne se produise.

— Je crois que je vais me joindre à vous, déclara Marcus.

Il rit en voyant son partenaire hausser les sourcils et reprit :

— Quand un homme se retrouve engagé dans un combat qui menace de durer, il doit savoir se retirer de temps à autre afin de revenir sur le champ de bataille frais et dispos.

— Bonté divine, soupira Avery. Des combats, des frères courroucés et des fiançailles rompues ! Vous ne récolterez que des ennuis dans cette histoire, milord.

Marcus se frotta les mains.

— Il me tarde de les affronter.

3

— Mais il me livre un véritable siège ! se lamenta Elizabeth en voyant arriver dans le salon un nouvel arrangement floral, aussi somptueux et monumental que les précédents.

— Il est des destins plus cruels pour une femme que d'être courtisée par un pair du royaume doté de la beauté du diable, rétorqua Margaret en lissant ses jupes avant de prendre place sur le sofa.

— Vous êtes une incorrigible romantique, soupira Elizabeth.

Elle se leva pour attraper un petit coussin de brocart qu'elle cala dans le dos de sa belle-sœur, tout en évitant délibérément de regarder le magnifique bouquet. Marcus avait laissé entendre que son intérêt pour elle était à la fois professionnel et charnel, mais elle ne s'était pas attendue à ce doux assaut de sa sensibilité féminine.

— Je suis *enceinte**[1], pas invalide ! protesta Margaret comme Elizabeth veillait à ce qu'elle soit confortablement installée.

---

1. Les termes en italique suivis d'un astérisque sont en français dans le texte. (*N.d.T.*)

— Laissez-moi vous dorloter un peu. Cela me fait tant plaisir.

— J'apprécierai certainement vos attentions plus tard, mais pour l'heure, je suis encore capable de prendre soin de moi.

En dépit de ses protestations, Margaret se laissa aller contre le coussin avec un soupir d'aise. Les boucles de ses cheveux acajou faisaient admirablement ressortir son teint lumineux.

— Permettez-moi de ne pas partager votre opinion. Vous êtes plus menue à cinq mois de grossesse que vous ne l'étiez auparavant.

— Pas tout à fait cinq mois, rectifia Margaret. Et il n'est guère aisé de manger quand on a perpétuellement la nausée.

Avec un petit sourire, Elizabeth déposa un scone sur une assiette et l'offrit à Margaret.

— Tenez, mangez, ordonna-t-elle.

Margaret accepta en faisant mine de la fusiller du regard.

— William dit qu'un nouveau pari vient d'être lancé, à savoir si Westfield envisage ou non le mariage.

Elizabeth, qui s'apprêtait à préparer le thé, interrompit son geste.

— Bonté divine !

— Vous faites figure de légende pour l'avoir éconduit - un comte si beau et si désirable qu'aucune femme ne peut lui résister... sauf vous. C'est d'un croustillant ! « Les amours contrariées d'un libertin » !

Elizabeth laissa échapper un ricanement de mépris.

— Vous ne m'avez jamais dit ce qu'a fait lord Westfield pour vous inciter à rompre vos fiançailles.

Les mains d'Elizabeth tremblaient quand elle versa les feuilles de thé dans la théière fumante.

— C'était il y a bien longtemps, Margaret. Et comme je vous l'ai déjà dit à plusieurs reprises, je ne vois aucune raison d'en parler.

— Oui, je sais. Cependant, ses nombreuses tentatives pour vous rendre visite laissent supposer qu'il se languit de votre compagnie. J'admire l'aplomb de Westfield. Il ne cille même pas lorsqu'on lui annonce que vous ne pouvez pas le recevoir. Il se contente de sourire et trouve toujours quelque formule charmante pour prendre congé.

— Je reconnais qu'il a du charme à revendre. Il attire les femmes comme des mouches, et les pauvres sont tellement éblouies qu'elles ne se rendent même pas compte qu'elles se ridiculisent.

— Vos propos semblent inspirés par la jalousie.

— Pas le moins du monde, se défendit Elizabeth. Un sucre ou deux, aujourd'hui ? Deux, dans votre état, décréta-t-elle sans lui laisser le temps de répondre.

— Ne changez pas de sujet. Parlez-moi de votre jalousie. Les femmes étaient également très sensibles au charme d'Hawthorne, et cela n'a jamais paru vous déranger.

— Hawthorne était fidèle.

Margaret accepta la tasse et la soucoupe que lui tendait Elizabeth avec un sourire reconnaissant.

— Ce qui signifie que Westfield était infidèle ?

— Oui, soupira Elizabeth.

— En êtes-vous certaine ?

— Je ne pourrais pas l'être davantage si je l'avais surpris en pleine action.

Les yeux verts de Margaret se plissèrent.

— Ne me dites pas que vous avez préféré croire une tierce personne plutôt que votre fiancé...

Elizabeth secoua la tête et prit une gorgée de thé pour se donner du courage.

— Un soir, je me suis trouvée dans l'obligation de m'entretenir de toute urgence avec lord Westfield. Le sujet était si grave que je me suis aventurée jusque chez lui...

— *Seule ?* Au nom du Ciel, qu'est-ce qui a bien pu vous pousser à vous comporter de façon aussi éhontée ?

— Margaret, souhaitez-vous entendre mon récit, oui ou non ? Il m'est déjà assez difficile de raconter cela sans que vous m'interrompiez.

— Toutes mes excuses, répondit Margaret d'un ton contrit. Je ne vous interromprai plus.

— Une fois arrivée chez lui, j'ai dû attendre un long moment avant d'être reçue. Et quand il a finalement daigné paraître, ses cheveux étaient mouillés, son visage empourpré, et il ne portait pour tout vêtement qu'un peignoir.

Elizabeth baissa les yeux sur le contenu de sa tasse et se sentit gagnée par la nausée.

— Poursuivez, fit Margaret, voyant qu'elle gardait le silence.

— La porte par laquelle il venait d'entrer s'est alors ouverte, livrant passage à une femme vêtue comme lui, les cheveux aussi mouillés que les siens.

— Misère ! Une situation pour le moins difficile à justifier. Comment a-t-il tenté de le faire ?

— Il n'a rien tenté, dit Elizabeth avant de laisser échapper un rire amer. Il a prétendu ne pas avoir la liberté d'en parler avec moi.

Margaret reposa sa tasse et sa soucoupe avec un froncement de sourcils.

— A-t-il au moins essayé de vous donner des explications par la suite ?

— Non. Je me suis enfuie avec Hawthorne, et Westfield a quitté le pays. Il n'est revenu en Angleterre qu'au décès de son père. Depuis lors, nos chemins ne se sont plus jamais croisés. Jusqu'au bal des Moreland, la semaine passée.

— Peut-être a-t-il compris son erreur et cherche-t-il à faire amende honorable, suggéra Margaret. Il doit y avoir une raison pour qu'il vous fasse une cour aussi pressante.

Elizabeth frémit en entendant sa belle-sœur parler de « cour pressante ».

— Croyez-moi, ses intentions sont loin d'être aussi nobles que vous le supposez.

— Pourtant, ces fleurs, ces visites quotidiennes...

— Si vous ne vous décidez pas à aborder un sujet moins déplaisant, je me verrai contrainte d'aller prendre mon thé ailleurs.

— Fort bien. Vous êtes décidément aussi têtue que votre frère.

Mais Margaret n'était pas femme à se laisser décourager facilement. N'avait-elle pas convaincu William d'abandonner l'agence pour l'épouser ? Elizabeth se prépara donc à la voir revenir à l'attaque et ne fut pas surprise quand elle le fit, un peu plus tard dans la soirée.

— Il est vraiment très bel homme.

Elizabeth suivit le regard de Margaret à travers la foule qui assistait à la réception des Dempsey et aperçut Marcus en compagnie de lady Cramshaw et de sa charmante fille, Clara. Elle fit mine de l'ignorer, tout en scrutant à la dérobée le moindre de ses gestes.

— Après ce que je vous ai raconté de notre passé, comment pouvez-vous être séduite par le comte ?

Elle s'était volontairement abstenue d'assister à tout événement mondain cette semaine-là, mais avait fini par accepter l'invitation des Dempsey, persuadée que le bal des Faulkner, un peu plus haut dans la même rue, serait plus susceptible d'attirer Marcus. Malheureusement, elle s'était trompée, et comme si cela ne suffisait pas, il était plus somptueusement vêtu que jamais. Sa redingote pourpre rehaussée de fines broderies d'or était taillée dans une soie épaisse qui brillait autant à la lumière des chandelles que les rubis qui ornaient ses doigts et sa cravate.

— Je vous demande pardon ? répondit Margaret d'un ton surpris en tournant la tête vers elle.

Elle désigna alors quelqu'un de la pointe de son éventail... William, le frère d'Elizabeth ! Celle-ci ne put que rougir affreusement de sa méprise.

Margaret laissa fuser un rire légèrement moqueur.

— Ils forment un couple éblouissant – lady Clara et votre Westfield, précisa-t-elle.

— Westfield ne m'appartient pas, et je plains cette pauvre fille si elle a le malheur de retenir son attention, répliqua Elizabeth en relevant le menton et en détournant le regard.

Un froufrou de lourds jupons de soie annonça l'arrivée d'une nouvelle participante à la conversation.

— Je vous approuve complètement, déclara la duchesse de Ravensend en se joignant à elles. Ce n'est qu'une enfant, qui ne peut espérer satisfaire un tel homme.

— Votre Grâce, murmura Elizabeth en s'inclinant brièvement devant sa marraine.

Une lueur malicieuse faisait briller les beaux yeux bruns de la duchesse.

— Votre veuvage est un grand malheur, ma chère, mais il vous place dans une situation extrêmement intéressante vis-à-vis du comte.

Elizabeth ferma les yeux et s'exhorta à la patience. Dès le premier instant, sa marraine avait été plus que favorable à la cour que lui faisait Marcus.

— Westfield est un débauché, et je m'estime heureuse de l'avoir découvert avant d'avoir échangé mes vœux avec lui.

— Je crois bien que c'est le plus bel homme qu'il m'ait été donné de voir, déclara Margaret. Après William, cela va de soi.

— Sa silhouette est remarquablement bien tournée, renchérit la duchesse en scrutant Marcus à travers son face-à-main.

Elizabeth soupira, fit bouffer les volants de sa jupe et réprima l'envie de lever les yeux au ciel.

— J'aimerais que vous écartiez de vos pensées l'idée que je puisse un jour l'épouser. Cela ne se produira pas.

— Hawthorne n'était qu'un tout jeune homme, fit remarquer la duchesse. Westfield est un homme fait. Si vous décidiez de partager son lit, l'expérience serait très différente. Personne n'a jamais parlé de mariage.

— Je n'ai aucune envie de n'être qu'un nom de plus sur la liste des conquêtes de ce débauché. C'est un libertin. Vous ne pouvez pas le nier, Votre Grâce.

— Les hommes d'expérience présentent des avantages certains, déclara Margaret. Ayant épousé votre frère, je sais de quoi je parle, ajouta-t-elle d'un air entendu.

Elizabeth frémit.

— Margaret, je vous en prie !

— Lady Hawthorne.

Elle pivota sur elle-même et se retrouva nez à nez avec George Stanton, tout sourire. Il s'inclina devant elle.

— J'aurai grand plaisir à danser avec vous, déclara-t-elle avant même qu'il lui en fasse la demande.

Pressée de s'éloigner, elle plaça le bout de ses doigts sur son bras et le laissa la guider vers la piste de danse.

— Merci, murmura-t-elle.
— Vous paraissiez avoir besoin d'aide.
— Vous êtes très observateur, répondit-elle avec un large sourire tandis qu'ils se mettaient en ligne pour la *contredanse**.

D'un rapide coup d'œil, elle vit Marcus s'incliner au-dessus de la main de la jeune Clara avant de l'escorter jusqu'à la piste. Comme il approchait, Elizabeth ne put s'empêcher d'admirer sa démarche. Un homme qui bougeait de cette façon était, à n'en pas douter, un amant aguerri. Les autres femmes ne se gênaient pas pour le regarder, le couvaient même franchement du regard, se faisant peut-être la même réflexion...

Quand il releva la tête et qu'il riva son regard sur elle, un sourire moqueur aux lèvres, Elizabeth s'empressa de détourner les yeux. Cet homme savait comment l'agacer et n'hésitait pas à utiliser cette connaissance à son avantage, ce qui était parfaitement indigne d'un gentleman.

Tandis que le mouvement de la *contredanse** rapprochait les danseurs avant de les séparer de nouveau, elle observa sa progression du coin de l'œil. Le mouvement suivant les placerait l'un en face de l'autre. L'impatience échauffa son sang.

Elle s'écarta de George et se retourna avec grâce pour faire face à Marcus. Sachant que leur rencontre serait fort brève, elle s'autorisa à jouir de son parfum et de la perfection de ses traits, puis, prenant une longue inspiration, elle plaça ses paumes contre les siennes. Elle vit le désir enflammer son regard, le sentit bouillonner dans ses veines et recula avec un soupir de soulagement.

Une fois que les dernières mesures de la *contredanse** se furent éteintes, elle se redressa lentement et ne put réprimer le sourire qui lui montait spontanément aux lèvres. C'était un tel plaisir de danser de nouveau, après en avoir été privée si longtemps ! George lui rendit son sourire et leur fit souplement adopter la posture exigée par la danse suivante.

Quelqu'un vint se placer devant eux, leur bloquant le passage. Avant même de lever les yeux, Elizabeth sut de qui il s'agissait et sentit son pouls s'accélérer. Apparemment, elle avait sous-estimé Marcus et sa détermination à atteindre son but.

— Mr. Stanton, dit-il, saluant George d'un hochement de tête.

— Lord Westfield.

George se tourna vers Elizabeth en fronçant les sourcils.

— Lady Clara, permettez-moi de vous présenter Mr. George Stanton, reprit Marcus. Stanton, voici la délicieuse lady Clara.

George prit la main de Clara et s'inclina devant elle.

— C'est un plaisir.

Avant qu'Elizabeth ait eu le temps de deviner ses intentions, Marcus avait déjà saisi sa main.

— Une association parfaite, déclara-t-il. Lady Hawthorne et moi-même nous sentant *de trop**, nous préférons vous laisser cette danse.

Il cala fermement la main d'Elizabeth sur son bras et l'entraîna vers les portes-fenêtres donnant sur le jardin.

Elizabeth adressa à George un sourire d'excuse pardessus son épaule, alors que le comportement primitif de Marcus faisait battre son cœur.

— Mais enfin, quelle mouche vous pique ?

— Je pensais que c'était évident. Je cause un scandale. C'est vous qui m'avez incité à me comporter ainsi en m'évitant toute la semaine.

— Je n'ai pas cherché à vous éviter, protesta-t-elle. Personne ne s'est manifesté au sujet du carnet, je n'avais donc aucune raison de vous voir.

En passant sur la terrasse, ils croisèrent plusieurs invités qui prenaient le frais. Marcus la maintenait étroitement contre lui, et la puissance qu'il dégageait la surprit une fois de plus.

— Votre comportement est odieux, maugréa-t-elle.

— Attendez que nous soyons seuls pour m'insulter.

Seuls. Un frisson caressa la peau d'Elizabeth à cette idée.

Les yeux de Marcus parcoururent son visage avant de plonger dans son regard. Elle essaya de deviner ses pensées, mais les traits de son beau visage étaient aussi indéchiffrables que s'ils avaient été sculptés dans la pierre. Une fois qu'ils eurent descendu les marches conduisant au jardin, Marcus pressa le pas. Elle le suivit, le souffle court, se demandant ce qu'il avait en tête, et découvrant avec stupeur que cette détermination virile la faisait frissonner d'excitation.

Marcus lui fit prendre place dans une petite alcôve au pied de l'escalier, puis scruta soigneusement les environs. Ayant constaté qu'ils étaient seuls, il se rapprocha d'elle et, du bout des doigts, l'incita à relever le menton.

« Un baiser… » pensa-t-elle.

Déjà, ses lèvres recouvraient les siennes. Après cela, elle se retrouva incapable de penser.

Les lèvres de Marcus lui parurent incroyablement douces quand elles s'unirent aux siennes. Pourtant, les sensations qu'elles éveillèrent en elle étaient d'une brutale intensité. Elizabeth ne pouvait pas bouger, stupéfaite par la réponse spontanée de son corps à celui de Marcus. Leurs lèvres étaient le seul point de contact entre eux. Un simple pas en arrière aurait mis un terme à ce baiser, mais elle ne parvint même pas à l'accomplir. Elle demeura figée, tous ses sens ébranlés par la saveur de ses lèvres et par son parfum, les nerfs à vif.

— Rendez-moi ce baiser, gronda-t-il, ses doigts encerclant ses poignets.

— Non... haleta-t-elle en essayant de détourner la tête.

Il étouffa un juron et reprit possession de sa bouche. Mais, cette fois, il n'y mit aucune tendresse. Ce nouvel assaut était dicté par une amertume si puissante qu'elle en perçut le goût sur ses lèvres. Il inclina légèrement la tête sur le côté pour accentuer son baiser, et sa langue se glissa hardiment entre ses lèvres. Son ardeur effraya Elizabeth, mais sa peur fut brusquement remplacée par un sentiment bien plus puissant.

Hawthorne ne l'avait jamais embrassée ainsi. Il ne s'agissait pas d'une simple fusion des lèvres. C'était une prise de pouvoir, l'expression d'un désir irrépressible, un désir que Marcus faisait enfler en elle jusqu'à ce qu'elle ne puisse plus le nier. Dans un gémissement, elle rendit les armes et approcha timidement sa langue de la sienne, animée du besoin désespéré de goûter la saveur de sa bouche.

Il émit un grognement d'approbation, et la charge érotique de ce son la troubla tant qu'elle chancela. Marcus lâcha ses poignets pour passer un bras autour de sa taille et plaqua son autre main sur sa nuque, l'immobilisant de façon à la récompenser d'avoir répondu à son baiser par d'habiles coups de langue. Elizabeth s'agrippa aux revers de sa redingote, tira dessus dans l'espoir de recouvrer un tant soit peu de sang-froid, mais ne put rien faire d'autre que recevoir ce qu'il lui donnait.

Finalement, il arracha sa bouche à la sienne avec un gémissement torturé et enfouit son visage dans sa chevelure.

— Elizabeth...

Sa voix assourdie manquait d'assurance.

— Il nous faut trouver un lit, déclara-t-il. Tout de suite.

Elle laissa échapper un rire étranglé.

— C'est de la folie !

— Cela a toujours été de la folie.

— Vous devez garder vos distances.

— Je n'ai fait que cela depuis quatre ans. J'estime avoir payé le prix de mes supposés péchés.

Il s'écarta légèrement et darda sur elle un regard brûlant.

— J'ai attendu assez longtemps pour vous posséder. Je refuse d'attendre encore.

L'évocation de leur passé les rappela l'un et l'autre à la réalité de leur situation.

— Il y a beaucoup trop d'obstacles entre nous pour que nous puissions envisager d'entretenir une liaison.

— J'ai pourtant bien l'intention de vous faire mienne.

Frémissante, elle recula et eut la surprise de sentir son étreinte se relâcher immédiatement. Du bout des doigts, elle effleura ses lèvres enflées par ses baisers.

— Je ne veux pas de la souffrance que vous apportez avec vous. Je ne veux pas de vous.

— Mensonge, répliqua-t-il d'une voix rauque en caressant du doigt le décolleté de sa robe. Vous me désirez depuis le jour de notre rencontre. Et cela n'a pas changé, je l'ai senti à l'instant.

Elizabeth maudit son corps faible et traître, toujours tellement épris de lui qu'il refusait d'écouter ce que lui dictait son esprit. Finalement, elle ne valait guère mieux que toutes ces femmes enamourées qui tombaient si facilement dans le lit de Marcus. Elle recula, mais la balustrade de marbre froid l'arrêta. Tendant les mains en arrière, elle s'y agrippa si fort que ses phalanges blanchirent.

— Si vous vous souciiez sincèrement de moi, vous me laisseriez tranquille.

Marcus s'avança vers elle avec un sourire qui fit s'emballer son cœur.

— J'ai l'intention de me soucier de vous tout autant que vous vous êtes souciée de moi autrefois, déclara-t-il, le regard brillant de défi. Cédez au désir que je vous inspire, ma douce. Je vous assure que vous n'aurez pas à le regretter.

— Comment pouvez-vous dire cela ? Ne m'avez-vous pas déjà blessée ? Vous saviez ce que m'inspirait le comportement de mon père, mais cela ne vous a pas empêché d'agir comme vous l'avez fait. Les hommes de votre acabit ne m'inspirent que dégoût. Promettre amour et dévotion à une femme pour coucher avec elle puis vous détourner d'elle dès que vous en êtes lassé est méprisable.

Marcus en resta un instant pétrifié de stupéfaction.

— C'est vous qui vous êtes détournée de *moi* !

Elizabeth cala son dos contre la balustrade.

— Je ne l'ai pas fait sans raison.

Les lèvres de Marcus formèrent un sourire cynique.

— Vous me recevrez quand je me présenterai chez vous demain, Elizabeth. Vous vous promènerez en voiture avec moi et vous m'accompagnerez à tous les événements mondains. Je n'accepterai plus d'être éconduit.

Le froid de la balustrade de marbre avait gagné les mains d'Elizabeth à travers ses gants, et des frissons remontaient le long de ses bras. Malgré cela, elle avait l'impression d'avoir affreusement chaud.

— Toutes les femmes qui se pâment à vos pieds ne vous suffisent donc pas ?

— Non, répondit-il avec son arrogance habituelle. Je ne serai satisfait que lorsque vous brûlerez de désir pour moi et que j'habiterai chacune de vos pensées, chacun de vos rêves. Un jour, vous serez si passionnément éprise de moi que le simple fait de respirer loin de moi mettra vos poumons en feu. Vous accéderez à tous mes désirs, quels qu'ils soient, à tout instant.

— Jamais !

— Vous me donnerez tout ce que j'exigerai de vous, déclara-t-il en se rapprochant d'elle. Vous vous abandonnerez totalement à moi.

— N'avez-vous pas honte ?

Des larmes embuèrent les yeux d'Elizabeth et restèrent accrochées à ses cils. Marcus était implacable.

— Après ce que vous m'avez fait subir, pourquoi vouloir me séduire ? Ma destruction totale est-elle la seule chose susceptible de vous apaiser ?

— Soyez maudite, souffla-t-il avant d'effleurer ses lèvres du plus subtil des baisers. J'ai bien cru que vous ne m'appartiendriez jamais. Je ne pensais pas que vous seriez un jour délivrée des liens du mariage, mais vous l'êtes bel et bien. Et j'obtiendrai ce qui m'a été promis il y a si longtemps.

Elizabeth détacha ses mains de la balustrade pour les placer de part et d'autre de la taille de Marcus et le repousser. La fermeté des muscles de son abdomen sous ses paumes déclencha en elle un vif élan de désir.

— Je vous résisterai de toutes mes forces. Renoncez à ce projet, je vous en conjure.

— Pas tant que je n'aurai pas obtenu ce que je veux.

— Laissez-la, Westfield, ordonna soudain une voix familière.

Les épaules d'Elizabeth s'affaissèrent sous l'effet du soulagement. Elle leva les yeux et aperçut William qui descendait l'escalier.

Marcus recula en étouffant un juron. Puis, se redressant de toute sa taille, il foudroya son ancien ami d'un regard furieux. Elizabeth en profita pour le contourner, s'élancer dans le jardin et disparaître derrière une haie d'arbustes. Marcus fit un pas dans la direction qu'elle avait prise, décidé à la suivre.

— À votre place, je n'en ferais rien, lança William d'un ton de menace à peine voilée.

— Vous ne pourriez tomber plus mal, Barclay.

Marcus réprima un grognement de frustration, sachant que William profiterait de la moindre occasion pour se battre avec lui. La situation ne fit qu'empirer quand plusieurs personnes, alertées par le ton coléreux de leurs voix et par la posture rigide de William, se pressèrent au bord de la terrasse, flairant déjà le scandale.

— La prochaine fois qu'il vous prendra l'envie de jouir de la compagnie de lady Hawthorne, rappelez-vous que votre présence l'indispose. Définitivement.

Une rousse sculpturale écarta la nuée de curieux et descendit l'escalier pour les rejoindre.

— Lord Westfield, Barclay, je vous en prie ! s'exclama-t-elle en saisissant William par le bras. Ce n'est ni le moment ni le lieu pour une discussion privée.

William détacha son regard de Marcus pour adresser un demi-sourire à son adorable épouse.

— Ne vous alarmez pas, Margaret. Tout va bien.

Il leva les yeux vers la terrasse et fit signe à George Stanton de le rejoindre.

— Retrouvez lady Hawthorne, je vous prie, et raccompagnez-la chez elle.

— Ce sera pour moi un honneur.

Stanton se faufila prudemment entre les deux gentlemen, puis pressa le pas et se fondit bientôt parmi les ombres du jardin.

Marcus soupira et se frotta la nuque.

— Votre intervention se basait sur une interprétation erronée de la situation, Barclay.

— Je ne débattrai pas de cela avec vous, répliqua William d'un ton sec. Elizabeth refuse de vous recevoir, et vous devez respecter son souhait.

Il ôta délicatement la main de Margaret de son bras et se rapprocha de Westfield, les épaules crispées par la colère.

— Je ne vous donnerai pas d'autre avertissement. Restez à l'écart de ma sœur, ou je n'hésiterai pas à vous sommer de nommer vos témoins.

Un brouhaha horrifié s'éleva de la foule des curieux massés sur la terrasse.

Marcus s'efforça de respirer avec calme. Sa pondération lui avait permis de se tirer de bien des situations périlleuses, mais, cette fois, il ne chercha pas à apaiser la tension. Il avait une mission, doublée d'un objectif personnel. Deux éléments qui impliquaient de passer du temps en compagnie d'Elizabeth. Rien ni personne ne se mettrait en travers de son chemin.

Relevant le défi de William, il se rapprocha jusqu'à se retrouver à quelques centimètres de lui. Lorsqu'il s'exprima, ce fut d'une voix à la douceur menaçante.

— Je vous déconseille de vous mêler de ma relation avec Elizabeth. Nous avons encore bien des choses à régler, elle et moi, et je ne saurais tolérer votre intrusion. Je vous donne ma parole d'honneur de ne jamais lui nuire délibérément. Et si vous en doutez, c'est moi qui vous somme de nommer vos témoins sur-le-champ.

— Vous iriez jusqu'à risquer votre vie ?

— Cela va de soi.

Le silence se fit tandis que les deux hommes se mesuraient du regard. Marcus affichait une farouche détermination. Aucune menace ne le ferait renoncer.

William soutint son regard sans ciller. Depuis son mariage, son mode de vie était aux antipodes de celui de Marcus, resté célibataire, et ils n'avaient échangé quelques mots qu'en de très rares occasions. Marcus le regrettait. La compagnie de son ami lui manquait. Mais le frère d'Elizabeth l'avait jugé trop vite, et Marcus était trop fier pour tenter de plaider sa cause face à quelqu'un qui refuserait de l'entendre.

— Retournons nous divertir, voulez-vous, lady Barclay ? s'enquit finalement William tandis que ses épaules se détendaient légèrement.

— Volontiers, milord, acquiesça lady Barclay. J'étais sur le point de vous le proposer.

Marcus hocha la tête, tourna les talons et partit.

Elizabeth poussa un soupir en traversant le vestibule de Chesterfield Hall. Le goût des lèvres de Marcus imprégnait encore les siennes, une saveur si enivrante qu'elle mettait en péril son équilibre mental. Les battements de son cœur s'étaient ralentis, mais elle avait toujours l'impression qu'elle venait de faire une longue course. Elle laissa le majordome lui ôter son lourd manteau, puis, tout en retirant ses gants, se dirigea droit vers l'escalier. Elle avait tant de choses à considérer. Trop. Elle ne s'était pas attendue que Marcus mette autant de détermination à obtenir ce qu'il voulait. Maîtriser un tel homme allait exiger ordre et méthode.

— Milady ?

— Oui ? fit-elle en se tournant vers le majordome. Un pli de couleur crème se trouvait sur le plateau qu'il tenait à la main. Malgré l'apparence parfaitement inoffensive de la lettre, Elizabeth frissonna quand elle l'aperçut. Le papier et l'écriture étaient les mêmes que ceux de la lettre qu'elle avait reçue et qui exigeait le carnet de lord Hawthorne.

Elle secoua la tête et laissa échapper un long soupir. Marcus lui rendrait visite dès le lendemain, elle en était certaine. Quelle que soit la demande contenue dans ce pli, cela pouvait attendre jusque-là. Elle n'avait aucune envie d'en prendre connaissance seule. Elle savait combien les missions de l'agence étaient dangereuses et ne prenait pas la sienne à la légère. Et puisque Marcus semblait tellement décidé à la poursuivre de ses assiduités, autant profiter de ses services.

D'un geste, elle congédia le domestique, souleva ses jupes et, tout en gravissant les marches de l'escalier, songea que le destin lui avait joué un bien mauvais tour en confiant sa sécurité à l'homme qui était le moins digne de sa confiance...

4

Contrairement à la maison de ville de Marcus à Grosvenor Square, Chesterfield Hall était un vaste domaine situé à bonne distance de la maison la plus proche. Dans le vestibule réservé aux visiteurs, Marcus remit son chapeau et ses gants au valet en livrée, puis suivit le majordome jusqu'au petit salon.

Qu'Elizabeth ait choisi cet endroit pour s'entretenir avec lui était en soi un signe. Autrefois, il aurait été reçu à l'étage, comme un proche de la famille. Ce privilège lui était désormais refusé.

— Le comte de Westfield, annonça le domestique.

Marcus s'immobilisa sur le seuil du salon et promena son regard autour de lui, notant avec intérêt le portrait qui trônait au-dessus de la cheminée. La défunte comtesse de Langston soutint son regard. Elle souriait, et ses yeux violets, de la même couleur que ceux de sa fille, étaient dépourvus de cette lueur de méfiance qui brillait perpétuellement dans le regard d'Elizabeth. Ils ne reflétaient que le doux contentement d'une femme satisfaite de son sort. Elizabeth n'avait été que très brièvement témoin du bonheur de ses parents. L'espace d'un instant, le regret remonta dans la gorge de Marcus, aussi amer qu'un flot de bile.

Il avait un jour juré de consacrer sa vie à faire le bonheur d'Elizabeth. Désormais, il désirait uniquement la posséder pour se libérer du sort qu'elle lui avait jeté.

Détournant les yeux, il découvrit devant la fenêtre la silhouette dont les courbes le hantaient nuit et jour. Le majordome referma la porte derrière lui, et Marcus tendit la main dans son dos pour repousser le verrou.

Elizabeth se tenait devant une fenêtre voûtée qui surplombait le jardin. Elle portait une simple robe de mousseline et, à contre-jour, elle paraissait aussi jeune que lors de leur première rencontre. Comme chaque fois, toutes les terminaisons nerveuses du corps de Marcus frémirent quand leurs regards se croisèrent. Il avait eu de nombreuses conquêtes, mais aucune femme ne l'avait jamais attiré aussi puissamment qu'Elizabeth.

— Bonjour, lord Westfield, dit-elle de sa belle voix de gorge qui évoquait à ses oreilles des draps de soie froissés.

Elle coula un regard sévère vers sa main, toujours posée sur le verrou.

— Mon frère est ici, lui annonça-t-elle.

— Grand bien lui fasse.

Il traversa l'immense tapis d'Aubusson en quelques enjambées, prit dans sa main celle d'Elizabeth et porta le bout de ses doigts nus à sa bouche. Sa peau était d'une douceur exquise, son parfum envoûtant. Entrouvrant les lèvres, il fit courir la pointe de sa langue entre les doigts d'Elizabeth, sans la quitter du regard. Les pupilles de la jeune femme se dilatèrent, ses iris s'assombrirent. Marcus posa sa main sur son cœur et la recouvrit de la sienne.

— À présent que votre deuil est terminé, avez-vous l'intention de regagner votre résidence ?

Elle plissa les yeux.

— Cela vous faciliterait les choses, n'est-ce pas ?

— Un endroit discret rend plus aisés le petit déjeuner au lit et les siestes luxurieuses, reconnut-il sans ambages.

Elizabeth libéra brusquement sa main de son étreinte et lui tourna le dos. Marcus réprima un sourire.

— Étant donné l'antipathie évidente que vous avez pour moi, je ne comprends pas votre désir d'intimité, dit-elle.

— La proximité physique peut fort bien se passer d'intimité.

Les épaules d'Elizabeth se raidirent sous son épaisse chevelure sombre.

— Certes, ricana-t-elle. Vous l'avez démontré plus d'une fois, je crois.

Marcus s'approcha du sofa tout en chassant une poussière imaginaire d'un de ses poignets de dentelle et arrangea les pans de sa redingote avant de s'asseoir. Il n'en montrait rien, mais son ton désapprobateur l'avait blessé. Il se sentait assez coupable sans cela.

— Je suis devenu ce que vous m'avez autrefois accusé d'être. Qu'auriez-vous souhaité que je fasse d'autre, ma chère ? Que je devienne fou à force de ne penser qu'à vous ? Que je m'abîme corps et âme dans votre souvenir ?

Il chercha une pique bien sentie, espérant l'inciter à se tourner vers lui. Contempler ses traits était un plaisir simple, mais après quatre ans de privation, il constituait aux yeux de Marcus un délice aussi nécessaire que l'air qu'il respirait.

— Je ne suis pas surpris d'apprendre que, si vous en aviez eu la possibilité, vous n'auriez pas hésité à me priver de la seule et mince consolation que j'ai pu trouver après votre départ, cruelle créature que vous êtes.

Elizabeth pivota vers lui d'un bloc, révélant ses joues rougies.

— Vous rejetez la faute de votre dépravation sur moi ?

— Qui d'autre pourrais-je blâmer ? demanda-t-il en ouvrant sa tabatière pour y prendre une pincée de tabac. C'est vous qui auriez dû vous trouver dans mes bras pendant toutes ces années. Chaque fois que je couchais avec une autre femme, j'espérais qu'elle parviendrait à me faire oublier votre existence. Mais aucune n'a accompli cet exploit.

Il referma le couvercle de sa tabatière avec un claquement sec.

Les narines d'Elizabeth frémirent d'indignation.

— Souvent, poursuivit-il, je soufflais la chandelle, je fermais les yeux et je m'imaginais que c'était au-dessus de vous que je m'agitais, que c'était vous que je possédais.

— Soyez maudit, gronda-t-elle en serrant les poings. Pourquoi a-t-il fallu que vous deveniez comme mon père ?

— Auriez-vous souhaité que je me fasse moine ?

— Cela aurait été préférable à cette vie de débauche !

— Pendant que vous satisfaisiez les désirs d'un autre sans souffrir le moins du monde ?

Il luttait pour garder une apparence calme et détachée, mais toutes les fibres de son être étaient tendues et frémissaient d'impatience.

— Pensiez-vous à moi, Elizabeth, dans votre lit conjugal ? Mon souvenir hantait-il votre sommeil ? Auriez-vous préféré que ce soit moi à vos côtés, moi qui vous comble ?

Elle resta immobile un long moment, puis, soudain, ses lèvres pleines se relevèrent en un sourire d'invite qui noua l'estomac de Marcus. Il avait compris, quand le majordome l'avait invité à le suivre, qu'Elizabeth ne chercherait plus à se cacher ni à s'enfuir. Intérieurement, il s'était préparé à livrer bataille. Mais il n'avait pas envisagé un tel assaut sensuel. Comprendrait-il jamais cette femme ?

— Voulez-vous que je vous parle de ma vie conjugale, Marcus ? ronronna-t-elle. Souhaitez-vous savoir de quelles innombrables façons lord Hawthorne s'est ingénié à m'honorer ? Désirez-vous connaître ses préférences, ce qui le rendait fou ? Mmm ? À moins que vous ne préfériez que je vous dise quelles sont *mes* préférences en la matière ?

Elle se rapprocha de lui en ondulant délibérément des hanches, et Marcus sentit sa bouche devenir sèche. Jamais, au cours de leur histoire passée, elle n'avait pris les devants ainsi. Il en ressentit aussitôt une excitation fulgurante, qui crût à mesure qu'elle parlait et faisait naître dans son esprit des images voluptueuses – Elizabeth, le visage tourné vers le matelas tandis qu'elle s'offrait à un homme qui la besognait par-derrière. Ravagé par le besoin primitif de la posséder ainsi, il serra si fort les dents qu'il en eut mal à la mâchoire. Il écarta les pans de sa redingote, révélant la longueur de son sexe qui tendait l'étoffe de sa culotte. Le pas d'Elizabeth ralentit, mais elle releva le menton et poursuivit sa progression vers lui.

— Je ne suis plus une oie blanche qui se sauve en hurlant à la vue du désir d'un homme, déclara-t-elle.

Elle se planta devant lui, plaçant ses mains à plat de part et d'autre de ses genoux. Ses seins semblaient sur le point de jaillir de l'encolure arrondie et bordée de satin de sa robe. Marcus les regarda osciller devant ses yeux. Quand elle portait une robe du soir, son corset aplatissait sa poitrine, mais sous une robe de jour, son corset était nettement moins serré, et le regard de Marcus fut captivé par le trésor déployé pour le seul plaisir de ses yeux.

N'étant pas homme à laisser échapper une occasion, il tendit les mains pour en recouvrir ces seins magnifiques. Il eut alors la satisfaction de l'entendre retenir son souffle. Le corps d'Elizabeth, qu'il avait connu dans sa splendeur virginale, avait à présent la somptueuse maturité d'un corps de femme, tout en courbes voluptueuses. Il pressa ses seins, les pétrit entre ses mains, le regard rivé sur le sillon qui les séparait, s'imaginant insérer son sexe dans cette vallée de plaisirs. Cette pensée lui arracha un grognement. Il releva les yeux vers la bouche d'Elizabeth et la regarda, fou de désir, humecter de sa langue sa lèvre inférieure.

Soudain, elle se redressa, lui tourna le dos et tendit la main vers une petite console. Avant qu'il ait pu lui ordonner de revenir, elle lança un pli cacheté à la cire sur sa poitrine et s'éloigna. Marcus sut immédiatement ce que contenait la lettre. Il attendit cependant que son souffle ait retrouvé un rythme normal pour lui accorder son attention.

Il avait déjà vu ce papier couleur crème, d'une teinte et d'un grammage assez courants. Il brisa délicatement le sceau, vierge de toute inscription, et parcourut le pli.

— Quand avez-vous reçu ceci ? demanda-t-il d'un ton bourru.

— Hier.

Marcus replia le rabat du pli et tourna les yeux vers Elizabeth. Ses joues étaient rosies et son regard troublé, mais elle n'en releva pas moins crânement le menton. Il fronça les sourcils.

— Vous n'avez pas eu envie de l'ouvrir ?

— Je me doute de la teneur du message. Son expéditeur veut me rencontrer pour que je lui remette le carnet rouge. La façon dont il formule sa demande importe peu, n'est-ce pas ? Avez-vous étudié le carnet depuis que je vous l'ai remis ?

Il acquiesça.

— Les cartes sont faciles à lire. Hawthorne avait réalisé des plans détaillés des côtes anglaises et écossaises ainsi que de voies navigables coloniales. Son code, en revanchc, est difficilement déchiffrable. J'espérais avoir plus de temps pour l'étudier.

Marcus glissa la missive dans sa poche. Il avait développé une passion pour la cryptographie après le mariage d'Elizabeth. La tâche exigeait une concentration intense, ce qui lui octroyait un bref répit quand son esprit était encombré de pensées d'elle.

— Je connais l'endroit où il vous donne rendez-vous, ajouta-t-il. Avery et moi resterons assez près pour assurer votre protection.

— Comme vous voudrez, répondit-elle d'un ton désinvolte.

Marcus se rapprocha d'elle, la saisit par les épaules et la secoua avec rudesse.

— Comment pouvez-vous rester aussi calme ? N'avez-vous donc pas conscience du danger ? Ou bien avez-vous complètement perdu la raison ?

— Quelle réaction attendez-vous de moi ? Vous voudriez que je m'effondre ? Que j'éclate en sanglots ?

— Un peu d'émotion serait bienvenue. Quelque chose, n'importe quoi, qui me fasse comprendre que vous vous souciez de votre sécurité.

Il fit remonter ses mains le long de son cou et les plongea dans sa chevelure pour incliner sa tête vers lui. Il l'embrassa alors, aussi durement qu'il l'avait secouée, puis la força à reculer contre le mur.

Les ongles d'Elizabeth s'enfoncèrent profondément dans la chair de son ventre quand elle agrippa le devant de sa chemise. L'assaut de Marcus manquait de finesse, mais il l'avait fait frémir. Elle laissa échapper un gémissement de détresse, et il la sentit fondre dans ses bras tandis qu'elle lui rendait son baiser avec une ardeur bouleversante.

Soudain incapable de respirer, il s'écarta et pressa son front contre le sien avec un gémissement de frustration.

— Pourquoi ne vous animez-vous que lorsque je vous touche ? N'êtes-vous pas fatiguée du masque derrière lequel vous vous cachez ?

Elle ferma les yeux et détourna la tête.

— Et vous ? Qu'en est-il de votre masque ?

— Seigneur, ce que vous pouvez être têtue !

Il frotta sans ménagement sa joue moite contre la sienne, comme s'il cherchait à l'imprégner de son odeur.

— Vous devrez absolument suivre les instructions que je vous donnerai, sans laisser vos émotions entrer en ligne de compte, murmura-t-il d'une voix rauque, pressante.

— J'ai confiance en votre jugement, déclara-t-elle.

Il s'immobilisa et serra ses poings dans sa chevelure au point de la faire grimacer.

— Vraiment ?

L'air s'épaissit autour d'eux.

— Vraiment ? insista-t-il comme elle ne répondait pas.

— Que s'est-il passé…

Elle déglutit péniblement, et ses ongles s'enfoncèrent encore plus profondément dans sa chair.

— Que s'est-il passé ce soir-là ? reprit-elle.

Il poussa un long soupir. Son corps tout entier se détendit alors, comme si le passé acceptait enfin de relâcher son étreinte. Soudain épuisé, il se rendit compte que la fureur glacée qui l'habitait depuis la rupture de leurs fiançailles était la seule chose qui lui avait permis de tenir pendant toutes ces années, de ne pas s'écrouler.

— Asseyez-vous.

Il s'écarta et attendit qu'elle ait gagné le sofa, puis s'attarda à savourer la vision qu'elle offrait ainsi, échevelée, les lèvres enflées. Dès le début, leur relation avait été d'une intensité folle. Il saisissait la moindre occasion pour l'entraîner à l'écart et s'emparer de sa bouche, la dévorer de ses baisers désespérés, incapable de résister au besoin de se frotter au feu qu'Elizabeth savait si bien cacher et qui lui faisait oublier toute prudence.

Sa beauté n'était que l'emballage d'un trésor complexe et fascinant. Ses yeux, d'ailleurs, la trahissaient. On ne trouvait en eux nulle trace de la docilité, voire de la timidité de mise chez une lady. Son regard était un regard de défi qui reflétait sa curiosité et l'appétit qu'elle avait pour les découvertes, les explorations, l'aventure…

Une fois de plus, Marcus se demanda si Hawthorne avait eu la chance d'explorer toutes les facettes de sa personnalité. Avait-il su l'affoler ? S'était-elle offerte, ouverte à lui ? L'avait-il comblée ?

Il chassa ces pensées torturantes et serra les dents.

— Je suppose que vous avez entendu parler de la flotte Ashford ?

— Évidemment.

— Figurez-vous que j'ai perdu une petite fortune en vaisseaux à cause d'un pirate nommé Christopher St. John.

— St. John ? dit-elle en fronçant les sourcils. Ma femme de chambre a mentionné ce nom-là devant moi. Il est assez célèbre, non ? Je me suis laissé dire que c'était une sorte de héros qui protégeait les pauvres et les déshérités.

— Cet homme est tout sauf un héros, répondit Marcus avec un ricanement de mépris. C'est un égorgeur sans foi ni loi. C'est à cause de ses méfaits que j'ai approché lord Eldridge. J'ai exigé de lui qu'il règle son compte à ce criminel. Au lieu de quoi Eldridge m'a proposé de me former, afin que je puisse exercer ma vengeance moi-même. J'avoue que je n'ai pas su résister à cette perspective, ajouta-t-il avec un sourire en coin.

— Évidemment, commenta Elizabeth d'un ton pincé. Une vie normale est si mortellement ennuyeuse, après tout.

— Il y a certaines tâches dont il vaut mieux se charger personnellement.

Il croisa les bras, heureux de bénéficier de son attention. Même si elle lui décochait des piques, parler avec elle était un plaisir. Depuis sa naissance, il avait été perpétuellement dorloté et cajolé. Le fait qu'Elizabeth ne le mette pas sur un piédestal, qu'elle le traite comme un homme ordinaire figurait pour lui parmi ses plus grandes qualités.

— Je ne comprendrai jamais l'attrait du danger, Marcus. Je n'aspire quant à moi qu'à la paix et au repos.

— C'est fort compréhensible, quand on connaît votre passé. Vous avez grandi sans structure familiale solide, laissée libre d'agir à votre guise par votre père et votre frère, trop préoccupés par leur quête de plaisir pour veiller correctement sur vous.

— Vous me connaissez si bien, répondit-elle d'un ton cinglant.

— Cela a toujours été le cas.

— Vous devez donc admettre que nous n'étions vraiment pas faits l'un pour l'autre.

— Je n'admets rien de tel.

Elle agita la main pour signifier que le sujet l'ennuyait.

— À propos de cette fameuse nuit... reprit-elle.

Il la vit relever le menton, comme si elle s'attendait à recevoir une gifle, et il soupira.

— On m'avait parlé d'un homme qui offrait de me communiquer des informations compromettantes sur St. John. Nous étions convenus de nous retrouver sur les docks. En échange de son aide, cet informateur avait formulé une requête. Sa femme attendait un enfant et ne savait rien des activités auxquelles il s'était livré pour subvenir aux besoins de sa famille. Je lui avais donc promis de veiller au bien-être de son épouse et à celui de l'enfant au cas où il lui arriverait malheur.

— C'est la femme de cet homme que j'ai surprise chez vous, seulement vêtue d'un peignoir ? s'enquit Elizabeth en écarquillant les yeux.

— Oui. Le soir même de cette rencontre sur les docks, nous avons été attaqués. Alertée par les bruits de l'échauffourée, l'épouse, qui attendait non loin de là, s'est approchée pour voir de quoi il retournait et s'est retrouvée au cœur de la mêlée. Elle a été jetée à l'eau, et j'ai plongé pour la secourir. Son mari, lui, a malheureusement succombé.

— Vous n'avez jamais couché avec elle.

C'était une affirmation, cette fois, plus une question.

— Bien sûr que non, dit-il simplement. Mais nous étions tous deux couverts de vase. Je l'ai donc ramenée chez moi pour lui permettre de se laver pendant que je prenais des dispositions pour elle.

Elizabeth se leva et se mit à arpenter la pièce, ses mains se crispant dans les plis de sa robe.

— Je crois que je l'ai toujours su, souffla-t-elle.

Un rire sans joie jaillit de la gorge de Marcus. Il attendit qu'elle ajoute autre chose, mais rien ne vint. Il la soupçonnait depuis longtemps d'avoir pris comme prétexte son infidélité imaginaire pour rompre leurs fiançailles. Et elle venait de le lui confirmer. Pourtant, elle ne se jetait pas dans ses bras en implorant son pardon. Elle ne le suppliait pas de lui donner une deuxième chance, ne faisait pas mine de vouloir se réconcilier avec lui.

Elle resta si longtemps silencieuse qu'il dut serrer les poings pour résister à une furieuse envie de la saisir, d'arracher ses vêtements, de la plaquer au sol et de plonger son sexe en elle, l'empêchant ainsi de l'ignorer. Il ne voyait pas d'autre moyen de briser sa carapace.

Mais sa fierté lui interdisait de révéler sa souffrance.

— J'ai été aussi stupéfait que vous quand elle est apparue, Elizabeth, reprit-il enfin. Elle a cru que vous étiez la femme chargée de s'occuper d'elle. Elle ne pouvait pas deviner que ma fiancée prendrait le risque de se compromettre en me rendant visite à pareille heure.

— Son déshabillé...

— Ses vêtements étaient trempés. Le peignoir qu'elle portait lui avait été prêté par ma gouvernante.

— Vous auriez dû vous lancer à ma poursuite, dit-elle d'une voix sourde, chargée de colère.

— J'ai voulu le faire. Je reconnais qu'il m'a fallu un moment pour recouvrer mes esprits après la gifle que vous m'aviez donnée. Vous avez été trop rapide. Et je devais m'occuper de cette veuve. Quand je me suis enfin trouvé libre d'aller vous retrouver, vous vous étiez déjà enfuie avec Hawthorne.

Elizabeth cessa d'arpenter fiévreusement la pièce, et ses jupes retombèrent lentement autour d'elle quand elle s'immobilisa. Elle tourna les yeux vers lui, ces yeux qui lui dissimulaient tant de choses.

— Me haïssez-vous ? demanda-t-elle.

— Cela m'arrive.

Il haussa les épaules pour qu'elle ne devine pas l'étendue de son amertume, une amertume qui le rongeait et teintait toute son existence.

— Vous voulez vous venger, déclara-t-elle d'une voix neutre.

— Ce n'est pas ma priorité. Je veux surtout des réponses. Pourquoi vous être enfuie avec Hawthorne ? Les sentiments que je vous inspirais vous effrayaient-ils à ce point ?

— Peut-être parce que Hawthorne avait toujours fait partie des choix possibles.

— Je me refuse à le croire.

La bouche d'Elizabeth forma un pli amer.

— Pourquoi ? Parce que cela froisse votre ego ?

— Pensez ce qu'il vous plaira, ricana-t-il. Avoir envie de moi vous fait peut-être horreur, mais cela ne vous empêche pas de me désirer.

Il voulut s'approcher d'elle, mais elle tendit la main devant elle pour l'arrêter. Elle avait beau paraître calme, ses doigts tremblaient. Puis elle laissa retomber son bras.

Leurs différences étaient bien plus grandes qu'il ne l'avait cru. Ils étaient étrangers l'un à l'autre, bien que liés par une attirance qui défiait l'entendement. Et même s'il redoutait qu'elle ne le fuie de nouveau, le besoin qu'il avait d'elle était plus fort que son instinct de survie.

Elle lui avait demandé s'il la haïssait. Dans des moments comme celui-ci, oui. Il la haïssait d'être restée aussi belle et désirable, la haïssait d'être la seule femme qu'il ait jamais désirée ainsi.

— Vous souvenez-vous de votre première saison ? demanda-t-il d'une voix rauque.

— Bien sûr.

Il s'approcha d'un buffet finement ouvragé et se servit un petit verre d'alcool. Il était encore trop tôt pour boire, mais à cet instant précis, il s'en moquait. Il se sentait glacé intérieurement, et quand l'alcool coula dans sa gorge, il apprécia sa morsure brûlante.

La première saison d'Elizabeth... Il ne cherchait pas d'épouse cette année-là – ni les suivantes, d'ailleurs – et s'efforçait d'éviter les débutantes et les machinations ourdies par les marieuses qui les entouraient. Mais il avait suffi que son regard se pose sur Elizabeth pour qu'il change d'avis.

Il avait fait en sorte de lui être présenté, et elle l'avait surpris par son assurance, rare chez une jeune fille de son âge. Quand il avait sollicité la permission de danser avec elle, il avait été ravi qu'elle accepte en dépit de la réputation qu'il avait. Le simple contact de sa main gantée sur la sienne avait éveillé en lui une vague de désir sensuel comme il n'en avait encore jamais ressenti.

— Vous m'avez tout de suite impressionné, Elizabeth, déclara-t-il en contemplant le verre vide qu'il faisait tourner entre ses mains. Vous n'avez ni bafouillé ni détourné le regard alors que je me montrais excessivement audacieux. En fait, vous m'avez même taquiné et avez poussé la témérité jusqu'à me réprimander. Et j'ai été tellement choqué la première fois que je vous ai entendue jurer que j'en ai perdu la mesure. Vous souvenez-vous de cela ?

Sa voix, d'une infinie douceur, flotta jusqu'à lui à travers la pièce.

— Comment pourrais-je l'oublier ?

— Vous avez scandalisé toutes les dames de la bonne société en me faisant rire tout haut.

Après cette mémorable première danse, il avait veillé à assister à tous les événements auxquels elle était conviée, stratégie qui l'avait parfois amené à se présenter dans plusieurs maisons avant de la trouver. L'étiquette ne l'autorisait à l'inviter à danser qu'une fois par soirée et ils ne se retrouvaient jamais sans chaperon, mais en dépit de ces restrictions, ils s'étaient découvert de profondes affinités. Marcus ne s'ennuyait jamais avec elle, était au contraire perpétuellement fasciné.

Elizabeth, bien qu'étant d'une nature très douce, pouvait s'emporter brusquement – et se calmer tout aussi rapidement. Elle possédait tout ce qui fait d'une jeune fille une femme, mais conservait une grâce enfantine qui pouvait se révéler à la fois attendrissante et agaçante. S'il admirait sa force, c'étaient les fugitifs éclats de sa vulnérabilité qui avaient achevé de le séduire, qui avaient éveillé en lui le désir de la protéger des dangers du vaste monde, de la garder pour lui seul.

Et, en dépit des années et des malentendus, ce désir ne l'avait pas quitté.

Marcus sursauta quand Elizabeth caressa son épaule de sa main.

— Je sais ce que vous pensez, dit-elle. Mais rien ne pourra plus jamais être comme avant.

Il laissa échapper un petit rire sec.

— Je n'ai pas la moindre envie de vivre cela une seconde fois ! Je veux simplement me débarrasser du désir que j'ai de vous. Vous n'en souffrirez pas, je peux au moins vous promettre cela.

Il se retourna et étudia le visage qu'elle levait vers lui, ses grands yeux violets plus indéchiffrables et tristes que jamais. Sa lèvre inférieure se mit à trembler, et il la caressa du pouce.

— Je dois partir, pour préparer le rendez-vous avec l'expéditeur de cette lettre.

Il posa la main sur sa joue et la fit glisser jusqu'à sa gorge.

— Je m'entretiendrai avec les cavaliers qu'Avery a désignés pour vous escorter. Ils vous suivront discrètement. Veillez à porter des couleurs neutres. Aucun bijou. Des souliers confortables.

Elizabeth acquiesça, puis demeura aussi figée qu'une statue quand il effleura ses lèvres des siennes. Son pouls la trahit cependant – Marcus le sentit s'accélérer sous la paume de sa main. Un douloureux élancement s'empara de son entrejambe et contracta sa poitrine, le forçant à fermer les yeux. Il aurait volontiers donné toute sa fortune pour être débarrassé de cet encombrant désir.

Malade de dégoût envers lui-même, il quitta la pièce, haïssant déjà les heures qui le séparaient de l'instant où il la reverrait.

5

Tandis qu'il scrutait la scène à travers les buissons, Marcus sentit un filet de sueur couler entre ses omoplates. Elizabeth se trouvait à quelques mètres de là, dans la clairière. Elle tenait entre ses mains le carnet de son mari. Sous ses pieds, l'herbe qu'elle avait piétinée répandait dans l'atmosphère un parfum printanier que, en d'autres circonstances, il aurait trouvé apaisant.

Cette situation ne lui plaisait pas du tout. Il détestait devoir la laisser seule ainsi, à la merci de l'individu qui voulait mettre la main sur le carnet d'Hawthorne. Il la regarda faire passer le poids de son corps d'un pied sur l'autre. Si seulement il avait pu la rejoindre !

Il n'avait eu que très peu de temps pour préparer ce rendez-vous. Entièrement entourée d'arbres, la clairière choisie par l'expéditeur de la lettre rendait toute surveillance extrêmement difficile. On pouvait se cacher absolument partout. Marcus était incapable de localiser Avery et les cavaliers d'escorte qui se tenaient dans les parages et surveillaient les chemins d'accès à la clairière. Il ne pouvait donc leur faire signe, et il se sentait affreusement vulnérable. Attendre patiemment n'était pas dans sa nature, et son poing enserrait la poignée de sa courte épée avec une fureur difficilement contenue.

Pourquoi cela traînait-il autant ?

Cette mission était plus importante que toutes celles qui lui avaient été assignées jusqu'alors ; elle exigeait de la présence d'esprit et un sang-froid à toute épreuve. Mais, à sa grande consternation, Marcus s'était rarement senti aussi peu calme. L'échec n'était jamais envisageable, mais là... il s'agissait d'Elizabeth, sacrebleu !

Comme si elle percevait son agitation, Elizabeth jeta un regard furtif autour d'elle, cherchant à le localiser. Elle se mordillait la lèvre, et Marcus sentit son souffle se bloquer dans sa gorge tandis qu'il l'observait. C'était un tel plaisir de la contempler, et il en avait été si longtemps privé ! Il savoura jusque dans le moindre détail le spectacle qu'elle offrait, depuis son menton relevé qui semblait défier le monde entier jusqu'à sa façon nerveuse de faire passer le carnet d'une main à l'autre. Une légère brise souleva les boucles de ses cheveux sur sa nuque, révélant la souplesse de son cou de cygne. Momentanément distrait par le courage dont elle faisait preuve et par l'élan protecteur que cela engendrait en lui, Marcus ne remarqua que trop tard la silhouette vêtue de noir qui se laissa soudain tomber d'un arbre. Il se redressa d'un bond dès qu'il comprit ce qui se passait, le sang rugissant si fort dans ses tympans qu'il l'assourdissait presque.

Projetée à terre, Elizabeth laissa échapper le carnet, qui vola quelques mètres plus loin. Elle poussa un cri qui fut coupé net par le poids de l'homme atterrissant sur elle.

Marcus plongea sur eux, écarta l'assaillant dans un grondement de fureur et se mit à jouer des poings.

Le premier coup qu'il lui porta au visage suffit à immobiliser l'homme, mais Marcus fit pleuvoir sur lui une grêle de coups rageurs, incapable de réfléchir, obéissant seulement à l'instinct qui le poussait à tuer quiconque menaçait Elizabeth. Il frappait comme un possédé, ne songeant qu'à évacuer la frayeur qui s'était emparée de lui.

Elizabeth restait immobile sur le sol, bouche bée. Elle savait que Marcus était doté d'une puissante force physique, mais en sa présence, il avait toujours observé un comportement parfaitement civilisé. Elle l'avait idéalisé dans ses pensées, l'imaginant dans la posture du débauché qui brandit épée ou pistolet avec la désinvolture de celui qui se sait supérieur et se permet de narguer ses adversaires avant de se débarrasser d'eux sans verser une goutte de sueur. Jamais elle ne s'était représenté Marcus tel qu'elle le voyait à présent, bête sauvage assoiffée de sang, capable de tuer un homme à mains nues et visiblement disposé à agir de la sorte.

Les yeux écarquillés d'effroi, elle se mit à quatre pattes et se redressa quand les mains de Marcus se refermèrent autour de la gorge de l'homme – un homme qui était la seule personne susceptible de leur révéler l'importance du carnet de Nigel Hawthorne.

— Non ! Ne le tuez pas !

Le cri d'Elizabeth fit relâcher son étreinte à Marcus et dissipa le brouillard écarlate qui l'aveuglait. Déployant une force surprenante après le traitement que lui avait infligé Marcus, l'agresseur d'Elizabeth en profita pour repousser le jeune homme, se redresser et le projeter à terre.

Marcus roula sur le ventre et se releva aussitôt, prêt à repartir à l'assaut, mais l'homme s'était déjà emparé du carnet et s'apprêtait à prendre la fuite. Avant de partir, il se retourna, et un rayon de soleil éclaira le pistolet qu'il braquait sur eux. Lentement, Marcus acheva de se redresser, uniquement soucieux de rejoindre Elizabeth et de la mettre à l'abri. Mais il ne parvint pas à se déplacer assez rapidement. Le coup partit, et la détonation se répercuta dans la clairière. Marcus hurla une mise en garde, se retourna et sentit son cœur manquer un battement.

Elizabeth se tenait près de sa monture, sa chevelure répandue sur ses épaules… le canon fumant d'un pistolet entre ses mains tendues !

De nouveau, Marcus pivota et vit avec stupeur l'agresseur tenter maladroitement de se relever après sa chute. Son arme, qu'il avait lâchée, gisait sur l'herbe emperlée de rosée à côté du carnet rouge. La main gauche de l'homme était flasque, et il plaquait sa main droite sur la blessure de son épaule. En jurant, il se rua entre deux buissons et disparut sous le couvert des arbres.

Abasourdi par l'enchaînement des événements, Marcus vit Avery passer devant lui, se précipitant à la poursuite de l'assaillant.

— Enfer et damnation, cracha-t-il, furieux contre lui-même d'avoir laissé la situation lui échapper ainsi.

Elizabeth lui saisit alors le bras.

— Êtes-vous blessé ? s'enquit-elle d'une voix tremblante, sa main s'aventurant sur son torse.

Son inquiétude sincère lui fit écarquiller les yeux.

— Marcus ! s'impatienta-t-elle. Êtes-vous blessé ? Vous a-t-il touché ?

— Non, non, je n'ai rien. Que diable faites-vous avec ceci ? demanda-t-il, éberlué par la vision du pistolet qui pendait au bout de son bras.

— Je vous sauve la vie.

Elle poussa un long soupir et se dirigea vers le carnet rouge pour le ramasser.

— Vous me remercierez quand vous aurez repris vos esprits, jeta-t-elle négligemment.

Confortablement assis, débarrassé de sa redingote et de son gilet, les pieds calés sur la table, Marcus regardait les rayons du soleil jouer sur son verre de cognac.

Dire que la matinée s'était soldée par un désastre eût été un euphémisme, et pourtant, Elizabeth avait trouvé le moyen de récupérer le carnet de son mari et de blesser son agresseur.

Marcus n'en était pas autrement surpris. Son amitié avec William lui avait permis de comprendre un certain nombre de choses au sujet d'Elizabeth.

Après le décès de sa mère à la suite d'une maladie foudroyante, Elizabeth s'était trouvée livrée aux soins d'un frère et d'un père aussi notoirement débauchés l'un que l'autre. Les gouvernantes recrutées pour veiller à son éducation avaient toutes déclaré forfait, s'accordant à qualifier l'enfant d'incorrigible. Privée d'une lénifiante influence féminine, Elizabeth avait grandi comme une sauvageonne.

Son frère William l'emmenait partout avec lui, que ce soit pour galoper à bride abattue à travers champs, pour grimper aux arbres ou pour tirer au pistolet. Avant d'avoir l'âge d'intégrer un pensionnat de jeunes filles, Elizabeth ignorait tout des règles que les dames de la haute société étaient tenues de suivre. Les années de strict apprentissage qui avaient suivi l'avaient dotée des moyens subtils qui lui permettaient à présent de cacher sa véritable nature, mais Marcus n'en avait cure. Il était déterminé à découvrir ce qui se trouvait au-delà de ce masque, à la connaître tout entière.

Le mystère du carnet rouge se révélait bien plus dangereux qu'ils ne l'avaient l'un et l'autre supposé. Marcus allait devoir prendre de nouvelles mesures pour assurer la sécurité d'Elizabeth.

— Je vous remercie de m'avoir permis de remettre un peu d'ordre dans ma tenue, murmura celle-ci depuis le seuil de la pièce.

Elle s'était isolée un instant dans la chambre destinée autrefois à devenir la sienne – celle de la maîtresse de maison. Marcus tourna la tête et la découvrit, les yeux baissés sur ses mains jointes.

— William aurait deviné qu'il m'était arrivé quelque chose si j'étais rentrée à la maison dans cet état.

Marcus la dévisagea et remarqua les cernes sous ses yeux. Avait-elle du mal à dormir ? Hantait-il ses rêves comme elle torturait les siens ?

— Votre famille n'est pas à Londres en ce moment ? demanda-t-elle, regardant autour d'elle comme si elle s'attendait à trouver là tous les membres de sa famille. Lady Westfield ? Paul et Robert ?

— D'après ce que ma mère m'a écrit, le nouveau jeu de Robert consiste à reculer autant que faire se peut leur retour à Londres. Je suis donc seul ici.

— Oh, souffla-t-elle avant de se mordre la lèvre.

— Elizabeth, cette mission vient de prendre un tour extrêmement dangereux. Quand votre agresseur sera de nouveau en état d'agir, il reviendra à la charge. Et s'il a des complices, ceux-ci n'attendront pas.

— J'en suis consciente. Je serai sur mes gardes.

— Cela ne suffit pas. Il faut que vous soyez protégée nuit et jour, et pas seulement par des cavaliers d'escorte. Je veux qu'il y ait toujours quelqu'un pour veiller sur vous, y compris durant votre sommeil.

— C'est impossible. Des gardes du corps à la maison éveilleraient forcément les soupçons de William.

Marcus posa son verre.

— William ne pourrait qu'approuver une telle mesure. Pourquoi ne pas lui demander son avis ?

Elle cala ses mains sur ses hanches.

— Parce que j'en ai décidé ainsi. Il est enfin libéré de cette satanée agence. Sa femme attend un enfant. Je refuse de risquer sa vie et celle de Margaret pour rien.

— *Vous* n'êtes pas rien, gronda-t-il.

— Pensez à ce qui s'est passé aujourd'hui !

Il se leva.

— Je ne pense qu'à cela, figurez-vous !

— Vous auriez pu être tué.

— Vous n'en savez rien !

— J'étais là...

Sa voix s'était brisée. Elle tourna les talons et se dirigea vers la porte d'entrée.

Prestement, Marcus se mit en travers de son chemin.

— Je n'ai pas fini de parler, madame.

— J'ai fini d'écouter, monsieur, répliqua-t-elle.

Elle essaya de le contourner, mais Marcus l'en empêcha.

— Soyez maudits, vous et votre arrogance, jeta-t-elle en pointant un index rageur sur son torse.

Marcus saisit sa main et remarqua qu'elle tremblait.

— Elizabeth...

Elle leva les yeux vers lui, si fragile et délicate, et pourtant si formidablement grandie par la colère. L'idée qu'on puisse lui faire du mal lui nouait l'estomac. Il décela au fond de ses yeux la peur qu'elle s'efforçait de cacher et sentit son cœur fondre.

— Toujours aussi soupe au lait, murmura-t-il en l'attirant contre lui.

Le bout de ses doigts frémit au contact de sa main dégantée. Sa peau était aussi douce que du satin. Du pouce, il effleura son poignet et sentit son pouls s'accorder aux battements de son cœur.

— Vous avez fait preuve d'un grand courage, aujourd'hui.

— Ne tentez pas de me flatter, cela resterait sans effet.

— Je suis désolé de vous l'entendre dire, répondit-il en l'attirant vers lui.

— Quoi que je dise, vous tentez quand même de me séduire, rétorqua-t-elle.

— Tenter, seulement ? Cela ne fonctionne donc pas ? demanda-t-il en prenant sa main, qu'il trouva froide. Dans ce cas, je dois redoubler d'efforts.

Un éclat dangereux brilla dans les yeux violets d'Elizabeth, mais Marcus n'avait jamais été homme à reculer devant le danger – bien au contraire. Au moins ne pensait-elle plus à son agresseur. Sa main se réchauffait déjà au contact de la sienne... et il avait l'intention de la réchauffer tout entière.

— Vos efforts sont déjà plus que suffisants, dit-elle en reculant d'un pas.

Marcus accompagna son mouvement, dirigeant habilement ses pas vers sa chambre à coucher.

— Les femmes se sont-elles toujours jetées à vos pieds ?

— Je me demande quelle réponse il est raisonnable de vous faire, dit-il d'un ton pensif.

— Essayez la vérité.

— Dans ce cas, la réponse est oui.

Elle fronça les sourcils.

Il rit et pressa ses doigts.

— Ah... La jalousie a toujours été l'émotion la plus facile à faire naître chez vous.

— Je ne suis pas jalouse. Les autres femmes peuvent bien jouir de vos faveurs, elles ont ma bénédiction.

— Pour l'instant, il n'est pas question d'autres femmes.

Il sourit en voyant son froncement de sourcils s'accentuer, se rapprocha d'elle et fit passer leurs mains jointes derrière le dos d'Elizabeth pour l'attirer vers lui. Elle plissa les yeux.

— Que voulez-vous dire ?

— Je cherche à vous distraire. Vous êtes à cran.

— Pas le moins du monde.

Il pencha la tête vers elle, et elle entrouvrit les lèvres. Au-delà de l'odeur que la poudre de son pistolet avait laissée sur ses vêtements, il décela son entêtant parfum de rose et de vanille.

— Vous avez été sublime, tout à l'heure...

Il s'empara délicatement de sa bouche, sentit le souffle d'Elizabeth sur la sienne et s'enhardit à mordiller ses lèvres.

— Cela vous trouble peut-être d'avoir tiré sur un homme, mais vous n'hésiteriez pas à recommencer. Pour moi.

— Marcus...

Le son de sa voix, s'ajoutant à la saveur de sa bouche, lui arracha un soupir de désir. Son corps tout entier s'était douloureusement tendu depuis qu'il la serrait contre lui.

— Oui, ma chère ?

— Je n'ai pas envie de vous.

— Cela viendra, répliqua-t-il en la faisant taire d'un baiser.

Elizabeth se laissa aller dans un sanglot contre le torse ferme de Marcus. Elle lui en voulait de la subjuguer ainsi, avec ses caresses, sa voix de velours et son parfum viril. Ses paupières mi-closes laissaient filtrer l'ardeur d'un désir qu'elle n'avait pas cherché à éveiller.

Et ce fut comme dotées d'une volonté propre que ses mains enlacèrent la taille souple de Marcus et remontèrent dans son dos.

— Je vous déteste d'être aussi tendre.

Il pressa son front emperlé de sueur contre le sien, et un grognement franchit ses lèvres tandis qu'il faisait glisser ses doigts sous les pans de sa veste.

— Vous portez trop de vêtements.

Il reprit possession de sa bouche, dardant hardiment sa langue entre ses lèvres. Son baiser profond la laissa si étourdie qu'elle ne se rendit compte qu'il l'avait soulevée dans ses bras et transportée jusqu'à la chambre que lorsqu'il en referma la porte d'un coup de pied, les isolant du reste du monde.

Elle voulut protester et tenta de se dégager... mais la façon dont Marcus recouvrit son sein de sa main déclencha en elle une onde de plaisir si intense qu'elle gémit contre sa bouche, l'incitant involontairement à accentuer son baiser, déjà dévorant. Elle avait beau s'appliquer à demeurer parfaitement rigide, à maintenir ses pensées à mille lieues des exigences de sa chair, son sang bouillonnait dans ses veines, et elle sentait sa peau devenir brûlante.

— J'ai envie de vous, dit-il d'une voix rauque. Je veux m'enfouir en vous jusqu'à oublier qui nous sommes.

— Je ne veux pas oublier.

— Je ne devrais penser qu'à cette mission et aux événements qui se sont déroulés aujourd'hui, mais j'en suis incapable. Parce que je ne peux penser qu'à vous.

Elizabeth posa le bout de ses doigts sur ses lèvres pour étouffer ses paroles séductrices qui auraient dû lui rappeler son expérience des jeux d'alcôve mais qui, étrangement, n'y parvenaient pas.

Il écarta la courtepointe, révélant des draps de soie d'un luxe décadent. Par de tendres et doux baisers, il s'efforça de distraire ses pensées de la subtile avancée de ses doigts le long des rangées de boutons qui se dressaient entre ses caresses et la peau nue d'Elizabeth. Il glissa bientôt les mains sous les pans de sa veste, l'écarta de ses épaules et la laissa tomber par terre. Un violent frisson la parcourut, et il l'attira contre lui.

— Là... murmura-t-il d'un ton apaisant. Il n'y a que vous et moi. Laissez donc votre père et Eldridge en dehors de notre lit.

Elle enfouit son visage dans sa chemise en lin et huma son odeur, puis tourna la tête pour laisser reposer sa joue contre son torse et prit une longue inspiration. Le lit, immense, aurait aisément pu accueillir quatre solides gaillards.

Il n'attendait plus qu'eux deux.

— Regardez-moi.

Elle leva les yeux vers lui et lut sa faim dévorante dans son regard d'émeraude. Un frémissement s'empara de ses lèvres, que Marcus apaisa d'un frôlement des siennes.

— N'ayez pas peur.

Se retrouver seule avec lui dans une chambre à coucher représentait pour Elizabeth le plus grand des dangers. C'était bien plus effrayant que de se faire agresser par un homme qui se laisse tomber sur vous depuis les branches d'un arbre. Cet homme-là avait agi avec la vivacité d'une vipère. La méthode d'approche de Marcus s'apparentait plus à celle d'un python.

Il s'enroulerait autour d'elle et l'étoufferait lentement, jusqu'à la priver de toute indépendance.

— Je n'ai pas peur.

Elle le repoussa et, sans se soucier de sa veste, ne pensant qu'à s'éloigner de lui au plus vite, se dirigea tranquillement vers la porte.

— Je pars.

Elle n'était plus qu'à une fraction de seconde de la liberté quand il la saisit brutalement, la fit pivoter sur elle-même et la poussa sur le lit, où elle atterrit à plat ventre.

— Que faites-vous ? s'exclama-t-elle.

Marcus la maintint immobile tandis qu'il nouait fermement sa cravate autour de ses poignets.

— Vous êtes si pressée de mettre de la distance entre nous que vous seriez prête à sortir à moitié nue, gronda-t-il. Il vous faut chasser cette peur que je vous inspire. Vous devez me faire confiance, de toutes les façons possibles, inconditionnellement, ou vous serez en danger de mort.

— Et c'est ainsi que vous comptez gagner ma confiance ? cracha-t-elle. En me retenant contre mon gré ?

Il se plaça au-dessus d'elle, calant ses genoux de part et d'autre de ses hanches, son grand corps l'emprisonnant contre le lit. Du bout des dents, il lui mordilla l'oreille, et sa voix, pleine de rage contenue, la fit frissonner de la tête aux pieds.

— C'est ce que j'aurais dû faire il y a des années. Mais je me suis laissé troubler par vos charmes et je n'ai pas su voir votre véritable nature. Jusqu'à ce jour, je croyais encore que vous étiez si fragile qu'il fallait faire preuve de douceur avec vous, pour ne pas risquer de vous effaroucher. Je comprends à présent qu'il faut au contraire vous chevaucher sans ménagement pour vous débourrer comme il convient !

— Fumier !

Le cœur battant, Elizabeth se contorsionna pour tenter de lui échapper. En guise de réponse, il s'assit à califourchon sur elle, étouffant ses cris de protestation. Lorsque ses doigts entreprirent de dénouer les lacets de ses jupes et de son bustier, elle sentit le poids de son corps s'écarter : il s'était placé près du lit pour lui ôter ses vêtements. Elle envisagea brièvement de rouler sur le dos pour dissimuler ses fesses, clairement visibles à travers la fine étoffe de sa chemise, mais décida finalement de n'en rien faire, sa poitrine ayant davantage besoin d'être protégée.

— Vous ne vous en tirerez pas comme ça, le prévint-elle. Vous ne pourrez pas me garder éternellement ligotée, et quand vous me libérerez, je me vengerai. Je...

— Vous ne pourrez même pas marcher, fit-il en pouffant.

Il tendit les mains vers ses bottines, et elle lui donna un coup de pied de toutes ses forces. La douleur cuisante qui s'empara alors de ses fesses lui arracha un hurlement. La première claque fut rapidement suivie de plusieurs autres, chaque coup déclenchant une souffrance plus aiguë que le précédent, au point qu'elle dut enfouir son visage dans la courtepointe pour cacher ses larmes de douleur. Quand elle cessa de s'agiter et qu'elle accepta les coups sans réagir, Marcus interrompit le châtiment.

— Votre père aurait dû vous placer en travers de ses genoux dès votre plus jeune âge, marmonna-t-il.

— Je vous hais ! cracha-t-elle en tournant la tête vers lui.

Marcus émit un long soupir de résignation.

— Ne vous épuisez pas en vaines injures, mon cœur. Vous finirez par me remercier. Je vous offre la possibilité de jouir de moi. Vous pouvez vous débattre tant que vous voulez et obtenir néanmoins ce que vous désirez. Rien que du plaisir, sans aucune culpabilité.

Ses mains épousèrent les globes meurtris de ses fesses, les caressèrent tendrement. La douceur de ses gestes formait un tel contraste avec le traitement qu'il venait de lui infliger qu'elle se sentit gagnée par une étrange excitation.

— Vous êtes si belle... si douce et si parfaite, murmura-t-il. Laissez-vous aller, mon ange. Puisque je vais vous prendre de toute façon, pourquoi ne pas savourer l'expérience ?

Quand ses mains glissèrent jusqu'à l'ourlet de sa chemise pour se faufiler en dessous, un gémissement d'impatience franchit les lèvres d'Elizabeth, tandis que sa peau nue se couvrait de chair de poule. Son sang s'échauffa, et sa colère se fondit dans l'enivrante sensation que déclencha le massage de ses pouces depuis le creux de ses reins jusqu'à sa taille. Tout au fond d'elle-même, Elizabeth se sentit faiblir sous la savante caresse de ses doigts. Le souffle d'air frais qui passa sur sa peau brûlante lui arracha un autre gémissement, de soulagement cette fois.

— Si vous le pouviez, vous lutteriez avec moi jusqu'à ce que mort s'ensuive, ma belle tentatrice entêtée. Mais l'entrave à laquelle j'ai dû vous soumettre pour satisfaire mes propres besoins vous offre une récompense inattendue, n'est-ce pas ?

Il la fit rouler sur le dos, puis la prit par les épaules et l'assit.

Elizabeth dut se mordre la lèvre pour masquer une moue de dépit – elle aurait voulu qu'il poursuive ses caresses. Le contact de ses mains sur sa peau nue lui manquait déjà. Les pointes durcies de ses seins se tendaient vers lui comme pour l'inciter à les pincer entre ses doigts pour les apaiser. Assombris par une émotion qui reflétait la sienne, les yeux d'émeraude de Marcus se plissèrent quand il découvrit son visage empourpré. Son regard ne reflétait aucune pitié, rien qu'une détermination farouche. Elizabeth sentit son ventre se contracter, et une douce moiteur se répandit entre ses cuisses quand elle prit conscience de son absolue vulnérabilité.

Il l'aida à se lever et la guida jusqu'à une chaise dont les accoudoirs s'incurvaient joliment. Après l'y avoir installée, il sortit les pans de sa chemise de son pantalon et la fit passer par-dessus sa tête.

Elizabeth le contempla, saisie par la splendide virilité des muscles qui jouaient sous la peau cuivrée de son torse. Son épaule gauche portait la cicatrice circulaire d'une balle de pistolet, et des rubans de chair nacrée trahissaient ici et là la morsure de coups d'épée. La vision de ces cicatrices lui rappela que cet homme, si superbe qu'il soit, n'était pas fait pour elle. Et alors même que son sang continuait à bouillonner dans ses veines, elle sentit son cœur se glacer.

— L'agence a laissé sa marque sur vous, lâcha-t-elle d'un ton narquois. C'est abject.

Marcus haussa les sourcils.

— Ce qui explique sans doute que vous soyez incapable de détacher les yeux de ma personne.

Mortifiée, elle se força à détourner les yeux.

Il s'agenouilla devant elle, plaça ses mains au creux de ses genoux pour lui faire écarter les jambes et les cala sur les accoudoirs de la chaise. Une vague de chaleur honteuse s'empara de son visage quand les replis humides de son sexe se déployèrent sous son regard.

— Tirez au moins les rideaux.

Il fronça les sourcils, le regard rivé au sommet de ses cuisses.

— Dieu m'en garde, répondit-il en effleurant délicatement les boucles de sa toison. Pourquoi voudrais-je cacher une telle merveille ? C'est une vision de paradis que vous m'offrez là, et il n'y a que trop longtemps que j'attends de la contempler.

— Je vous en supplie, souffla-t-elle d'une voix altérée.

Elle ferma les yeux. Son corps tout entier se raidit alors, et elle se mit à trembler.

— Elizabeth, regardez-moi.

Des larmes accompagnèrent le mouvement de ses paupières quand elle rouvrit les yeux et les leva vers lui.

— Pourquoi avez-vous si peur ? Vous savez que je ne vous ferai aucun mal.

— Vous ne me laissez rien, vous me privez de tout.

Il fit courir le bout de son doigt sur le pourtour de son intimité, puis l'introduisit doucement au creux de sa chair. Involontairement, elle se cambra, tendant le lien qui entravait ses bras dans son dos.

— Vous avez partagé cela avec Hawthorne et vous refusez de le partager avec moi ? Pourquoi ? s'enquit-il d'un ton rauque, urgent.

Elle lui répondit d'une voix tremblante qui trahissait la profondeur de sa détresse.

— Mon mari ne m'a jamais vue ainsi.

Le doigt qui avait entrepris de la pénétrer s'immobilisa.

— Comment cela ?

— Ces choses-là se font la nuit. Il ne faut pas...

— Hawthorne vous faisait l'amour dans l'obscurité ?

— C'était un gentleman, un homme...

— … d'honneur. Dieu tout-puissant, soupira Marcus en écartant son doigt et en se redressant. Il vous avait pour lui tout seul, il pouvait vous honorer à sa guise, et il n'appréciait même pas votre beauté ? Quel gâchis ! Cet homme était surtout un imbécile.

— Notre mariage n'était pas différent des autres, dit-elle en baissant la tête.

— Il était complètement différent de ce qu'aurait été le nôtre. Combien de fois ?

— Combien de fois ? répéta-t-elle, interdite.

— À quelle fréquence vous faisait-il l'amour ? Chaque nuit ? Une fois de temps en temps ?

— En quoi est-ce important ?

Marcus prit une inspiration frémissante, et son corps se tendit. Il se passa la main dans les cheveux et observa un long moment de silence.

— Libérez-moi, Marcus, et oublions tout ceci.

Sa honte était totale. Qu'aurait-il pu lui faire de pire ?

Avec des doigts durs, il la força à relever le menton pour croiser son regard.

— Je vais vous toucher partout. Avec mes mains et ma bouche. En plein jour et tout au long de la nuit. Je vais vous posséder comme bon me semblera et où bon me semblera. Je vous connaîtrai comme personne d'autre ne vous a jamais connue.

— Pourquoi ?

Elle lutta encore contre ses liens, entièrement à sa merci et insupportablement excitée. Ainsi offerte devant lui, elle était terriblement consciente du vide qui l'habitait, et plus consciente encore du désir qu'elle avait de le voir combler ce vide.

— Parce que je le peux. Parce que après cela, vous aurez désespérément envie de moi et du plaisir que je suis en mesure de vous donner. Parce que je veux que vous me fassiez enfin confiance, bon sang ! gronda-t-il. Quand je pense à toutes ces années que vous avez perdues à vivre avec cet homme ou à porter son deuil, alors que vous auriez pu être à moi !

Il se laissa tomber à genoux à ses pieds, saisit ses hanches et inclina la tête. Elizabeth retint son souffle quand sa bouche se referma sur son sein pour en aspirer le mamelon à travers sa chemise. D'abord déconcertée, elle se cambra bientôt vers lui, l'encourageant silencieusement à poursuivre, et sentit des spasmes de désir s'élever dans son bas-ventre au rythme de la succion de ses lèvres.

Les doigts tièdes de Marcus descendirent de sa taille jusqu'aux boucles d'ébène de sa toison. Une douloureuse tension enflamma ses sens, et elle laissa échapper un soupir d'extase.

— Je vais vous toucher, là, déclara-t-il. Avec mes doigts, ma bouche et mon sexe.

Elle écarquilla les yeux et se mordit la lèvre.

— Je vous promets que vous allez adorer cela, ajouta-t-il en insérant son pouce entre ses lèvres pour les écarter.

— Vous voulez me traiter comme une catin. C'est votre vengeance.

Il eut un sourire dénué d'humour.

— Je veux vous donner du plaisir et je veux vous entendre me supplier de vous en donner. Pourquoi vous en priver ?

Il se redressa et défit son pantalon afin de libérer son sexe. À ce spectacle, un flot de désir comme elle n'en avait encore jamais ressenti la submergea. Le membre de Marcus était long et épais, doté d'une extrémité plus large que la base et assombrie par l'afflux sanguin. Il le prit en main, le caressa sur toute sa longueur, et une perle translucide apparut au sommet.

— Voyez l'effet que vous avez sur moi, Elizabeth. Cela vous donne une idée du pouvoir que vous avez. Vous voilà devant moi, entravée, livrée à mon bon vouloir, et pourtant, c'est *moi* qui suis à votre merci.

Elizabeth déglutit douloureusement, incapable de détacher les yeux de son membre érigé.

— Vous devez me faire confiance, Elizabeth.

Elle leva les yeux vers lui et fut choquée par ce qu'elle découvrit. Il était plus beau que jamais, mais ses traits reflétaient une expression crue et brutale qu'elle ne lui avait encore jamais vue.

— Vous voulez dire... dans le cadre de notre mission ?

— C'est de nous qu'il s'agit, Elizabeth. De vous et moi, répondit-il en se rapprochant de plus en plus. Ouvrez la bouche.

— Quoi ? répondit-elle en sentant ses poumons se contracter.

— Prenez-moi dans votre bouche.

— Non... souffla-t-elle avec un mouvement de recul.

— Où est passée la femme qui se vantait de ne plus être une oie blanche qui se sauve en hurlant à la vue du désir d'un homme ?

Marcus plaça ses cuisses puissantes de part et d'autre de la chaise de façon à amener l'extrémité luisante de sa verge juste en face de ses lèvres.

— C'est de confiance qu'il s'agit ici, murmura-t-il. Pensez à toutes les façons que vous avez de me faire souffrir. Vous êtes en mesure de me mordre et de m'émasculer, ma tendre amie. Ou bien de me sucer jusqu'à ce que le plaisir me fasse mettre à genoux devant vous. Si je vous demande cela alors que j'ai conscience des risques, c'est parce que j'ai confiance en vous. C'est cette même confiance que j'attends de vous.

Elizabeth le dévisagea, fascinée par ce qu'elle lisait dans son regard. Un désir violent, doublé d'un besoin irrépressible. Pas la moindre amertume, en revanche. Il était redevenu celui qu'il était à l'époque de leurs fiançailles. Il était si beau et paraissait si jeune, ainsi délivré du poids de son hostilité...

Ce fut cette façon de s'exposer, à ses risques et périls, qui dicta sa décision. Elle prit une longue inspiration et fit ce que lui dictait son cœur – elle écarta les lèvres.

6

Marcus était au bord de l'explosion quand Elizabeth se décida enfin à ouvrir les lèvres et à se pencher en avant pour le prendre dans sa bouche. Lorsque la chaleur moite de ses lèvres effleura son gland, il inspira l'air entre ses dents dans un sifflement d'agonie. Sentant ses genoux flancher, il saisit de sa main libre le haut dossier de la chaise afin de garder l'équilibre.

Elle s'écarta, l'air effrayé.

— Vous ai-je fait mal ?

Incapable de parler, il secoua brièvement la tête. Elizabeth s'humecta les lèvres, puis renouvela l'expérience, prenant cette fois son gland tout entier dans sa bouche.

— Sucez, ordonna-t-il dans un râle, sa tête basculant en avant.

Il vit alors ses joues se creuser au rythme de sa délicieuse succion. Ses jambes se mirent à trembler, et il laissa échapper un sourd rugissement.

Se sentant encouragée, Elizabeth le prit plus profondément en bouche et fit tourner sa langue autour de sa verge pour en explorer le contour. La vision de sa bouche grande ouverte autour de son membre suffit à chasser de l'esprit de Marcus toute pensée rationnelle.

— Je vais bouger, dit-il entre ses dents serrées. N'ayez pas peur.

Ses hanches basculèrent vers l'avant, et il entreprit d'aller et venir dans sa bouche. Les yeux d'Elizabeth s'arrondirent, mais elle ne tenta pas de s'éloigner ni de protester. Au contraire, elle s'appliqua à répondre à ses poussées avec une assurance accrue.

En la regardant faire, Marcus songea qu'il recevait enfin la récompense dont il rêvait depuis tant d'années, même s'il avait du mal à croire que la femme qui prenait soin de lui avec une telle adresse puisse être Elizabeth.

— Seigneur, Elizabeth...

Il ôta la main de son membre pour insérer ses doigts entre les tendres replis de son sexe. Elle gémit, et il se concentra sur les caresses qu'il lui prodiguait dans l'espoir de se maîtriser. Son doigt allait et venait aisément entre ses lèvres moites, glissantes comme du satin et brûlantes comme l'enfer. Elle était délicieusement étroite - un vrai rêve. Il sentit ses bourses s'alourdir et se contracter. Il recula, les jambes tremblantes, écartant son membre de sa bouche humide.

Elle leva vers lui son beau regard violet dans une interrogation muette.

— Maintenant, déclara-t-il d'une voix rocailleuse.

Un frisson parcourut Elizabeth. Marcus avait toujours posé sur elle le regard que pose un homme affamé sur un buffet regorgeant de victuailles. Mais, à cet instant précis, ses yeux reflétaient... le désespoir. Troublée, elle baissa les yeux et déglutit en découvrant le filet translucide qui s'écoulait le long de son membre, dont la saveur musquée s'épanouit alors pleinement dans sa bouche.

Il se révélait si différent de ce qu'elle avait imaginé... Et elle qui s'était crue bien au-delà de l'innocence virginale découvrait combien ses connaissances en matière de plaisir étaient limitées. En voyant l'enchevêtrement de veines saillantes et violacées qui parcouraient son sexe, elle s'était attendue que son membre ait une texture rugueuse, voire granuleuse. Au lieu de quoi elle avait découvert que sa peau était plus douce que de la soie et que faire glisser rythmiquement sa langue sur son membre déclenchait un rythme identique au creux de ses cuisses.

L'acte en lui-même ne correspondait pas non plus à ce qu'elle avait supposé – loin de là. Elle avait cru qu'elle se sentirait utilisée, asservie, réduite à un simple objet de plaisir. Mais Marcus était dévasté – elle l'avait vu et senti à ses tremblements, à la façon dont sa voix s'était assourdie. Prendre ainsi possession du sexe d'un homme conférait un certain pouvoir, finalement.

— Détachez-moi, exigea-t-elle d'une voix haletante.

Il secoua la tête et fit basculer la chaise en arrière. Surprise par sa manœuvre, elle retint son souffle jusqu'à ce qu'il interrompe son geste. Elle comprit alors son intention : maintenant que le dossier de la chaise était calé contre le mur, les lèvres moites et entrouvertes de son sexe s'offraient idéalement à l'avidité de son membre. Le sourire victorieux dont il la gratifia lui coupa le souffle. Il plia les genoux de manière à placer l'extrémité de son membre devant son sexe et entreprit de le caresser amoureusement de son gland, lubrifiant ainsi les tendres replis de sa chair.

Elle ne put contenir un sanglot d'impatience. Les agaceries auxquelles il la soumettait la mettaient à l'agonie. Ignorant la voix qui lui enjoignait de résister, elle décida de profiter de lui... rien qu'une fois.

— Vos bras vous font-ils souffrir ? demanda-t-il sans cesser de la caresser.

— C'est *vous* qui me faites souffrir.

— Souhaitez-vous que j'arrête ?

Il avait posé cette question d'une voix si tendue qu'il était évident qu'interrompre ses caresses serait une torture pour lui.

— Je me verrais obligée de vous abattre si vous arrêtiez.

Alors, avec un grognement, il la pénétra d'une lente et irrépressible poussée. Elle se contorsionna, sa chair longtemps en sommeil résistant à cette invasion, mais il insista savamment, et son sexe se fraya un passage encore plus aisément que ses doigts ne l'avaient fait.

Les deux mains plaquées contre le mur, Marcus laissa échapper un soupir d'extase tandis qu'il s'immergeait en elle.

— Seigneur, soupira-t-il. Vous êtes brûlante et étroite comme un poing serré.

— Marcus... sanglota-t-elle.

Il y avait quelque chose de décadent dans la façon dont il la possédait, toujours à moitié vêtu et chaussé de ses bottes. Elle aurait dû en être choquée, et pourtant, ce n'était pas le cas.

Il se retira lentement, la tête penchée vers leurs sexes qui se séparaient.

— Regardez-moi vous prendre, Elizabeth.

Ses cuisses ployèrent sous l'étoffe de son pantalon quand il revint en elle. Elizabeth vrilla son regard sur la ferme progression de son membre et ne put faire autrement que de l'accompagner d'un mouvement des hanches.

Ses bras l'élançaient douloureusement, l'écartement de ses jambes se faisait de plus en plus inconfortable et son coccyx souffrait de porter tout le poids de son corps, mais elle n'en avait cure. Plus rien ne comptait hormis la part la plus intime d'elle-même et l'homme qui y faisait valoir ses droits.

— C'est cela, la confiance, déclara-t-il en faisant aller et venir son sexe en elle de plus en plus vigoureusement.

La confiance. Des larmes franchirent la barrière de ses cils tandis qu'il poursuivait son divin tourment. Il savait comment la caresser, comment plier les cuisses de façon que son sexe frotte un point si sensible en elle qu'il la rendait folle. Elle haletait, le suppliait de continuer. Son sang bouillonnait, ses mamelons durcis tendaient sa chemise, la douleur était à peine supportable.

— Pitié…

Marcus haletait lui aussi, son large torse se soulevant précipitamment.

— Oui, gronda-t-il. Maintenant.

Il glissa sa main entre ses jambes et la caressa doucement. Elle laissa échapper un cri aigu, comme si un ressort enroulé trop serré sur lui-même venait soudain de se détendre en elle, et se cambra tandis que Marcus poursuivait ses infernales caresses visant à l'amener au plaisir.

— Arrêtez, s'écria-t-elle, incapable d'en supporter davantage.

Il alla jusqu'au bout de son mouvement, avant de marquer une pause pour mieux savourer les contractions de son sexe autour de son membre. Puis, inspirant profondément, il reprit ses va-et-vient avec une telle intensité que le dossier de la chaise se mit à cogner en rythme contre le mur. Un long et douloureux gémissement lui échappa quand son membre palpita et qu'il se répandit en elle.

Le souffle court, il s'immobilisa, laissa aller sa tête en avant et sonda son regard. L'incertitude qu'elle lut dans la profondeur émeraude de ses yeux l'apaisa quelque peu, perdue qu'elle était dans son propre désarroi.

— Ce fut trop rapide, marmonna-t-il.

Il détacha une main du mur pour en recouvrir sa joue, son pouce épousant l'arrondi de sa pommette.

— Avez-vous perdu la raison ?

Elle déglutit pour chasser le chat qui s'était logé dans sa gorge.

— Oui.

Lorsqu'il se retira, il le fit lentement, délicatement, mais Elizabeth ne put s'empêcher de grimacer en sentant son sexe quitter le sien. Il écarta ses jambes des accoudoirs de la chaise et l'aida à se lever. Affaiblie, elle se laissa aller contre lui. Il la souleva dans ses bras et la porta jusqu'au lit.

Une fois qu'il l'eut allongée, il lui détacha les mains et lui frictionna les bras et les épaules pour apaiser le fourmillement causé par le retour de l'afflux sanguin. Il tendit ensuite la main vers le ruban de l'encolure de sa chemise.

Elizabeth eut un mouvement de recul.

— Je dois partir.

— Vous êtes épuisée et pouvez à peine marcher, répondit-il en riant. Vous n'êtes pas en état de monter à cheval.

Il s'assit au bord du lit, puis se pencha en avant pour ôter ses bottes et posa le poignard qui y était dissimulé sur la table de chevet.

D'une main, Elizabeth explora son dos, remonta jusqu'à son épaule et encercla d'un index curieux la cicatrice de sa blessure par balle. Marcus tourna la tête et embrassa le bout de ses doigts – un geste empreint d'une telle tendresse qu'Elizabeth en resta interdite.

Lorsqu'il se releva et se débarrassa prestement de son pantalon, Elizabeth, se sentant rougir, fit mine de regarder le ciel, à moitié estompé par les voilages de la fenêtre.

— Regardez-moi, dit-il d'un ton péremptoire où perçait cependant une pointe de supplication.

— Non.

— Elizabeth, il n'y a pas de honte à me désirer.

Elle eut un sourire sans joie, et sa vision de la fenêtre devint floue.

— Bien sûr que non. Toutes les femmes vous désirent.

— Je ne pense pas aux autres femmes, et vous devriez en faire autant.

Il laissa échapper le soupir d'exaspération qu'on réserve d'ordinaire aux enfants récalcitrants.

— Regardez-moi, Elizabeth. S'il vous plaît.

Elle tourna lentement la tête, le cœur cognant dans sa poitrine, et l'examina. Ses épaules à la carrure impressionnante surmontaient un ventre aux muscles bien dessinés, des hanches souples et de longues jambes robustes. Marcus Ashford était une perfection anatomique, et s'il n'y avait eu les cicatrices sur son torse, elle aurait cru avoir affaire à la statue d'un dieu antique plus qu'à un être humain. Malgré elle, elle baissa les yeux en dessous de sa taille. Son sexe, d'une longueur remarquable, présentait une érection tout aussi remarquable qui lui fit avaler sa salive.

— Seigneur ! Comment pouvez-vous... Vous êtes encore...

— ... disposé à vous honorer ? acheva-t-il avec un sourire moqueur.

— Mais je suis exténuée ! se lamenta-t-elle.

Marcus mit sa distraction à profit pour défaire le ruban auquel il avait tenté de s'attaquer une minute plus tôt, dans l'intention de faire passer sa chemise par-dessus sa tête.

— C'est sans importance, vous n'aurez rien à faire, affirma-t-il en approchant ses mains du bas de sa chemise.

Elizabeth les écarta d'une tape sèche. Elle avait besoin de garder une barrière entre eux, si ténue soit-elle.

Marcus se dirigea d'une démarche souple et assurée vers le paravent disposé dans un coin de la chambre, passa derrière et reparut un instant plus tard, un linge humide entre les mains. De retour près du lit, il repoussa Elizabeth contre les oreillers et voulut soulever son genou, mais elle rabattit les jambes sur le côté pour l'en empêcher.

— L'heure n'est plus vraiment à la pruderie, vous ne croyez pas ?

— Qu'avez-vous l'intention de faire ?

— Si vous revenez par ici, je vous le montrerai.

Elizabeth prit le temps de réfléchir, se demandant quelles étaient ses intentions.

— Je me trouvais en vous il y a un instant, reprit-il d'une voix caressante. Est-ce si difficile de m'autoriser à faire votre toilette ?

Sa question était teintée d'une pointe de défi qui la décida. Elle se replaça sur le dos et écarta les jambes. Le petit sourire en coin de Marcus la fit rougir.

Il caressa délicatement les boucles de sa toison avec le linge humide, puis, d'un geste plein de révérence, lui fit sa toilette. Endolorie comme elle l'était, Elizabeth apprécia le soulagement de cette fraîche caresse et laissa échapper un soupir d'aise. Elle se força à se détendre, à fermer les yeux, et était sur le point de s'assoupir quand une sensation humide et chaude lui arracha un cri de surprise.

Elle baissa les yeux, et son cœur se mit à battre plus fort quand elle découvrit le sombre sourire de Marcus.

— Est-ce que vous venez de... me *lécher* ?

— Ma foi oui, répondit-il, laissant tomber avec nonchalance le linge humide par terre. Je vois que cela vous scandalise. Étant donné tout ce que vous avez enduré aujourd'hui, je veux bien vous accorder un répit. Mais, à l'avenir, tenez-vous prête à recevoir toutes les attentions que je jugerai bon de vous prodiguer.

Elle frissonna quand le duvet qui recouvrait son torse effleura ses mamelons à travers le fin tissu de sa chemise, puis s'affaissa contre les oreillers. Cette sensation-là, elle la connaissait déjà – celle d'un corps ferme et viril au-dessus du sien. Les émotions qui naissaient en elle, en revanche, étaient complètement nouvelles. Elle avait accueilli Hawthorne dans son lit comme elle se devait de le faire et avait apprécié sa hâte et sa sollicitude. Excepté la première fois, légèrement douloureuse, la suite ne s'était pas révélée déplaisante. Hawthorne avait été un amant silencieux, attentionné. Il ne s'était jamais montré aussi cru et primitif que Marcus... et n'avait jamais éveillé en elle ce besoin douloureux et ce désir lancinant, pas plus qu'il ne lui avait prodigué ce plaisir qui la laissait comblée jusqu'au tréfonds de l'âme.

— Doucement... murmura Marcus contre sa gorge quand elle se frotta impatiemment contre lui.

Le corps de son époux était demeuré un mystère, s'était limité à une ombre s'aventurant dans sa chambre à la faveur de l'obscurité et à une main tiède soulevant sa chemise de nuit. Marcus, lui, l'avait suppliée de le regarder, de le contempler tel qu'il était, dans toute sa gloire. Nu, il était magnifique. Il lui suffisait de poser les yeux sur lui pour que naisse une douce moiteur entre ses cuisses.

Elle refusait cependant d'être la seule à subir un tel trouble.

— Dites-moi ce que vous aimez, Marcus.

— Touchez-moi. Je veux sentir vos mains sur ma peau.

Docile, elle fit glisser ses paumes sur son dos et ses bras, découvrant de nouvelles cicatrices et des muscles si fermes qu'ils semblaient sculptés dans la pierre. Lorsque ses mains abordaient des zones particulièrement sensibles, Marcus gémissait pour l'inciter à approfondir ses caresses. Son corps était un véritable canevas de textures, alternant douceur et rugosité. Il ferma les yeux, ses bras tendus supportant le poids de son corps au-dessus d'elle afin de lui permettre de l'explorer à sa guise. Son sexe battait contre sa cuisse, et la traînée moite qu'il répandait témoignait du plaisir qu'il tirait de ses caresses inexpertes.

Elizabeth se sentit gagnée par un sentiment de puissance pure.

Il inclina la tête en avant en gémissant, et la soie de ses cheveux effleura ses seins.

— Touchez mon sexe, exigea-t-il d'une voix rauque.

Elizabeth inspira à fond pour se donner du courage et glissa ses mains entre eux pour caresser la colonne de chair. Elle fut stupéfaite de la découvrir aussi rigide, aussi palpitante sous ses caresses. Les pommettes de Marcus s'enflammèrent, ses lèvres s'entrouvrirent et son souffle se fit haletant, trahissant son plaisir.

Encouragée, Elizabeth s'enhardit. Alternant brusquerie et douceur, passion et taquinerie, elle tâcha de trouver le rythme susceptible de lui plaire.

— Avez-vous envie de moi ? demanda-t-il en immobilisant sa main sous la sienne.

Elle fronça les sourcils, interloquée. Marcus descendit alors la main plus bas et lui fit écarter les jambes.

— Je m'étonne qu'un libertin de votre acabit ait besoin de poser la question, répliqua-t-elle.

Sans crier gare, il la pénétra, d'une seule poussée de son sexe entre ses lèvres moites.

Ce fut si soudain qu'Elizabeth laissa échapper un cri de surprise. Comme elle levait vers lui un regard interdit, Marcus l'immobilisa en plaquant ses hanches contre les siennes, attrapa les bretelles de sa chemise et déchira le vêtement jusqu'à la taille.

— Vous croyez pouvoir dresser des barrières entre nous avec des paroles et des vêtements ? demanda-t-il d'un ton cinglant. Chaque fois que vous tenterez de le faire, je vous prendrai ainsi, et vos efforts seront réduits à néant.

Il n'y avait aucun endroit où se cacher, aucun endroit où fuir.

Elle n'en revenait pas de s'être donnée à cet homme dont le charme et la beauté l'avaient toujours troublée. Il rapprocha ses lèvres des siennes et l'embrassa avec une faim dévorante. Puis il plaqua ses mains sur ses hanches pour l'empêcher de bouger tandis qu'il se retirait et revenait en elle. Un frisson d'extase les parcourut l'un et l'autre sous l'effet de la délicieuse sensation produite par ce va-et-vient.

Elizabeth se contorsionna et fut surprise de découvrir que son corps parvenait à se distendre davantage pour l'accueillir plus commodément. Le membre de Marcus la comblait entièrement, créant entre eux un lien si profond que cela lui coupait le souffle.

— Elizabeth... murmura-t-il d'une voix sensuelle qui la fit chavirer.

Il l'enveloppa de ses bras puissants pour la relever contre lui et enfouit son nez au creux de son cou.

— Vous ne serez débarrassée de moi que lorsque je serai repu de vous.

Ayant proféré cette menace, il se mit à aller et venir en elle.

— Oh ! s'exclama-t-elle, surprise par la façon dont ses va-et-vient intensifiaient ses sensations.

Elle avait eu l'intention de lui cacher son plaisir, de rester inerte, de lui refuser ce qu'il attendait d'elle, mais cela se révélait impossible. Comment résister, alors qu'un seul de ses regards ardents suffisait à la faire fondre ?

Elle tenta de lui faire accélérer le rythme en enroulant ses jambes autour de ses hanches et en saisissant ses fesses à pleines mains pour l'attirer plus profondément en elle, mais il était trop fort et trop déterminé pour lui laisser prendre les rênes.

— Continuez, haleta-t-elle, essayant de regagner un peu de contrôle. Plus vite !

Il gémit quand elle se cambra en dessous de lui.

— Je savais que ce serait ainsi avec vous, grogna-t-il d'une voix assourdie par le plaisir.

En guise de réponse, Elizabeth planta ses ongles dans son dos. Elle adorait le contact de sa peau moite contre la sienne, la façon dont son parfum capiteux l'enveloppait. Il la pénétra soudain plus brutalement, et les orteils d'Elizabeth se recroquevillèrent. Un flot de chaleur parcourut ses veines, gagna son ventre, s'enroula sur lui-même, et le plaisir se déploya en elle comme une fleur s'épanouissant au soleil. Elle se contracta autour de son membre et cria son nom, s'agrippant à son corps souple comme à son unique planche de salut au milieu de cette incroyable marée de sensations.

Marcus la rejoignit alors dans le plaisir, brûlant et couvert de sueur. Il rugit son nom quand il se répandit en elle, et Elizabeth se sentit marquée au fer rouge au plus secret de sa chair.

Elle ferma les yeux et poussa un long cri.

Elizabeth avait l'impression que ses membres étaient en plomb. Avec effort, elle tourna la tête pour regarder Marcus, endormi près d'elle. Ses longs cils noirs projetaient une ombre paisible sur ses pommettes, le sommeil atténuant l'austérité de son visage.

Ce ne fut guère aisé avec le bras de Marcus en travers de son buste, mais elle trouva le moyen de rouler sur le côté. Se hissant sur un coude, elle l'étudia en silence. Ses traits se paraient d'une innocence juvénile dans le sommeil, et il était si beau qu'elle en eut la gorge nouée.

Lentement, elle effleura du bout du doigt l'arc de sa lèvre supérieure, puis la ligne de ses sourcils et l'arrondi de sa joue. Elle poussa un petit cri de surprise quand Marcus, resserrant son bras autour d'elle, l'attira sur lui.

— Quelles sont vos intentions, madame ? s'enquit-il d'une voix encore ensommeillée.

Elizabeth s'écarta de lui, glissa au bord du lit et s'efforça d'adopter un ton détaché.

— N'est-ce pas le moment où les amants doivent se séparer ?

Elle avait besoin de remettre de l'ordre dans ses pensées et savait qu'elle n'y arriverait jamais s'il reposait nu à côté d'elle.

— Rien ne presse.

Marcus se redressa contre un oreiller et tapota le matelas près de lui.

— Venez ici.

— Non, répondit-elle en se levant pour ramasser ses vêtements. Je suis lasse et endolorie.

Quand elle repassa près du lit, Marcus tendit prestement le bras et l'attira vers lui.

— Elizabeth, venez faire la sieste avec moi. Nous prendrons le thé ensuite, et il sera alors temps pour vous de partir.

— C'est impossible, murmura-t-elle sans le regarder. Je dois rentrer chez moi. Je veux prendre un bain chaud.

Il caressa son bras avec un sourire paresseux.

— Vous pouvez fort bien prendre un bain ici. Je me ferai un plaisir de vous assister.

Elizabeth lui échappa et se dépêcha d'enfiler ses bas. Elle batailla ensuite avec ses jupons qui semblaient décidés à lui donner du fil à retordre. Marcus se leva tranquillement, sans paraître se soucier le moins du monde de sa nudité, la rejoignit et écarta ses mains des liens qu'elle tentait fébrilement de nouer.

Elle s'empressa de détourner les yeux, déjà rougissante. Seigneur, qu'il était beau avec ses muscles puissants qui jouaient sous sa peau cuivrée ! Malgré le plaisir qu'il venait de lui donner, Elizabeth sentit un regain de désir flamber en elle.

Il la rhabilla en un tournemain, ajustant ses jarretières et agrafant ses jupons avec une adresse qui éveilla aussitôt sa jalousie. Se raidissant, elle se tourna vers lui.

Il l'attira contre son torse nu en soupirant.

— Vous êtes si déterminée à demeurer fermée, à ne pas vous laisser approcher...

Elle posa un instant sa tête contre son torse et savoura son odeur – à laquelle se mêlait maintenant la sienne –, puis le repoussa.

— Je vous ai donné ce que vous vouliez, dit-elle d'un ton sec.

— J'en veux plus.

Son ventre se noua.

— Cherchez-le ailleurs.

Marcus éclata de rire.

— Maintenant que je vous ai fait découvrir le plaisir, vous ne pourrez plus vous en passer. Vous ne pourrez plus vous passer de moi. Ce soir, vous vous souviendrez de mes caresses, de la sensation de mon sexe en vous, et vous mourrez d'envie de recommencer.

— Votre suffisance n'a d'égale que votre gouj...

— Vous me manquerez tout autant, coupa-t-il en saisissant son poignet. Ce qui s'est produit aujourd'hui est exceptionnel, Elizabeth. Vous ne retrouverez cela nulle part, et vous en aurez désespérément besoin.

Elle releva le menton, craignant qu'il ne dise vrai mais refusant de l'admettre.

— Je me réserve la liberté d'en juger par moi-même.

Il resserra les doigts autour de son poignet, lui arrachant une grimace, puis attira sa main sur son sexe.

— Quand vous aurez besoin de cela, c'est à moi que vous viendrez, déclara-t-il. Sachez que je n'hésiterai pas à tuer tout autre homme qui poserait la main sur vous.

— Une telle fidélité forcée sera-t-elle réciproque ?

— Cela va sans dire.

Marcus resta un instant à la défier du regard dans un silence tendu, puis se retourna pour remettre son pantalon.

Avec un long soupir, Elizabeth s'assit devant la table de toilette et tenta de remettre de l'ordre dans sa chevelure. Le reflet qu'elle découvrit dans le miroir la laissa médusée. Les joues en feu, les lèvres gonflées, le regard brillant – elle n'avait plus rien de commun avec la femme qu'elle était le matin même. Derrière elle, elle découvrit le reflet de Marcus et le regarda se rhabiller en pensant à ce qu'il venait de dire, maudissant sa propre légèreté.

Il était plus déterminé que jamais, maintenant qu'il l'avait possédée.

Quand elle fut prête, elle se leva précipitamment – trop rapidement pour ses jambes encore chancelantes. Elle vacilla, mais les bras de Marcus se refermèrent solidement autour d'elle.

— Comment vous sentez-vous ? s'enquit-il d'un ton bourru. Vous aurais-je meurtrie ?

— Non, non, je suis en pleine forme, affirma-t-elle en l'écartant d'un geste.

Il recula sans protester, mais déclara :

— Elizabeth, une discussion s'impose.

— Pourquoi donc ? demanda-t-elle en faisant nerveusement bouffer ses jupes.

— Bon sang, Elizabeth ! Nous venons de faire l'amour dans ce lit, ajouta-t-il en le désignant d'un mouvement impatient du menton. Et sur cette chaise. Et nous le ferons bientôt à même le sol, si vous persistez à m'irriter.

— C'était une erreur, laissa-t-elle échapper dans un souffle tandis qu'une peur glacée figeait ses entrailles.

— Soyez maudite, gronda-t-il en la gratifiant d'un regard si noir qu'elle eut un mouvement de recul. Vous pouvez enfouir votre tête dans le sable, cela ne changera rien. Quand cesserez-vous ce petit jeu ?

— Je ne joue pas, Marcus, dit-elle en se dirigeant vers la porte.

Il ne fit pas un geste pour l'en empêcher, aussi fut-elle stupéfaite de le découvrir juste derrière elle quand elle se retourna.

— Ce qui s'est passé dans les bois aujourd'hui ne doit pas vous alarmer, murmura-t-il, ayant subitement retrouvé tout son charme et sa voix de miel. Je serai là pour vous protéger.

Elle détourna les yeux, répugnant soudain à le quitter.

— Je le sais.

— Où serez-vous, ce soir ?

— Chez lady Dunsmore, pour le récital.

— Je vous y retrouverai.

Elle soupira et croisa de nouveau son regard décidé qui se chargea de lui faire savoir qu'il n'avait pas dit son dernier mot.

Il effleura délicatement ses lèvres des siennes avant de reculer et de lui offrir son bras. Bien que cette capitulation trop facile lui parût suspecte, elle le laissa l'escorter jusqu'au vestibule.

Le majordome qui les y attendait lui présenta son chapeau et ses gants.

— Un certain Mr. James pour vous, milord.

— Fort bien. Faites-le entrer.

Le majordome s'inclina et sortit à reculons.

Elizabeth dévisagea Marcus, qui lui planta son chapeau sur la tête et en noua le ruban d'une main experte.

— Je prie pour sortir sans être vue, chuchota-t-elle.

— Trop tard, souffla-t-il dans un séduisant murmure, ses lèvres près de son oreille. À l'instant même, les domestiques nous observent. Il ne s'écoulera guère de temps avant que chaque maisonnée de Londres sache que nous sommes amants. Avery l'apprendra, qu'il vous voie ou non.

Elizabeth sentit le sang se retirer de son visage. Elle n'avait pas pensé à cela. Elle savait pourtant qu'il n'y avait pas pires colporteurs de ragots que les domestiques.

— J'aurais cru qu'un homme à la vie aussi libre que vous saurait s'entourer de domestiques discrets.

— C'est le cas. Mais il se trouve que je les ai autorisés à répandre cette rumeur.

— Êtes-vous fou ? demanda-t-elle en écarquillant les yeux. Est-ce à cause du pari ?

Marcus soupira.

— Vous me blessez. Je m'en voudrais de me servir de vous de façon aussi grossière... mais il est vrai aussi que je déteste perdre.

— Perdre ? s'écria-t-elle, horrifiée. Non... vous n'avez pas...

— Si, je le crains, répondit-il avec un haussement d'épaules désinvolte. Comment résister à l'attrait d'un pari dont l'issue dépend de mes propres actions ?

— Sur quoi avez-vous misé ? demanda-t-elle en fronçant les sourcils.

Il la gratifia d'un sourire si éblouissant que son cœur manqua un battement.

— Ne comptez pas sur moi pour vous le dire.

Il la prit par le coude et lui fit traverser le jardin situé derrière la maison jusqu'à une petite porte qui donnait sur l'écurie. Son expression s'assombrit quand il la regarda prendre place sur sa monture. Deux cavaliers d'escorte attendaient non loin de là.

— À ce soir, dit-il en inclinant brièvement la tête.

Tandis qu'elle s'éloignait, Elizabeth sentit le regard de Marcus dans son dos, brûlant. La sensation ne cessa qu'une fois qu'elle eut franchi le portail et se fut engagée dans la rue.

Sa poitrine se contracta alors, avec tant de force qu'elle eut du mal à respirer, et elle comprit que plus elle passerait de temps en compagnie de Marcus, plus cette douleur serait intense.

Mais elle savait comment remédier à cela.

7

— Comment se fait-il que cela empeste autant que dans une parfumerie, ici ? maugréa William, qui remontait le couloir de l'étage de Chesterfield Hall en compagnie de Margaret.

— Cela provient des appartements d'Elizabeth.

Fronçant les sourcils, il tourna la tête vers son épouse et découvrit la lueur d'impatience malicieuse qui dansait dans ses yeux.

Parvenu devant la porte ouverte du boudoir de sa sœur, il s'immobilisa et cligna des yeux.

— On se croirait dans la boutique d'un fleuriste !

— N'est-ce pas délicieux ? demanda Margaret en riant, son opulente chevelure rousse ondoyant autour de son visage.

William ne put résister à l'envie de caresser une de ses boucles de feu. Sa belle et tendre épouse... Les autres voyaient en elle une femme au tempérament égal. William était le seul à connaître le côté sauvage et passionné de sa nature. Comme une vague de désir menaçait de s'emparer de lui, il prit une longue inspiration, et ses narines furent assaillies par l'entêtant parfum des fleurs.

— Délicieux ? aboya-t-il en pénétrant dans la pièce, Margaret dans son sillage.

De somptueux et coûteux bouquets occupaient tous les plans horizontaux de la pièce.

— Westfield ! Je le tuerai.

— Calmez-vous, William, dit-elle d'un ton apaisant.

— Depuis combien de temps cela dure-t-il ? demanda-t-il en promenant son regard autour de lui.

— Depuis le bal des Moreland, répondit Margaret d'un ton langoureux qui fit sourciller son époux. Lord Westfield est si beau...

— Vous êtes une incorrigible romantique, gronda-t-il, choisissant délibérément d'ignorer son commentaire.

Elle se rapprocha de lui et enlaça sa taille souple.

— Avec raison. J'ai trouvé le véritable amour et je sais donc qu'il existe, dit-elle en se hissant sur la pointe des pieds pour lui donner un baiser.

William accentua aussitôt la pression de ses lèvres et l'embrassa jusqu'à ce qu'elle soit à bout de souffle.

— Westfield est un débauché, mon amour, reprit-il. Vous pouvez me croire.

— Mais je vous crois, dit-elle. Il me fait penser à vous.

Il s'écarta en grommelant.

— Et c'est ce que vous souhaitez pour Elizabeth ?

Elle se mit à rire.

— Vous n'êtes pas aussi dépravé que cela.

— Parce que vous avez su me corriger, dit-il en effleurant son cou du bout de son nez.

— Elizabeth est bien plus forte que moi. Si elle le voulait, elle pourrait faire ramper lord Westfield à ses pieds. Laissez-la se débrouiller avec lui.

— J'ai bien noté votre opinion, ma chère, déclara William en l'entraînant hors de la pièce.

Elle chercha à le freiner en plantant ses talons dans le sol, mais il la souleva aisément dans ses bras et prit la direction de leur chambre à coucher.

— Vous n'avez pas la moindre intention de m'écouter, n'est-ce pas ?

— Pas la moindre, confirma-t-il avec un grand sourire. Je vais m'occuper de Westfield et vous allez cesser de m'en parler.

Ils parvenaient à la chambre quand il aperçut Elizabeth qui atteignait le palier. Margaret émit un léger murmure de protestation quand il la déposa sur le sol.

— Accordez-moi un instant, ma douce, dit-il. Je reviens !

Malgré la distance qui les séparait, William comprit instantanément que quelque chose n'allait pas chez sa sœur. Avec ses joues rougies et sa coiffure défaite, Elizabeth paraissait... fiévreuse. William sentit son ventre se nouer tandis qu'il se rapprochait d'elle. Les joues d'Elizabeth s'empourprèrent encore quand elle le vit et, l'espace d'un instant, elle eut exactement la même expression qu'avait eue leur mère à la veille de sa mort, alors que la fièvre la ravageait.

— Te sentirais-tu mal ? demanda-t-il en posant la main sur son front.

Les yeux de sa sœur s'agrandirent, et elle s'empressa de secouer la tête.

— Tu parais souffrante.

— Je vais bien, assura-t-elle d'une voix altérée.

— Je vais envoyer chercher le médecin.

— Ce n'est pas nécessaire, protesta-t-elle en se raidissant.

William ouvrit la bouche, sur le point de riposter, mais elle le devança.

— J'ai juste besoin d'une sieste, William. Je te le jure.

Elle soupira, posa la main sur son bras, et son regard violet s'adoucit.

— Tu t'inquiètes toujours trop.

— Et il en sera toujours ainsi, répondit-il en recouvrant sa main de la sienne et en se plaçant à côté d'elle pour l'accompagner jusqu'à ses appartements.

Quand leur mère était décédée et que leur père s'était fermé à tout sentiment, Elizabeth était devenue le seul repère émotionnel de William. Avant sa rencontre avec Margaret, il avait obstinément refusé de tomber amoureux, de peur de connaître les mêmes souffrances que leur père.

Comme ils approchaient des appartements d'Elizabeth, le parfum qui imprégnait l'air rappela à William l'orgie florale qui les attendait.

— Pourquoi m'avoir caché que Westfield te harcelait ? Je me serais chargé de le remettre à sa place.

— Non !

Alerté par son cri soudain, il s'immobilisa, et son instinct protecteur se changea en suspicion.

— Dis-moi que tu ne l'encourages pas.

Elizabeth s'éclaircit la gorge.

— N'avons-nous pas déjà eu cette conversation ?

William ferma les yeux, soupira et s'exhorta à la patience.

— Si tu promets de venir me demander mon aide dès que tu en auras besoin, je m'abstiendrai de te poser des questions auxquelles tu n'as pas envie de répondre.

Il rouvrit les yeux, la contempla et fronça les sourcils à la vue de ses joues rougies, de son regard brillant et de ses cheveux ébouriffés. Elle n'avait vraiment pas l'air bien. La dernière fois qu'il l'avait vue ainsi...

— Aurais-tu une fois de plus participé à une course de chevaux, Elizabeth ? aboya-t-il, furieux. As-tu au moins emmené un valet avec toi ? Bonté divine, te rends-tu compte que tu aurais pu faire une chute et…

— William, l'interrompit-elle avec un léger rire. Sois gentil, va retrouver Margaret. Je suis fatiguée. Si tu tiens vraiment à m'interroger, attends au moins que je me sois reposée.

— Je ne t'interroge pas. Je te connais bien, voilà tout. Tu es affreusement entêtée et tu refuses d'écouter la voix de la raison.

— … dit l'homme qui travaillait pour lord Eldridge, ironisa-t-elle.

William laissa échapper un soupir irrité quand il comprit qu'elle refuserait de lui en dire davantage – ce qui ne l'empêcherait pas de s'occuper de Marcus comme il l'entendait.

— Fort bien. Viens me trouver une fois que tu te seras reposée, dit-il avant de l'embrasser sur le front. Et si tu as toujours cet air fiévreux à ton réveil, j'enverrai chercher le médecin.

— Oui, oui, répondit-elle pour se débarrasser de lui.

Il s'éloigna à contrecœur. Son inquiétude ne se dissiperait pas si facilement, et ils le savaient aussi bien l'un que l'autre.

Elizabeth patientait devant la porte du bureau de lord Eldridge, ravie d'avoir réussi à quitter la maison pendant que William était occupé. Comme elle n'avait pas annoncé sa visite, elle s'était attendue à devoir patienter un long moment dans l'antichambre, mais elle eut l'heureuse surprise d'être rapidement reçue.

— Lady Hawthorne, dit lord Eldridge d'un ton préoccupé.

Il contourna son bureau pour lui faire signe de s'asseoir.

— Que me vaut le plaisir de votre visite ?

Ses paroles courtoises ne parvenaient pas tout à fait à dissimuler une pointe d'impatience. Il se rassit et haussa les sourcils, confirmant l'impression d'Elizabeth.

Elle avait oublié à quel point il était sérieux, voire austère. Pourtant, malgré la sévérité de sa tenue et le gris de sa perruque, sa personnalité retenait l'attention. Il émanait de lui une aura de pouvoir qui forçait l'admiration.

— Je suis navrée de venir ainsi à l'improviste, lord Eldridge. J'aimerais vous proposer un marché.

— Un marché ? répéta-t-il en posant sur elle son regard acéré.

— Je voudrais travailler avec un autre agent.

Il eut un battement de cils.

— Et que proposez-vous en échange ?

— Le carnet de lord Hawthorne.

— Je vois, dit-il en se laissant aller contre le dossier de sa chaise. Lord Westfield a-t-il fait quelque chose pour vous inciter à demander son remplacement, lady Hawthorne ?

Elle ne put s'empêcher de rougir, et lord Eldridge le remarqua aussitôt.

— Vous aurait-il fait des avances ? Je prendrais une telle accusation avec tout le sérieux qu'elle mérite.

Elizabeth s'agita sur sa chaise, mal à l'aise. Elle ne souhaitait pas que Marcus soit réprimandé. Tout ce qu'elle voulait, c'était qu'il sorte de sa vie.

— Lady Hawthorne, je suppose qu'il s'agit d'une affaire de nature personnelle ?

Elle acquiesça.

— J'avais de solides raisons pour attacher Westfield à votre sécurité.

— Je n'en doute pas. Je ne peux cependant pas continuer à travailler avec lui, quelles que soient ces raisons. Mon frère commence à avoir des soupçons.

Ce n'était pas le véritable motif de sa démarche, mais il serait certainement suffisant.

— Je vois, murmura-t-il.

Il l'observa longuement sans rien dire, mais Elizabeth ne cilla pas sous son regard intimidant.

— Votre époux était un membre estimé de mon équipe. Les perdre, lui et votre frère, a été difficile. Lord Westfield accomplit un excellent travail et assume de lourdes responsabilités en dépit des exigences attachées à son rang. C'est vraiment le meilleur agent dont je dispose pour cette mission.

— Je ne doute pas de ses compétences.

— Malgré tout, vous êtes déterminée, n'est-ce pas ?

Il soupira quand elle hocha la tête.

— Je me vois donc contraint de prendre votre requête en considération.

Elizabeth comprit qu'il ne lui accorderait rien de plus. Avec un sourire amer, elle se leva. Lord Eldridge l'escorta jusqu'à la porte, posa la main sur la poignée et reprit alors :

— Pardonnez-moi, lady Hawthorne, mais je me sens obligé de souligner que lord Westfield est un gentleman. Je suis au courant de votre passé commun et je me doute des conséquences inconfortables que cela peut avoir. Cependant, votre sécurité lui tient réellement à cœur. Quoi qu'il advienne, je vous prie de garder cela à l'esprit.

Elizabeth dévisagea lord Eldridge sans mot dire, puis acquiesça d'un bref hochement de tête. Elle sentait qu'il y avait autre chose, qu'il ne lui disait pas tout, ce qui ne la surprenait guère. Elle savait d'expérience que les agents n'étaient guère bavards. Elle fut soulagée quand il se décida enfin à ouvrir la porte et à la laisser partir. Bien qu'elle n'eût aucun grief contre lui, elle avait hâte qu'Eldridge et sa satanée agence sortent de sa vie.

Marcus pénétra dans le bureau d'Eldridge juste avant 22 heures. La convocation était arrivée alors qu'il se préparait à partir chez lady Dunsmore. Il était impatient de revoir Elizabeth, mais de nouvelles idées lui étaient venues à propos de l'enquête en cours, et il tenait à en faire part à Eldridge. Cette entrevue inattendue tombait donc à point nommé.

Il souleva les pans de son manteau avant de prendre place en face de lui.

— Lady Hawthorne est venue me trouver cet après-midi, déclara Eldridge.

— Ah, vraiment ? répondit nonchalamment Marcus en prenant une pincée de tabac à priser.

Eldridge, occupé à écrire à la lueur du chandelier placé sur son bureau, ne se donna pas la peine de lever les yeux vers lui et poursuivit son travail.

— Elle m'a proposé de me remettre le carnet de son défunt époux si j'acceptais de vous retirer cette mission.

Westfield fit claquer le couvercle de sa tabatière émaillée.

Eldridge soupira et posa sa plume d'oie.

— Elle a insisté, Westfield. Elle a même menacé de cesser toute coopération avec nous.

— Je suis certain qu'elle s'est montrée extrêmement persuasive, commenta Marcus en secouant la tête. Qu'avez-vous l'intention de faire ?

— Je lui ai dit que j'allais m'en occuper, et c'est ce que je fais. La question est plutôt : vous, qu'avez-vous l'intention de faire ?

— Laissez-moi me charger d'elle. Je m'apprêtais justement à la rejoindre quand j'ai reçu votre convocation.

— Si j'apprends que vous utilisez votre position au sein de l'agence pour servir vos propres desseins, je serai avec vous d'une sévérité exemplaire.

— Je n'en attends pas moins de vous, affirma Marcus.

— Où en êtes-vous de l'étude du carnet ?

— Je progresse. Lentement.

Eldridge hocha la tête.

— Apaisez les craintes de lady Hawthorne, conseilla-t-il. Si elle revenait me voir, je me verrais contraint d'accéder à sa demande. Ce qui serait fort dommage, puisque vous progressez. Je préférerais vous voir poursuivre.

Marcus pinça les lèvres et aborda la question qui le tracassait.

— Avery vous a rapporté les événements de la matinée, n'est-ce pas ?

— Bien sûr. Mais vous semblez avoir quelque chose à ajouter.

— Je n'ai cessé d'y repenser. Il y a quelque chose qui cloche. L'assaillant m'a paru trop bien informé de nos préparatifs. Certes, je conçois qu'il se soit attendu que lady Hawthorne entre en contact avec l'agence, étant donné que son époux en faisait partie, mais deux choses me laissent perplexe : la façon dont il s'est caché et le chemin par lequel il avait prévu de s'enfuir. Nous ne sommes pas incompétents, que diable ! Et pourtant, il nous a échappé, presque sans effort, alors que nous étions quatre ! Comme s'il *savait* d'avance où nous serions embusqués. Sans parler du carnet d'Hawthorne – comment en a-t-il seulement appris l'existence ?

— Vous suspectez une trahison interne ?

— Quelle autre explication donner à tout cela ?

— Je me dois de faire confiance à mes hommes, Westfield. L'agence ne pourrait pas exister autrement.

— Considérez cette possibilité. C'est tout ce que je vous demande.

Eldridge haussa un de ses sourcils gris.

— Avery ? Un des cavaliers d'escorte ? En qui avez-vous confiance ?

— Avery a pour lady Hawthorne une affection sincère. J'ai donc confiance en lui, en vous, en moi-même – ma confiance ne s'étend à personne d'autre pour l'instant.

— Ma foi, cela rend la requête de lady Hawthorne d'autant plus difficile à honorer, soupira Eldridge en pinçant l'arête de son nez entre ses doigts. Laissez-moi réfléchir à la question et revenez me voir demain.

Marcus prit congé, puis s'engagea dans le couloir au haut plafond, faiblement éclairé par des candélabres. L'espace d'un bref instant, apprendre qu'Elizabeth était venue se plaindre à Eldridge l'avait rendu furieux, mais sa colère n'avait guère duré. Elle ne serait pas allée le trouver si elle n'avait pas été très affectée par ce qui s'était passé chez lui, secouée au point de laisser sa fierté de côté.

Une fêlure venait enfin d'apparaître dans son armure. Marcus espérait qu'il ne s'écoulerait pas trop longtemps avant que sa carapace se brise et révèle la femme vulnérable qui se cachait à l'intérieur.

— Vous êtes plus éblouissante que jamais, déclara Margaret, son doux sourire révélant une adorable fossette. Voilà des années que je ne vous ai vue aussi radieuse.

Elizabeth rougit et fit bouffer la soie de sa robe bleu pâle. Elle avait surtout l'air… comblée. Il n'y avait pas d'autre façon de le dire.

— C'est vous qui êtes radieuse, répondit-elle. Toutes les femmes pâlissent en comparaison. La grossesse rehausse votre éclat.

Margaret posa la main sur son ventre légèrement proéminent.

— Je suis heureuse que vous fassiez l'effort de vous montrer en société. Votre promenade au parc a admirablement vivifié votre teint. William s'inquiétait de la présence de ces cavaliers que vous avez pris à votre service, mais je lui ai expliqué qu'il devait vous être difficile de renouer avec le monde, maintenant que vous n'avez plus personne à vos côtés.

Elizabeth se mordit la lèvre inférieure.

— Oui, acquiesça-t-elle doucement. C'est très difficile.

À peine eut-elle prononcé ces mots qu'elle sentit sa nuque la picoter. Elle n'eut pas besoin de se retourner pour comprendre pourquoi.

Marcus était arrivé. Mais elle ne voulait pas lui faire face. Son sang palpitait encore du plaisir qu'il lui avait donné, et un homme aussi observateur que lui le sentirait immédiatement.

Margaret se pencha vers elle.

— Seigneur ! Lord Westfield pose sur vous un regard qui suffirait à déclencher un incendie ! Il est heureux pour vous que William n'ait pas pu nous accompagner. Songez à ce qui se serait passé. Je parie qu'ils en seraient venus aux mains. Si vous aviez entendu Westfield quand il a déclaré qu'il n'hésiterait pas à risquer sa vie pour vous… Toutes les femmes de Londres en sont vertes de jalousie !

Elizabeth pouvait sentir la brûlure de son regard d'émeraude à travers le salon pourtant noir de monde. Elle frissonna, tous ses sens en alerte, devinant qu'il se rapprochait d'elle.

— Le voici qui arrive, murmura Margaret en haussant un sourcil cuivré. Les commérages vont se déchaîner ! Après l'altercation avec William, cela ne fera qu'ajouter de l'huile sur le feu.

— Lady Barclay, ronronna Marcus d'une voix suave en s'inclinant profondément sur la main tendue de Margaret.

Dans son mouvement, son épaule effleura délibérément le bras d'Elizabeth, qui se couvrit d'un voile de chair de poule.

— Lord Westfield, c'est un plaisir.

Marcus se tourna vers Elizabeth, et l'intensité de son regard lui coupa le souffle. Dieu du ciel ! Il paraissait disposé à soulever ses jupes sur-le-champ. Avec cette redingote bleu nuit et ce pantalon assorti, il était d'une beauté et d'une prestance telles qu'il ravalait tous les hommes présents au rang d'avortons.

— Lady Hawthorne.

Il saisit la main qui pendait mollement au bout de son bras et la porta à ses lèvres en s'inclinant. Son baiser n'eut rien de chaste ; au contraire, il fut si ardent qu'il lui brûla la peau malgré son gant tandis que les doigts de Marcus caressaient le creux de sa paume.

Une bouffée de désir l'enflamma aussitôt, et elle n'eut plus qu'une envie : sentir ces doigts la caresser partout comme ils l'avaicnt fait quelques heures auparavant. Parfaitement conscient de sa réaction, il la gratifia d'un petit sourire supérieur.

— Lord Westfield, fit-elle en tentant de ramener sa main vers elle.

Il l'en empêcha, et Elizabeth sentit une palpitation s'élever au creux de son ventre tandis que les doigts de Marcus poursuivaient leur douce caresse.

La duchesse douairière de Ravensend annonça l'ouverture du récital, et les invités quittèrent le salon pour passer dans la salle de bal, où des sièges avaient été disposés face aux musiciens. Marcus cala la main d'Elizabeth sur son bras et resta volontairement en arrière, avant de l'entraîner vers le vestibule.

— Nous n'avons pas réussi à rattraper votre agresseur, murmura-t-il à son oreille.

Elle hocha la tête – la nouvelle ne la surprenait pas.

Il s'immobilisa et se tourna vers elle.

— Nous devons accroître votre protection. Et je ne confierai cette mission à personne d'autre. La démarche que vous avez effectuée cet après-midi n'aura donc servi à rien.

Elle soupira.

— Cette liaison n'est bénéfique pour aucun de nous.

Il leva la main pour l'approcher de son visage, et elle s'écarta vivement.

— Vous vous oubliez, le tança-t-elle en promenant autour d'elle un regard méfiant.

D'un simple coup d'œil, Marcus chassa le valet de pied qui se tenait là. Il reporta ensuite son attention sur elle.

— Et vous, vous oubliez les règles.

— Quelles règles ?

Elle le vit plisser les yeux et eut un nouveau mouvement de recul.

— Votre saveur est toujours sur mes lèvres, Elizabeth. Je sens encore la caresse de votre fourreau de velours autour de mon sexe, et mon sang reste échauffé du plaisir que vous m'avez donné. Les règles n'ont pas varié depuis cet après-midi. Je peux vous prendre quand et comme je le veux.

— Allez au diable !

Le cœur battant, la poitrine serrée, elle recula en chancelant jusqu'à ce que le mur l'empêche d'aller plus loin.

Il franchit l'espace qui les séparait, l'enveloppant des effluves de son enivrant parfum. Des notes de musique s'élevèrent, et elle tourna les yeux vers la salle de bal. Quand elle reporta son regard sur lui, Marcus était juste devant elle.

— Vous tenez donc à nous rendre fous tous les deux ? demanda-t-il d'un ton brusque.

Elle porta la main à son cou et tripota nerveusement les perles qui reposaient au creux de sa gorge.

— Qu'attendez-vous de moi ? demanda-t-elle abruptement. Il doit bien y avoir quelque chose que je puisse faire ou dire pour apaiser vos ardeurs.

— Vous savez ce que vous pouvez faire.

Elle déglutit avec difficulté et leva les yeux vers lui. Il était si grand, si large d'épaules, qu'elle ne voyait plus rien d'autre que lui. Mais ce n'était pas de là que venait sa frayeur. En fait, elle ne se sentait même jamais autant en sécurité que quand elle était avec lui. Non, sa frayeur venait d'elle-même, d'un endroit solitaire et glacé dont elle préférait oublier l'existence.

Quant à Marcus, à en juger par son air conquérant et confiant, il ne ressentait vraisemblablement aucune des incertitudes qui la rongeaient. Les libertins ne doutaient jamais de rien, protégés qu'ils étaient par leur charme irrésistible. Si seulement elle avait pu posséder la même assurance !

Soudain, dans un éclair de compréhension, la solution à son dilemme lui apparut. Un sourire se dessina lentement sur ses lèvres. Comment avait-elle pu passer à côté d'une telle évidence, patauger aussi péniblement à la recherche de la réponse à fournir à cet assaut sexuel ? Il lui suffisait de faire ce que William, son père ou Marcus lui-même auraient fait en pareil cas.

— Fort bien. Je vous donne donc rendez-vous dans la maison d'hôtes de Chesterfield Hall afin que vous m'y baisiez.

Elle avait bien failli bredouiller en prononçant ce terme très cru et elle releva crânement le menton pour masquer son embarras.

Il cligna des yeux.

— Je vous demande pardon ?

Elle haussa les sourcils.

— C'est ce que vous attendez de moi, n'est-ce pas ? Que je vous ouvre mon lit jusqu'à ce que vous ayez assouvi votre désir ? Vous finirez ainsi par vous lasser de moi et me laisserez en paix.

Des visions de ce qu'ils avaient fait l'après-midi même affluèrent à son esprit tandis qu'elle parlait, et un soudain élan de désir l'embrasa.

L'expression prédatrice de Marcus s'atténua.

— Seigneur, quand vous présentez la chose de cette façon...

Son front se plissa et ses sourcils se rejoignirent.

— Je dois vous faire l'effet d'un monstre.

L'ombre d'un sourire passa sur les lèvres d'Elizabeth. Elle tendit la main vers lui, plaça sa paume sur les broderies de soie de son gilet et la fit lentement glisser jusqu'à son ventre.

Marcus saisit ses doigts et l'attira vers lui.

— Je vous soupçonne de mijoter quelque mauvais tour, dit-il en scrutant son regard.

— Absolument pas, murmura-t-elle.

Elle caressa la main qui enserrait la sienne et eut le plaisir de voir ses yeux s'assombrir.

— J'ai l'intention de vous donner ce que vous voulez, reprit-elle. Vous n'allez tout de même pas vous plaindre, à présent ?

— Mmm... Ce soir, alors ?

Les yeux d'Elizabeth s'arrondirent comme des soucoupes.

— Seigneur ! Déjà ?

Marcus rit et s'inclina vers elle, sa bouche s'épanouissant sur un sourire qui lui coupa le souffle. Quelle métamorphose... Sa brutale arrogance avait soudain cédé la place à une allure juvénile proprement irrésistible.

— Fort bien, dit-il en reculant de façon à lui offrir son bras. Vous avez raison, je n'ai pas à me plaindre.

8

Tout en faisant les cent pas devant la cheminée de la maison d'hôtes de Chesterfield Hall, Marcus tentait de se remémorer sa première expérience sexuelle. Cela remontait à bien longtemps et se résumait dans son souvenir à une galipette précipitée dans les écuries de Westfield House – une friction de peaux moites assortie d'un picotement de paille et un rapide soulagement. Pourtant, malgré l'imprécision de ses souvenirs, il était tout à fait certain de ne plus jamais avoir ressenti depuis lors une telle anxiété… jusqu'à ce jour.

Après avoir raccompagné Elizabeth à l'issue du récital chez lady Dunsmore, il s'était précipité chez lui pour se changer et était aussitôt revenu à cheval. Depuis, il attendait.

L'incertitude dans laquelle il se trouvait plongé lui nouait l'estomac, une sensation complètement inédite pour lui. Elizabeth le rejoindrait-elle, comme elle l'avait promis ? Ou bien passerait-il la nuit à l'attendre, à désespérer de retrouver la saveur et la douceur de sa peau ?

Marcus remit du charbon dans l'âtre, puis promena son regard sur le charmant cottage. Certes, il aurait préféré posséder de nouveau Elizabeth dans son propre lit, mais, comme il le lui avait dit, il n'allait pas se plaindre.

Le tapis d'Aubusson lui parut, sous ses pieds nus, d'une douceur exquise lorsqu'il se dirigea vers un confortable fauteuil placé face à la cheminée. À son arrivée, il s'était débarrassé de tous ses vêtements à l'exception de son pantalon et avait alors constaté, avec un certain étonnement, qu'il lui tardait terriblement de sentir la peau nue d'Elizabeth contre la sienne.

La porte d'entrée s'ouvrit, puis se referma discrètement. Marcus se leva, se dirigea vers le couloir et s'appuya contre le chambranle de la porte dans une attitude nonchalante visant à dissimuler son impatience. Elizabeth tourna l'angle du couloir, et cette vision lui coupa le souffle. Comme animés d'une volonté propre, ses pieds se mirent en mouvement, l'un après l'autre. Elizabeth s'immobilisa alors, ses dents mordillant sa lèvre inférieure. Vêtue d'une simple robe de mousseline, les cheveux défaits, le visage débarrassé de la poudre et des mouches, elle offrait la vision rafraîchissante d'une beauté juvénile.

— Où donc étiez-vous ? gronda-t-il quand il arriva près d'elle.

Sans lui laisser le temps de réagir, il la saisit par la taille et la pressa contre lui.

— Je...

Il étouffa sa réponse sous un baiser. Elle se raidit d'abord, puis s'ouvrit à lui, et la saveur entêtante de sa bouche emplit la sienne, lui arrachant un gémissement. À la fois farouches et tendres, les baisers d'Elizabeth avaient le don de le rendre fou.

Un bruit sourd l'arracha à ses lèvres. Baissant les yeux, il découvrit à ses pieds un petit carnet relié de cuir rouge.

— Vous me rendez le journal d'Hawthorne ?

— Oui, répondit-elle d'une voix haletante qui trahit son excitation.

Tandis qu'il regardait le carnet, Marcus fut surpris de sentir la jalousie l'envahir à l'idée qu'Elizabeth portait le nom d'un autre homme – un homme à qui elle avait été physiquement liée. Cette blessure ne s'était pas refermée, et cela le contrariait. Il n'était pourtant plus un gamin, pour désirer de manière aussi égoïste l'affection de sa maîtresse.

Hélas, c'était exactement ce qu'il ressentait.

Il noua ses doigts à ceux d'Elizabeth et l'entraîna dans la chambre.

— Je suis venue aussi vite que je l'ai pu, souffla-t-elle.

— Menteuse. Vous avez hésité, au moins l'espace d'un instant.

Elle sourit, et le corps tout entier de Marcus se durcit.

— Un instant, c'est possible, concéda-t-elle.

— Mais vous êtes venue malgré tout...

Il l'enveloppa de ses bras et se laissa tomber à la renverse sur le lit, l'entraînant avec lui.

Elle rit, et la froideur méfiante de ses traits s'évanouit.

— Uniquement parce que je savais que si je ne me montrais pas, vous viendriez me chercher !

Il enfouit son visage au creux de son cou, gloussant et grognant à la fois. Il était si excité que, en d'autres circonstances, il aurait renversé sa partenaire sur le dos pour la chevaucher séance tenante. Mais pas cette fois. Il était décidé à trouver un moyen d'abattre les défenses d'Elizabeth. La satisfaction sexuelle n'était plus son seul objectif.

— Vous avez raison, répondit-il. Je n'aurais pas hésité.

Elizabeth posa la main sur la joue de Marcus, une des rares marques de tendresse dont elle l'ait jamais gratifié. Chaque geste qu'elle avait pour lui, chaque regard qu'elle lui destinait le stupéfiait autant qu'il le bouleversait.

— Vous êtes affreusement arrogant. Vous le savez, n'est-ce pas ?

— Bien sûr.

Il se redressa et l'installa confortablement contre les oreillers, puis tendit la main vers la bouteille de champagne qu'il avait placée sur la table de chevet et lui en versa un verre.

Elizabeth humecta sa lèvre inférieure, et ses cils s'abaissèrent tandis qu'elle prenait le verre.

— Vous êtes à moitié nu. C'est... déconcertant.

— Si vous vous déshabilliez, ce le serait peut-être moins.

— Marcus...

— Ou bien buvez. Cela vous détendra.

Se souvenant de l'effet qu'avait un jour eu sur elle le champagne, au temps de leurs fiançailles, de son rire et de ses regards malicieux, il s'était muni de deux bouteilles de vin. Il brûlait d'impatience de la revoir dans cet état.

Comme si elle partageait ses pensées, Elizabeth porta le verre à ses lèvres et but une longue gorgée. En temps normal, Marcus se serait offusqué de cette façon d'ingurgiter un excellent cru, mais les circonstances étaient exceptionnelles. Une gouttelette de champagne resta accrochée au coin de ses lèvres, et il se pencha en avant pour la recueillir de la pointe de sa langue. Quand elle tourna la tête pour presser ses lèvres sur les siennes, il en resta un instant pétrifié.

Les yeux grands ouverts, elle s'écarta, renversa la tête en arrière pour boire la fin de son verre puis le lui tendit.

— Encore, je vous prie.

Marcus sourit.

— Vos désirs sont des ordres.

Il l'observa du coin de l'œil tandis qu'il lui versait à boire et remarqua que ses doigts s'agitaient nerveusement sur sa cuisse.

— Pourquoi êtes-vous aussi nerveuse, ma douce ?

— Vous avez l'habitude de ce genre de... d'arrangement, contrairement à moi. Cela me met mal à l'aise de me retrouver ici avec vous, en sachant parfaitement que nous ne sommes là que pour... pour...

— ... coucher ensemble ?

— Voilà.

Elle ouvrit la bouche, puis la referma et haussa légèrement ses frêles épaules.

— C'est la raison de mon agitation, conclut-elle.

— Le sexe n'est pas le seul but de ce rendez-vous.

Fronçant les sourcils, elle prit une généreuse gorgée de vin.

— Vraiment ?

— Oui. J'aimerais aussi parler avec vous.

— Est-ce ainsi que les choses se passent habituellement ?

Il eut un petit rire.

— Rien de tout cela ne ressemble à ce que j'ai déjà expérimenté.

— Oh.

Ses épaules s'affaissèrent légèrement.

Il prit la main d'Elizabeth et enlaça ses doigts aux siens. Les joues rosies de la jeune femme trahissaient déjà les effets du vin.

— J'aimerais vous demander une faveur, reprit-il.

Elle le regarda d'un air interrogateur, attendant qu'il poursuive.

Chassant la soudaine appréhension qui l'avait saisi, Marcus se jeta à l'eau.

— Auriez-vous la bonté de me dire ce qui s'est passé dans votre esprit la nuit où vous m'avez quitté ?

Elle baissa les yeux sur le contenu de son verre.

— Pensez-vous vraiment que ce soit nécessaire ?

— Ce serait fort aimable à vous.

— Je préférerais sincèrement n'en rien faire.

— Est-ce si épouvantable ? s'enquit-il d'une voix caressante. Ce qui est fait ne peut plus être défait. Je demande seulement à comprendre.

Elizabeth poussa un long soupir.

— Je suppose que je vous dois bien cela.

Puis, comme elle gardait le silence malgré tout, il reprit pour l'encourager :

— Je vous écoute.

— C'est à cause de William que tout a commencé. Un soir, environ un mois avant le début de ma première saison, je ne parvenais pas à trouver le sommeil. Cela m'arrivait assez régulièrement depuis le décès de notre mère, et dans ces moments d'insomnie, je me rendais dans le bureau de mon père, où je restais assise dans l'obscurité. L'odeur mêlée des vieux livres et du tabac m'apaisait.

« Ce soir-là, William est entré dans le bureau peu de temps après moi, mais il ne m'a pas vue sur le sofa. Curieuse de découvrir ce qu'il venait faire, je ne me suis pas manifestée. Il portait des vêtements sombres et un chapeau. À l'évidence, il avait l'intention de se rendre dans un lieu où il ne voulait pas être reconnu. Son comportement était très étrange. Il semblait être sur des charbons ardents. Il est ressorti et n'est pas rentré avant l'aube. C'est alors que j'ai commencé à le soupçonner d'être impliqué dans quelque chose de dangereux.

Elizabeth s'interrompit pour prendre une gorgée de vin.

— Je me suis mise à l'observer chaque fois que nous étions de sortie, à surveiller ses faits et gestes. Il ne m'a pas fallu longtemps pour remarquer qu'il retrouvait régulièrement lord Hawthorne. Chaque fois qu'ils assistaient ensemble à une réception, ils s'éclipsaient discrètement pour s'entretenir loin des oreilles indiscrètes, avec animation, et échangeaient parfois des plis et divers documents.

Marcus s'allongea sur la courtepointe et plaça sa tête en appui sur sa main.

— Je n'avais quant à moi rien remarqué, commenta-t-il. À l'époque, je n'aurais jamais soupçonné William d'être un espion.

— Pourquoi l'auriez-vous fait ? répondit-elle. Si je ne l'avais pas surveillé aussi étroitement, je n'aurais rien soupçonné non plus. Toujours est-il que William paraissait de plus en plus épuisé. Son état m'inquiétait. Je suis allée le trouver pour le sommer de me dire ce qu'il faisait de ses nuits, mais il a refusé de me répondre. Je savais qu'il avait besoin d'aide.

Elle tourna vers lui le regard torturé de ses beaux yeux violets.

— Et c'est pour cette raison que vous êtes venue me trouver chez moi, acheva Marcus à sa place.

Il prit le verre des mains d'Elizabeth et chassa le goût amer qui lui emplissait la bouche d'une gorgée de vin.

— Eldridge garde jalousement secrète l'identité de ses agents, pour le cas où l'un d'eux serait fait prisonnier – il n'aurait ainsi que très peu d'informations à révéler. Personnellement, je ne sais presque rien.

La bouche d'Elizabeth se pinça pour ne plus former qu'une mince ligne révélatrice du dégoût que lui inspirait l'agence. En cet instant précis, Marcus ne se sentait pas non plus d'humeur très charitable envers Eldridge. Si William et lui n'avaient pas fait partie de l'agence, jamais Elizabeth n'aurait rompu leurs fiançailles.

Elle laissa échapper un soupir nostalgique.

— Quand je suis rentrée de chez vous ce soir-là, j'étais trop perturbée pour me mettre au lit, aussi me suis-je rendue dans le bureau de mon père. Lorsque lord Hawthorne est venu voir William le lendemain matin, le majordome, croyant le bureau inoccupé, l'y a fait entrer. J'ai déversé ma rage sur lui. Je l'ai accusé d'entraîner William sur le chemin de la destruction et l'ai menacé de tout révéler à mon père.

Marcus sourit à l'évocation d'une telle scène.

— J'ai appris à me méfier de votre tempérament, ma chère. Quand la colère vous tient, vous devenez une vraie harpie.

Elle le gratifia d'un pâle sourire.

— Je croyais qu'ils se livraient à des activités de débauchés, aussi ai-je été stupéfaite quand Nigel m'a expliqué que William et lui travaillaient pour la Couronne.

Les larmes qu'elle retenait firent briller ses yeux.

— Soudain, tout m'a paru trop lourd à supporter... Ce que je croyais que vous aviez fait, le danger que courait William... Dans un moment de faiblesse, j'ai révélé votre infidélité à Hawthorne. Il m'a dit que les mariages qui reposaient sur la passion n'étaient jamais heureux, que j'aurais fini par être déçue, que j'avais eu de la chance de découvrir votre véritable nature avant qu'il soit trop tard. Il a fait preuve d'une telle gentillesse, d'une telle compréhension face à ma détresse... qu'il m'est apparu comme ma seule planche de salut alors que j'étais à la dérive.

Marcus roula sur le dos et contempla le ciel de lit de velours rouge tendu au-dessus de lui. La mère d'Elizabeth étant morte et son père ayant sombré dans une profonde apathie émotionnelle, la jeune femme avait dû accueillir les paroles d'Hawthorne comme des perles de sagesse. La fureur l'envahit. C'était *lui* et non Hawthorne qui aurait dû lui apparaître comme sa seule planche de salut.

— Qu'il soit maudit ! jura-t-il avec véhémence.

— À mon retour d'Écosse, je me suis enquise de vous.

— Entre-temps, j'avais quitté le pays, dit-il d'une voix lointaine et comme perdue dans le passé. Je me suis présenté chez vous, ce même matin, après avoir pris soin de la jeune veuve. Je voulais m'expliquer, arranger les choses entre nous. Mais William m'a reçu sur le pas de la porte et m'a jeté au visage le message que vous aviez daigné laisser pour moi. Il m'a accusé de votre départ précipité. Quant à moi, je lui ai reproché de vous avoir laissée partir.

— Vous auriez pu vous lancer à ma poursuite.

Marcus tourna la tête vers elle et soutint son regard.

— Était-ce ce que vous souhaitiez ?

En voyant Elizabeth se recroqueviller contre les oreillers, il comprit que ses traits devaient être un masque de colère et de souffrance.

— Je...

Sa voix s'étrangla.

— Une part de moi s'accrochait à l'espoir que vous n'aviez pas osé aller jusqu'au bout, mais, en fait, je savais, dit-il en plissant les yeux. Je *savais* que vous l'aviez fait – que vous aviez uni vos jours à ceux d'un autre. Et je ne pouvais pas m'empêcher de me demander comment Hawthorne avait fait pour se trouver là à ce moment précis alors que les événements de cette nuit étaient imprévisibles. Mais peut-être, comme vous l'avez dit vous-même, avait-il toujours représenté un choix possible... Quoi qu'il en soit, je ne pouvais pas rester en Angleterre après cela. Et je serais resté à l'étranger plus longtemps encore sans le décès de mon père. À mon retour, j'ai appris votre veuvage et je vous ai adressé mes condoléances pour vous informer de ma présence. Puis j'ai attendu que vous veniez à moi.

— J'ai eu vent de vos liaisons, de la ribambelle de femmes qui se sont succédé dans votre lit, répliqua-t-elle en se raidissant.

Elle fit passer ses jambes par-dessus le rebord du lit, mais il grommela :

— Où croyez-vous donc aller ?

Il posa le verre vide sur la table de chevet et l'attira contre son torse en se laissant aller sur le dos. La serrer dans ses bras l'apaisa. Malgré tout ce qu'ils avaient traversé, Elizabeth lui appartenait, désormais.

— J'ai pensé que la magie de l'instant était rompue, avoua-t-elle.

Il fit basculer ses hanches en avant pour plaquer son sexe en érection contre sa cuisse. Les prunelles d'Elizabeth s'assombrirent, et son souffle se précipita.

— Cessez de penser, dit-il d'une voix bourrue. Oubliez le passé.

— Comment faire ?

— Embrassez-moi. Nous allons tout oublier ensemble.

Elle n'hésita qu'un bref instant avant de pencher la tête en avant pour l'embrasser. Tétanisé, Marcus se contenta de subir le délicieux assaut de son entêtant parfum de rose et de vanille, la pression de ses courbes affolantes sur sa peau, sans rien faire d'autre qu'affermir la prise de ses mains sur ses hanches pour en masquer le tremblement. Il avait eu beau réfléchir à la question des heures durant, il était toujours incapable de dire pour quelle raison cette femme avait un tel effet sur lui.

Lorsqu'elle s'écarta, mettant un terme à leur baiser, il ne put réprimer un gémissement.

— Pardon, murmura-t-elle, les joues rosies. Je n'ai aucun talent pour ces jeux-là.

— Vous vous en sortiez pourtant à merveille.

— Mais vous restiez immobile, se plaignit-elle.

Il eut un rire étouffé.

— Si je n'ose pas bouger, c'est parce que je vous désire trop, ma chère.

— Alors, nous sommes dans l'impasse, dit-elle avec un doux sourire. Parce que je ne sais pas quoi faire.

Marcus saisit sa main et la posa sur son torse.

— Touchez-moi.

Elle se redressa et s'assit à califourchon sur lui, les boucles de ses cheveux encadrant délicatement son visage.

— Où cela ?

— Partout.

Il doutait de survivre à une telle expérience, mais se consolait en se disant qu'au moins il mourrait heureux.

Elle lui sourit et fit lentement remonter son doigt à travers la toison de son torse, sa progression éveillant en lui un délicat chatouillement. Du bout du doigt, elle dessina un cercle autour de la cicatrice qu'il avait à l'épaule, puis autour de chacun de ses mamelons. Marcus frissonna.

— Cela vous plaît ?

— Oui.

Les mains d'Elizabeth redescendirent et vinrent s'immobiliser sur son ventre, qui palpita en réponse.

— C'est fascinant, souffla-t-elle.

Marcus faillit s'étrangler de rire.

— J'ose espérer que votre intérêt ne se limite pas à une simple curiosité scientifique !

Elizabeth eut un petit gloussement, signe que le vin qu'elle avait bu commençait à faire son effet.

— Vous êtes le plus bel homme que j'aie jamais vu, déclara-t-elle en remontant ses mains sur son torse pour caresser ses épaules, avant de les faire glisser le long de ses bras et de nouer ses doigts aux siens.

L'instant qu'ils partageaient était simple et pourtant douloureusement complexe. En apparence, ils offraient l'image de deux amants éperdument épris l'un de l'autre, mais la méfiance qui empoisonnait leurs rapports était toujours là, bien que reléguée au second plan.

— Je suis heureux que vous le pensiez.

— Pourquoi ? Parce que cela vous est d'autant plus facile de me séduire ?

Il approcha leurs mains jointes de ses lèvres et baisa ses doigts délicats.

— C'est vous qui me séduisez, en l'occurrence.

Elizabeth secoua la tête.

— Vous êtes un incorrigible débauché, lord Westfield. Quand cette liaison sera finie…

Il l'attira fermement contre lui et la fit taire d'un baiser ardent. Il ne voulait pas l'entendre parler de la fin de quoi que ce soit. Il ne voulait même pas y penser.

Lâchant ses mains, il fit remonter ses doigts le long de sa colonne vertébrale, dégrafant sa robe au passage. Un murmure de satisfaction lui échappa quand il découvrit qu'elle ne portait ni chemise ni corset.

Quelle qu'ait été son appréhension à l'idée de le rejoindre, elle s'était préparée pour ce rendez-vous. Peut-être même avec hâte, à en juger par la façon dont elle le caressait. Il écarta les pans de sa robe et les fit glisser de façon à découvrir sa poitrine. Ses seins gorgés de désir et d'une pâleur sublime étaient couronnés de mamelons d'un rouge intense. Il n'avait pas encore pu les caresser comme il en avait envie et projetait de corriger cela au plus tôt.

Quand elle leva les mains pour cacher sa poitrine, il les écarta.

— Non. Ne vous cachez pas, ma douce. J'aime vous contempler autant que vous aimez me regarder.

— Après toutes les femmes que vous avez...

— Cessez, l'interrompit-il. Je ne veux plus qu'il soit question de cela.

Avec un soupir, il laissa tomber ses mains sur les cuisses d'Elizabeth.

— Je ne peux pas changer mon passé.

— Vous ne pouvez pas changer ce que vous êtes.

Toute douceur avait déserté ses traits. Il n'y avait qu'elle pour rester assise sur un homme, la poitrine dénudée, et paraître aussi lointaine.

— Bon sang, ce que je suis ne se résume pas à mon passé sexuel ! s'exclama-t-il. Et à votre place, j'y réfléchirais à deux fois avant de me plaindre, car si je n'avais pas acquis cette expérience que vous me reprochez, je ne serais pas en mesure de vous satisfaire aussi habilement.

— Vous voudriez peut-être que je vous félicite ? répliqua-t-elle aussitôt.

Elle voulut s'échapper, mais il la retint et souleva les hanches de façon à caler son sexe entre ses cuisses moites. Quand il la vit ouvrir la bouche sur un cri silencieux, il renouvela la manœuvre et la regarda se frotter sur son membre. La réponse immédiate et spontanée de son corps atténua sa colère.

— Pourquoi mon passé vous tourmente-t-il ainsi ?

Elle haussa ses fins sourcils.

— Répondez, ordonna-t-il. Je tiens vraiment à le savoir.

Il n'arriverait jamais à rien avec elle si elle s'obstinait à maintenir toutes ces barrières entre eux. Certes, il posséderait son corps, mais il voulait obtenir plus que cela.

Elle fronça le nez.

— Vous ne vous souciez donc absolument pas de toutes ces femmes à qui vous avez brisé le cœur ?

— C'est cela qui vous tracasse tant ? répondit-il en s'efforçant de contenir son exaspération. Elizabeth, les maîtresses que j'ai eues étaient toutes des femmes très expérimentées.

Elle afficha une expression clairement dubitative.

Marcus glissa les mains sous l'ourlet de sa robe et les fit remonter le long de ses cuisses. Il ne s'arrêta que quand il eut atteint les boucles soyeuses de sa toison, sur laquelle il laissa reposer ses pouces. Son sexe se durcit quand il réalisa que, désormais, seule l'étoffe de son pantalon les séparait.

— Les femmes sont plus susceptibles que les hommes de développer des sentiments pour l'amant avec qui elles ont connu le plaisir, reconnut-il. Mais, en toute honnêteté, peu de femmes se sont attachées à moi, et quand elles l'ont fait, ce qu'elles éprouvaient ne s'apparentait pas à de l'amour.

— Peut-être n'avez-vous pas saisi l'étendue de leur attachement. Mon frère William était toujours le premier surpris quand une de mes amies refusait de me recevoir à cause des sentiments qu'elle avait développés pour lui et qu'il ne lui rendait pas.

Marcus cilla.

— J'en suis désolé, ma chère.

Elizabeth poussa un lourd soupir.

— Heureusement, William a épousé Margaret.

Sans rien dire, Marcus effleura de ses pouces les replis moites de son sexe, et elle bascula ses hanches en avant, l'invitant explicitement à poursuivre.

— Je me comporterai comme vos maîtresses blasées, déclara-t-elle subitement.

— Comment cela ? Vous n'avez rien de commun avec les femmes que j'ai fréquentées.

— Je vous rejetterai une fois que vous m'aurez divertie, répondit-elle d'une voix hachée, car il écartait ses lèvres et caressait la perle durcie de son clitoris.

Il fit ensuite délicatement glisser son doigt le long de ses lèvres, à présent luisantes de désir. Ce moment lui appartenait. Elle ne le priverait pas de ce plaisir.

— Qui sait ce qui nous attend ? répliqua-t-il. Je peux fort bien vous subjuguer, vous combler au point que vous ne concevrez plus de passer une nuit sans sentir mon sexe fiché là, au plus profond de votre chair.

Le gémissement plaintif qui franchit les lèvres d'Elizabeth mit fin aux hésitations de Marcus, qui s'empressa de libérer son membre de sa prison d'étoffe. Quand il releva les yeux, il découvrit le regard ardent qu'Elizabeth rivait sur son sexe. Et elle espérait le rejeter une fois qu'il l'aurait divertie ? Vraiment ?

— Je veux vous savourer, Elizabeth.

Elle se raidit lorsqu'il la saisit par les hanches et qu'il la plaça sur son sexe.

— Qu...

La question qu'elle s'apprêtait à poser resta coincée dans sa gorge quand il la fit coulisser sur son membre, s'introduisant en elle comme l'épée s'engage dans son fourreau.

Il gémit quand la fournaise de son sexe se referma sur lui comme un poing de velours. Une extase dévorante courut dans son bas-ventre, l'obligeant à serrer les dents et à cambrer le dos.

— Seigneur... haleta-t-il.

Une simple respiration de travers aurait suffi à le faire jouir.

Elizabeth remua de façon à mieux l'accueillir en elle. Le front baigné de sueur, il relâcha l'étreinte de ses mains sur sa taille et se détendit contre les oreillers.

Son beau visage était empourpré lorsqu'elle posa sur lui des yeux agrandis par le désir, l'interrogeant en silence.

— Je suis tout à vous, ma chère, l'encouragea-t-il.

Il restait délibérément immobile, désireux de laisser cette femme qui l'avait autrefois éconduit lui faire l'amour. Il avait besoin de la voir accomplir cet effort.

Elle se mordilla la lèvre, puis se souleva de manière à ne garder en elle que l'extrémité de son membre. Elle accomplit ensuite le mouvement inverse, avec maladresse et hésitation, mais Marcus en fut bouleversé. Il plaça ses mains sur le matelas et referma les poings sur la courtepointe. Elizabeth renouvela l'opération, le souffle court, et la fraîcheur de l'air sur son membre, suivie de l'étreinte brûlante de son sexe arracha un gémissement d'extase à Marcus.

Elle s'immobilisa.

— Continuez, la supplia-t-il.

— Je ne...

— Plus vite, ma douce. Plus fort.

Et, pour son plus grand plaisir, elle s'exécuta, allant et venant au-dessus de lui. La vision qu'elle offrait ainsi, à moitié nue, sa poitrine oscillant au gré de ses mouvements, était saisissante. Il l'observa à travers ses paupières alourdies par le désir et se souvint de l'image qu'il avait eue d'elle au bal des Moreland, royale et inaccessible beauté. Elle lui appartenait à présent, de la façon la plus intime qui soit.

Quand il sentit qu'il n'en pouvait plus, que l'envie de jouir se fit si impérieuse qu'il craignit de se répandre avant qu'elle n'ait atteint l'orgasme, il l'immobilisa, souleva les hanches et pilonna son corps suspendu de coups de reins rapides et impatients.

— Oui...

— Marcus ! cria-t-elle, plaquant les mains sur les siennes, la tête rejetée en arrière.

Il savait ce que ce cri signifiait. *Prends-moi.* Il la renversa sur le dos et lui donna ce qu'elle exigeait de lui, brutalement. Mais cela ne suffisait pas. Un grondement de frustration remonta dans sa gorge. Plus il s'efforçait de satisfaire le besoin primitif qui le torturait, plus ce besoin augmentait.

Elizabeth se redressa, ses seins se soulevant pour se presser contre son torse. Un cri étranglé échappa à Marcus quand elle se contracta brusquement autour de lui, en un flot de caresses qui ne ressemblaient à rien de ce qu'il avait connu jusqu'alors.

Il se rua dans ce flot comme un forcené, s'immergea dans la fournaise moite de son sexe qui réclamait sa semence. Il éjacula dans un rugissement, se répandant si longuement en elle qu'il crut qu'il allait en mourir. À l'acmé du plaisir, il baissa la tête et lui mordit l'épaule pour la punir d'être le fléau de son existence, la source de son plus grand plaisir et de sa plus grande souffrance.

Un léger bruissement de pages tournées réveilla Elizabeth. Elle se redressa, surprise et vaguement gênée de se retrouver entièrement dévêtue, le drap rabattu la révélant aux yeux du monde. Elle balaya la pièce du regard et découvrit Marcus, aussi nu qu'elle, assis devant un petit bureau, le journal de Nigel ouvert devant lui. Son regard était rivé sur elle. Se sentant exposée et vulnérable, Elizabeth ramena vivement le drap sur elle.

— Que faites-vous ?

Il lui adressa un de ses éblouissants sourires, se leva et se rapprocha du lit.

— J'avais l'intention de déchiffrer le code d'Hawthorne, mais j'ai été distrait par la vue.

Elle réprima un sourire.

— Flatteur. Il devrait y avoir une loi interdisant de lorgner les femmes endormies.

— Je suis certain qu'elle existe déjà, répondit-il en grimpant sur le lit. Mais elle ne s'applique pas aux amants.

La façon dont il prononça le mot « amants » la fit frissonner. C'était trop fort, trop tôt.

— Vous êtes très sûr de vous.

Elle jeta un coup d'œil vers la cheminée tandis que ses doigts jouaient nerveusement avec la broderie du drap.

— J'imagine que vous êtes satisfait d'avoir réussi à me conquérir aussi facilement, ajouta-t-elle.

— Facilement ? s'exclama-t-il en se laissant tomber sur les oreillers, les bras écartés. Ce fut affreusement difficile, vous voulez dire !

Il tourna la tête vers elle, cala sa joue au creux de sa paume et prit une expression sérieuse, les sourcils froncés.

— Parlez-moi de votre mariage.

— Pourquoi ?

— Pourquoi pas ?

Elle haussa les épaules, regrettant de ne plus posséder l'assurance qu'elle avait ressentie un peu plus tôt.

— Il n'y a rien d'exceptionnel à raconter. Hawthorne était un époux exemplaire.

Marcus pinça les lèvres et contempla pensivement le feu. Avant d'avoir seulement songé à retenir son geste, Elizabeth tendait la main vers lui pour écarter une mèche de cheveux de son front.

Il tourna la tête et déposa un baiser au creux de sa paume.

— Vous vous entendiez à merveille, alors ?

— Nous avions beaucoup de goûts communs, et il m'accordait toute la liberté que je désirais. Son travail à l'agence l'occupait tellement que je ne le voyais que rarement, mais cette distance nous convenait à tous les deux.

Marcus hocha la tête. Il semblait perdu dans ses pensées.

— Cela ne vous dérangeait pas qu'il travaille pour Eldridge ?

— Si, je détestais cela. Mais j'étais encore naïve et je ne me rendais pas compte qu'il risquait sa vie.

Comme il ne répondait pas, Elizabeth l'observa, se demandant à quoi il pouvait bien penser.

— Je crois qu'une partie de ce qui est écrit là-dedans concerne Christopher St. John, déclara-t-il finalement, mais tant que je n'aurai pas la possibilité de consulter ce carnet à ma guise, je n'en aurai pas la certitude.

— Oh, souffla-t-elle en enroulant le bord du drap autour de son doigt. Je suis désolée de vous avoir dérangé, ajouta-t-elle, saisissant cette occasion de quitter les lieux sans que ce soit embarrassant.

Elle fit passer ses jambes par-dessus le rebord du lit, mais Marcus la prit par le coude pour l'arrêter.

Des prunelles d'émeraude au fond desquelles couvait un feu ardent se posèrent sur elle.

— Vous constituez une distraction que j'apprécie, murmura-t-il de cette voix sensuelle qui la troublait tant.

Il la fit s'allonger sur le dos, rampa jusqu'à elle et pressa ses lèvres sur son ventre à travers le drap.

— Vous ne mesurez pas l'effet que vous avez sur moi. Je ne peux pas me concentrer lorsque je vous sais si proche, ajouta-t-il avant de prendre dans sa bouche l'un de ses mamelons.

Elizabeth posa les mains sur la peau tiède de ses épaules, dont elle sentit toute la puissance tandis qu'il s'appliquait à ne pas faire peser sur elle le poids de son corps. La pointe de son sein ne tarda guère à se dresser sous ses coups de langue experts.

— Marcus...

Avec un grognement, il écarta ses lèvres de son sein, rabattit le drap et se plaça au-dessus d'elle. Elle luttait, s'efforçait de garder le contrôle, se répétait qu'elle ne devait pas céder. Mais quand il s'empara de sa bouche et que ses mains se mirent à parcourir son corps avec une adresse qui enflammait ses sens, elle se sentit fondre.

Dans un cri de pur plaisir, elle capitula, consciente malgré tout que la route qu'elle devrait gravir pour reprendre pied s'allongeait de plus en plus à chaque seconde...

9

Elizabeth regagna le bâtiment principal de Chesterfield Hall par la porte du bureau qui ouvrait sur le jardin. L'aube n'était pas encore levée, mais les domestiques qui travaillaient en cuisine étaient déjà à pied d'œuvre, et elle ne voulait pas courir le risque de croiser leur chemin dans l'état où elle se trouvait, échevelée et les joues cramoisies.

— Elizabeth.

Surprise, elle sursauta et sentit son ventre se nouer quand elle aperçut William sur le seuil du bureau.

— Oui, William ?

— J'aimerais te parler un instant.

Elle soupira tandis qu'il refermait la porte.

— Que diable es-tu allée faire avec Westfield dans la maison d'hôtes ? As-tu perdu l'esprit ?

— Oui.

Inutile de prétendre le contraire.

— Pourquoi, Elizabeth ? demanda-t-il, visiblement confus et meurtri.

— Je ne sais pas.

— Je le tuerai, gronda-t-il. Te traiter de la sorte, abuser de toi aussi grossièrement… Je t'avais dit de garder tes distances avec cet individu. Tu savais que ses intentions n'étaient pas honorables !

— J'ai essayé. Vraiment, lâcha-t-elle en se détournant pour s'effondrer dans un fauteuil.

William marmonna un juron et se mit à arpenter la pièce.

— Tu pouvais avoir qui bon te semblait. Si l'idée du mariage te rebutait tellement, tu aurais tout de même pu choisir un compagnon plus convenable.

— William, cela me touche que tu t'inquiètes pour moi, mais je suis libre de prendre mes propres décisions, surtout quand il s'agit de quelque chose d'aussi personnel que le choix d'un amant.

— Bonté divine, souffla-t-il, je ne peux pas croire que j'aborde un tel sujet avec toi...

— Dans ce cas, ne le fais pas, l'interrompit-elle sèchement.

— Oh si ! répliqua-t-il en se dirigeant vers elle. Je n'ai pas subi tes innombrables sermons sur ma conduite licencieuse pour...

— Tu vois bien : j'ai appris auprès des meilleurs maîtres.

William se figea.

— Tu ne sais plus ce que tu dis. La situation t'échappe.

Elizabeth prit une longue inspiration.

— Peut-être. À moins que ce ne soit Westfield qui soit dépassé par les événements.

William émit un ricanement.

— Elizabeth...

— Assez, William. Je suis lasse, dit-elle en se levant pour gagner le couloir. Westfield viendra me chercher pour m'escorter au dîner des Fairchild ce soir.

Elle avait tenté de l'en dissuader, mais il avait soutenu que sa sécurité était en jeu. Il s'était montré inflexible – à sa façon aussi charmante qu'irrésistible : soit elle acceptait qu'il l'accompagne, soit elle renonçait à ce dîner.

— Fort bien, répliqua William. J'aurai deux mots à lui dire à son arrivée.

Elle agita la main avec nonchalance.

— À ta guise, William. Tu me l'enverras quand tu en auras fini avec lui.

— Je trouve cela... odieux.

— J'avais cru le comprendre.

— Abominable.

— Oui, oui, chantonna-t-elle en s'engageant dans le couloir.

— Je l'étriperai s'il s'avise de te faire du mal, lança-t-il encore derrière elle.

Elizabeth s'arrêta et se retourna vers lui. William se mêlait de ce qui ne le regardait pas, mais c'était parce qu'il l'aimait tendrement. Elle revint donc sur ses pas et passa les bras autour de sa taille.

— Tu es la plus irritante des sœurs, murmura-t-il en la serrant contre lui. Tu ne pourrais pas être un peu plus docile et facile à vivre ?

— Non. D'ailleurs, tu me trouverais ennuyeuse à périr et ça te rendrait fou.

Il soupira.

— Tu as sans doute raison, répondit-il en s'écartant pour la tenir à bout de bras. Promets-moi d'être prudente. Je ne supporterais pas de te voir souffrir de nouveau.

La tristesse qui s'était peinte sur son visage serra le cœur d'Elizabeth. Elle n'ignorait pas les dangers qu'elle courait. Jouer avec Marcus, c'était jouer avec le feu.

— Ne t'inquiète pas tant, William, dit-elle en passant son bras sous le sien pour l'entraîner vers l'escalier. Je sais prendre soin de moi. Fais-moi confiance.

— J'essaie, mais c'est sacrément difficile de faire machine arrière quand on s'est engagé dans la voie de la bêtise.

Elle éclata de rire, dégagea son bras et courut jusqu'en haut des marches.

— Le premier arrivé au vase du fond de la galerie a gagné !

William releva le défi et gagna sans difficulté, puis accompagna Elizabeth jusqu'à sa chambre. Il rejoignit ensuite la sienne, d'où il ressortit aussitôt, sous le regard sidéré de Margaret, encore au lit. Il avait décidé de se rendre séance tenante chez Westfield.

Une fois parvenu devant la résidence de Marcus, il grimpa les marches du perron quatre à quatre et actionna le heurtoir de cuivre.

La porte s'ouvrit sur un majordome qui le contempla avec un mépris glacial. William lui remit sa carte, franchit le seuil et pénétra en trombe dans le vestibule.

— Veuillez m'annoncer à lord Westfield, ordonna-t-il sèchement.

Le majordome baissa les yeux sur sa carte.

— Lord Westfield est absent, lord Barclay.

— Lord Westfield est dans son lit, répliqua William, et si vous n'allez pas le chercher immédiatement, je m'en chargerai moi-même.

Le domestique haussa dédaigneusement les sourcils, le fit entrer dans le bureau, puis se retira.

La porte se rouvrit peu après, livrant passage à Marcus. Celui-ci eut à peine le temps d'entrer dans la pièce que William, sans un mot, se jeta sur lui.

— Bon Dieu ! jura Marcus en tombant à la renverse.

Un autre juron lui échappa quand le poing de William atteignit sa cage thoracique.

William continua de le frapper tandis qu'ils tombaient ensemble sur le tapis. Marcus s'efforçait de parer les coups, mais ne tenta pas une seule fois de riposter.

— Espèce d'ordure, rugit William, plus furieux encore de se voir refuser le combat qu'il était venu chercher. Je vais vous tuer !

— Vous semblez effectivement vouloir parvenir à ce résultat, gronda Marcus.

D'autres bras surgirent soudain dans la mêlée pour les séparer. William se redressa et tenta de se libérer de la poigne de fer qui lui maintenait les bras dans le dos.

— Soyez maudit, Ashford ! Lâchez-moi !

Mais Paul Ashford tint bon.

— Dans un instant. N'y voyez pas d'offense, mais mère est à la maison, et elle ne supporte pas qu'on se batte sous son toit. Chaque fois que nous en venons aux mains, elle nous envoie régler nos comptes à l'extérieur.

Marcus s'était redressé, lui aussi, et venait de se dégager de l'étreinte de Robert Ashford, le plus jeune des trois frères. La ressemblance entre Marcus et Robert était saisissante, Robert ne se distinguant de son aîné que par ses lunettes à monture dorée et une constitution légèrement plus fine. Paul, celui qui se tenait derrière William, avait quant à lui des cheveux d'un noir d'encre et les yeux sombres.

William cessa de se débattre, et Paul le relâcha.

— Franchement, messieurs, déclara Paul en rajustant son gilet et sa perruque, je reconnais qu'il n'y a rien de tel qu'une bonne rixe pour commencer la journée, mais vous auriez au moins pu vous vêtir en conséquence.

Une main plaquée sur ses côtes, Marcus ignora la remarque de son frère.

— Vous sentez-vous mieux maintenant, Barclay ? s'enquit-il.

— Légèrement, répliqua William, dont les yeux lançaient des éclairs. J'aurais cependant apprécié une participation plus active de votre part.

— Pour m'attirer les foudres d'Elizabeth ? Je ne suis pas fou !

— Comme si vous vous souciiez de ses sentiments ! ricana William.

— Absolument.

— Dans ce cas, pourquoi l'utiliser comme vous le faites ?

Robert remonta ses lunettes sur son nez et s'éclaircit la gorge.

— Je crois que nous n'avons plus rien à faire ici, Paul.

— Je l'espère bien, marmonna celui-ci. Ce n'est pas le genre de conversation que j'aime avoir de bon matin. Comportez-vous correctement, messieurs. La prochaine fois, il se pourrait fort que notre mère intervienne elle-même, et vous le regretteriez tous les deux.

Les deux frères sortirent et refermèrent la porte derrière eux.

Marcus se passa la main dans les cheveux.

— Vous rappelez-vous cette fille que vous fréquentiez à Oxford ? demanda-t-il. La fille du boulanger ?

— Oui.

Il se souvenait même très bien d'elle. Une créature aussi jolie qu'expérimentée et plus qu'accorte. Celia aimait plus que la plupart des filles se faire trousser, et William avait mis un point d'honneur à lui donner ce qu'elle désirait. De fait, ils avaient même passé trois jours de suite au lit, ne s'interrompant que pour se laver et manger. Il avait eu du bon temps en sa compagnie.

Soudain, il comprit ce que Marcus sous-entendait.

— Souhaitez-vous *vraiment* mourir, Westfield ? gronda-t-il. Pour l'amour du Ciel, c'est de ma sœur qu'il s'agit !

— Elizabeth est une femme faite, souligna Marcus. Une veuve, pas une jeune fille innocente.

— Elle n'a rien de commun avec Celia. Elle n'a aucune expérience de ce genre de liaison et risque de beaucoup souffrir.

— Ah, vraiment ? Il me semble pourtant que c'est elle qui a rompu nos fiançailles et qu'elle n'a manifesté aucun remords.

— Pourquoi en aurait-elle eu ? Vous vous êtes comporté comme un mufle.

— Les torts étaient partagés.

Marcus s'approcha d'un des fauteuils placés devant la cheminée et s'y laissa tomber.

— Quoi qu'il en soit, tout s'est bien terminé. Elle n'a pas été malheureuse avec Hawthorne.

— Dans ce cas, laissez-la en paix.

— Je ne peux pas. Nous avons encore des comptes à régler, elle et moi. Et nous avons pris la décision, entre adultes consentants, de voir comment les choses évoluaient entre nous.

William prit place dans l'autre fauteuil.

— Je ne comprends toujours pas qu'Elizabeth puisse faire preuve d'une telle...

— ... imprudence ?

— Exactement, approuva William en se massant la nuque. Elle a été dévastée par ce que vous avez fait, vous savez.

— Ah oui ? Tellement dévastée qu'elle s'est empressée d'en épouser un autre !

— Oui, pour mieux vous fuir.

Marcus cilla.

— Vous pensez que je ne connais pas ma propre sœur ? demanda William en secouant la tête. Ménagez ses sentiments, lui conseilla-t-il en se levant pour gagner la porte.

Il s'immobilisa sur le seuil et se retourna vers Marcus.

— Si vous la blessez, Westfield, je vous en demanderai raison.

Marcus acquiesça d'un hochement de tête.

— Venez tôt ce soir, ajouta William d'un ton plus amène. Nous attendrons ensemble que ces dames finissent de se préparer. Père a toujours une excellente sélection de cognacs.

— Une invitation qui ne se refuse pas. Comptez sur moi, Barclay.

Quelque peu rasséréné, William se dirigea vers la sortie en songeant qu'il faudrait quand même qu'il nettoie ses pistolets, au cas où.

Le bal était un immense succès, comme en témoignaient la salle noire de monde et le visage épanoui de l'hôtesse, lady Marks-Darby. En quête d'un peu de solitude, Elizabeth se fraya un chemin parmi la foule et trouva refuge sur un balcon désert. Depuis ce point de vue, elle pouvait voir les couples qui se promenaient entre les haies du jardin agencées de façon à former un vaste labyrinthe. Elle ferma les yeux et prit une longue inspiration.

La semaine passée avait été à la fois paradisiaque et infernale. Chaque soir, elle retrouvait Marcus dans la maison d'hôtes, et bien qu'il n'en ait pas parlé, elle s'attendait que cela dure encore un certain temps.

Quand elle avait proposé cette liaison, elle s'était dit qu'il lui sauterait dessus dès son arrivée, la porterait jusqu'au lit et s'en irait quand il aurait assouvi son désir. Au lieu de quoi, Marcus lui faisait la conversation tout en la régalant de somptueux soupers froids qu'il apportait avec lui. Il abordait une foule de sujets et semblait véritablement intéressé par ses opinions. Il lui avait entre autres demandé quels étaient ses livres préférés et s'était procuré ceux qu'il n'avait pas encore lus. Elizabeth trouvait tout cela très étrange. Elle n'était pas habituée à cette forme d'intimité, qui la perturbait plus que leur relation physique – non que Marcus lui permette d'oublier cet aspect de leurs rapports.

Il la maintenait dans un état permanent d'excitation. En maître de l'érotisme, il utilisait toute la palette de son talent pour ne jamais quitter ses pensées, ne fût-ce qu'un instant. Il trouvait toujours le moyen de caresser subrepticement son épaule ou de glisser sa main le long de sa colonne vertébrale. Ou bien il s'approchait d'elle pour lui parler à l'oreille, et son souffle passait sur sa peau comme une caresse qui la faisait frissonner de désir.

Un éclat de rire en provenance du labyrinthe la tira de ses pensées. Deux femmes venaient de s'arrêter juste en dessous du balcon sur lequel elle se tenait, et leurs voix mélodieuses s'élevaient distinctement jusqu'à elle.

— Les bons partis sont rares cette année, dit l'une des deux femmes à sa compagne.

— C'est malheureusement vrai. Et, pour comble de malchance, lord Westfield semble bien déterminé à gagner ce pari. Il ne lâche pas la veuve Hawthorne d'une semelle.

— Elle, en revanche, ne semble guère s'intéresser à lui.

— La pauvre ne sait pas à côté de quoi elle passe. Il est magnifique. Son corps est une véritable œuvre d'art. Je vous avoue que je suis complètement entichée de lui.

Elizabeth serra si fort la rambarde du balcon que les jointures de ses mains blanchirent.

L'une des femmes se mit à glousser.

— Arrangez-vous pour qu'il revienne vers vous, s'il vous manque tant que cela.

— C'est bien mon intention, répliqua l'autre d'un ton pincé. Lady Hawthorne n'est pas vilaine, mais elle est trop froide pour Westfield. Une fois qu'il aura obtenu ce qu'il veut d'elle, il aura besoin de réchauffer son lit... et il me trouvera.

Un glapissement de surprise échappa alors aux deux commères.

— Veuillez m'excuser, mesdames, dit une voix masculine.

Les deux femmes s'éloignèrent dans le labyrinthe, laissant une Elizabeth fulminante sur le balcon.

Fieffées gourgandines ! Elle serrait les dents si fort qu'elle en avait mal à la mâchoire. Et ce maudit pari. Comment avait-elle pu l'oublier ?

— Lady Hawthorne ?

Une voix agréablement grave et rauque venait de murmurer son nom derrière elle. Elle se retourna et étudia le gentleman qui s'approchait d'elle, s'efforçant de le reconnaître.

— Oui ?

L'homme était grand et élégamment vêtu, coiffé d'une perruque nouée en catogan sur la nuque. Le loup qui enveloppait ses yeux faisait ressortir ses iris d'un bleu étincelant. Il avait quelque chose de familier, bien qu'elle fût certaine de ne l'avoir encore jamais rencontré.

— Avons-nous déjà été présentés ? demanda-t-elle.

Il secoua la tête et elle se raidit, tout en continuant à l'étudier tandis qu'il émergeait progressivement de l'ombre. Le reste de son visage était au diapason de ses yeux, découvrit-elle. L'homme était, pour parler franchement, plus que beau.

Ses lèvres, bien que fines, formaient un pli qu'on ne pouvait qualifier que de sensuel, mais son regard... son regard reflétait une froide intensité. Cet homme-là, elle le devinait, ne faisait confiance à personne. Mais ce ne fut pas cela qui lui tira un frisson d'appréhension. La crainte qui s'éveillait en elle venait de la manière qu'il avait d'avancer. La subtile inclinaison de son corps vers elle avait quelque chose d'étrangement possessif.

— Je m'excuse de vous importuner, lady Hawthorne, déclara-t-il de sa belle voix grave, mais il faut que je m'entretienne avec vous d'un sujet urgent.

Elizabeth prit son ton le plus glacial pour répondre :

— Il est fort rare, monsieur, que je m'entretienne de sujets urgents avec un parfait inconnu.

Il s'inclina brièvement devant elle.

— Je vous prie de m'excuser, répondit-il d'une voix délibérément lente et apaisante. Je suis Christopher St. John, milady.

Elizabeth sentit son souffle se bloquer dans sa gorge, son cœur s'emballer. Instinctivement, elle eut un mouvement de recul.

— De quel sujet souhaitez-vous m'entretenir, Mr. St. John ?

Il vint se placer à côté d'elle, posa les mains sur la rambarde de fer forgé et baissa les yeux vers le labyrinthe. Il paraissait très détendu, mais elle sentait que son attitude était parfaitement étudiée. À l'instar de Marcus, il adoptait un comportement amical visant à inspirer confiance à ceux qu'il approchait, de manière à leur faire baisser leur garde. Mais sa tactique eut l'effet exactement inverse sur Elizabeth, dont le ventre se noua.

— Vous avez reçu un journal qui appartenait à votre défunt mari, n'est-ce pas ? s'enquit-il d'une voix douce.

Elizabeth sentit le sang se retirer de son visage.

— Comment pouvez-vous savoir cela ? demanda-t-elle en écarquillant les yeux. Est-ce vous qui m'avez attaquée dans le parc ?

L'homme ne paraissait cependant souffrir d'aucune blessure.

— Tant que ce carnet sera en votre possession, vous serez en grand danger, lady Hawthorne. Si vous me le remettez, je veillerai à ce que vous n'ayez plus d'ennuis.

La peur et la colère se mêlèrent en elle.

— Êtes-vous en train de me menacer ? répliqua-t-elle en relevant le menton. Laissez-moi vous dire, monsieur, que je n'ai rien d'une faible femme sans défense.

— Je connais votre habileté au pistolet, mais elle ne vous sera d'aucune utilité face au danger qui vous guette à présent. Le fait que vous ayez mêlé lord Eldridge à cette affaire ne fait que compliquer les choses. Il est dans votre intérêt de me remettre ce carnet, déclara-t-il en dardant son regard sur elle.

La froideur qu'elle lut dans les profondeurs de son regard la glaça jusqu'à la moelle.

La voix de St. John était teintée d'une nuance de menace, et sa posture faussement nonchalante ne parvenait pas à dissimuler l'énergie vibrante qui l'habitait, l'énergie d'un individu potentiellement dangereux.

Elizabeth ne put réprimer un frisson d'effroi et de répulsion. Il jura entre ses dents, avant de plonger la main dans une poche de son gilet de satin blanc.

— Tenez, marmonna-t-il. Ceci vous appartient, je crois, ajouta-t-il en lui tendant un petit objet.

Incapable de détacher les yeux de son visage, Elizabeth se contenta de refermer la main sur l'objet.

— Vous devez...

Il s'interrompit et se retourna brusquement. Elizabeth suivit son regard, et un vif soulagement l'envahit quand elle découvrit Marcus sur le pas de la porte.

Il paraissait hors de lui. Ses traits tendus reflétaient des intentions meurtrières.

— Éloignez-vous d'elle, ordonna-t-il.

Sa colère était palpable. Ramassée sur elle-même comme un ressort, elle semblait prête à exploser à la moindre provocation.

St. John, qui faisait toujours face à Elizabeth, ne paraissait pas perturbé le moins du monde. Il s'inclina de nouveau devant elle, mais son attitude détachée ne pouvait tromper personne. Un nuage de ressentiment et d'hostilité planait au-dessus des deux hommes.

— Nous poursuivrons cette conversation une autre fois, lady Hawthorne. D'ici là, je vous conseille de considérer ma requête, dans votre propre intérêt.

Il passa devant Marcus avec un sourire narquois.

— Westfield. Toujours un plaisir.

Marcus s'interposa de façon à l'empêcher de poursuivre son chemin vers la salle de bal.

— Si vous l'approchez encore une fois, je vous tue.

St. John lui décocha un sourire étincelant.

— Voilà des années que vous me menacez de mort, Westfield.

Un sourire carnassier révéla les dents de Marcus.

— J'attendais d'avoir un bon prétexte. Vous venez de me l'offrir. Bientôt, j'aurai tout ce dont j'ai besoin pour vous faire pendre. Vous ne pourrez pas échapper éternellement à la justice.

— Vraiment ? Ma foi… l'avenir nous le dira.

St. John jeta un dernier coup d'œil à Elizabeth avant de contourner Marcus et de se mêler à la foule des invités dans la salle de bal.

Elizabeth baissa les yeux sur l'objet qu'elle tenait à la main, et sa vue lui causa un tel choc qu'elle dut s'agripper à la rambarde pour garder l'équilibre. Marcus fut aussitôt près d'elle.

— De quoi s'agit-il ?

Elle ouvrit la main pour lui montrer l'objet.

— C'est la broche en camée qu'Hawthorne m'avait offerte à l'occasion de notre mariage. Le fermoir en était cassé. Vous voyez ? Il l'est toujours. Hawthorne avait proposé de le porter chez le bijoutier pour le faire réparer le matin de sa mort.

Marcus s'empara de la broche et l'examina.

— C'est St. John qui vous l'a rendue ? Que vous a-t-il dit ? Répétez-moi tout.

— Il veut le journal, dit-elle en levant les yeux vers lui. Et il était au courant de l'agression dans le parc.

— Qu'il soit maudit, gronda Marcus en empochant le camée. Je le savais.

Il plaça la main d'Elizabeth sur son bras et l'entraîna à l'écart du balcon. Quelques instants plus tard, il avait récupéré leurs manteaux, appelé leur voiture et l'aidait à y prendre place. Il ordonna aux cavaliers d'escorte de veiller sur elle et s'apprêta à regagner la résidence de lady Marks-Darby d'un pas martial.

Elizabeth se pencha à la fenêtre et l'appela.

— Où allez-vous ?

— Chercher St. John.

— Non, Marcus, le supplia-t-elle, les doigts recroquevillés sur le bord de la vitre baissée, le cœur battant. Vous avez dit vous-même qu'il était dangereux.

— Ne vous inquiétez pas, ma chère, lança-t-il pardessus son épaule. Je le suis aussi !

Elizabeth attendit une éternité, folle d'angoisse. Pour la première fois depuis le début de leur liaison, elle prenait conscience du peu de contrôle qu'elle avait sur cet homme. Marcus n'avait que faire de ses inquiétudes ou de ses souffrances. Il savait ce qu'elle ressentait, mais il avait délibérément choisi de courir après le danger, ne lui laissant d'autre choix que de l'attendre.

Cela faisait longtemps qu'il était parti, à présent. Trop longtemps. Que se passait-il ? Avait-il retrouvé le pirate ? S'étaient-ils parlé ? Battus ? Marcus était-il blessé ?

Elle sentit le nœud dans son estomac se serrer encore tandis qu'elle laissait errer son regard à travers la vitre. Finalement, au risque d'essuyer des reproches, elle ouvrit la portière et descendit de voiture. Les cavaliers d'escorte l'entourèrent à l'instant précis où Marcus réapparaissait.

— Ma douce, dit-il en l'attirant vers lui.

La soie épaisse de son manteau était froide de l'air de la nuit, mais le froid intérieur qu'elle ressentait était bien pire.

— N'ayez crainte. Je vous protégerai.

Le rire étouffé qui lui échappa n'avait rien de joyeux. Le plus grand péril venait de Marcus lui-même. Cet homme ne vivait que pour et par le danger. Il se mettrait toujours dans des situations périlleuses, car prendre des risques faisait partie de sa nature.

L'agence… St. John… Marcus…

Il fallait qu'elle s'éloigne de tout cela. Qu'elle parte loin, très loin.

10

Marcus interrompit ses allées et venues dans le vestibule de la maison d'hôtes et contempla le tapis persan sous ses pieds, sûr d'y trouver des signes d'usure dus à son incessant va-et-vient.

Cette histoire l'irritait prodigieusement. Le désir que lui inspirait Elizabeth ne semblait pas près de se dissiper. Son corps tout entier se languissait douloureusement de son contact, et à cette réaction physique déjà agaçante s'ajoutait le fait qu'elle habitait en permanence ses pensées.

Avant elle, Marcus n'avait jamais passé la nuit avec ses maîtresses, ne les avait jamais fait venir chez lui, ne leur avait jamais permis qu'un usage ponctuel de son corps. Et n'avait jamais rien voulu d'autre.

Avec Elizabeth, les choses étaient complètement différentes. Quand il se séparait d'elle, il avait l'impression de vivre un déchirement, et il maudissait chaque lever de soleil qui le forçait à partir. Il rentrait chez lui, la peau imprégnée de son parfum, se laissait tomber sur le lit qu'elle avait un jour occupé et revivait tous les souvenirs qu'il avait d'elle, nue et suppliante sous lui. Une torture absolument délicieuse.

Cette liaison le rendait fou. Quand il était passé sur le balcon, chez lady Marks-Darby, et qu'il avait reconnu l'homme avec qui Elizabeth discutait, son cœur avait aussitôt cessé de battre, avant de s'emballer sous l'effet du besoin qu'il avait de la protéger.

Bon sang, ce qu'il voulait, c'était se rapprocher d'elle encore davantage ! Mais Elizabeth, elle, cherchait à garder ses distances et refusait que des sentiments viennent compliquer leur histoire. Elle tenait à ce que les choses entre eux restent simples. De la part de toute autre femme, Marcus aurait été ravi de cette réaction. Mais ce n'était pas ce qu'il espérait d'Elizabeth.

Son cœur ne lui restait pas indifférent, pourtant. Il le devinait à son regard, qui se faisait rêveur quand elle croyait qu'il ne la regardait pas, à la façon dont son cœur s'emballait lorsqu'il la serrait dans ses bras. Elle s'enroulait autour de lui dans son sommeil et murmurait parfois son nom, révélant ainsi qu'il hantait ses rêves autant qu'elle-même hantait les siens.

Quand la porte s'ouvrit et qu'Elizabeth entra, Marcus se tourna vivement vers elle. Elle lui offrit un petit sourire contrit, puis détourna le regard.

Cette dérobade l'irrita, comme tous les artifices qu'elle utilisait pour le tenir à distance. Une bouffée de colère l'envahit.

— Bonsoir, ma chère, murmura-t-il.

Le ton de sa voix lui fit froncer les sourcils.

Marcus la déshabilla ouvertement du regard, de la tête aux pieds. Quand il reporta son attention sur son visage, il constata qu'elle avait rougi.

Tant mieux. Tout était préférable à l'indifférence.

— Approchez, ordonna-t-il d'un ton impérieux.

Il pouvait faire disparaître certains des remparts qu'elle érigeait entre eux. Ses vêtements, par exemple.

— Non.

Elle avait prononcé ce mot d'un ton sans réplique.

— Non ? répéta-t-il en haussant les sourcils.

Il sentit alors quelque chose de différent en elle, une raideur dans sa posture qui lui noua le ventre.

Puis le regard d'Elizabeth s'adoucit. Marcus se demanda ce qu'elle avait vu. Il jeta un coup d'œil au miroir qui se trouvait derrière elle et découvrit avec stupeur l'expression de désir ardent que reflétaient ses propres traits. Il serra les poings.

— Je ne resterai pas ce soir, Marcus. Je suis seulement venue vous dire que notre liaison est terminée.

Il eut l'impression qu'on avait soudain vidé la pièce de tout l'oxygène qu'elle contenait. Elle le quittait… encore une fois, et avec la même brutalité.

— Pourquoi ?

Ce fut tout ce qu'il trouva à dire.

— Il est inutile que nous continuions à nous voir.

— Et la passion qui nous unit ?

— Elle se dissipera, assura-t-elle avec un haussement d'épaules.

— Dans ce cas, restez ma maîtresse jusqu'à ce que cela se produise, répliqua-t-il d'un ton de défi.

Elizabeth secoua la tête.

Il s'avança vers elle, le cœur battant au rythme de son désespoir, aimanté par son parfum, par le besoin de sentir sa peau sous ses mains.

— Donnez-moi une raison valable de mettre un terme à notre liaison.

Ses yeux violets s'agrandirent, se troublèrent, et elle eut un mouvement de recul.

— Je ne veux plus de vous.

Marcus continua d'avancer vers elle et ne s'arrêta que lorsqu'elle se retrouva plaquée contre le mur. L'ayant ainsi acculée, il cala sa cuisse entre ses jambes. Puis il referma la main sur sa nuque, enfouit le visage au creux de son cou et inspira profondément, humant la chaude odeur de son désir.

Elle frissonna dans ses bras.

— Marcus...

— Si vous aviez dit n'importe quoi d'autre, j'aurais pu vous croire. Prétendre que vous ne voulez plus de moi est un mensonge si criant que je ne peux pas lui accorder le moindre crédit.

Il approcha ses lèvres des siennes, et elle détourna la tête.

— Vous savez pertinemment qu'une réaction physique ne signifie rien, protesta-t-elle.

Marcus fit courir la pointe de sa langue sur ses lèvres, décidé à la séduire coûte que coûte, à abattre les barrières qu'elle avait dressées entre eux.

— Rien ? souffla-t-il.

Elle ouvrit la bouche pour répondre, et Marcus en profita pour insérer lentement sa langue entre ses lèvres et se régaler de sa saveur. Un gémissement échappa à Elizabeth, puis un autre.

Elle tenta de s'écarter, mais Marcus maintint sa tête en place, tandis que, de sa main libre, il saisissait sa hanche pour l'attirer contre son sexe en érection. Cette fois, ce fut lui qui gémit, le corps douloureusement tendu vers elle. Puis il constata qu'elle gardait les bras immobiles le long du corps, qu'elle le rejetait silencieusement malgré la réaction involontaire de son corps à son contact, et il s'écarta d'elle avec un juron.

Ce n'était pas ainsi qu'il la désirait. Il ne voulait pas la soumettre à son désir contre son gré. Il la voulait chaude et vibrante, aussi avide de lui qu'il l'était d'elle.

— Comme vous voudrez, Elizabeth, déclara-t-il froidement, le regard dur.

Il attrapa sa pelisse, accrochée à côté du miroir.

— Vous vous languirez bientôt de moi. Quand cela arrivera, venez me trouver. Je serai peut-être disponible pour vous satisfaire.

En la voyant baisser les yeux et détourner la tête, Marcus s'efforça de durcir son cœur, pour faire barrage à la souffrance qui menaçait de le submerger.

Il partit en claquant la porte et, dans sa hâte à s'éloigner, bondit sur le dos de son cheval. D'un signe de la main, il ordonna aux gardes qui surveillaient la maison d'hôtes de rester à leur poste.

Il se mit à galoper, mais ses pensées demeurèrent avec Elizabeth. La bravoure avec laquelle elle avait affronté St. John l'avait grandement impressionné. Elle était consciente de la nature extrêmement dangereuse du pirate, Marcus l'en avait prévenue, et elle avait refusé de se laisser intimider. Il la revoyait encore face à St. John, le dos droit, fière et impassible.

Maudite soit-elle ! N'y avait-il donc aucun moyen de l'atteindre ? La surface paisible qu'elle présentait au monde était un leurre. Des lames de fond l'agitaient au plus profond d'elle-même, pourtant elle se barricadait, empêchant quiconque de voir aussi loin en elle.

Elizabeth était une âme torturée, il le savait, et pourtant c'était lui qui parcourait les rues de Londres à bride abattue tandis qu'elle se reposait paisiblement à Chesterfield Hall. C'était lui qui souffrait – et il était le seul à blâmer pour cela.

Pourquoi fallait-il, chaque fois qu'elle aurait dû chercher du réconfort auprès de lui – comme ce soir, justement –, qu'elle choisisse au contraire de lui tourner le dos ? Quelques heures plus tôt, elle était encore ardente et passionnée, cambrée contre lui, les cuisses largement écartées pour accueillir son sexe. Il l'entendait encore murmurer son nom, sentait encore ses ongles s'enfoncer dans la chair de son dos. Au cours de cette semaine passée ensemble, une véritable intimité s'était établie entre eux. Elizabeth s'en était rendu compte aussi, il en était sûr. Il refusait de croire qu'il s'était trompé.

Le froid de la nuit lui arracha un violent frisson, détournant son esprit d'Elizabeth. Émergeant du brouillard de ses pensées, il découvrit avec stupeur qu'il se trouvait devant Chesterfield Hall. Inconsciemment, il était revenu sur ses pas.

Il s'arrêta devant la maison d'hôtes à présent plongée dans l'obscurité, scruta les alentours et repéra les montures des gardes attachées non loin de là. Les hommes devaient patrouiller à pied, à moins qu'ils n'aient suivi Elizabeth jusqu'à la demeure principale. Planté devant le cottage, il se demanda si la porte était restée ouverte, si le délicieux parfum de vanille et de rose d'Elizabeth flottait encore dans le vestibule… Il descendit de cheval pour aller tester la poignée de la porte, qui s'abaissa sans opposer la moindre résistance. Il entra, ferma les yeux pour aiguiser son odorat et inspira profondément.

Oui, il le décela sur-le-champ : délicieusement subtil, le parfum d'Elizabeth imprégnait toujours le cottage. Lentement, il en suivit le sillage, gardant les yeux fermés, sa mémoire des lieux guidant ses pas dans l'obscurité.

Tandis qu'il avançait en silence dans la maison, Marcus laissa son esprit dériver, rejouer des bribes d'instants volés en sa compagnie, lui rappeler son rire, sa belle voix de gorge, la douceur soyeuse de sa peau…

Soudain, il s'immobilisa et tendit l'oreille.

Non, il n'avait pas rêvé. Il venait bien d'entendre un bruit de pleurs étouffés. Rouvrant les yeux, il se dirigea prudemment vers la chambre. Le rai de lumière qui filtrait sous la porte lui apprit qu'un feu brûlait dans la cheminée. Il abaissa la poignée et pénétra dans la chambre.

Elizabeth était là, assise devant l'âtre, visiblement dans le même état que lui.

Elle avait raison – il était temps de mettre un terme à leur liaison. Il avait été fou d'insister pour qu'ils deviennent amants. Ils n'étaient pas faits pour être ensemble.

Il n'arrivait plus à réfléchir, parvenait à peine à dormir. Cela ne pouvait plus durer ainsi.

— Elizabeth, appela-t-il.

Elle ouvrit les yeux et passa une main rageuse sur ses joues pour essuyer ses larmes.

Marcus sentit fondre la gangue d'amertume dont il avait entouré son cœur. Elizabeth se montrait si vulnérable en cet instant qu'il distinguait clairement la femme que, d'ordinaire, elle s'appliquait si bien à cacher. Une femme fragile et très seule.

Il aurait voulu s'approcher d'elle et lui offrir le réconfort dont elle avait si manifestement besoin, mais il la connaissait trop pour commettre une telle erreur. Il fallait que ce soit elle qui vienne à lui. Tout geste de sa part ne ferait que l'inciter à prendre la fuite, et c'était la dernière chose qu'il souhaitait. Il voulait la serrer dans ses bras, veiller sur elle. Être ce dont elle avait besoin, ne serait-ce qu'une fois.

Sans dire un mot, Marcus se déshabilla en veillant à adopter des gestes parfaitement détendus. Il écarta la courtepointe, se mit au lit, tourna les yeux vers elle et attendit. Comme chaque soir, Elizabeth ramassa les vêtements de Marcus et les plia avec soin. Elle repoussait l'instant de le rejoindre, prenait le temps de se ressaisir, et Marcus sentit sa poitrine se serrer quand il comprit ce qu'elle éprouvait.

Lorsqu'elle vint vers lui et qu'elle lui présenta son dos, il ne dit pas un mot, se contentant de dégrafer sa robe en réponse à son ordre silencieux. Comme chaque fois, il sentit son sexe palpiter et durcir en voyant apparaître son corps nu. Il s'écarta, lui laissant la place de grimper dans le lit à côté de lui, et l'attira dans ses bras. Elizabeth blottie contre son torse, il contempla le paysage entouré d'un cadre doré suspendu au-dessus de la cheminée.

C'était cela, le bonheur, se dit-il.

Il sentit la joue d'Elizabeth se presser contre sa poitrine.

— Il faut en finir, murmura-t-elle.

Marcus lui caressa lentement le dos.

— Je sais.

Et cela suffit à mettre un terme à leur liaison.

Marcus entra dans le bureau d'Eldridge un peu après midi, prit place dans un fauteuil de cuir fatigué et attendit que son supérieur lui accorde son attention.

— Westfield.

— Lady Hawthorne a été approchée par St. John au bal Marks-Darby hier soir, annonça Marcus sans préambule.

Le regard gris et pénétrant d'Eldridge se riva aussitôt au sien.

— Comment va-t-elle ?

Marcus haussa les épaules et caressa du bout des doigts les clous de cuivre des accoudoirs du fauteuil.

— Bien, apparemment.

Marcus ne pouvait pas en dire plus. Il n'avait pas réussi à convaincre Elizabeth de lui raconter son entrevue avec le pirate. Malgré tous ses efforts, elle avait refusé d'en reparler.

— St. John est au courant de l'existence du journal et du rendez-vous dans le parc.

Eldridge s'écarta du massif bureau d'acajou.

— Un homme dont le signalement correspond à celui de St. John a été soigné pour une blessure à l'épaule le jour même.

Marcus poussa un long soupir.

— St. John serait donc bien impliqué dans le meurtre d'Hawthorne, comme vous en aviez l'intuition. Le médecin qui a soigné cet homme a-t-il révélé quoi que ce soit d'important ?

— Rien, excepté le signalement du patient.

Eldridge se leva et alla se planter devant la fenêtre pour contempler la rue animée. Les lourdes tentures de velours vert bouteille qui encadraient l'immense fenêtre le faisaient paraître moins grand, moins formidable. Plus humain, surtout.

— La sécurité de lady Hawthorne me préoccupe. St. John doit être désespéré, pour avoir osé l'approcher parmi tant de monde.

— Je compte la rejoindre immédiatement, répondit Marcus. Pour vous parler franchement, je redoute de m'éloigner d'elle. St. John avait en sa possession un camée appartenant à Elizabeth, un bijou qui, selon elle, était en possession d'Hawthorne le jour de son assassinat.

— L'affaire se résumerait donc à ce que je suspectais ? soupira Eldridge. Ce pirate a décidément toutes les audaces.

Marcus serra les dents au souvenir des déplaisantes occasions qu'il avait eues de rencontrer St. John au fil des années.

— Expliquez-moi pour quelle raison nous le laissons en vie, gronda-t-il.

— Excellente question, mon cher, concéda Eldridge. Figurez-vous que je me la suis bien souvent posée. Hélas, l'homme jouit d'une telle popularité que je crains que sa disparition ne le hisse au rang de martyr. La mission à laquelle se consacrait Hawthorne était secrète. Si secrète que nous ne pouvons pas la révéler, même pour justifier le meurtre d'un criminel de l'acabit de St. John.

Marcus marmonna un juron et se leva.

— Je conçois que cela vous irrite, Westfield. Mais attendons de pouvoir l'amener devant la justice comme il se doit. Un procès public suivi d'une pendaison suffira à balayer le mythe.

— Peut-être... répondit Marcus en arpentant le bureau. Mais je me creuse la tête chaque jour pour déchiffrer le code de ce satané journal, et c'est à croire qu'il change à chaque paragraphe, voire à chaque phrase ! Je n'arrive pas à trouver la clé, et je n'ai encore rien appris qui soit digne d'intérêt.

— Apportez-le-moi. Je pourrai peut-être vous aider.

— Je préfère poursuivre mon examen. Au stade où j'en suis, j'irai plus vite que quiconque.

— Quoi qu'il en soit, gardez la tête froide, le mit en garde Eldridge en lui tournant le dos.

— Quand ai-je omis de le faire ?

— Chaque fois que lady Hawthorne s'est trouvée impliquée, répliqua Eldridge. Elle dispose peut-être d'informations qui vous aideraient. En avez-vous parlé avec elle ?

Marcus retint son souffle, peu disposé à reconnaître qu'il n'aimait guère aborder avec Elizabeth le sujet de son mariage avec Hawthorne.

Eldridge soupira.

— J'avais espéré que nous n'en arriverions pas là.

— Je suis le meilleur agent susceptible de la protéger, rétorqua Marcus.

— Non, vous êtes le pire, et je ne saurais vous dire à quel point cela m'ennuie de vous l'avouer. Votre implication émotionnelle affecte cette mission, comme je le craignais.

— Mes affaires privées ne regardent que moi.

— Et cette agence m'appartient. Je vous retire cette mission.

Marcus s'immobilisa et se retourna si vivement que les pans de son manteau fouettèrent ses cuisses.

— Dois-je vous rappeler que vous disposez d'un volet d'agents extrêmement restreint parmi les pairs du royaume ?

Eldridge serra les mains derrière son dos. Les tons sombres de ses vêtements et de sa perruque s'accordaient à la perfection avec l'expression sévère de son visage.

— La première fois que vous êtes entré ici, je reconnais que vous m'avez impressionné. Effronté, impétueux, persuadé que votre père était éternel et que vous pourriez n'en faire qu'à votre tête jusqu'à la fin des temps, vous aviez toutes les qualités requises pour que je vous lâche sur la piste de St. John. L'illusion de l'immortalité ne vous a pas quitté, Westfield. Vous êtes toujours prêt à prendre les risques devant lesquels les autres reculent. Mais n'oubliez jamais que vous n'êtes pas le seul de votre espèce.

— Soyez sûr que j'ai conscience que les cimetières sont remplis de gens indispensables, Eldridge.

— Lord Talbot vous remplacera.

Marcus secoua la tête et laissa échapper un ricanement.

— Talbot obéit aux ordres, mais il n'a aucun esprit d'initiative.

— Il n'en a pas besoin. Il se contentera de marcher dans vos pas. De plus, il s'entend très bien avec Avery James. Ce ne sera pas la première fois qu'ils coopéreront.

Marcus cracha un juron, pivota sur ses talons et se dirigea vers la porte.

— Remplacez-moi si vous voulez, je ne l'abandonnerai pas aux soins d'un autre.

— Je ne vous laisse pas le choix, Westfield, lança Eldridge derrière lui.

— Moi non plus, répliqua Marcus avant de claquer la porte.

Marcus sauta sur son cheval et fila en direction de Chesterfield Hall. Il avait eu l'intention de s'y rendre quoi qu'il advienne, mais il y avait désormais urgence. Elizabeth n'était sans doute pas d'humeur à s'entretenir avec lui, et il allait devoir la convaincre du contraire. Leur liaison était terminée, ce qui valait mieux pour eux deux. Il était temps désormais de s'occuper du reste.

Il fut immédiatement conduit dans le bureau, où il se força à s'asseoir plutôt que de faire les cent pas pour calmer son agitation. Quand la porte s'ouvrit dans son dos, il se leva, tout sourire, croyant accueillir Elizabeth, et se retrouva face à William.

— Westfield, dit sèchement ce dernier.

— Barclay.

— Que voulez-vous ?

Marcus battit des cils, puis laissa échapper un soupir exaspéré.

— Ce que je veux chaque fois que je viens ici, Barclay. Parler avec Elizabeth.

— Elle ne veut pas vous voir. Elle a été très claire : vous n'êtes plus le bienvenu ici.

— Cela ne prendra qu'un bref instant. Après quoi, tout sera terminé, je vous le garantis.

— Elizabeth est partie, ricana William.

— J'attendrai son retour, si cela ne vous dérange pas.

Il attendrait dans la rue, s'il le fallait. Il devait lui parler avant Eldridge.

— Non, vous ne m'avez pas compris. Elle a quitté la ville.

— Je vous demande pardon ?

— Elle est partie. Loin. Elle a retrouvé ses esprits et réalisé que vous n'étiez qu'un abruti.

— C'est ce qu'elle a dit ?

— Je n'ai pas vraiment discuté avec elle, avoua William. Mais elle a parlé de son envie de quitter Londres à sa femme de chambre ce matin et elle est partie. Sans sa servante, ce qui est plutôt une bonne chose, vu le fouillis qu'elle a laissé derrière elle.

Un signal d'alarme se déclencha dans la tête de Marcus. Une des nombreuses choses qu'il avait apprises au sujet d'Elizabeth au cours de leur liaison, c'était qu'elle était épouvantablement ordonnée.

— Savez-vous où elle comptait aller ? demanda-t-il en se dirigeant vers la porte.

— Tout ce qu'elle a dit, c'est qu'elle avait besoin de s'éloigner de vous. Une fois qu'elle sera calmée et qu'elle m'aura écrit, je la rejoindrai, si elle ne se décide pas à revenir. Ce n'est pas la première fois que votre comportement l'incite à prendre des mesures radicales.

— Conduisez-moi à sa chambre.

— Écoutez, Westfield, déclara William. Je ne vous mens pas. Elle est partie. Et je veillerai sur elle comme je l'ai toujours fait.

— Je trouverai ses appartements tout seul s'il le faut, insista Marcus.

William ronchonna, jura et grommela, mais finit par le guider jusqu'aux appartements d'Elizabeth. Le regard de Marcus passa des tapis déplacés et jonchés de fleurs piétinées aux portes grandes ouvertes de l'armoire dont le contenu était répandu sur le sol. Les tiroirs retournés et le lit défait contribuaient à donner l'impression qu'un cyclone avait traversé la pièce.

— Apparemment, elle était de très mauvaise humeur, commenta William.

— Apparemment, oui, répondit Marcus en gardant une expression impassible, alors qu'il sentait son ventre se nouer.

Il se tourna vers la femme de chambre.

— Combien de robes a-t-elle emportées ?

La jeune fille lui fit sa révérence avant de lui répondre.

— Aucune, à ce que je sache, milord. Mais je n'ai pas encore fini de tout ranger.

Marcus n'avait pas le temps d'attendre qu'elle ait fini.

— Vous a-t-elle dit quoi que ce soit d'important ?

— Inutile d'aboyer sur la pauvre enfant, intervint William.

Marcus leva la main pour le faire taire et riva son regard sur la femme de chambre.

— Elle m'a seulement dit qu'elle voulait s'éloigner, milord. Elle m'a envoyée faire une course en ville, et quand je suis revenue, elle était déjà partie.

— Lui est-il souvent arrivé de voyager sans vous ?

La jeune fille secoua vigoureusement la tête.

— C'est la première fois, milord.

— Voyez-vous à quel point elle était pressée de vous fuir ? demanda William.

Mais Marcus ne lui prêta aucune attention. Même en colère, Elizabeth n'aurait jamais mis sa chambre dans cet état. La pièce avait tout bonnement été retournée.

Elizabeth avait été enlevée.

11

— Asseyez-vous, Westfield, ordonna sèchement Eldridge. Votre va-et-vient incessant me rend fou.

Marcus s'assit et le foudroya du regard.

— C'est moi qui deviens fou. J'ai besoin de savoir où se trouve Elizabeth. Dieu seul sait quels tourments...

Il s'étrangla, incapable de formuler ses pensées.

Les traits habituellement austères d'Eldridge s'adoucirent, manifestant une sympathie qui ne lui ressemblait guère.

— Vous m'avez dit que les cavaliers d'escorte que vous aviez assignés à sa protection étaient partis, eux aussi. C'est bon signe. Ils ont peut-être pu la suivre et vous feront savoir où elle est allée dès que l'un d'eux en aura l'occasion.

— À moins qu'ils ne soient morts, répliqua Marcus d'un ton lugubre, avant de se lever et de se remettre à faire les cent pas.

Eldridge se laissa aller contre le dossier de son siège et joignit le bout de ses doigts devant lui.

— J'ai envoyé des agents récolter des informations sur toutes les routes partant de Chesterfield Hall. Il finira bien par en sortir quelque chose.

— Mais cela risque de prendre du temps, et le temps est un luxe dont je ne dispose pas, gronda Marcus.

— Rentrez chez vous. Attendez de mes nouvelles.

— Je préfère attendre ici.

— Vos cavaliers tenteront peut-être de vous contacter chez vous. Ils l'ont sans doute déjà fait. Vous devriez rentrer et préparer vos affaires pour le cas où vous auriez besoin de vous mettre en route.

— Fort bien, répondit Marcus, quelque peu revigoré à l'idée d'un message l'attendant chez lui. Mais si vous apprenez quoi que ce soit...

— Je vous le ferai savoir aussitôt, cela va sans dire.

Au cours du trajet jusque chez lui, Marcus se raccrocha à l'espoir de trouver un message à son arrivée. Lorsqu'il découvrit qu'il n'en était rien, son agitation presque furieuse refit surface. Mais, les membres de sa famille étant présents, il ne put donner libre cours à son exaspération.

Désireux de s'éloigner de leurs regards curieux, il arpenta les galeries de la demeure ancestrale en bras de chemise, en sueur et le cœur battant comme s'il accomplissait cet exercice au pas de course. À force de se passer la main sur la nuque, il avait la peau irritée, mais il était incapable de s'en empêcher. Des visions épouvantables assaillaient son esprit, des images d'Elizabeth l'appelant au secours... effrayée... torturée...

Il renversa la tête en arrière et poussa un rugissement d'angoisse pure. Cette situation était insupportable. Il avait envie de hurler, de griffer, de fracasser quelque chose.

Une heure s'écoula, puis une autre. Finalement, il n'y tint plus. Il retourna dans sa chambre, enfila son manteau, puis se rua vers l'escalier dans l'intention d'en découdre avec St. John. La pression de la lame du poignard qu'il dissimulait dans sa botte le galvanisa. Si quelqu'un avait fait du mal à Elizabeth, il serait sans pitié.

Alors qu'il descendait l'escalier, il vit son majordome ouvrir la porte à l'un de ses cavaliers d'escorte. L'homme, couvert de poussière, s'inclina dès que la botte de Marcus eut heurté le dallage de marbre du hall.

— Où est-elle ?

— En route pour l'Essex, milord.

Marcus se figea. *Ravensend*. Le domaine du défunt parrain d'Elizabeth, le duc de Ravensend.

Elizabeth n'avait pas été enlevée. La garce le fuyait, sacré nom de Dieu !

Il saisit le sac qu'il avait préparé et se tourna vers son frère Paul, qui se tenait sur le seuil du bureau.

— Je pars pour l'Essex.

— Tout va bien ? s'enquit Paul.

— Bientôt, tout ira bien, oui.

Sur ces mots, Marcus prit congé.

Les roues de la voiture de voyage des Westfield écrasèrent les gravillons à l'approche du manoir de Ravensend avant de cahoter sur les galets de l'allée circulaire. La lune, haut dans le ciel, éclairait la vaste demeure et le cottage juché en bordure de falaise.

Marcus descendit de voiture et envoya ses hommes à l'écurie. Tournant le dos au manoir, il gagna à grandes enjambées le sommet de la falaise, où se trouvaient la maison d'hôtes et Elizabeth. Il avait pris soin d'envoyer un message au nouveau duc dans la matinée pour annoncer sa visite.

Le cottage était plongé dans l'obscurité quand il entra par la cuisine. Il referma silencieusement la porte, étouffant le grondement rythmique des vagues qui s'échouaient en contrebas sur le rivage, puis traversa la maison enténébrée et inspecta chaque pièce jusqu'à ce qu'il trouve Elizabeth.

Après avoir déposé son sac de voyage près de la porte, il se déshabilla en silence et rampa sur le lit pour s'allonger auprès d'elle. Elle s'étira au contact de la fraîcheur de sa peau.

— Marcus, murmura-t-elle dans son sommeil.

Elle se lova contre lui, partageant inconsciemment sa chaleur avec lui.

Malgré sa colère, Marcus se blottit contre elle. La confiance qu'elle lui accordait dans son sommeil était révélatrice. Elle avait pris l'habitude de dormir près de lui pendant la brève période de leur liaison.

Il était toujours furieux qu'elle se soit enfuie, mais son soulagement de la savoir saine et sauve l'emportait sur son ressentiment. Plus jamais, se promit-il, il n'endurerait un tel tourment. Désormais, il ne pouvait plus faire de doute, ni aux yeux d'Eldridge ni à ceux d'Elizabeth elle-même, qu'elle lui appartenait.

Fourbu, il posa sa tête dans le creux délicatement parfumé de son épaule et s'endormit.

Elizabeth s'éveilla et s'enfouit plus profondément dans la chaleur du lit. Elle émergea peu à peu, s'étira langoureusement… et ses jambes entrèrent en contact avec les mollets poilus de Marcus.

D'un mouvement brusque, elle se redressa et tourna la tête vers l'oreiller qui se trouvait à côté d'elle. Marcus dormait paisiblement sur le ventre, le drap et la courtepointe descendus jusqu'à sa taille révélant son dos musclé.

Elle bondit hors du lit comme s'il était en feu.

Les yeux de Marcus s'entrouvrirent sur un regard ensommeillé, ses lèvres formèrent l'ébauche d'un sourire languide, et il se rendormit aussitôt, la colère stupéfaite d'Elizabeth ne représentant sans doute pas à ses yeux un danger suffisant pour l'alarmer.

Elizabeth ramassa ses vêtements et passa dans la pièce voisine pour s'habiller tout en se demandant comment il avait fait pour la retrouver aussi vite. Elle avait délibérément choisi le domaine du duc de Ravensend pour qu'il soit difficile, voire impossible, de la localiser. Et Marcus l'avait dénichée en moins d'une journée !

Furieuse et vexée de l'avoir trouvé dans son lit, Elizabeth quitta la maison et se dirigea vers le sentier encadré par une rampe de corde qui descendait jusqu'à la plage.

Elle s'y engagea avec prudence, car il était assez raide et caillouteux. On avait une vue superbe depuis la falaise, mais Elizabeth l'ignora, préférant accorder toute son attention au sol. Cet effort de concentration lui offrait par ailleurs une distraction bienvenue, car elle nageait en pleine confusion.

Quand elle atteignit finalement la plage, elle se laissa tomber sur le sable humide, ramena ses genoux contre sa poitrine et pria pour que le bruit des vagues qui venaient lécher le rivage parvienne à l'apaiser.

Elle avait un souvenir très net de la première fois qu'elle avait posé les yeux sur Marcus Ashford, alors vicomte Sefton. Elle se souvenait de la façon dont son souffle s'était bloqué dans sa gorge, dont sa peau s'était échauffée et de l'emballement des battements de son cœur, qui lui avait fait craindre de tomber en pâmoison. Une réaction qui s'était souvent renouvelée depuis lors et qui venait encore de se produire quand il lui avait souri dans son demi-sommeil, plus beau que jamais avec ses cheveux ébouriffés.

Elle ne pouvait pas continuer ainsi, ne voyait pas comment quiconque aurait pu vivre consumé par un désir aussi insatiable. Marcus lui avait appris qu'un corps pouvait avoir besoin du contact d'un autre corps comme il avait besoin d'air ou de nourriture. Elle comprenait mieux à présent la faim dévorante que son père devait ressentir chaque jour. Depuis la mort de sa mère, cette faim ne le quittait pas, et il chercherait toujours à combler le manque provoqué par sa disparition.

Elizabeth cala sa joue contre ses genoux et ferma les yeux.

Pourquoi Marcus ne pouvait-il la laisser en paix ?

Marcus s'immobilisa sur le pas de la porte et promena son regard alentour. L'air vif et salé du matin était particulièrement mordant, et il se demanda si Elizabeth avait songé à prendre un châle avant de sortir. Dire qu'elle avait eu l'air horrifiée en le découvrant dans son lit eût été un euphémisme. Telle qu'il la connaissait, elle avait dû sortir sans réfléchir.

Où diable était-elle allée ?

— Elle est sur la plage, Westfield, déclara une voix sèche sur sa gauche.

Marcus se tourna pour saluer le duc de Ravensend.

— Votre Grâce, dit-il en inclinant la tête. J'avais l'intention de me présenter ce matin pour expliquer ma présence. J'espère que je ne m'impose pas.

Le duc, qui menait par les rênes un étalon noir, s'arrêta devant lui. Ils étaient sensiblement du même âge – le duc étant le plus jeune après quatre sœurs aînées –, mais Marcus le dépassait d'une bonne tête.

— Bien sûr que non. Il y a si longtemps que nous n'avons pas eu l'occasion d'échanger quelques mots. Venez avec moi.

Un tel ordre mettait Marcus dans l'impossibilité de refuser. Il quitta à regret l'ombre du cottage.

— Méfiez-vous de ce cheval, le prévint le duc. Il a la fâcheuse habitude de mordre.

Soupçonneux, Marcus préféra se placer à côté du duc, et ils se mirent en route.

— Comment se porte lady Ravensend ? demanda-t-il en coulant un regard d'envie vers le sentier qui conduisait à la plage.

— Mieux que vous. Je ne vous croyais pas assez sot pour rechercher volontairement les mauvais traitements. Mais je conçois l'attrait que lady Hawthorne exerce sur vous. Elle demeure l'une des plus belles femmes dont j'aie eu le bonheur de croiser le chemin. J'étais entiché d'elle, autrefois. Comme de nombreux jeunes gens.

Marcus acquiesça d'un air sombre et chassa d'un coup de pied un caillou du chemin.

— Je me demande sur qui elle jettera son dévolu une fois qu'elle en aura terminé avec vous... Hodgeham, peut-être ? Ou Stanton, à nouveau ? Quelqu'un de jeune, à n'en pas douter. Elle est aussi fougueuse que ce cheval, ajouta le duc en désignant sa monture.

Marcus serra les dents.

— Stanton n'a jamais été pour elle qu'un ami, quant à Hodgeham... ajouta-t-il avec un ricanement méprisant. Hodgeham ne saurait pas la mater.

— Et vous ?

— Mieux que quiconque.

— Vous devriez l'épouser, dans ce cas. Mais c'est peut-être déjà votre intention. Ce sera vous ou un autre pauvre diable, de toute façon.

— Elle n'a aucun désir de se remarier.

— Cela viendra, déclara Ravensend avec un hochement de tête confiant. Elle n'a pas d'enfants. Quand l'heure sonnera, elle choisira quelqu'un.

Marcus s'immobilisa soudain. Eldridge, William et maintenant Ravensend. Qu'il soit damné s'il laissait encore quelqu'un se mêler de ses affaires !

— Avec votre permission, Votre Grâce.

Sur ces mots, il pivota sur ses talons et se dirigea d'un pas décidé vers le sentier de la plage.

Elizabeth arpentait nerveusement le rivage, se baissant de temps à autre pour ramasser des galets. Elle les lançait dans l'eau dans l'espoir de les faire ricocher à la surface, mais échouait lamentablement. William avait autrefois consacré un après-midi entier à tenter de lui enseigner l'art de faire des ricochets. Elizabeth n'avait jamais réussi à en faire un seul, mais le balancement répétitif de son bras l'apaisait. La musique de la côte anglaise – ressac des vagues et cris des mouettes – apportait un peu de paix à ses pensées enfiévrées.

— Il faut une surface plane, ma chère, déclara une voix grave et sensuelle derrière elle.

Elle carra les épaules et se retourna pour faire face à son tourmenteur.

Sobrement vêtu d'un tricot usé et d'un pantalon de laine, dénué de tout vernis social, Marcus ne lui avait jamais paru aussi viril. Ses cheveux étaient noués sur sa nuque, mais la brise marine faisait voleter des mèches autour de son visage.

Le simple fait de poser les yeux sur lui donna envie de pleurer à Elizabeth.

— Vous n'auriez pas dû venir, dit-elle.

— Je n'avais pas le choix.

— Si, vous l'aviez. Et si vous aviez un tant soit peu de jugeote, vous laisseriez cette...

Elle agita vivement les mains.

— ... chose qu'il y a entre nous s'éteindre gracieusement, au lieu de la traîner de force vers son inéluctable issue.

— Maudite soyez-vous.

Un muscle de sa mâchoire tressauta tandis qu'il faisait un pas vers elle.

— Oui, maudite soyez-vous de vous être débarrassée de ce qui existe entre nous comme si cela ne signifiait rien. Maudite soyez-vous d'avoir risqué votre vie...

Son ton blessé avait fait serrer les poings à Elizabeth.

— J'ai pris les cavaliers d'escorte avec moi.

— La seule marque de bon sens dont vous ayez fait preuve depuis que je vous connais !

— Vous n'êtes qu'un mufle ! Depuis le début, vous vous amusez à me séduire, à me manipuler. Eh bien, c'est terminé. Retournez à Londres, lord Westfield, trouvez-vous un autre souffre-douleur.

Elle lui tourna le dos et se dirigea vers le sentier, mais Marcus lui saisit le bras quand elle passa devant lui, l'obligeant à s'arrêter. Alarmée par l'intensité de son regard, elle poussa un cri de frayeur et se débattit.

— J'étais heureuse avant que vous ne veniez bouleverser ma vie. Je menais une existence paisible et sereine. C'est cela que je veux. Pas vous.

Il la secoua si brutalement qu'elle chancela quand il la relâcha.

— Que vous vouliez de moi ou non, je suis à vous.

Elle courut vers le sentier.

— Je peux toujours m'enfuir !

— Lâche ! lança-t-il.

Elle se retourna vers lui, les yeux écarquillés. Les prunelles d'émeraude de Marcus étincelaient de la même lueur qu'elles avaient eue au bal des Moreland, quand il l'avait mise au défi de danser avec lui. Mais cette fois, Elizabeth ne se laisserait pas manipuler aussi sottement.

— Peut-être, admit-elle en relevant le menton. Vous me faites peur. Votre détermination, votre intrépidité, votre passion... tout m'effraie en vous. Ce n'est pas ainsi que je veux mener ma vie.

Elle vit le torse de Marcus se soulever tandis qu'il prenait une longue inspiration. Derrière lui, les vagues continuaient à s'échouer sur le sable, mais leur rythme incessant n'avait plus rien d'apaisant. Il enjoignait à Elizabeth de partir. *Pars, pars, loin, très loin.* Elle fit un pas en arrière.

— Accordez-moi deux semaines, dit-il précipitamment. Rien que vous et moi, ici, dans le cottage. Vivez avec moi, soyez ma compagne.

— Pourquoi ? demanda-t-elle, stupéfaite.

Il croisa les bras sur son torse.

— J'ai l'intention de vous épouser.

— *Quoi ?*

Elizabeth se sentit gagnée par le vertige et recula encore en portant la main à sa gorge, mais elle se prit les pieds dans le bas de sa jupe et tomba à genoux.

— Vous êtes devenu fou ! s'écria-t-elle.

— Il semblerait, en effet, répondit-il avec un sourire amer.

Elizabeth avait du mal à respirer. Elle se pencha en avant, et ses doigts s'enfoncèrent dans le sable humide. Elle ne le regardait pas. Elle en était incapable.

— Où êtes-vous allé pêcher cette idée ridicule ? Vous n'avez aucune envie de vous marier, et moi non plus.

— C'est faux. Je dois me marier. Et vous et moi nous accordons parfaitement.

Elle avala avec peine sa salive, gagnée par la nausée.

— Physiquement, peut-être. Mais le désir s'émousse. Vous vous lasseriez d'une épouse en un rien de temps et iriez chercher vos plaisirs ailleurs.

— Si vous vous lassez aussi, cela ne vous dérangera pas.

Furieuse, elle ramassa une poignée de sable et la lança contre son torse.

— Allez au diable !

Il rit et secoua son tricot avec une irritante désinvolture.

— Vous devrez m'épouser si vous voulez gagner le droit de vous montrer jalouse.

Elizabeth scruta son visage, cherchant à y déceler la tromperie, mais n'y trouva qu'un impassible détachement. Ses traits purs ne révélaient rien de ses pensées. La détermination que trahissait la crispation de sa mâchoire, en revanche, lui était douloureusement familière.

— Je ne veux pas me remarier.

— Songez aux avantages, dit-il en entreprenant de compter sur ses doigts. Rang élevé. Fortune importante. La même indépendance que celle dont vous jouissiez avec Hawthorne. Et vous m'aurez dans votre lit – une perspective que vous devriez trouver extrêmement attirante.

— Vous n'êtes qu'un débauché bouffi de suffisance. Tant que nous y sommes, pourquoi ne pas passer vos défauts en revue ? Vous ne vivez que pour et par le danger. Vous êtes pressé de mourir. Et vous êtes un monstre d'arrogance.

Avec un large sourire, il tendit la main vers elle et l'aida à se relever.

— Accordez-moi deux semaines pour vous faire changer d'avis. Si, passé ce délai, je n'y suis pas parvenu, je vous laisserai en paix et ne vous importunerai plus jamais. Je renoncerai à ma mission, et un autre agent se chargera d'assurer votre protection.

Elle secoua la tête.

— La situation ici est très différente de ce que serait notre vie en temps normal. Vous ne courez pas de graves dangers par ici.

— C'est vrai, reconnut-il. Mais si je me révèle capable d'enchanter votre vie par ailleurs, mon travail avec Eldridge n'aura peut-être plus autant d'importance à vos yeux.

— Impossible !

— Deux semaines, insista-t-il. C'est tout ce que je vous demande. Vous me devez au moins cela.

— Non. Je sais ce que vous voulez.

La lueur qui faisait briller les yeux de Marcus était éloquente. Mais il soutint son regard sans ciller et déclara :

— Je ne vous toucherai pas. Je le jure.

— Vous mentez.

Il haussa les sourcils.

— Vous pensez que je suis incapable de maîtriser mes ardeurs ? J'ai pourtant partagé votre lit sans vous toucher cette nuit. Je vous assure que je sais me tenir.

Elizabeth se mordilla la lèvre inférieure, pesant le pour et le contre. Être à tout jamais délivrée de lui...

— Vous dormiriez dans une autre chambre ? demanda-t-elle.

— Oui.

— Vous promettez de ne pas me faire d'avances ?

— Je vous le promets. Quand vous aurez envie de moi, il vous suffira de me le faire savoir, ajouta-t-il avec un sourire malicieux.

Cette nouvelle preuve de son arrogance la fit frémir.

— Qu'espérez-vous y gagner ?

Il se rapprocha d'elle et adopta un ton très doux.

— Nous savons déjà que vous aimez m'avoir dans votre lit, mais je compte vous prouver que vous pouvez aussi m'apprécier en dehors. Je ne suis pas aussi irritant en temps normal. En fait, je pense pouvoir affirmer que je suis quelqu'un d'absolument charmant.

— Pourquoi moi ? demanda-t-elle d'un ton plaintif, les mains plaquées sur son cœur battant. Pourquoi vouloir m'épouser ?

Marcus haussa les épaules.

— Je crois que la meilleure réponse serait : « Parce que le moment me semble opportun. » Et puis, j'apprécie votre compagnie, bien que vous vous montriez souvent obstinée et désagréable.

Comme elle secouait la tête, il fronça les sourcils.

— Vous m'avez pourtant déjà dit oui par le passé.

— C'était avant que j'apprenne l'existence de l'agence.

Le ton de sa voix se fit nettement caressant.

— N'avez-vous pas envie d'avoir à nouveau votre propre maison ? N'aimeriez-vous pas avoir des enfants ? Construire une famille ? Vous ne me ferez pas croire que vous souhaitez rester seule éternellement.

Elle le contempla un long moment, les yeux écarquillés de stupeur. Marcus Ashford parlait d'avoir des enfants ? Une vague d'espoir déferla en elle, sentiment si inattendu qu'il la terrifia. Vivement, elle détourna les yeux pour dissimuler sa réaction.

— Vous voulez un héritier, c'est cela ?

— C'est vous que je veux. Avoir des enfants avec vous, garçons ou filles, ne serait qu'un délice de plus.

Elle reporta les yeux sur lui. Troublée par sa proximité et par la détermination qu'elle lisait dans son regard, elle s'engagea sur le sentier qui menait au sommet de la falaise.

— Avons-nous conclu un accord ? demanda-t-il sans la suivre.

— Oui, dit-elle par-dessus son épaule, le vent portant sa réponse jusqu'à lui. Deux semaines, et vous sortirez de ma vie, ajouta-t-elle avant de s'éloigner à toutes jambes.

Quand elle arriva en haut du sentier, elle tomba à genoux. *Mariage*. Le mot lui nouait la gorge et lui donnait le vertige, la laissant aussi haletante que si elle avait nagé trop longtemps sous l'eau. Elle ne connaissait pas plus opiniâtre que Marcus. Comment diable allait-elle s'y prendre pour lui résister, maintenant qu'il s'était mis en tête de l'épouser ?

Son regard se porta vers les écuries. Ce serait un tel soulagement de partir et d'abandonner tous ses tracas derrière elle…

Mais elle repoussa cette idée. Marcus se lancerait à sa recherche et continuerait à la poursuivre tant qu'elle aurait envie de lui. Et elle avait beau s'y employer de toutes ses forces, elle était incapable de lutter contre la profondeur et la puissance de l'attrait qu'il exerçait sur elle.

La seule façon de se débarrasser de ses attentions consistait donc à accepter le marché qu'il lui proposait. Marcus cesserait ainsi de la persécuter de luimême. Il n'existait pas d'autre moyen de se débarrasser de cet entêté.

Sa décision prise, Elizabeth se releva et se dirigea vers le cottage. Elle allait devoir se surveiller constamment, car Marcus mettrait à profit la moindre défaillance de sa part pour pousser son avantage.

Il faudrait qu'elle se montre détendue et indifférente. C'était la seule solution.

Satisfaite de son plan d'action, elle pressa le pas.

Pendant ce temps, Marcus, resté sur la plage, se posait de sérieuses questions sur sa santé mentale. Dieu lui vienne en aide, il désirait toujours autant Elizabeth. Il la désirait même plus que jamais. Il avait un jour entretenu l'espoir que la posséder physiquement suffirait à le satisfaire et lui permettrait d'en finir avec elle pour de bon. À présent, il priait pour que ce douloureux besoin ne cesse jamais, tant le plaisir qu'il en tirait était grand.

Si seulement il avait pu se douter, quand il s'était lancé dans cette entreprise de séduction, du piège qui l'attendait entre les bras d'Elizabeth ! Mais, en dépit de toute son expérience, jamais il n'aurait imaginé connaître un jour de telles extases avec une femme. Quant à ce besoin perpétuellement croissant de la dompter et de la posséder, rien ne l'y avait préparé.

Il prit un galet sur la pile abandonnée par Elizabeth et le jeta dans l'eau. Il venait de se lancer un sacré défi à lui-même. La principale faiblesse d'Elizabeth était le désir qu'il lui inspirait. Une fois nue et comblée, elle s'amadouait et acceptait de discuter. Seulement, voilà : elle venait de le priver de cette arme. Il allait devoir la courtiser en véritable gentleman, un exploit qu'il n'était déjà pas parvenu à accomplir du temps de leurs fiançailles.

Mais sa victoire contrarierait le projet d'Eldridge de le remplacer et prouverait à tous qu'Elizabeth lui appartenait.

Mariage. Il frissonna. C'en était fait de lui. Cette femme l'avait bel et bien rendu fou.

— Je veux savoir où vous me conduisez.

— Non, murmura Marcus à l'oreille d'Elizabeth en plaçant ses mains sur ses épaules. Ce ne serait plus une surprise si vous le saviez.

— Je n'aime guère les surprises.

— Il faudra pourtant vous y faire, ma chère, car je vous en réserve beaucoup.

Elle laissa échapper un ricanement de dérision qui le fit rire, et il se sentit soudain d'humeur aussi légère que la brise de l'après-midi.

— Ah, ma douce ! Vous avez beau vous battre contre vos sentiments, je sais que vous m'adorez !

Un sourire s'épanouit sur les belles lèvres d'Elizabeth, faisant remonter le coin de sa bouche vers le bandeau qui recouvrait ses yeux.

— Votre suffisance ne connaît aucune limite.

Elle poussa un glapissement quand il la souleva et s'agenouilla. Il l'installa sur la couverture qu'il avait étalée en prévision de cet instant, lui retira son bandeau et attendit sa réaction.

Avec le concours des domestiques du duc, il avait préparé un pique-nique dans un champ herbeux à proximité du manoir. Elizabeth était anormalement tendue depuis leur conversation sur la plage, et il avait compris qu'il lui fallait la surprendre s'il voulait marquer des points.

Les rayons du soleil la firent d'abord cligner des yeux, puis elle s'exclama, les yeux brillants de plaisir :

— C'est tout à fait charmant !

Privée de sa femme de chambre et ayant refusé l'aide de Marcus pour s'habiller, Elizabeth avait été contrainte d'enfiler une robe toute simple. Ses cheveux lâchés encadraient naturellement son visage, et rien ne venait atténuer l'exceptionnelle beauté de ses traits.

Ravi de sa surprise, Marcus songea que c'était elle qui était divinement charmante, avec son chapeau de paille qui protégeait son teint délicat du soleil.

Il sortit une bouteille de vin du panier de pique-nique, remplit un verre et le lui tendit. Le contact de ses doigts fit remonter un frisson le long de sa colonne vertébrale.

— Je suis heureux que cela vous plaise, murmura-t-il. Ce n'est que la deuxième fois que je m'essaie à courtiser une femme dans les règles de l'art, et je vous avoue que je suis un peu nerveux.

— Vous ? Nerveux ?

— Oui, ma chère, répondit Marcus en s'allongeant sur le dos pour contempler le ciel. C'est déstabilisant de se dire qu'on risque d'échouer. J'étais plus à l'aise la première fois.

Elizabeth laissa échapper un petit rire joyeux qui le fit sourire.

— Si vous échouez, vous trouverez une autre candidate qui vous conviendra mieux. Une jeune femme qui vénérera votre charme et votre beauté et, surtout, qui sera bien plus docile que moi.

— Je ne voudrais pas me marier avec une femme comme celle que vous venez de dépeindre. Je préfère mille fois les séductrices passionnées et capricieuses dans votre genre.

— Je n'ai rien d'une séductrice ! protesta-t-elle pour le plus grand bonheur de Marcus.

— Vous l'étiez bel et bien l'autre soir. Cette façon que vous avez eue de hausser les sourcils et de vous mordre la lèvre avant de me baiser follement... je vous garantis que je n'avais encore jamais rien vu d'aussi séduisant.

— Parlez-moi de votre famille, fit-elle vivement, les joues rosies. Comment se portent Paul et Robert ?

Marcus lui coula un regard en biais et savoura le délicieux spectacle qu'elle offrait dans ce cadre naturel, libérée des contraintes de la société londonienne. Autour d'eux, une petite brise faisait ondoyer les hautes herbes, et le parfum iodé de la mer embaumait l'air.

— Ils vont bien. Ils m'ont demandé de vos nouvelles, ainsi que ma mère.

— Vraiment ? Je suis surprise, mais aussi heureuse, d'apprendre qu'ils ne me tiennent pas trop rigueur du passé. Mais ils devraient sortir davantage. Voilà déjà une semaine qu'ils sont à Londres, et on ne les a encore vus nulle part.

— Robert n'a pas changé : les événements mondains n'offrent absolument aucun intérêt à ses yeux. Paul, lui, préfère son club – il y passe la majeure partie de son temps. Quant à ma mère, vous savez qu'elle tient à renouveler sa garde-robe à chaque saison. Elle refuse de sortir tant que ses robes ne seront pas prêtes, dit-il avec un sourire plein d'affection. Je crois qu'elle mourrait de honte si elle devait se montrer dans une robe de l'année passée.

Elizabeth sourit.

— Robert vous ressemble-t-il toujours autant ?

— On le prétend.

— Vous pensez que ce n'est pas vrai ?

— Il existe une certaine ressemblance, mais elle n'a rien d'extraordinaire. Quant à Paul, il est toujours aussi différent de moi que vous l'êtes de votre frère.

Il prit sa main et noua ses doigts aux siens. Il avait besoin de sentir une connexion physique entre eux. Elle tenta de dégager sa main, mais il la maintint fermement.

— Vous pourrez bientôt constater tout cela par vous-même.

Elle fronça les sourcils.

— Vous paraissez bien sûr d'obtenir ma main.

— Je n'imagine pas d'autre issue, avoua-t-il. Rassurez-moi : vous avez bien prévenu Barclay de votre présence ici ?

— Oui, bien sûr. Je lui ai écrit. Il aurait été odieux avec Margaret si je ne l'avais pas fait.

Le silence retomba, et Marcus apprécia ce rare instant de paix, ce moment d'intimité partagé à la lumière du jour.

— À quoi pensez-vous donc pour paraître aussi sérieuse ? demanda-t-il au bout d'un moment.

— À ma mère, soupira-t-elle. William dit qu'elle adorait le bord de mer. Nous venions souvent ici et nous jouions sur la plage. Il se souvient d'elle soulevant le bas de sa robe pour danser le long du rivage avec notre père.

— Et vous ? Vous n'avez aucun souvenir d'elle ?

Il sentit sa main se crisper dans la sienne. De l'autre, elle porta son verre à ses lèvres et avala une gorgée de vin. Son regard se posa sur les falaises, et quand elle reprit la parole, sa voix était douce et lointaine.

— J'ai parfois l'impression de me souvenir de son parfum ou du son de sa voix, mais je n'en suis pas absolument certaine.

— Je suis désolé, murmura-t-il en caressant le dos de sa main de son pouce.

Elle soupira.

— C'est peut-être une bonne chose que je ne garde d'elle que de vagues images. William se souvient d'elle, et cela le rend triste. Je crois que c'est pour cette raison qu'il veille aussi jalousement sur moi. La maladie a emporté notre mère si rapidement que nous avons été fort surpris. Mon père, surtout.

La voix d'Elizabeth avait pris une intonation particulière lorsqu'elle avait mentionné son père. Marcus roula sur le côté, cala sa tête au creux de sa main et l'observa attentivement.

— Votre père ne s'est jamais remarié.

Quand elle reporta son regard sur lui, un léger pli vertical était apparu entre ses sourcils.

— Il aimait trop ma mère pour se remarier. Il l'aime toujours.

Marcus réfléchit à la réputation de libertin du comte de Langston et, par enchaînement d'idées, considéra son propre dégoût pour les liaisons romantiques.

— Parlez-moi de votre père, demanda-t-il, soudain curieux. J'ai beau m'être souvent entretenu avec lui, je ne sais pratiquement rien de lui.

— Vous le connaissez certainement mieux que moi. Ma ressemblance avec ma mère l'attriste tant qu'il préfère m'éviter. Je me dis souvent qu'il aurait été préférable qu'il ne tombe jamais amoureux. Dieu sait que ce sentiment ne lui aura apporté que bien peu de bonheur au regard des regrets que cela lui aura valus.

Ému par la tristesse qu'il lisait dans ses yeux, Marcus eut soudain envie de la serrer dans ses bras. Se redressant, il s'assit en face d'elle, l'attira contre sa poitrine et lui retira son chapeau de paille, avant de déposer un baiser au creux de son cou.

— J'étais inquiet pour ma mère quand mon père est mort, murmura Marcus en caressant les bras d'Elizabeth. Je n'étais pas sûr qu'elle puisse vivre sans lui. Tout comme les vôtres, mes parents avaient fait un mariage d'amour. Mais ma mère est une femme forte, et elle a surmonté l'épreuve. Il est peu probable qu'elle se remarie un jour, mais elle a su trouver le moyen d'être heureuse sans compagnon.

— Moi aussi, dit doucement Elizabeth.

Lui rappeler qu'elle n'avait pas besoin de lui ne servait pas la cause de Marcus. Il devait impérativement la convaincre de l'épouser avant que la décision d'Eldridge de lui retirer sa mission ne parvienne à ses oreilles. Il s'écarta d'elle à regret, lui reprit son verre et le remplit.

— Vous avez faim, peut-être ?

Elle acquiesça, visiblement soulagée, puis lui décocha un sourire si éblouissant qu'il en eut le souffle coupé.

Marcus sentit son cœur se serrer. Cette femme devait lui appartenir, coûte que coûte.

Un frisson glacé remonta le long de sa colonne vertébrale au souvenir de sa chambre mise à sac. Que se serait-il passé si elle s'était trouvée là ? Mieux valait qu'il n'essaie pas de l'imaginer.

Le mariage lui apparaissait tout à coup comme un faible prix à payer pour jouir du privilège de garantir la sécurité d'Elizabeth.

12

— Les domestiques du manoir ont apporté le souper.

Elizabeth détacha les yeux du petit carnet rouge d'Hawthorne et regarda Marcus qui se tenait sur le pas de la porte. Avec un soupir, elle referma le journal dans un claquement sec, écarta la couverture qu'elle avait enroulée autour de ses jambes et accepta le bras qu'il lui offrait. Une fois qu'ils eurent pris place dans la salle à manger, Marcus s'attaqua au veau avec un bel appétit.

Elle l'observa avec étonnement. Sa façon de croquer la vie à pleines dents la stupéfiait. Cet homme ne connaissait aucune demi-mesure.

— Je suppose que ce sont les cavaliers d'escorte qui vous ont informé de ma destination, dit-elle sèchement.

— Effectivement, répondit-il entre deux bouchées.

Puis, il fronça les sourcils, et son regard se fit pénétrant.

— Votre chambre a été mise à sac après votre départ, Elizabeth.

— Je vous demande pardon ? demanda-t-elle, soudain très pâle.

— Votre expression dit exactement ce que j'ai ressenti en découvrant l'état de votre chambre, répondit-il avec un sourire sans joie. J'ai d'abord cru qu'on vous avait enlevée, figurez-vous. Ne me refaites plus jamais une peur pareille, ajouta-t-il en pointant son couteau vers elle.

Elizabeth ne l'écoutait déjà plus. Sa chambre. Mise à sac.

— A-t-on volé quelque chose ? murmura-t-elle.

— Je ne saurais vous répondre avec certitude, dit-il en posant ses couverts. S'il vous manque quoi que ce soit, je veillerai à le remplacer.

Cette proposition fit frémir Elizabeth, car qui était-il pour s'octroyer cette liberté ? Et une terrifiante pensée l'assaillit au même instant.

— William ? Margaret ?

— Tout le monde va bien, assura-t-il, ses traits retrouvant une certaine douceur.

— William est sans doute au courant de l'existence du journal d'Hawthorne, alors ?

— Votre frère ne sait rien. Il a cru que c'était vous qui aviez fait cela dans un accès de rage dont j'aurais été la cause.

Une main plaquée sur sa gorge, Elizabeth tâcha de se représenter la scène.

— Toutes mes affaires renversées, dit-elle en frissonnant. Pourquoi ne m'avez-vous rien dit plus tôt ?

— Vous étiez déjà assez perturbée sans cela, ma chère.

— Évidemment que je suis perturbée, c'est épouvantable !

— Vous avez tous les droits de vous sentir violée. Et je remercie le Ciel que vous ne vous soyez pas trouvée sur place à ce moment-là. Mais n'y voyez pas un encouragement à vous enfuir chaque fois que l'envie vous en prend.

— Il est parfois nécessaire de s'éloigner, répliqua-t-elle.

— Je suis bien placé pour le savoir, murmura-t-il, lui rappelant par là qu'il avait quitté l'Angleterre après son mariage avec Hawthorne. Mais je veux savoir où vous êtes à chaque instant.

— C'est à cause de *vous* que j'ai eu besoin de partir ! répliqua-t-elle, tandis que la culpabilité lui mordait le cœur, s'ajoutant à l'angoisse causée par la nouvelle qu'il venait de lui apprendre.

Marcus laissa échapper un soupir exaspéré.

— Mangez, ordonna-t-il.

Elle lui tira la langue, puis but une longue gorgée de vin pour chasser le frisson qui l'avait saisie.

Ils finirent de manger en silence, aussi absorbés l'un que l'autre par leurs pensées. Ils se retirèrent ensuite au salon. Elizabeth reprit son étude du journal d'Hawthorne tandis que Marcus retirait ses bottes et les faisait briller.

Le visage dissimulé par le carnet de cuir rouge, elle le regarda faire et le trouva plus beau que jamais, dans la lumière du feu qui le nimbait d'un halo doré. Les muscles de ses épaules bougeaient au rythme de ses gestes, et ce spectacle éveilla en elle un désir familier, amenant avec lui le souvenir de ce corps puissant ployant au-dessus d'elle tandis qu'il s'ingéniait à anéantir sa volonté et à instiller en elle un plaisir décadent. Après des années de sérénité, elle se retrouvait submergée par un flot d'émotions trop fortes pour qu'elle puisse espérer les maîtriser.

Au prix d'un effort colossal, elle réussit à reporter son attention sur le journal, mais les pages de texte incompréhensible furent incapables de retenir son attention.

Marcus remua sur sa chaise, conscient du regard brûlant qu'Elizabeth posait sur lui. Il aurait aimé pouvoir croiser son regard, mais s'il avait levé les yeux vers elle, Elizabeth se serait sentie prise en faute, et son embarras aurait brisé le confortable silence qu'ils partageaient. Tout en astiquant le cuir de ses bottes avec une vigueur redoublée, il l'observa à la dérobée.

Vêtue comme une paysanne, elle était confortablement installée sur un fauteuil, les jambes repliées sous elle et recouvertes d'une couverture. Ses cheveux étaient détachés, comme ils l'avaient été durant toute la journée. Ses cheveux, qu'il adorait caresser et enrouler autour de son poing...

Il sourit malgré lui. Comme toujours, la présence d'Elizabeth l'apaisait et l'excitait tout à la fois. Le monde aurait pu s'écrouler autour d'eux qu'il ne s'en serait même pas aperçu. Ils étaient si bien dans ce refuge, sans aucun domestique, loin de leur famille. Rien que tous les deux.

Dans des lits séparés.

Seigneur ! C'était bien la preuve, s'il en était besoin, qu'il était bon à enfermer.

Elizabeth se redressa, et le journal donna l'impression d'émettre un soupir en se refermant. Marcus releva la tête avec espoir. Le désir fit frémir son sang dans ses veines quand il croisa le regard d'Elizabeth, assombri par la même envie.

— Je crois que je vais me retirer, dit-elle d'une voix légèrement essoufflée.

Il prit une longue inspiration pour masquer sa déception.

— Si tôt ?

— Je suis fatiguée.

— Bonne nuit, dans ce cas, répondit-il d'un ton à la désinvolture étudiée, reportant son attention sur ses bottes.

Elizabeth s'arrêta sur le seuil de la porte et jeta un coup d'œil à Marcus dans l'espoir qu'il briserait sa promesse et la prendrait dans ses bras. Mais il l'ignora, concentrant toute son attention sur sa tâche. Elle aurait aussi bien pu ne pas être là.

— Bonne nuit, murmura-t-elle finalement, avant de s'engager dans le couloir qui menait à sa chambre.

Elle s'adossa à la porte, qui se referma avec un claquement sec, puis elle se déshabilla, enfila sa chemise de nuit et se mit au lit. Fermant les yeux, elle s'exhorta à dormir.

Le sommeil se refusait à elle. Son esprit passait d'une pensée lascive à une autre, évoquait la rugosité des mains de Marcus sur sa peau nue quand il la caressait, la force qui émanait de lui, l'écho guttural de ses cris lorsqu'il se répandait en elle. Dire qu'il lui aurait suffi de demander pour obtenir de lui ce qu'elle désirait et qu'elle s'en privait volontairement…

Elle gémit contre son oreiller, pria pour que son corps cesse de la tourmenter, mais elle n'arrivait pas à chasser de ses pensées l'image de Marcus assis près du feu, si merveilleusement viril. Elle avait trop chaud, ses seins lui semblaient lourds et enflés, ses mamelons durcis se tendaient.

À Londres, Marcus était venu la rejoindre chaque soir et avait su si bien la combler qu'elle avait survécu, jour après jour, aux quelques heures de séparation entre deux rendez-vous. Mais cela faisait maintenant deux jours qu'elle était privée de ses caresses et de ses baisers. Elle ne cessait de s'agiter et de se retourner, d'un côté, puis de l'autre, ses mouvements l'échauffant encore davantage. Elle rejeta les couvertures, la peau et les cheveux imprégnés de sueur, et serra les cuisses dans l'espoir d'étouffer cette irritante sensation de vide.

Mariage. Cet homme était fou. Une fois lassé d'elle, il irait batifoler ailleurs, et elle se retrouverait à l'attendre, brûlante de désir, à souffrir comme elle souffrait en ce moment même.

Maudit séducteur ! Elle pouvait très bien se passer de lui, il n'était pas indispensable. Elle recouvrit ses seins de ses mains et les pressa doucement. Un long gémissement accompagna le désir brûlant qui s'empara de son entrejambe. Malgré son embarras, elle ne put s'empêcher de faire rouler les pointes de ses seins entre ses doigts tout en s'imaginant qu'il s'agissait des mains de Marcus. Son dos se cambra et ses jambes s'écartèrent malgré elle, son corps exigeant d'être honoré comme Marcus l'y avait habitué.

Une de ses mains descendit le long de son buste pour venir se glisser entre ses jambes, et ses doigts atteignirent la source de ses tourments. Elle renversa la tête en arrière et laissa échapper un doux soupir, bien décidée à se soulager seule.

La porte s'ouvrit si brutalement que le battant alla cogner contre le mur. Surprise, elle poussa un hurlement et se redressa d'un bloc.

Marcus se tenait sur le seuil, fulminant, une chandelle allumée à la main.

— Vous n'êtes qu'une femelle entêtée, contrariante et irritante ! Je vous entends, figurez-vous ! gronda-t-il en avançant dans la chambre comme s'il y était pleinement autorisé. Vous préférez nous punir tous les deux plutôt que d'admettre la vérité !

— Sortez ! hurla-t-elle, mortifiée d'avoir été surprise dans une situation aussi compromettante.

Il posa la chandelle sur la table de chevet, saisit sa main et la porta à son nez. Ses yeux se fermèrent quand il huma le parfum de son sexe. Il entrouvrit les lèvres et lécha ses doigts.

Les yeux écarquillés, Elizabeth gémit quand le tiède velours de sa langue s'enroula autour de ses doigts. Le soulagement qui la submergea la rendit aussitôt languide et docile. Dieu merci, il était venu la rejoindre. Elle n'aurait pas pu supporter un instant de plus sans ses caresses, son odeur...

— Là, déclara-t-il d'un ton bourru en replaçant sa main entre ses cuisses.

— Qu... que faites-vous ? bredouilla-t-elle, remontant sa main au niveau de sa taille, où elle agrippa sa chemise de nuit.

Dans la faible lueur de la chandelle, le feu de la cheminée éclairant sa silhouette par-derrière, Marcus semblait l'incarnation même de Méphistophélès, sinistre et bouillonnant de puissance maléfique. Il n'y avait plus aucune douceur en lui, plus aucune tentative de séduction, rien qu'un ordre silencieux.

— Je vous autorise à trouver le soulagement que vous m'avez refusé.

Il ouvrit son pantalon et exhiba la prodigieuse longueur de son membre parcouru de veines sombres. Face à ce spectacle, Elizabeth sentit sa bouche se dessécher et écarta les jambes dans un mouvement d'invite spontanée.

Marcus inclina la tête sur le côté avec arrogance.

— Il vous faudra demander, si c'est ce que vous voulez, déclara-t-il en refermant sa main à la base de son membre pour la faire lentement remonter jusqu'en haut.

Elizabeth ne put réprimer un gémissement désespéré. Cet homme était décidément sans pitié. Pourquoi ne se contentait-il pas de prendre ce qu'il voulait ?

— Vous avez envie de moi, dit-il d'une voix rauque, sans cesser de présenter son sexe devant ses yeux. Mais vous voulez que je prenne la décision à votre place pour vous épargner toute culpabilité. Eh bien, je n'en ferai rien, ma chère. Vous avez établi les règles, et je vous ai donné ma parole.

— Vous êtes infâme !

— Pas autant que vous, sorcière, qui offrez d'une main le paradis pour le retirer de l'autre, répliqua-t-il.

Sa main effectua un lent va-et-vient, et une perle de liquide translucide vint couronner son membre.

— Faut-il toujours que les choses se passent comme *vous* l'avez décidé ? s'enquit-elle, tout en se demandant comment elle pouvait le désirer et le haïr avec une ardeur égale.

— Faut-il toujours que vous me repoussiez ? rétorqua-t-il d'une voix grave et profonde qui passa sur sa peau comme une caresse de velours frappé.

Elizabeth se roula en boule et se détourna... avant de se retrouver une seconde plus tard projetée sur le dos et traînée jusqu'au bord du matelas.

— Sale brute ! s'écria-t-elle, donnant des coups de pied dans le vide.

Il se pencha au-dessus d'elle, les mains plaquées de part et d'autre de sa tête, darda sur elle le feu de ses yeux d'émeraude et pressa l'extrémité soyeuse de son sexe contre sa cuisse.

— Vous allez rester là, les cuisses écartées, pendant que je prendrai mon plaisir, déclara-t-il en caressant sa cuisse de son sexe, qui laissa dans son sillage une traînée humide. Si vous cherchez à vous enfuir, je n'hésiterai pas à vous attacher.

Furieuse, Elizabeth souleva les hanches pour l'obliger à la pénétrer. L'extrémité de son sexe s'inséra en elle, et elle poussa un soupir de soulagement.

Marcus se retira aussitôt avec un juron.

— Si mon objectif n'était pas aussi précieux, je vous baiserais convenablement. Dieu sait que vous en avez besoin.

— Je vous hais ! cracha-t-elle.

Des larmes roulèrent sur ses tempes, mais son corps le désirait toujours aussi douloureusement. Si elle avait été moins fière, elle l'aurait supplié de la prendre.

— Je ne doute pas que vous souhaitiez que ce soit vrai.

Il l'installa à sa guise sur les oreillers, sans grand ménagement. Elizabeth se retrouva les hanches au bord du lit, les jambes pendantes et écartées au maximum. Elle était entièrement exposée à partir de la taille, les replis de son sexe luisant à la lueur de la chandelle. Comme toujours entre eux, Marcus avait accaparé tout le pouvoir.

Elle leva les yeux vers son visage, puis fit glisser son regard le long de son corps et admira le jeu de ses muscles sous son torse. Marcus enroula ses longs doigts autour de son sexe et fit aller et venir sa main sur toute sa longueur. Ses bourses étaient pleines et tendues, et son regard rivé entre les cuisses d'Elizabeth.

Pétrifiée par la vision qu'il offrait, Elizabeth ne fit pas un geste. Elle n'avait encore jamais rien vu d'aussi érotique et n'aurait jamais imaginé que cela puisse exister. Marcus n'avait rien de vulnérable dans cette posture, au contraire. Il se dressait fièrement devant elle, les pieds solidement plantés dans le sol tandis qu'il se caressait. Elle tenta de se soulever pour mieux le voir, mais les mains de Marcus l'immobilisèrent.

— Restez où vous êtes, ordonna-t-il sèchement, enserrant son gland turgescent dans son poing. Posez les talons sur le matelas.

Elizabeth s'humecta les lèvres, arrachant un gémissement involontaire à Marcus. Elle souleva les jambes comme il l'avait exigé et vit ses joues s'empourprer. Ses pupilles se dilatèrent, les iris d'émeraude ne formant plus qu'un fin liséré autour du centre.

Elizabeth comprit alors que, contrairement aux apparences, c'était elle qui détenait le pouvoir. Elle oubliait trop souvent à quel point il la désirait, l'avait toujours désirée, et prenait pour argent comptant ses paroles dures alors que ses actes démentaient ce qu'il disait. Saisie d'un regain de confiance, elle écarta plus largement les jambes. Marcus entrouvrit les lèvres et aspira l'air avec un sifflement, avant de gémir en la voyant pincer les pointes de ses seins. Elle ne quittait pas des yeux sa main qui allait et venait le long de son sexe, avec une telle vigueur qu'elle aurait cru cela douloureux si le plaisir de Marcus n'avait pas été évident. Elle fit glisser ses mains de sa poitrine en direction de son sexe, et les mouvements de Marcus s'accélérèrent.

Quand ses doigts effleurèrent la moiteur de son intimité, elle les y inséra, et un grognement échappa à Marcus.

— Elizabeth.

Son nom franchit ses lèvres comme un cri d'agonie quand il explosa, les giclées de sa semence nacrée se répandant sur les doigts d'Elizabeth et se mêlant à l'essence de son désir. Saisie par cette intimité inattendue, elle frissonna et jouit à son tour, renversant la tête en arrière avec un long soupir d'extase.

Elle se sentit à la fois vicieuse et belle, parcourue par une foule d'émotions qu'elle eût été bien en peine de nommer car c'était la première fois qu'elle les ressentait. Portant les doigts à sa bouche, elle les lécha et fut agréablement surprise par la saveur salée et acidulée de la semence de Marcus.

Il resta un long moment à l'observer, dardant sur elle un regard d'une telle intensité qu'elle rougit. Il passa finalement derrière le paravent, et elle l'entendit verser de l'eau dans la cuvette pour se laver les mains. Après s'être rajusté, il la rejoignit et nettoya son ventre et ses cuisses à l'aide d'un linge humide. Elle gémit à son contact et se cambra vers lui, mais Marcus se contenta de déposer un rapide baiser sur son front.

— Je suis à côté, si vous avez besoin de moi.

Sans un mot de plus, sans même lui jeter un regard, il quitta la chambre.

Elizabeth contempla la porte close et attendit, les lèvres entrouvertes. Il n'allait sûrement pas tarder à revenir. Il ne pouvait pas en rester là. Il était insatiable.

Mais il ne revint pas, et elle s'interdit d'aller ramper à ses pieds pour qu'il s'occupe d'elle.

Si elle se glissait sous les couvertures, elle avait trop chaud, mais si elle les écartait, elle avait froid... Peu avant l'aube, elle renonça à trouver le sommeil. Elle s'enveloppa de son manteau et retourna au salon.

La couverture enroulée autour de ses pieds, elle se replongea dans le carnet rouge, dans l'espoir de trouver le sommeil entre ses pages.

Le soleil commençait à éclairer le ciel quand Marcus découvrit Elizabeth profondément endormie, le journal d'Hawthorne ouvert sur ses genoux. Il secoua la tête, puis fit la grimace.

Une première nuit sans sommeil de passée. Plus que treize à endurer.

Incapable de tenir en place, il enfila ses bottes et quitta le cottage. Il longea l'allée pavée menant à la résidence principale, puis se dirigea vers les écuries situées derrière. En longeant le bord de la falaise, il entendit le rugissement des vagues en contrebas et sentit le brouillard matinal imprégner ses vêtements. Mais, dans la tiédeur des écuries, ce fut l'odeur du foin et des chevaux qui l'accueillit, bien différente de l'air vif et salé de l'extérieur.

Il passa la bride autour du cou d'un de ses chevaux d'attelage et le fit sortir de sa stalle. Déterminé à s'épuiser à la tâche pour trouver le sommeil le soir venu, il avait décidé d'étriller ses chevaux. Il fut rapidement en nage et ôta son tricot. Perdu dans ses pensées, qui se concentraient sur la nuit précédente et des visions d'Elizabeth à moitié nue, les cuisses écartées, il sursauta quand un petit cri effrayé s'éleva derrière lui.

Il pivota sur lui-même et découvrit la jeune soubrette qui apportait leurs repas au cottage.

— Milord, dit-elle en faisant la révérence.

Marcus aperçut alors les appartements des palefreniers derrière la fille et comprit ce qui l'avait alarmée.

— N'ayez aucune crainte, lui assura-t-il. On prétend que je suis parfois idiot et aveugle.

La servante le dévisagea avec curiosité, puis caressa d'un regard approbateur son torse nu. Surpris de se sentir froissé par un sensuel regard de femme, Marcus se retourna pour attraper son tricot. À l'instant précis où sa main se refermait sur le vêtement, qu'il avait posé sur la porte de la stalle voisine, l'animal vicieux qui se trouvait à l'intérieur en profita pour le mordre.

Marcus laissa échapper un juron, ramena vivement sa main vers lui et découvrit en relevant les yeux le noir étalon du duc.

— Il mord méchant, çui-là, dit la servante d'un ton compatissant.

Elle se rapprocha et lui tendit un mouchoir que Marcus accepta avec reconnaissance et noua autour de sa main pour stopper l'écoulement de sang.

La fille était assez jolie, avec ses boucles brunes et ses joues fraîches. Sa robe chiffonnée trahissait la nature de ses récentes activités, mais elle avait un sourire franc qui dénotait un heureux caractère. Marcus s'apprêtait à lui rendre son sourire quand la porte de l'écurie s'ouvrit à la volée. Le cheval de Marcus prit peur et recula nerveusement, renversant Marcus et la servante, qui se retrouvèrent tous deux sur les fesses.

— Vous n'êtes qu'un animal en rut !

Marcus redressa la tête et, par-dessus l'épaule de la servante, croisa un regard violet furibond. Elizabeth se tenait sur le seuil de l'écurie, les poings calés sur les hanches.

— Jamais je ne vous épouserai ! hurla-t-elle avant de tourner les talons dans un tourbillon de jupons et de partir en courant.

— Mon Dieu, souffla Marcus avant de se remettre sur ses pieds et d'aider la servante à en faire autant.

Sans un mot de plus, il se lança dans le jour naissant à la poursuite d'Elizabeth, filant comme l'éclair devant un palefrenier à moitié endormi qui le regarda passer, sidéré.

Elizabeth, accoutumée à l'exercice physique, se trouvait déjà loin devant lui.

— Elizabeth !

— Allez au diable ! cria-t-elle.

Elle continuait à courir, beaucoup trop près du bord de la falaise pour que Marcus se sente rassuré. Le cœur battant, il accéléra, bondit sur elle, la saisit à bras-le-corps, l'entraîna en arrière... et atterrit sur son dos nu. Des petits cailloux pointus restèrent plantés dans sa chair quand il se redressa à demi et s'écarta du bord, Elizabeth se démenant comme une furie entre ses bras.

— Cessez ! gronda-t-il en roulant sur le côté pour la plaquer sous lui.

— Vous êtes abject ! Incapable de la moindre constance !

Son beau visage était strié de larmes.

— Ce n'est pas ce que vous croyez !

— Vous étiez vautré, torse nu, sur cette créature !

— Je vous jure que c'est un malentendu.

Il immobilisa ses bras au-dessus de sa tête pour échapper à ses coups de poing. En dépit de la fraîcheur matinale, de son dos douloureux et de sa blessure à la main, il sentait son sexe durcir, très conscient de la présence de la femme qui s'évertuait à ruer sous lui.

— Menteur !

Tournant la tête sur le côté, elle planta les dents dans son biceps. Marcus rugit. Il cala son genou entre ses jambes et le fit remonter haut entre ses cuisses.

— Si vous recommencez à me mordre, je vous flanque en travers de mes genoux !

— Fessez-moi encore, et je vous tue, répliqua-t-elle.

Ne voyant plus d'autre issue, Marcus pencha la tête en avant et s'empara de ses lèvres. Sa langue se glissa brièvement dans sa bouche avant qu'il n'écarte vivement la tête pour échapper à ses dents.

— Si vous vous souciez tant que cela de ma fidélité, railla-t-il, pourquoi ne pas vous en assurer ?

Elizabeth en resta un instant bouche bée.

— Quel monstre d'arrogance vous faites... souffla-t-elle quand elle retrouva l'usage de la parole.

— Femelle égoïste ! Vous ne voulez pas de moi, mais gare à moi si une autre femme s'avise de me trouver à son goût !

— N'importe quelle autre femme peut bien vous avoir, avec ma pitié en prime !

Il pressa son front contre le sien.

— Cette fille sortait du lit d'un des palefreniers. Vous avez effrayé mon cheval, qui nous a fait tomber à la renverse.

— Je ne vous crois pas. Que faisait-elle aussi près de vous ?

— Je me suis blessé, dit-il en présentant sa main grossièrement bandée devant ses yeux. Elle tentait de m'aider.

— Pourquoi êtes-vous torse nu ? demanda-t-elle, les sourcils toujours froncés, mais s'adoucissant quelque peu.

— Parce qu'il faisait chaud, ma chère.

Marcus secoua la tête face à son ricanement incrédule.

— S'il le faut, je ferai témoigner tous les intéressés afin qu'ils corroborent mes dires.

Une larme roula sur la tempe d'Elizabeth.

— Je ne pourrai jamais vous faire confiance, souffla-t-elle.

Il effleura ses lèvres des siennes.

— Raison de plus pour m'épouser, répondit-il. Allons, Elizabeth, ajouta-t-il d'un ton caressant, les douces courbes de son corps sous le sien accroissant sa frustration. Que dois-je faire d'autre pour vous mériter ? Auriez-vous la bonté d'éclairer ma lanterne ?

De m'informer de la longueur de la route qu'il me faudra encore parcourir ?

Ses yeux rougis plongèrent dans son regard.

— Pourquoi ne renoncez-vous pas ? Vous pourriez vous intéresser à une autre que moi.

Marcus soupira et se résigna à avouer la pitoyable vérité.

— Non, j'en serais incapable.

Elizabeth abandonna la bataille dans un sanglot silencieux.

Il la serra plus fort contre lui. L'expression de la jeune femme illustrait exactement ce qu'il ressentait : fatigue et tristesse. Ils avaient l'un et l'autre perdu le sommeil, passé la nuit à se tourner et à se retourner, ravagés par un mutuel désir. Physiquement, ils n'avaient jamais été aussi proches, totalement isolés du reste du monde, et pourtant la distance qui les séparait n'avait jamais été aussi grande.

Pour la première fois depuis qu'il la connaissait, Marcus songea que, peut-être, ils n'étaient pas faits l'un pour l'autre.

— Avez-vous… avez-vous une maîtresse ? demanda-t-elle soudain.

Surpris par la question, Marcus bafouilla :

— Euh… oui.

La bouche d'Elizabeth trembla contre sa joue.

— Je refuse de vous partager.

— Je ne vous le demanderai jamais, assura-t-il.

— J'exige que vous vous débarrassiez d'elle.

Il s'écarta.

— Impossible. J'ai l'intention d'en faire ma femme.

Elizabeth leva les yeux vers lui.

— Petite folle, dit-il en frottant le bout de son nez contre le sien. J'ai à peine assez d'énergie pour vous faire la cour. Où trouverais-je les ressources nécessaires pour courir après d'autres jupons ?

— J'ai besoin de temps pour réfléchir, Marcus.

— Je vous l'accorde, s'empressa-t-il de promettre.

L'espoir qui avait été sur le point de mourir un instant plus tôt resurgissait dans toute sa vigueur.

Elle pressa ses lèvres contre sa gorge et laissa échapper un soupir où flottait encore un sanglot.

— Fort bien. Je mettrai ce temps à profit pour réfléchir à votre demande.

13

Elizabeth arpentait sa chambre. Les rideaux étaient ouverts, comme ils l'étaient depuis la troisième nuit de son séjour, et la lumière nacrée de la lune éclairait la pièce. Il n'était pas nécessaire de les fermer. Qu'il fasse nuit ou non, elle n'arrivait pas à dormir et ne parvenait à grappiller qu'une ou deux heures de repos par nuit.

Elle couvrit son visage de ses mains. Si elle ne trouvait pas le moyen d'assouvir ce pitoyable et douloureux besoin qu'elle avait de Marcus, elle allait devenir folle.

Au cours des dix derniers jours, elle avait collecté des centaines d'images de lui – Marcus sur la plage, allongé sur une couverture ; Marcus en bras de chemise sur le sofa, lui faisant la lecture à voix haute ; Marcus accroupi devant l'âtre, éclairé par le feu qu'il s'apprêtait à couvrir pour la nuit.

Elle avait mémorisé ses sourires, la manie qu'il avait de se frotter la nuque quand il était tendu, la façon dont son menton bleuissait en l'espace d'une nuit, l'étincelle qui faisait briller ses yeux quand il la taquinait... Des yeux qui s'assombrissaient quand il avait envie d'elle.

Il avait toujours envie d'elle.

Son regard et le timbre de sa voix lui disaient chaque jour qu'il brûlait de la serrer dans ses bras, de la caresser et de lui faire l'amour. Mais, fidèle à sa parole, il ne cherchait aucunement à la séduire.

Elle soupira et regarda ses mains se crisper. À dire vrai, il n'avait rien à faire pour qu'elle ait envie de lui. Son désir était instinctif, incontrôlable.

Dans ce cas, pourquoi arpentait-elle fiévreusement sa chambre alors que le soulagement dont elle avait si cruellement besoin se trouvait juste de l'autre côté de la porte ?

Parce qu'elle savait que Marcus ne lui convenait pas. Il était tout ce qu'elle avait toujours rejeté : un libertin patenté, qui avait encore prouvé dans les écuries qu'on ne pouvait pas lui faire confiance. Elle aurait voulu pouvoir l'enfermer, le garder pour elle seule, ne le partager avec personne. Alors seulement, elle se serait sentie en paix et aurait pu respirer librement, sans craindre à tout instant de le perdre.

« Vous devrez m'épouser si vous voulez gagner le droit de vous montrer jalouse », lui avait-il dit sur la plage le jour de son arrivée.

Le droit. Le droit de le garder, de le revendiquer comme sien. C'était cela qu'elle voulait. Malgré la torture que cela impliquait. Car il n'y aurait aucun plaisir à unir ses jours à ceux d'un homme tel que Marcus, qui vivait pour le risque et le frisson du danger. Il n'y aurait que tourments et perpétuelles déceptions. Mais aussi... un désir dévorant. Un désir qui ne cesserait jamais.

Elle s'immobilisa et contempla son lit vide.

Une alliance, son nom et le droit exclusif de profiter de son corps ne valaient-ils pas mieux que rien ?

Sans se donner le temps de considérer ce point de vue plus avant, Elizabeth quitta sa chambre pour se rendre dans celle de Marcus, où elle entra sans frapper.

Elle marcha droit vers le lit, mais ralentit quand elle découvrit qu'il était vide, les couvertures rabattues. Surprise, elle regarda autour d'elle et aperçut Marcus devant la fenêtre.

Nu, baigné par les rayons de la lune, il se tenait immobile et la regardait sans rien dire.

— Marcus ?

— Que voulez-vous, Elizabeth ? demanda-t-il d'un ton sec.

Ses mains moites se refermèrent sur sa chemise de nuit.

— Voilà plus d'une semaine que je n'arrive pas à dormir.

— Ce n'est pas dans cette chambre que vous trouverez le sommeil.

Elle se dandina gauchement. Maintenant qu'elle était dans sa chambre et qu'il se tenait nu devant elle, son courage vacillait.

— J'espérais que vous diriez cela, reconnut-elle, tête basse.

— Dites-moi ce que vous voulez.

Incapable de prononcer les mots à voix haute, Elizabeth fit passer sa chemise de nuit par-dessus sa tête et la laissa tomber par terre.

Marcus la rejoignit en deux enjambées, l'enlaça avec un grondement sourd et attira fermement son corps nu contre le sien. Il s'empara de ses lèvres avec une avidité affolante, sa langue s'élançant à l'assaut de sa bouche dans une parfaite imitation de ce qui allait suivre.

La maintenant fermement d'une main, il souleva une de ses jambes de l'autre et glissa ses doigts habiles dans la moiteur de sa toison. Incapable de réprimer un gémissement de plaisir et de soulagement, elle s'agrippa à ses épaules, ses seins contre son torse.

Son sexe dur et chaud brûlait la peau de son ventre. Elle le prit dans sa main, l'enveloppa de ses doigts tremblants et s'accrocha à sa taille de l'autre main pour garder l'équilibre. Mais elle avait du mal à respirer, osait à peine bouger tandis que les doigts de Marcus déployaient toute l'expertise d'un homme qui connaît bien sa maîtresse, la rendant complètement folle de désir. Elle enfouit son visage contre sa peau et inhala son odeur, qui lui monta à la tête comme une gorgée de vin capiteux.

— Je vous en supplie...

— De quoi me suppliez-vous ?

Elle gémit encore, ses hanches ondulant pour s'accorder aux mouvements de sa main.

— De quoi me suppliez-vous ? répéta-t-il en écartant sa main, lui arrachant un sanglot.

Elle pressa des baisers désespérés sur sa peau.

— Je vous en supplie, prenez-moi. J'ai envie de vous.

— Pour combien de temps, Elizabeth ? Une heure ? Une nuit ?

De la pointe de sa langue, elle lapa le disque plat de son mamelon, et il prit une inspiration sifflante.

— Toutes les nuits, souffla-t-elle.

Marcus la souleva de terre, la porta jusqu'au lit et se pencha au-dessus d'elle. Elizabeth écarta les cuisses sans marquer la moindre hésitation.

— Elizabeth...

— Dépêchez-vous, le supplia-t-elle.

Il se plaça entre ses jambes et la pénétra avec une habileté consommée. Son membre, plus dur que jamais, la combla complètement, et elle arracha sa bouche de la sienne pour crier sa jouissance. Tous ces jours et toutes ces nuits d'attente et de désir l'avaient préparée au plaisir, et le prodigieux talent de Marcus suffit à la faire basculer dans l'extase.

Le visage au creux de son cou, Marcus poussa des grondements rauques tandis que les spasmes de plaisir d'Elizabeth enserraient son membre. Il ne put s'empêcher bien longtemps de jouir et, très vite, accompagna son extase du flot de sa semence. C'était trop, trop fort, trop tôt. Ses orteils se recroquevillèrent, son dos se crispa sous l'effet d'un plaisir si intense qu'il en était presque douloureux. Éperdu, il la serra contre lui avec une frénésie proche du désespoir.

Cela ne dura sans doute pas plus de quelques instants, mais il eut l'impression qu'il lui fallut des heures avant de se sentir enfin capable de rouler sur le côté, la libérant du poids de son corps. Il l'attira vers lui de façon qu'elle recouvre son torse, ses jambes enfourchant ses cuisses, leurs corps toujours unis.

— Seigneur.

Leur accouplement n'avait pas duré plus de deux minutes, il n'avait pas effectué un seul va-et-vient en elle, et il venait pourtant de vivre l'expérience érotique la plus bouleversante de sa vie. Elizabeth s'était livrée à lui, pieds et poings liés par le désir qu'elle avait de lui. Il n'y avait plus aucun retour en arrière possible.

Elle caressait tendrement la toison de sa poitrine, et le mouvement de ses doigts l'apaisait.

— Je veux que vous renonciez à vos missions pour l'agence, murmura-t-elle doucement.

Il s'immobilisa et laissa échapper un long soupir.

— Ah, ma douce, vous n'êtes guère exigeante, n'est-ce pas ?

Ce fut au tour d'Elizabeth de soupirer, et son souffle passa sur sa peau comme une caresse.

— Comment pouvez-vous me demander de vous épouser, sachant que vous continuerez à vous mettre en danger ?

— Comment pourrais-je ne pas vous le demander ? rétorqua-t-il. Je ne serai jamais rassasié de vous, jamais rassasié de ceci, ajouta-t-il avec un petit coup de reins, illustrant son propos par le regain de son érection.

— Ce n'est rien de plus que du désir, répliqua-t-elle d'un ton méprisant.

— Je sais ce qu'est le désir, ma chère. Et je vous garantis que ce n'est rien comparé à ce que nous partageons.

Elle gémit doucement quand elle le sentit grandir encore en elle.

— Comment nommeriez-vous cela, alors ?

— Une affinité parfaite, ma chère. Nous nous accordons remarquablement bien au lit.

Elizabeth se redressa de manière à l'accueillir plus commodément en elle, puis l'étudia à travers ses cils d'une façon que Marcus avait appris à identifier et qui signifiait que les ennuis n'étaient pas loin. Elle contracta alors ses muscles internes, enserrant son membre dans la plus intime étreinte qui soit.

Les poings de Marcus agrippèrent le drap, et il serra les dents.

Lentement, elle remonta le long de son membre.

— Promettez-moi que vous allez considérer l'éventualité de quitter Eldridge, dit-elle avant de s'empaler de nouveau sur lui, tout aussi lentement

Des gouttes de sueur baignaient déjà le front de Marcus.

— Elizabeth...

Elle renouvela la manœuvre, enfermant habilement son membre dans le soyeux fourreau de son sexe.

— Promettez-moi que vous y réfléchirez sérieusement.

Les paupières de Marcus s'abaissèrent, et un gémissement lui échappa.

— Soyez maudite...

Elle se souleva, se retirant presque entièrement. Marcus se tendit, espéra qu'elle revienne sur lui, qu'elle le reprenne en elle... Comme elle hésitait, il leva les yeux. Elizabeth restait immobile, ses fins sourcils haussés en signe de défi, et il sut qu'elle attendrait jusqu'à ce qu'il capitule.

Marcus rendit aussitôt les armes.

— Je vous le promets.

Il reçut alors la plus douce des récompenses.

— Bonté divine !

L'exclamation familière réveilla Elizabeth en sursaut. Le bras de Marcus la força aussitôt à rester allongée, et elle écarquilla des yeux horrifiés en découvrant le poignard qui était apparu dans sa main. Elle souleva la tête, porta son regard vers la porte et découvrit, stupéfaite, une silhouette aussi familière que le cri qui l'avait réveillée.

— William ?

Son frère se tenait sur le seuil, la main plaquée sur ses yeux.

— Je vous attendrai...

Il s'étrangla et dut se reprendre.

— Je vous attendrai tous deux au salon. Je vous en prie... habillez-vous.

L'esprit encore embrumé de sommeil, Elizabeth sortit du lit et frissonna quand ses pieds nus entrèrent en contact avec le sol.

— Je me dis souvent que William ne pourrait pas me faire plus honte, et il trouve toujours le moyen de me donner tort.

— Elizabeth.

Ignorant le ton de douce requête de Marcus, elle alla récupérer sa chemise de nuit au pied du lit. Le contraste entre l'intimité de la soirée précédente et la terrifiante vision du poignard qu'elle avait vu surgir dans sa main au réveil avait de quoi secouer. Dire qu'elle avait accepté d'épouser cet homme sous prétexte d'affinité sexuelle et d'instinct de propriété déplacé ! Elle était folle à lier.

— Vous pouvez rester au lit, ma douce, murmura-t-il. Je me charge de votre frère.

Sa chemise de nuit à la main, Elizabeth leva les yeux et s'immobilisa quand elle le vit enfiler son pantalon. La façon dont ses muscles ondulaient sous sa peau au gré de ses mouvements la fascinait.

Marcus leva les yeux, surprit son expression vaguement hébétée et sourit.

— Votre charmant minois tout ensommeillé est absolument adorable, déclara-t-il tendrement.

— Je dois être affreuse, dit-elle en portant les mains à ses cheveux.

— Impossible. Vous êtes toujours délicieuse.

Il fit le tour du lit, lui prit la chemise de nuit des mains, la lui enfila, puis déposa un baiser sur le bout de son nez.

— Attendez-moi ici, dit-il en s'approchant de l'armoire pour finir de s'habiller. Gardez le lit bien chaud, je ne serai pas long.

— Autant que vous le sachiez dès à présent, je ne reçois d'ordres de personne. William est mon frère, et je lui parlerai.

L'entêtement d'Elizabeth faillit arracher un soupir à Marcus, mais il songea qu'il allait devoir s'y faire et se dirigea vers la porte.

— Comme vous voudrez, ma chère.

Il caressa du regard son corps à peine vêtu avant de refermer la porte et de s'engager dans le couloir. Il n'aurait pas dû être surpris qu'on les ait découverts dans leur retraite, mais il l'était. Cela le déroutait, s'ajoutait à l'incertitude qui l'habitait. Leur accord était trop frais, le lien qui les unissait encore trop ténu pour qu'il se sente parfaitement à l'aise.

La première fois qu'il avait demandé la main d'Elizabeth, il avait été reçu par son père dans le bureau de Chesterfield Hall pour discuter de la dot et des frais inhérents au mariage en termes et en chiffres froids. Après quoi, leurs fiançailles ayant été officialisées, il avait assisté à toute une succession de thés et de dîners. Jamais il n'avait imaginé qu'elle le quitterait, qu'elle en épouserait un autre. Et aujourd'hui, il n'avait rien d'autre sur quoi s'appuyer que la promesse qu'elle venait de lui faire… une promesse qu'elle avait déjà rompue par le passé.

Des années de colère et de frustration remontèrent dans sa gorge comme un flot de bile. Il ne trouverait pas la paix tant qu'elle ne lui aurait pas rendu ce dont elle l'avait spolié.

Il entra au salon.

— Barclay, dire que vous tombez mal serait un euphémisme. Mon cher, j'ai le regret de vous dire que vous êtes, malheureusement, *de trop**.

William faisait les cent pas devant la cheminée, les mains jointes derrière le dos.

— Cette vision me hantera jusqu'à la fin de mes jours, marmonna-t-il.

— Vous auriez au moins pu frapper.

— La porte était ouverte.

— J'en suis étonné. Quoi qu'il en soit, vous n'auriez pas dû venir.

— Elizabeth s'était enfuie, déclara William en s'immobilisant pour le fusiller du regard. Après l'état dans lequel j'avais trouvé sa chambre, je devais la rejoindre et m'assurer de sa santé.

Marcus se passa la main dans les cheveux. Il ne pouvait pas reprocher à William l'affection qu'il vouait à sa sœur.

— Elle vous a écrit. Je suppose que j'aurais dû en faire autant.

— C'eût été la moindre des choses, en effet. De même qu'il eût été préférable que vous débauchiez la sœur d'un autre.

— Je ne la débauche pas, je compte l'épouser.

William en resta bouche bée.

— Encore ? éructa-t-il finalement.

— Je me permets de vous rappeler que nous n'avons pas vraiment mené nos fiançailles jusqu'à leur terme la première fois.

— Soyez maudit, Westfield, gronda William en serrant les poings. Si cela a quelque chose à voir avec ce stupide pari, je vous jure que vous aurez à en répondre.

Marcus contourna le sofa, s'assit et fit l'effort de réprimer les paroles mordantes qui lui venaient spontanément à l'esprit.

— L'estime dans laquelle vous me tenez me fait chaud au cœur, Barclay.

— Pourquoi diable souhaiteriez-vous épouser Elizabeth après ce qui s'est passé entre vous ?

— Parce qu'il y a entre nous une affinité parfaite, répondit Elizabeth depuis le seuil du salon. C'est du moins ce que prétend Marcus.

— Une *affinité* ? répéta William en posant sur elle un regard qui lançait des éclairs. Qu'est-ce que c'est encore que cette histoire ?

Il devint subitement très pâle et leva les mains en l'air.

— Tout bien réfléchi, je préfère que vous ne répondiez pas à cela.

Elizabeth ne bougea pas. Elle restait sur le seuil comme si elle tâchait de déterminer si elle devait ou non entrer. La tension qui régnait dans la pièce était palpable.

— Où est Margaret ? demanda-t-elle.

— À la maison. Dans son état, voyager ne serait pas raisonnable. Elle est sujette à de fréquents malaises.

— Tu devrais être auprès d'elle, le réprimanda-t-elle.

— Je m'inquiétais pour toi, protesta-t-il, d'autant plus que Westfield avait disparu en même temps que toi. Ta lettre ne me disait rien de ton humeur ni de l'endroit où tu te trouvais. Estimez-vous heureux tous les deux que lady Westfield ait jugé bon de m'indiquer votre cachette.

Il traversa la pièce et attrapa sa sœur par le coude.

— Viens avec moi dehors.

— Mais il fait froid, protesta-t-elle.

William ôta son manteau, en recouvrit ses épaules et la força à sortir.

— As-tu perdu la raison ? gronda-t-il quand ils furent seuls.

Le ton de son frère était aussi mordant que l'air marin.

— Je le crains, en effet, répliqua-t-elle sèchement.

— Je vois. Tu as goûté au...

Il s'étrangla.

— ... au plaisir charnel qui t'avait été refusé jusqu'ici. Cela peut se révéler extrêmement dangereux pour une femme, lui monter à la tête et lui faire commettre des folies...

— William...

— Inutile de nier. Un homme sent ces choses-là. Les femmes changent d'aspect quand elles sont comblées par leur amant. Tu n'avais pas cet air-là quand tu étais avec Hawthorne.

— Cette conversation est parfaitement déplacée, marmonna-t-elle.

— Figure-toi que j'ai autant envie de parler de cela avec toi que d'aller me faire arracher une dent. Mais je te supplie de réfléchir à ce que tu es en train de faire. Je te rappelle que tu avais de bonnes raisons de rompre vos fiançailles la première fois.

Elizabeth leva les yeux vers le ciel et concentra son regard sur les zones azurées qu'on apercevait entre les nuages chargés de la matinée. Saurait-elle se contenter des rares instants de bonheur qu'offrirait un mariage par ailleurs orageux ?

— Il est encore temps de te rétracter, suggéra-t-il d'un ton radouci.

— Je serais incapable d'une telle cruauté.

Elle soupira et se laissa aller contre lui, acceptant le soutien qu'il lui offrait.

— On ne se marie pas pour soulager sa conscience. Et je ne suis pas certain que les intentions de Westfield soient parfaitement honorables. Il a des raisons de t'en vouloir. Si tu te maries avec lui et que la situation se dégrade, je n'aurai que très peu de moyens de te venir en aide.

— Je m'étonne que, le connaissant, tu lui attribues de telles motivations, répliqua-t-elle. Certes, je confesse qu'il m'insupporte assez souvent. Il est arrogant au possible, obstiné, ergoteur…

— Oui, je reconnais bien là ses défauts.

— Si le fait de m'épouser lui permet de retrouver un peu de sa dignité perdue, je ne le lui reprocherai pas. Au pire, il perdra tout intérêt pour moi et se contentera de me traiter avec le charme irréprochable mais distant qui a fait sa réputation. Il ne portera jamais la main sur moi.

William laissa échapper un soupir contrarié et leva à son tour les yeux vers le ciel.

— Cet arrangement persiste à me déplaire. J'aurais voulu que tu trouves enfin l'amour en secondes noces. Tu es libre de choisir n'importe qui. Pourquoi te contenter de cette « affinité » au lieu d'un vrai grand bonheur ?

— Tu es en passe de devenir aussi romantique que Margaret, déclara Elizabeth en secouant la tête avant de pouffer de rire. Westfield est parfois odieux, mais il lui arrive aussi de se révéler le plus charmant des compagnons.

— Dans ce cas, contente-toi d'en faire ton amant, suggéra William. Cela offrirait l'avantage de limiter les dégâts.

Elizabeth eut un sourire doux-amer. Marcus était une des rares personnes assez fortes pour oser affronter William. Elle devait montrer à son frère qu'elle serait en sécurité avec un homme pour qui il avait de l'estime. Alors, peut-être s'inquiéterait-il un peu moins pour elle. Margaret avait besoin de lui, et l'enfant qu'elle portait aurait bientôt besoin de son père, lui aussi. William ne pouvait plus se permettre d'abandonner son épouse pour voler au secours de sa sœur.

— Je veux l'épouser, William. Je ne crois pas que je serai malheureuse avec lui.

— Ne vois-tu pas que tu te sers de lui pour te dérober ? En choisissant un homme qui ne t'aime pas, tu n'as pas à redouter d'être un jour privée de son amour. Notre père t'a causé un grand tort en te laissant assister à son déclin. Tu as toujours peur d'engager tes sentiments.

Elle releva le menton.

— Je comprends que tu n'approuves pas mon choix, mais cela ne t'autorise pas à me dénigrer.

— Je ne fais que dire la vérité. Mon seul tort est peut-être d'avoir trop tardé à le faire.

— Nul ne peut connaître l'avenir, rétorqua-t-elle. Mais Westfield et moi sommes sur un pied d'égalité, du point de vue du rang comme de la fortune. Quand l'affinité qui existe entre nous se dissipera, ce socle sera toujours là. Et c'est le principe requis en matière de mariage.

William plissa les yeux.

— Tu es vraiment décidée à l'épouser.

— Oui.

Elle était heureuse que son frère se soit lancé à ses trousses, finalement. Savoir que cette union serait bénéfique à quelqu'un d'autre qu'elle la confortait dans sa décision. Que William l'admette ou non, son mariage avec Marcus lui serait profitable à lui aussi.

— Promets-moi de ne pas t'enfuir avec un autre homme, cette fois, dit William en faisant peser sur elle un regard sévère qui ne parvenait pas à altérer la beauté de ses traits.

— Je te le promets.

— Puis-je avoir voix au chapitre ? s'enquit Marcus en apparaissant auprès d'eux.

— Je pense vous avoir déjà assez entendu, répliqua William. En outre, je meurs de faim. Je me suis entretenu avec le duc à mon arrivée, et il m'a prié de vous demander de m'accompagner au manoir. Il paraît qu'il ne vous a presque pas vus depuis votre arrivée.

— C'était délibéré, lui apprit Marcus d'un ton acerbe avant d'offrir sa main à Elizabeth, un geste affectueux qu'il n'avait encore jamais accompli devant témoin.

Sans gants, la chose revêtait même un caractère intime. Du regard, Marcus la mit au défi de refuser.

Il la défiait sans cesse.

Et, comme elle l'avait toujours fait, Elizabeth releva le défi et plaça sa main dans la sienne.

14

De l'avis de tous, leur bal de fiançailles était un succès fracassant. La salle de bal de Chesterfield Hall était pleine à craquer, de même que les salles de jeu et de billard. Assaillie de toutes parts et submergée par la chaleur, Elizabeth fut intensément soulagée quand Marcus l'entraîna dans le jardin pour prendre une bouffée d'air frais.

L'événement étant d'importance, le choix d'Elizabeth s'était porté sur une robe de taffetas changeant dans les tons bordeaux. Des paniers apportaient de l'ampleur à la jupe, qui, fendue sur le devant, révélait une sous-jupe de dentelle blanche. Une dentelle assortie bouillonnait au bas des manches à partir du coude et rehaussait la profonde encolure carrée. Cette robe somptueuse avait été la carapace qui lui avait permis d'affronter cette soirée, mais Elizabeth continuait à avoir l'estomac noué.

Si rompue qu'elle fût aux usages de la société, elle n'avait encore jamais rien connu de pareil. Les hommes ne lui avaient posé aucun problème. Elle ne s'était pas attendue en revanche à une attitude aussi ouvertement hostile et venimeuse de la part des femmes. Au bout d'une heure de supplice, elle s'était résignée à sourire sans rien dire, laissant le soin à Marcus d'éluder leurs questions indiscrètes et de répondre à leurs commentaires vipérins enrobés d'un sirop de compliments.

Elle songeait avec regret à la tranquillité dont ils avaient joui sur la côte. Après que William avait quitté l'Essex pour regagner Londres, Marcus avait insisté pour qu'ils demeurent encore trois jours dans le cottage du duc de Ravensend. Ils avaient vécu ces journées dans un état de profonde intimité. Il l'avait assistée pour sa toilette et exigé qu'elle en fasse autant avec lui, l'avait aidée à s'habiller et lui avait appris à le déshabiller, lui montrant patiemment l'emplacement de chaque bouton et lui enseignant la meilleure façon de le dégager de sa boutonnière jusqu'à ce qu'elle devienne aussi habile que n'importe quel valet. Il s'était ingénié à lui faire mettre en pratique ces connaissances nouvellement acquises chaque fois que l'occasion se présentait – sur la plage, dans le jardin et dans presque toutes les pièces de la maison. Chacune de ses caresses, chacun de ses regards, chaque instant partagé avait convaincu Elizabeth d'accepter sans réserve d'unir ses jours aux siens.

Elle avait alors fait l'effort d'en apprendre davantage sur les sujets qui l'intéressaient et l'avait ainsi questionné sur les Townsend Acts. À son grand soulagement, il n'avait pas hésité un instant à partager ses opinions avec elle. Discuter de sujets controversés avec une femme était contraire à la bienséance, mais Marcus n'était pas homme à se plier aux conventions.

Ayant constaté son intérêt pour les questions politiques, il s'était même mis en devoir de débattre avec elle de plusieurs sujets, l'incitant à aller au bout de sa pensée et à envisager les problèmes sous tous les angles, ponctuant d'un fier sourire les conclusions auxquelles elle parvenait par elle-même, même si elles étaient en contradiction avec les siennes.

Elizabeth soupira. Elle appréciait sa compagnie, voilà tout, et quand il était pris par ses obligations à l'agence ou au Parlement, il lui manquait terriblement.

— Je crois n'avoir encore jamais entendu de soupir aussi mélancolique, murmura-t-il à son oreille.

Elle tourna les yeux vers lui et affronta son regard, que sa perruque d'un blanc de neige faisait paraître plus étincelant que jamais. Son habit d'or pâle le distinguait de tous les hommes présents.

— Vous êtes superbe, dit-elle.

Sa bouche se releva sur un demi-sourire.

— Il me semble que c'est à moi de vous adresser ce genre de compliment.

La chaleur de son regard ne laissait aucun doute sur ses intentions.

William avait strictement interdit toute rencontre dans la maison d'hôtes de Chesterfield Hall. Elizabeth suspectait Marcus d'avoir consenti à cette torture à seule fin de s'assurer qu'elle ne reviendrait pas sur sa parole, l'impérieux besoin que son corps avait du sien se chargeant de lui rappeler ce dont elle se priverait au cas où elle changerait d'avis.

— Vos joues sont empourprées, dit-il. Et malheureusement, pas pour la raison qui me plaît le plus.

— J'ai soif, avoua-t-elle.

— Allons chercher des rafraîchissements, proposa-t-il.

Il voulut retourner avec elle à l'intérieur, mais elle résista.

— Je préfère vous attendre ici.

L'idée de replonger dans la fosse aux lions à laquelle elle venait d'échapper ne l'attirait absolument pas.

Marcus s'apprêtait à protester, mais il aperçut William et Margaret qui descendaient l'escalier et la conduisit jusqu'à eux.

— Voilà, je vous laisse en bonne compagnie, dit-il en déposant un baiser sur le dos de sa main.

Elizabeth le regarda grimper les marches. Ses mouvements étaient empreints d'une telle grâce qu'elle eut du mal à détacher les yeux de sa silhouette.

— Ce bal est un vrai triomphe, déclara Margaret en passant son bras sous le sien. Apparemment, il est bien plus intéressant de parler de vous que de quoi que ce soit d'autre !

William porta son regard par-dessus leurs têtes.

— Où donc va Westfield ?

— Il est allé me chercher un rafraîchissement, répondit Elizabeth.

— Il aurait pu nous le dire avant de partir. Je meurs de soif. Si vous voulez bien m'excuser, mesdames, je crois que je vais en faire autant.

Comme William s'éloignait, Margaret entraîna Elizabeth dans les allées du jardin.

— Vous paraissez en pleine forme, déclara Elizabeth.

— Malheureusement, aucune modiste, si douée soit-elle, ne parviendra à dissimuler ce ventre plus longtemps, et cette soirée sera la dernière de la saison à laquelle je pourrai assister. Lord Westfield semble très épris de vous, ajouta-t-elle. Avec un peu de chance, vous ne tarderez guère à avoir des enfants, vous aussi. Est-il un amant aussi doué qu'on le prétend ? s'enquit-elle à voix basse en se penchant vers son oreille.

Elizabeth rougit.

— Tant mieux pour vous, commenta Margaret en s'esclaffant, avant de grimacer. Mon dos me fait atrocement souffrir.

— Vous avez passé toute la journée debout, la réprimanda Elizabeth.

— Je crois que j'ai bien mérité d'aller m'asseoir dans la salle de repos, acquiesça Margaret.

— Dépêchons-nous de vous y conduire, déclara Elizabeth en l'entraînant vers la maison.

Tandis qu'elles s'en approchaient, elles croisèrent d'autres invités qui sortaient pour profiter de la fraîcheur du soir. Elizabeth prit une profonde inspiration et pria le Ciel de lui accorder la patience dont elle allait avoir besoin pour survivre jusqu'à la fin de cette soirée.

— Ce ne sera pas simple tous les jours, vous savez.

Marcus jeta un coup d'œil à William tandis qu'ils regagnaient le jardin, un verre dans chaque main.

— Vraiment ? fit-il avec un étonnement feint. Et moi qui croyais que le mariage était un gage de sérénité.

William laissa échapper un ricanement.

— Elizabeth est assez fougueuse de nature et indiscutablement querelleuse, mais auprès de vous, elle n'est plus la même. Elle devient presque effacée. Dieu seul sait comment vous avez réussi à la convaincre de vous épouser, mais je n'ai pas pu faire autrement que remarquer qu'elle s'étiole à vos côtés.

— C'est fort aimable à vous.

Marcus serra les dents. C'était un homme fier, et cela lui déplaisait qu'Elizabeth ne paraisse guère enthousiaste à l'idée de se marier avec lui.

Margaret s'approcha d'eux. En voyant ses traits contractés, William se précipita vers elle.

— Où souffrez-vous ? s'enquit-il d'un ton anxieux.

Elle balaya son inquiétude d'un mouvement de la main.

— J'ai juste mal au dos et aux pieds. Inutile de vous alarmer.

— Où est lady Hawthorne ? demanda Marcus en scrutant l'allée derrière elle.

— Lady Grayton avait un souci avec les rosiers grimpants bien plus urgent que mes problèmes de dos, répondit Margaret en fronçant les sourcils. Pour tout vous dire, je crois qu'Elizabeth n'était pas pressée de regagner la maison.

Marcus ouvrit la bouche pour répondre, mais un hurlement de femme lui imposa le silence.

William se rembrunit.

— Elizabeth, murmura Marcus, sentant que le danger qui menaçait sa fiancée venait de frapper.

Il lâcha les délicates flûtes de cristal, qui se fracassèrent sur les dalles de l'allée. William sur ses talons, il s'élança dans la direction d'où était provenu le cri, l'estomac noué par l'effroi.

Il n'aurait jamais dû quitter Elizabeth des yeux, même pour la laisser avec sa famille. Il connaissait son métier, pourtant, il connaissait les règles. Il savait qu'elle n'était en sécurité nulle part après la mise à sac en bonne et due forme de sa chambre, mais il avait ignoré tout cela parce qu'elle lui avait demandé de le faire. Il s'était comporté comme un imbécile, et il ne lui restait plus qu'à espérer que sa frayeur n'était que le fruit de son imagination débordante et que son châtiment n'irait pas plus loin.

Ce n'était peut-être pas Elizabeth qui avait crié. Il s'agissait sans doute d'un incident mineur, d'un baiser volé ou d'une femme qui avait besoin de se faire remarquer…

Alors que la panique menaçait de le submerger, il l'aperçut enfin, étendue dans l'allée, gisant parmi un enchevêtrement de jupons et de paniers.

Il se laissa tomber à genoux auprès d'elle, puis balaya les alentours du regard. Mais la nuit était parfaitement paisible et silencieuse, à l'exception de la respiration laborieuse d'Elizabeth.

William s'était accroupi de l'autre côté.

— Seigneur.

Il prit la main d'Elizabeth entre les siennes, qui tremblaient.

Dans l'obscurité, Marcus ne pouvait voir si elle était blessée. Il entreprit donc de palper son torse à la recherche d'une blessure. Elle gémit quand ses doigts descendirent délicatement le long de ses côtes et qu'ils rencontrèrent un objet dur qui saillait de sa hanche. Marcus écarta doucement son bras, révélant une petite dague.

— Elle a été poignardée, annonça-t-il, la gorge serrée.

Elizabeth ouvrit les yeux au son de sa voix. Son teint était pâle sous la poudre et le rouge qui rehaussait ses pommettes.

— Marcus, souffla-t-elle dans un faible murmure.

Ses doigts se refermèrent mollement sur la main de Marcus. Il les enserra fermement, comme pour lui insuffler sa vitalité, l'inciter à se montrer forte.

C'était sa faute, c'était à cause de lui qu'Elizabeth avait été blessée. Son échec était écrasant et le faisait brutalement choir de la cime du succès où il avait cru pouvoir se tenir quand la soirée avait commencé.

William se redressa et scruta les alentours, comme Marcus un instant plus tôt.

— Il faut la porter à l'intérieur de la maison.

Marcus la souleva dans ses bras en prenant soin de ne pas toucher au poignard fiché dans sa chair. Elizabeth laissa échapper un cri, puis perdit conscience, et sa respiration adopta un rythme plus rapide, bien que toujours régulier.

— Par où puis-je passer ? s'inquiéta-t-il d'un ton proche du désespoir.

À l'évidence, il ne pouvait pas lui faire traverser la salle de bal.

Progressant comme des ombres à travers le jardin, ils se faufilèrent devant les cuisines et empruntèrent l'étroit escalier de service. Leur ascension fut laborieuse et ralentie par les paniers de la robe d'Elizabeth.

Une fois la porte de la chambre d'Elizabeth refermée derrière eux, Marcus retira la veste de son habit et sortit d'une de ses poches intérieures une petite dague qui n'était pas sans rappeler celle qui était plantée dans le flanc d'Elizabeth.

— Envoyez chercher un médecin, ordonna-t-il. Et faites monter des linges et de l'eau chaude.

— J'ordonnerai aux domestiques d'apporter cela en partant. J'aurai plus vite fait d'aller chercher moi-même le médecin, déclara William avant de quitter la chambre en toute hâte.

Marcus entreprit de découper délicatement les couches d'étoffe de la robe, de la sous-jupe et du corset d'Elizabeth. La tâche était délicate, et la vision de la lame du poignard plantée dans sa chair, cauchemardesque. Marcus se retrouva trempé de sueur avant d'avoir terminé.

Un mince filet de sang s'écoulait régulièrement de la blessure. Bien qu'Elizabeth fût toujours inconsciente, il lui murmura des paroles apaisantes tandis qu'il s'affairait, autant pour lui que pour elle.

Entendant la porte s'ouvrir derrière lui, il jeta un coup d'œil par-dessus son épaule et vit entrer lord Langston et lady Barclay. Une femme de chambre pénétra à leur suite, portant un plateau chargé de linges et d'eau chaude.

Le comte posa brièvement les yeux sur sa fille et frémit.

— Ô mon Dieu, souffla-t-il.

Il chancela, et son visage se figea sur une expression horrifiée.

— Je ne puis endurer cela de nouveau.

Marcus sentit son estomac se nouer. La souffrance qu'il lisait sur les traits du père d'Elizabeth était précisément ce qui la tourmentait tant. C'était cette même souffrance qui incitait le comte à tenir sa fille à distance – sa fille et toutes les femmes qui avaient le malheur de s'enticher de ce veuf encore fringant, mais qui pleurait toujours son épouse.

— Allons, venez vous installer dans un endroit tranquille, milord, dit Margaret d'une voix douce, en entraînant son beau-père à l'écart.

Langston ne se fit pas prier pour la suivre et quitta la chambre comme si tous les chiens de l'enfer étaient lancés à ses trousses. Marcus jura dans sa barbe, luttant contre l'envie de le suivre pour lui faire connaître le fond de sa pensée et l'obliger à se soucier de sa fille.

Lady Barclay reparut un quart d'heure plus tard.

— Je dois vous présenter mes excuses pour le compte de lord Langston.

— Inutile, lady Barclay. Vous n'êtes aucunement responsable de ses actes.

Marcus poussa un long soupir et se massa la nuque.

— Dites-moi ce que je peux faire, reprit Margaret.

Silencieuse et efficace, elle l'aida à laver le sang sur la peau d'Elizabeth. Ils venaient de finir quand

William revint avec le médecin, qui retira le poignard, examina la blessure et déclara qu'une baleine du corset d'Elizabeth avait fait dévier la lame et qu'aucun organe vital n'avait été touché. La lame avait seulement pénétré la chair de sa hanche. Après quelques points de suture et du repos, ce ne serait plus qu'un mauvais souvenir.

Ivre de soulagement, Marcus prit appui au montant du lit et arracha sa perruque. Il eût suffi qu'Elizabeth ne porte pas de corset pour que la blessure soit fatale... et la destruction de Marcus assurée.

Il leva les yeux vers William et son épouse.

— Je reste avec elle. Vous feriez mieux de retourner auprès des invités. Il est déjà assez ennuyeux qu'Elizabeth et moi n'assistions pas à la célébration de nos propres fiançailles. Votre absence ne ferait qu'empirer les choses.

— Vous devriez descendre aussi, lord Westfield, dit doucement Margaret. Cela paraîtrait moins étrange si l'un de vous deux au moins était présent.

— Non. Les gens peuvent bien penser ce qu'ils veulent. Je ne puis la laisser seule.

Margaret acquiesça, mais son regard était encore hésitant.

— Que souhaitez-vous que je dise à votre famille ?

Marcus se frotta le cou.

— Ce que vous voudrez, excepté la vérité.

William se tourna vers la femme de chambre.

— Si vous tenez à garder votre place, ne parlez de ceci à personne.

— Et préparez la chambre attenante pour lord Westfield, ajouta Margaret sans tenir compte du regard noir de son époux.

La femme de chambre s'empressa de sortir, et Margaret incita William à en faire autant.

— Venez, mon cher, lord Westfield a la situation en main. Je suis certaine qu'il nous fera appeler en cas de besoin.

Pâle comme un linge et toujours sous le choc, William hocha la tête et suivit Margaret.

Elizabeth se réveilla en sursaut un instant plus tard, quand le médecin entreprit de poser le premier point de suture. Marcus la força à rester allongée.

— Marcus ! gémit-elle. J'ai mal.

Des larmes emplirent ses yeux.

La gorge nouée face à sa douleur, il déposa un baiser sur son front.

— Je sais, ma douce. Mais si vous parvenez à trouver la force de ne pas bouger, ce sera plus vite terminé.

Marcus la regarda avec fierté et admiration s'efforcer de demeurer immobile tandis que le médecin recousait sa blessure. Elle remua légèrement, mais retint bravement ses larmes. Des gouttes de sueur se formèrent sur son front, coulèrent sur ses tempes et se mêlèrent aux premières larmes qu'elle avait versées tandis qu'elle s'agrippait à lui de toutes ses forces. Marcus fut soulagé quand elle perdit à nouveau conscience.

Sa tâche terminée, le médecin nettoya soigneusement ses instruments et les rangea dans sa sacoche.

— Restez vigilant, milord. Au premier signe d'infection, envoyez-moi chercher sans attendre, lui conseilla-t-il avant de partir aussi vite qu'il était venu.

Marcus se mit à faire les cent pas dans la chambre sans quitter des yeux Elizabeth, plus que jamais submergé par le besoin de la protéger. Quelqu'un avait essayé de la lui ravir. Et Marcus avait honteusement facilité la tâche à son agresseur.

Il n'était plus seulement question d'affinité, désormais. La folie qui le menaçait ne pouvait pas être mise sur le compte d'un attachement aussi basique. Quand il la voyait ainsi, pâle et blessée, et qu'il pensait à ce qui aurait pu arriver…

Marcus se prit la tête dans les mains.

Il passa le reste de la nuit à veiller sur elle. Dès qu'elle remuait, il murmurait des paroles d'apaisement jusqu'à ce qu'elle se calme. Il entretint le feu de la cheminée et vérifia régulièrement ses pansements. Il n'arrivait pas à tenir en place, ne parvenait pas à dormir et se sentait si désespéré qu'il avait envie de hurler et de casser quelque chose.

L'aube venait de poindre quand le comte de Langston revint dans la chambre. Après avoir brièvement regardé sa fille, il posa ses yeux rougis sur Marcus. Il empestait l'alcool et les parfums capiteux, sa perruque était de travers et il avait du mal à garder l'équilibre.

— Vous feriez mieux de vous retirer, lord Langston, déclara Marcus d'un ton dégoûté. Vous êtes en aussi piteux état qu'elle.

Langston prit lourdement appui sur une console.

— Et vous êtes bien trop calme pour un homme dont la fiancée vient de frôler la mort.

— Je préfère garder la tête froide, répliqua sèchement Marcus, plutôt que de noyer mon inquiétude dans l'alcool.

— Saviez-vous qu'Elizabeth est tout le portrait de sa mère ? D'une rare beauté, aussi bien l'une que l'autre.

Marcus poussa un soupir et s'exhorta à la patience.

— Oui, je sais cela, milord, et il y a beaucoup de choses que j'aimerais vous dire, mais le moment ne s'y prête pas. Si vous voulez bien m'excuser, je dois réfléchir à un certain nombre de choses et je préférerais faire cela en silence.

Le comte tourna un regard vitreux vers le lit et grimaça à la vue d'Elizabeth, la pâleur du teint de la jeune femme faisant ressortir de façon saisissante la mouche en forme de cœur qui ornait sa joue.

— Lady Langston vous a donné une famille, ne put s'empêcher de dire Marcus. Vous n'honorez pas sa mémoire en négligeant vos enfants comme vous le faites.

— Vous n'avez aucune estime pour moi, Westfield, je le sais bien. Mais vous ne comprenez pas ma situation. Vous en êtes incapable parce que vous n'aimez pas ma fille comme j'ai aimé ma femme.

— Ne vous avisez pas de prétendre qu'Elizabeth n'est pas importante à mes yeux, répliqua Marcus, sa voix sèche retentissant comme un claquement de fouet.

— Pourquoi pas ? C'est bien ce que vous pensez de moi, non ?

Sur ces mots, le comte abandonna Marcus au silence qu'il avait réclamé. Un silence qui lui parut assourdissant tant il était lourd d'accusations.

Pourquoi avait-il laissé Elizabeth seule ? Comment avait-il pu se montrer aussi négligent ? La confiance qu'il avait eu tant de mal à obtenir d'elle disparaîtrait-elle quand elle se rendrait compte qu'il n'avait pas su la protéger ?

Il laissa aller sa tête en arrière et ferma les yeux avec un gémissement.

Il s'était toujours refusé à envisager l'éventualité qu'il pouvait la perdre à nouveau, et maintenant qu'il y était confronté, il prenait conscience d'une chose qui l'horrifiait.

Elizabeth lui était devenue nécessaire.

Bien trop nécessaire.

15

Elizabeth s'éveilla en sursaut, le cœur battant. Elle mit un moment à reconnaître le ciel de lit familier de son baldaquin, et un moment encore à identifier le parfum qui s'immisçait dans ses narines. Elle tourna la tête, la vision encore floue, et constata que chaque surface plane de sa chambre supportait une profusion de roses. Au milieu de cette débauche florale, Marcus dormait avec une grâce nonchalante sur un fauteuil placé près de son lit. Il portait une chemise en lin au col entrouvert ainsi qu'un pantalon beige, et ses cheveux bruns étaient noués sur sa nuque. Ses pieds nus reposaient sur un petit tabouret placé devant lui. Dans cette posture, il donnait l'impression d'être chez lui.

Tandis qu'elle l'observait, Elizabeth se sentit gagnée par une bouffée de fierté possessive qui l'alarma et lui plut tout à la fois, un sentiment si puissant qu'il dissipa la panique qu'elle avait tout d'abord ressentie au réveil.

Elle leva les mains pour se frotter les yeux, puis tenta de s'asseoir. La douleur qui irradia dans sa hanche lui arracha un cri, et Marcus fut aussitôt à ses côtés.

— Attendez.

Il l'aida à s'asseoir en calant des oreillers dans son dos. Une fois qu'elle fut confortablement installée, il s'assit auprès d'elle et lui versa un verre d'eau du pichet qui se trouvait sur la table de chevet. Elizabeth accepta le verre avec un sourire de reconnaissance – elle avait la gorge complètement sèche.

— Comment vous sentez-vous ? s'enquit-il.

— Ma hanche me fait atrocement souffrir, répondit-elle en grimaçant.

— Je m'en doute, marmonna-t-il.

Intriguée par son humeur morose, Elizabeth posa sa main sur la sienne.

— Merci pour les fleurs.

Le pli sévère de ses lèvres s'adoucit, mais elle sentit que ses pensées étaient sombres et troublées. Elle ne l'avait pas vu aussi distant depuis leurs retrouvailles au bal des Moreland.

— Je suis désolée de vous avoir réveillé, dit-elle doucement. Vous paraissiez dormir si paisiblement.

— Toujours, quand je suis près de vous.

Mais le ton de sa voix était trop étudié, trop doux pour être sincère, et il écarta sa main de la sienne.

Elle remua nerveusement, et un nouvel élancement de douleur remonta dans son flanc.

— Cessez donc de vous agiter, ordonna-t-il en lui pressant le mollet.

Elle le regarda à travers ses cils, désemparée par la barrière invisible qui s'était élevée entre eux.

Un léger grattement à la porte les interrompit. Marcus invita la personne qui se trouvait derrière à entrer, et Margaret apparut, William sur ses talons.

— Vous êtes réveillée ! s'exclama-t-elle dès qu'elle aperçut Elizabeth. Comment vous sentez-vous ?

— Mal, avoua Elizabeth avec un sourire contrit.

— Vous souvenez-vous de ce qui s'est passé l'autre soir ?

— L'autre soir ? répéta-t-elle en écarquillant les yeux. Combien de temps ai-je dormi ?

— Deux jours. Et vous aviez bien besoin de chaque minute de ce repos.

— Mon Dieu... murmura Elizabeth en secouant la tête. Je ne me souviens pas de grand-chose. Tout s'est passé si vite ! Lady Grayton s'est emportée contre la négligence des jardiniers, qui n'avaient pas taillé les rosiers grimpants, et s'est lancée à leur recherche. Elle venait à peine de partir que je me suis sentie ceinturée par-derrière.

— Mais c'est affreux ! s'exclama Margaret en plaquant la main devant sa bouche.

— Oui, mais cela aurait pu être bien pire.

— On t'a poignardée, gronda William. Il n'y a rien de pire que cela.

Elizabeth leva les yeux vers son frère.

— Je crois que l'agression n'était pas censée prendre cette tournure. Mais quand l'autre homme...

Marcus se raidit en l'entendant prononcer ces mots. Il y avait donc eu plus d'un assaillant ?

— Quel autre homme ? l'interrompit-il.

Elizabeth s'affaissa contre ses oreillers, troublée par son ton cassant.

— Je me trompe peut-être, mais il me semble que celui qui m'a attaquée a été effrayé par l'intervention d'un autre homme.

— N'est-ce pas l'arrivée de Westfield et de Barclay qui l'aurait mis en déroute ? suggéra Margaret.

— Non, c'était quelqu'un d'autre. Il y a eu un cri – un cri d'homme –, et c'est après qu'on m'a frappée.

Margaret fit le tour du lit pour s'asseoir près d'elle. William, lui, se dirigea vers la porte du salon attenant.

— Westfield, j'aimerais vous dire un mot, déclara-t-il.

Marcus, désireux d'entendre la suite du récit d'Elizabeth, secoua la tête.

— Je préférerais...

— Je vous en prie, insista William.

Marcus inclina brièvement la tête et suivit William, qui referma la porte derrière eux. Quand le frère d'Elizabeth l'invita à s'asseoir, il comprit que la conversation risquait d'être plus longue qu'il ne l'avait pensé.

— Barclay, je dois vraiment...

— Elizabeth a été poignardée par ma faute.

Marcus se figea.

— Que dites-vous ?

William lui fit à nouveau signe de s'asseoir tout en s'installant dans un fauteuil.

— Hawthorne n'a pas été assassiné par des bandits de grand chemin, comme on l'a fait croire à l'époque.

Feignant la surprise, Marcus s'assit et attendit la suite.

William hésita un instant et le dévisagea avec une troublante intensité.

— Je suis tenu au secret, je m'en excuse. Mais étant donné qu'Elizabeth vivra bientôt avec vous, je me dois de vous informer de certaines choses... Hawthorne détenait des informations qui ont conduit à son assassinat. Sa mort n'était pas accidentelle.

Marcus conserva un visage impassible.

— Quelles informations ?

— Je ne peux pas vous les révéler. Je peux seulement vous dire que ma sécurité et celle de mon épouse ont exigé une attention de tous les instants au cours des quatre dernières années et qu'il en ira de même pour vous et Elizabeth. Elle et moi sommes les seules personnes à avoir assez bien connu Hawthorne pour représenter une menace aux yeux de ses assassins.

— Je comprends cela. Ce que je ne comprends pas, en revanche, c'est ce qui vous fait dire qu'Elizabeth a été poignardée par votre faute.

— J'étais conscient du danger qu'elle courait. J'aurais dû être plus vigilant.

Marcus soupira. Il ne savait que trop bien ce que William ressentait. Contrairement à lui, cependant, William n'était pas au courant de l'existence du journal d'Hawthorne, ni de l'attaque dans le parc. Il était donc compréhensible qu'il n'ait pu prévoir les événements du jardin. Marcus, lui, n'avait aucune excuse.

— Vous ne pouviez pas mieux la protéger que vous ne l'avez fait.

William secoua la tête, avant de reprendre :

— Je ne pense pas que ce soit elle qui ait mis sa chambre sens dessus dessous.

Cette fois, la surprise de Marcus fut sincère.

— Vraiment ?

— Oui. Je suis persuadé que sa chambre a été mise à sac par un intrus. C'est pour cette raison que je suis allé la rejoindre chez le duc. J'étais terrifié.

William renversa la tête en arrière et ferma les yeux. Son visage aux traits tendus par la fatigue se détachait sur le cuir bordeaux du fauteuil.

— Ces dix jours ont été les pires de ma vie. Quand je vous ai trouvés ensemble, j'ai eu envie de vous étriper pour m'avoir laissé me ronger les sangs.

— Barclay... soupira Marcus, qui se sentait affreusement coupable. Je suis sincèrement désolé.

William rouvrit les yeux et fit peser sur lui un regard sévère.

— J'ignore comment vous avez fait pour la retrouver avant moi. J'ai pourtant des relations...

— La chance, s'empressa d'affirmer Marcus.
— Admettons. En tout cas, je ne sais pas ce qu'elle détient de si important, mais je suis persuadé qu'elle le sait pertinemment. Je ne sais pas non plus si elle a reçu des menaces ou si elle cherche simplement à me protéger. Elle est devenue très secrète depuis le décès d'Hawthorne.
— Perdre son époux ne doit pas être facile.
— Certes, je peux le concevoir. Hawthorne était un drôle de type, ajouta William en baissant la voix, mais c'était quelqu'un de bien.
Marcus se pencha en avant, les coudes calés sur ses genoux.
— Un drôle de type ? Qu'entendez-vous par là ?
— Quelqu'un de très tendu. Il pouvait être aussi tranquille que vous et moi en ce moment, et puis, d'un seul coup, il se mettait à marcher de long en large en marmottant dans sa barbe. Étrange, je vous dis. Agaçant, parfois.
— Je connais plus d'un gentleman dont le comportement s'apparente à celui que vous venez de décrire. À commencer par le roi, répliqua sèchement Marcus.
— En tout état de cause, déclara William en plissant les yeux, je trouve que vous prenez avec beaucoup de calme ce que je viens de vous révéler.
— Voilà deux jours que j'ai découvert que quelqu'un en veut mortellement à Elizabeth. J'ai eu le temps d'y réfléchir. Personne ne peut vivre avec une telle épée de Damoclès au-dessus de la tête. Il faut absolument faire quelque chose.
William eut une grimace contrite.
— J'aurais dû vous en parler plus tôt. J'attendais qu'une occasion se présente, et j'aurais préféré qu'elle se présente autrement. Mais les événements se sont précipités, et vous êtes tous les deux si populaires que

je n'ai pas eu l'occasion de vous voir seul. Je me suis dit qu'une telle quantité de témoins garantissait sa sécurité, mais elle n'est à l'abri nulle part. En plein bal, pour l'amour du Ciel ! Il faut avoir perdu la tête pour s'attaquer à l'invitée d'honneur d'un événement pareil ! Sans parler de ce poignard !

Marcus se figea de nouveau.

— Qu'a-t-il de particulier ?

— Rien, répondit William en rougissant. Simplement...

Marcus se leva, passa dans sa chambre et prit le poignard, qu'il alla examiner à la lumière du jour. Il avait eu l'intention de le faire, mais le besoin de veiller sur Elizabeth l'avait emporté sur tout le reste. Le poignard pouvait attendre, s'était-il dit, il n'allait pas s'envoler.

Il l'étudia attentivement. L'arme était de bonne facture et visiblement coûteuse. Les feuilles de vigne et les grappes de raisins qui ornaient le manche en or, outre leur aspect décoratif, permettaient une meilleure prise en main. Un monogramme était gravé à la base du manche. *NTM*. Nigel Terrance Moore, le défunt vicomte Hawthorne.

Marcus leva les yeux sur William quand celui-ci entra dans la pièce.

— D'où ce poignard vient-il ?

— L'assassin d'Hawthorne l'a sans doute délesté de ses biens de valeur. Ce poignard ne le quittait jamais. Il l'avait sur lui le soir de sa mort.

Perdu dans ses pensées, Marcus s'efforçait d'assembler les pièces du puzzle, mais de quelque façon qu'il s'y prenne, quelque chose résistait.

Christopher St. John avait rendu sa broche à Elizabeth, broche qui se trouvait en possession d'Hawthorne au moment de sa mort. Or, un nouvel objet ayant disparu dans les mêmes circonstances venait de resurgir.

Les preuves matérielles paraissaient accuser St. John, mais les agressions qu'avait subies Elizabeth ne ressemblaient pas à la façon d'agir du pirate. Si ce dernier s'était toujours tiré d'affaire, c'était grâce à son intelligence et à sa précision. Les deux agressions dont Elizabeth avait été victime avaient échoué, or St. John n'aurait jamais permis un seul échec – encore moins deux. S'il demeurait néanmoins un coupable possible, Marcus ne pouvait pas s'empêcher de penser qu'un élément lui échappait.

Pourquoi prendre le risque d'attaquer Elizabeth à un bal auquel assistaient des centaines de personnes ? D'autant qu'il était fort peu probable qu'elle ait le carnet d'Hawthorne sur elle ce soir-là.

Mais si St. John était innocent – éventualité qui irritait Marcus au plus haut point –, cela signifiait que quelqu'un d'autre était au courant de l'existence du carnet et le convoitait assez pour être prêt à tuer afin de l'obtenir. Marcus se sentait bien seul dans ses efforts pour traquer l'ennemi sans visage qui menaçait Elizabeth, et il regrettait de ne pouvoir se confier à William. Mieux valait pourtant respecter le souhait d'Elizabeth.

À terme, cependant, sa sécurité primerait sur tout le reste, et Marcus accepterait toute l'aide qu'il trouverait pour la garantir, d'où qu'elle vienne.

Le petit cri de surprise qu'Elizabeth laissa échapper depuis le seuil de la pièce les fit tous deux sursauter. Seulement vêtue de sa chemise de nuit et d'un peignoir, elle avait le regard rivé sur le poignard que tenait Marcus. Son visage exsangue faisait paraître ses yeux immenses, et avec sa chevelure en désordre, elle avait l'air plus juvénile que jamais.

Le cœur de Marcus se serra, mais il s'empressa de refouler son émotion. L'affection qu'il avait pour elle était source d'erreurs, comme son agression venait de le prouver. Il replaça le poignard dans le tiroir et vint auprès d'elle.

— Il est encore trop tôt pour que vous vous leviez.

— Où avez-vous trouvé cela ? demanda-t-elle dans un murmure à peine audible.

— C'est la lame avec laquelle on vous a poignardée.

Ses genoux flanchèrent, et Marcus la souleva délicatement dans ses bras en veillant à ne pas toucher sa hanche blessée. Il la ramena dans sa chambre, William sur ses talons.

— C'était celui d'Hawthorne, murmura-t-elle quand il la remit au lit.

— Je sais.

William se plaça de l'autre côté du lit.

— Je vais mener mon enquête, Elizabeth, déclara-t-il. Je t'en supplie, ne t'inquiète pas. Je...

— Je t'interdis de t'en occuper ! s'écria-t-elle.

William carra les épaules.

— Je ferai ce qu'il convient de faire.

— Non, William. Ton devoir ne consiste plus à me protéger. Ton devoir consiste à veiller sur ton épouse. Comment pourrais-je regarder Margaret en face s'il t'arrivait quelque chose à cause de moi ?

— Que peut faire Westfield ? railla son frère. Je suis en bien meilleure position que lui pour obtenir les informations dont nous avons besoin.

— Lord Westfield est quelqu'un de puissant et d'influent, objecta-t-elle. Je suis certaine qu'il a le bras long, lui aussi. Je refuse catégoriquement que tu t'impliques dans cette affaire de quelque façon que ce soit.

— Tu es ridicule, déclara-t-il, les poings sur les hanches.

— Ne t'occupe pas de cela, William !

Il quitta son chevet et gagna la porte d'un pas martial.

— Si je reste les bras ballants, je deviendrai fou. Tu en ferais autant pour moi, déclara-t-il avant de claquer la porte.

Le regard d'Elizabeth s'attarda un instant sur la porte close. Quand elle tourna les yeux vers Marcus, ils étaient pleins de larmes.

— Marcus, il faut que vous l'arrêtiez.

— Je ferai de mon mieux, ma chère.

Il fixa à son tour la porte, s'efforçant d'ignorer la souffrance qu'éveillaient en lui les larmes d'Elizabeth.

— Mais votre frère est aussi entêté que vous.

Après un repas léger avec Elizabeth, Marcus prit sa voiture et passa chercher Avery James. Ensemble, ils traversèrent la capitale pour aller retrouver lord Eldridge.

Le regard tourné vers la fenêtre de sa voiture, Marcus observait sans la voir l'agitation des rues londoniennes. Il avait bien trop de choses en tête, bien trop de tracas, et il ne desserra pas les dents jusqu'à ce qu'ils atteignent le bureau d'Eldridge. Une fois parvenu à destination, il informa ce dernier des détails qu'il avait préféré ne pas coucher par écrit dans le message qu'il lui avait fait parvenir.

— Pour commencer, Westfield, je vais devoir vous retirer cette mission. Maintenant que vous êtes fiancé à lady Hawthorne, vous êtes encore moins capable d'objectivité.

Marcus tambourina du bout des doigts sur l'accoudoir de son fauteuil.

— Et je maintiens que nul autre que moi n'est mieux placé pour la protéger.

— Au stade où nous en sommes, nous ne savons que très peu de chose du danger qui la menace. La meilleure des protections consisterait à l'enfermer. Mais sa sécurité n'est pas notre seul objectif. Et, avant de protester, je vous demande de considérer le problème dans son ensemble, Westfield. Comment voulez-vous appréhender le coupable si vous ne lui donnez pas envie de se montrer ?

— Vous voulez l'utiliser comme appât.

Ce n'était pas une question, mais une affirmation.

— Si le besoin s'en fait sentir, répondit Eldridge avant de tourner les yeux vers Avery. Que pensez-vous de l'agression de lady Hawthorne, James ?

— Je n'en saisis pas le motif, avoua ce dernier. Pourquoi avoir attaqué lady Hawthorne alors qu'il était évident qu'elle n'avait pas le carnet sur elle ? Dans quel but ?

Marcus immobilisa ses doigts et leur fit part de ses conclusions :

— Pour l'enlever et pouvoir l'échanger ensuite contre le carnet. Les coupables savent que l'agence est impliquée. La broche et le poignard suggèrent qu'ils étaient présents sur les lieux de l'assassinat d'Hawthorne, donc ils savent aussi que Barclay est impliqué. Agresser Lady Hawthorne le soir du bal était audacieux, certes, mais c'était aussi la première fois depuis que le carnet d'Hawthorne a refait surface qu'elle n'avait pas d'escorte.

— Depuis l'incident de la broche, je suis certain que St. John est impliqué, déclara Eldridge en se levant et en se tournant vers la fenêtre. Les hommes chargés de le surveiller l'ont perdu de vue le soir du bal de vos fiançailles, à une heure suffisamment proche de l'agression pour le désigner comme suspect. Bien qu'il soit possible qu'il ait chargé des hommes de main de commettre l'agression, j'incline à penser qu'il s'en est occupé lui-même. Il a toujours fait preuve d'une audace folle.

— Il est téméraire, c'est vrai, reconnut Marcus d'un ton bourru.

St. John n'avait jamais hésité à accomplir les basses besognes de sa main. Il semblait même y prendre plaisir.

— Quelqu'un pourrait nous apporter son concours, suggéra Avery. L'individu qui a fait fuir l'agresseur de lady Hawthorne.

Marcus secoua la tête.

— Il ne s'est malheureusement pas fait connaître. Et je ne peux pas envisager d'interroger toutes les personnes qui figurent sur la liste des invités sans révéler la nature de mon enquête.

Eldridge noua les mains derrière son dos et bascula sur ses talons.

— Ce serait pour le moins gênant, en effet. Si seulement nous arrivions à comprendre le contenu de ce carnet… C'est là que réside la clé de cette affaire.

Après un silence, il ajouta d'un ton dégagé :

— Lord Barclay est passé ce matin.

— Je mentirais en disant que cela me surprend, gronda Marcus.

— Il cherchait James.

— Je lui parlerai quand il viendra me voir, assura Avery. Avec un peu de chance, il m'autorisera à mener l'enquête à sa place.

Marcus ricana.

— Si j'étais vous, je n'y compterais pas trop. Les Chesterfield sont tous plus obstinés les uns que les autres.

— C'était un bon agent, dit Eldridge avec nostalgie. Je l'ai perdu quand il s'est marié. Si l'agression dont sa sœur vient d'être victime permettait de le faire revenir au bercail…

— Vous m'avez dit un jour que les jeunes agents intrépides étaient faciles à remplacer, lui rappela Marcus.

— Ah, mais l'expérience, en revanche, est irremplaçable, déclara Eldridge en reprenant place dans son fauteuil avec un léger sourire. Quoiqu'il vaille mieux, en l'occurrence, que Barclay reste en dehors de cette affaire. Pour mener une mission à bien, il faut pouvoir être objectif. Barclay manquerait de détachement. Tout comme vous en manquez, Westfield. Il est fort possible que votre implication émotionnelle mette la vie de lady Hawthorne en danger.

Avery remua nerveusement sur son siège.

Marcus eut un sourire sans joie.

— Cela s'est déjà produit. Mais cela ne se reproduira pas.

Eldridge ne l'avait pas quitté des yeux.

— Vous en êtes absolument certain, n'est-ce pas ?

— Oui.

Pendant quelques brèves semaines, il avait oublié à quel point il pouvait souffrir par la faute d'Elizabeth. Il s'était cru au-delà d'une telle souffrance. Il savait à présent qu'il n'en était rien. Il valait mieux, pour eux deux, qu'il garde ses distances. Il refusait d'avoir besoin d'elle pour vivre. De son côté, Elizabeth avait déjà prouvé qu'elle n'avait pas besoin de lui, la première fois en épousant Hawthorne, la deuxième en mettant un terme à leur liaison. À l'évidence, elle le considérait comme un élément de sa vie facilement remplaçable.

— Je vais poursuivre mon étude du carnet, reprit-il en se levant. Notre mariage doit avoir lieu dans deux semaines. Une fois qu'elle vivra sous mon toit, elle sera bien mieux protégée.

Avery se leva à son tour.

— Je parlerai à Barclay et tâcherai d'apaiser ses craintes.

— Tenez-moi informé, exigea Eldridge. Pour l'instant, à moins que le carnet ne nous livre ses secrets, nous ne pouvons rien faire d'autre qu'attendre... ou utiliser lady Hawthorne pour attirer son agresseur. Nous serons sans doute bientôt amenés à nous décider.

Le soleil faisait miroiter les flaques d'eau qu'avait laissées une légère averse matinale. C'était un grand jour pour Marcus, le jour de son mariage, et il s'écarta de la fenêtre pour finir de s'habiller. Il avait fait confectionner une veste et un pantalon gris perle assortis d'un gilet argenté rehaussé de broderies au fil de soie. Son valet se donna bien du mal pour que l'apparence de Marcus soit parfaite, depuis le sommet de sa tête emperruquée jusqu'aux talons incrustés de diamants de ses souliers, et son habillage prit plus d'une heure.

Une fois prêt, Marcus traversa le salon attenant et gagna la chambre de sa future femme. La plupart des affaires d'Elizabeth étaient déjà arrivées, et il les avait disposées dans la pièce de façon qu'elle se sente la bienvenue dans ce nouveau décor. Toucher les objets qui lui appartenaient lui avait semblé si intime qu'il n'avait pu se résoudre à demander aux domestiques de s'en charger. Il garderait vis-à-vis d'Elizabeth la même distance qu'il avait observée au cours des deux dernières semaines, mais il avait tout de même des droits sur elle, et après tout ce qu'il avait enduré pour la conquérir, il ne laisserait personne l'en priver.

Marcus promena son regard dans la chambre une dernière fois pour s'assurer que tout était à sa place. Il s'attarda sur le secrétaire, où trônait un petit portrait de lord Hawthorne. Il le prit dans sa main, gêné par cette image comme chaque fois qu'il posait les yeux dessus. Ce n'était pas la jalousie qui causait son embarras, ni quelque instinct de propriété déplacé. Non, l'image le troublait parce qu'il avait l'impression de passer à côté de quelque chose d'évident chaque fois qu'il la contemplait.

Son humeur devint pensive, comme cela lui arrivait de plus en plus souvent ces derniers temps. Quand Elizabeth s'était mariée avec Hawthorne, Marcus avait cru qu'elle demeurerait éternellement hors d'atteinte. Il avait cependant envisagé de la séduire. Même si elle portait le nom d'Hawthorne, il avait toujours considéré qu'elle lui appartenait. Mais lorsqu'il était revenu en Angleterre, elle était déjà veuve, ce qui l'avait empêché d'exercer sa vengeance en la poussant à l'adultère.

Il reposa le portrait d'Hawthorne sur le secrétaire, à côté de ceux de William, de Margaret et de Randall Chesterfield. Le passé était révolu, mieux valait l'oublier. Aujourd'hui, une grande injustice allait être réparée, et sa vie allait retrouver un semblant de normalité.

Marcus descendit au rez-de-chaussée et prit son chapeau et ses gants avant de s'engouffrer dans sa voiture. Une fois à l'église, il poussa un soupir de soulagement en apprenant qu'Elizabeth était déjà là, en train de se préparer. Il avait craint à demi qu'elle ne vienne pas. De fait, il ne connaîtrait pas de paix tant qu'ils n'auraient pas échangé leurs vœux.

Tout sourire, il bavarda avec des membres de sa famille, des amis et des personnalités importantes à mesure qu'ils arrivaient. La sécurité était une priorité absolue, et de nombreux agents étaient disséminés parmi les invités. À l'exception de Talbot et de James, qu'il aperçut côte à côte, Marcus ne savait pas à quoi ils ressemblaient. Tout ce qu'il savait, c'était qu'ils étaient là.

Intrigué, il ne put s'empêcher de passer en revue les invités de la noce une fois qu'ils furent assis sur les bancs. Lesquels d'entre eux menaient comme lui une vie d'agent au service de la Couronne ? Son étude attentive lui permit également de remarquer la distance que les pairs du royaume maintenaient avec leurs épouses, et il regretta de ne pas éprouver un tel détachement vis-à-vis d'Elizabeth.

Ces aristocrates auraient-ils perdu l'esprit, comme cela avait failli lui arriver, si la vie de leurs épouses avait été menacée ? Chacun de leurs souffles dépendait-il de la sécurité de leurs femmes ? Marcus en doutait. La fascination qu'Elizabeth exerçait sur lui était exceptionnelle. S'il n'en avait pas été victime, il n'aurait pas échoué à la protéger et ne se serait pas senti aussi agité qu'un animal en cage.

Étrangement, il ne parvenait à concevoir qu'une façon de trouver la paix : s'unir à l'objet de son tourment. Pendant quatre ans, l'absence d'Elizabeth avait été comme une épine plantée dans son pied. Désormais, il allait pouvoir l'ôter. Être libéré de sa souffrance. Et, à compter de cet instant, sa mission et sa santé mentale repasseraient au premier plan. Elizabeth lui appartiendrait, et le monde entier le saurait. Ceux qui avaient l'intention de lui nuire le sauraient. *Elle* le saurait.

Il n'y aurait plus de faux-fuyants, plus de dérobades, plus de fuites en avant.

Il avait voulu tourner la page.

Il allait enfin pouvoir le faire.

16

— Vous tremblez, murmura Margaret.

— Il fait froid.

— Dans ce cas, pourquoi transpirez-vous ?

Par le biais du miroir, Elizabeth adressa un regard courroucé à sa belle-sœur. Loin de se troubler, celle-ci lui sourit.

— Vous êtes superbe.

Elizabeth reporta son regard sur son reflet et étudia sa tenue. Son choix s'était porté sur un corsage en taffetas bleu pâle dont les manches s'arrêtaient au niveau du coude et des jupes assorties. L'ensemble dégageait une impression de sérénité qu'Elizabeth était loin de ressentir.

Elle prit une longue inspiration et grimaça. Elle s'était appliquée avec tant de force à jurer que ce jour n'arriverait jamais qu'elle n'y était absolument pas préparée.

— Vous vous sentirez mieux une fois que vous serez près de lui, promit Margaret.

— À moins que je ne me sente encore moins bien, murmura Elizabeth.

Mais, un quart d'heure plus tard, alors qu'elle s'avançait vers l'autel au bras de son père, il lui suffit de poser les yeux sur Marcus pour oublier tous ses soucis, comme Margaret l'avait prédit. Il était resplendissant dans son costume argent et dardait sur elle un regard si intense qu'elle distingua l'émeraude des iris malgré la distance qui les séparait.

Cette distance n'était, hélas, pas la seule chose qui les séparât. La réputation de Marcus et son travail avec Eldridge constituaient des obstacles qu'elle n'était pas certaine de réussir à surmonter. Marcus avait manifesté l'envie de lui être fidèle et accepté d'envisager de quitter l'agence, mais il ne lui avait fait aucune promesse formelle. S'il revenait sur ses intentions, Elizabeth risquait fort de finir par le détester.

— Êtes-vous certaine que ce chemin soit celui que vous souhaitez emprunter ? lui souffla son père à voix basse.

Stupéfaite, Elizabeth tourna vers lui des yeux écarquillés. Son père regardait droit devant lui, aussi distant qu'à son habitude, son attitude évoquant furieusement aux yeux d'Elizabeth celle qu'avait adoptée Marcus ces deux dernières semaines.

— Pourquoi ? fut tout ce qu'elle put articuler.

Lord Langston pinça les lèvres, sans cesser de contempler l'autel et l'homme qui attendait sa fille.

— J'avais espéré que vous feriez un mariage d'amour.

Si elle n'avait pas senti autant d'yeux braqués sur elle, Elizabeth en serait restée bouche bée.

— Je ne m'attendais pas à ce commentaire de votre part.

Son père soupira et tourna les yeux vers elle.

— Je serais prêt à souffrir mille morts pour avoir le privilège de revivre le peu de temps que j'ai partagé avec votre mère.

Le cœur d'Elizabeth se serra face au vide qu'elle découvrit dans son regard.

— Père...

— Il est encore temps de changer d'avis, Elizabeth, dit-il d'un ton bourru. Les motifs de Westfield ne me plaisent guère.

Les doutes qu'Elizabeth entretenait resurgirent de plus belle, et elle leva les yeux vers son fiancé. Marcus lui adressa un de ses irrésistibles sourires, et le cœur d'Elizabeth manqua un battement.

— Songez au scandale, murmura-t-elle.

Il ralentit le pas.

— La seule chose qui m'importe, Elizabeth, c'est votre bonheur. Je me moque du reste.

Elizabeth en eut le souffle coupé et s'immobilisa. Elle attendait depuis si longtemps que son père manifeste quelque intérêt pour elle qu'elle avait fini par y renoncer. Le soutien qu'il lui apportait soudain au cas où elle voudrait faire machine arrière était non seulement sidérant mais... encourageant.

Le regard d'Elizabeth se concentra sur son père, puis sur les invités de la noce, avant de se porter de nouveau sur Marcus. Elle le vit avancer discrètement le pied en avant et serrer les poings. Le message, pour être tacite, n'en était pas moins clair : il n'hésiterait pas à se lancer à sa poursuite si elle s'avisait de prendre la fuite.

Au lieu de l'effrayer, cette menace imperceptible lui rappela à quel point sa voix l'avait rassurée quand il avait surgi dans le jardin, le soir de son agression, la tendresse avec laquelle il l'avait serrée contre lui après ce coup de poignard, la façon dont le tremblement de ses bras et de sa voix avait trahi la profondeur de ses sentiments pour elle... Elle songea aussi aux nuits passées entre ses bras et à celles passées à se languir de lui. Son cœur se mit à battre à coups redoublés, mais ce n'était pas l'urgence de le fuir qui l'animait.

— Je vous remercie, père, déclara-t-elle en relevant le menton. Mais je maintiens ma décision.

Marcus jeta un coup d'œil à son jeune frère, qui se tenait avec lui près de l'autel. Paul sourit et haussa les sourcils, comme pour lui demander s'il lui venait un doute de dernière minute.

Marcus ouvrait la bouche pour lui répondre quand le silence se fit soudain dans l'église, attirant son attention vers l'entrée. Elizabeth venait d'apparaître au bras de son père, et sa vue lui coupa le souffle. Le sifflement discret qu'émit Paul juste avant que l'orgue retentisse lui fit savoir que son frère estimait avoir reçu une réponse à sa question silencieuse.

Marcus n'avait encore jamais vu de mariée aussi belle.

Et celle-ci était la sienne.

Un sanglot étouffé attira son attention sur sa mère, assise au premier rang. Son plus jeune frère, Robert, lui tapotait délicatement la main. Il leva vers Marcus un regard rassurant à travers ses lunettes à monture dorée.

Sa mère, qui était sur le point de devenir comtesse douairière de Westfield, était folle de joie. Elle adorait Elizabeth depuis leur première rencontre, il y avait des années de cela, et la portait aux nues depuis que la jeune femme avait réussi à décider son fils aîné à se marier. Marcus avait renoncé à lui expliquer que c'était lui qui avait demandé Elizabeth en mariage, et non l'inverse.

Alors même qu'il était en train de penser à cela, il vit Elizabeth ralentir le pas et promener un regard effrayé parmi l'assistance. Il fit un pas en avant. Elle ne s'enfuirait pas. Pas cette fois. Son cœur se mit à battre follement, la panique menaçant de s'emparer de lui... mais Elizabeth soutint son regard, releva le menton et se dirigea vers lui d'un pas résolu.

La cérémonie commença. Et ce fut long. Atrocement long.

Pressé d'en finir, Marcus répéta ses vœux avec force et conviction, sa voix se répercutant longuement dans la nef. Elizabeth, en revanche, prononça les siens lentement et avec application, comme si elle craignait de bafouiller. Quand il la vit trembler et sentit à quel point sa main était glacée, il comprit qu'elle était terrifiée. Il pressa doucement sa main, autant pour la réconforter que pour s'assurer qu'elle lui appartenait enfin.

Finalement, le marché fut conclu.

Il l'attira contre lui, l'embrassa et fut surpris par l'ardeur qu'elle mit à lui rendre son baiser. La saveur de ses lèvres inonda sa bouche, enivra ses sens, le rendit fou de désir. Son abstinence forcée élançait douloureusement son corps, qui exigeait qu'il fasse valoir les droits qui étaient désormais les siens.

C'était affreusement scandaleux.

Mais il n'en avait cure.

En regardant sa femme, Marcus sentit enfler en lui une émotion indomptable, presque insupportable.

Aussi l'étouffa-t-il et détourna-t-il le regard.

Elizabeth tâcha de ne pas trop réfléchir pendant les préparatifs précédant sa nuit de noces et prit tout son temps pour procéder à sa toilette. Elle promena son regard autour d'elle et fut rassurée de se sentir entourée de ses effets personnels dans ce lieu étranger. La chambre aux murs tendus de damassé rose pâle était belle et spacieuse. Deux portes seulement la séparaient de la chambre où Marcus l'avait séduite pour la première fois. Ce souvenir échauffa sa peau et lui noua l'estomac. Il y avait si longtemps qu'il ne l'avait pas prise que la seule perspective de la nuit à venir la faisait frissonner d'impatience.

Malgré son désir perpétuel, auquel elle avait fini par s'habituer, se savoir mariée à un homme dont la volonté était plus forte que la sienne continuait à lui paraître terrifiant. Un homme si déterminé à atteindre les objectifs qu'il s'était fixés que rien ne lui résistait. Saurait-elle influencer un tel homme ? Le convaincre de changer de vie ?

Quand elle eut fini de se baigner, elle demanda à Meg, sa femme de chambre, de laisser ses cheveux lâchés, puis l'autorisa à se retirer pour la nuit. Elle s'avança ensuite jusqu'au lit où l'attendaient la chemise de nuit et le peignoir spécialement confectionnés pour l'occasion. Elle effleura du bout des doigts l'étoffe si fine qu'elle semblait tissée de fils de la Vierge et la dentelle délicate.

La flamme du chandelier placé sur la table de chevet fit étinceler sa bague, et elle immobilisa sa main. Le bijou était très différent de l'anneau tout simple que lui avait offert Hawthorne pour leurs noces. Composée d'un énorme diamant entouré d'une multitude de rubis, la bague de Marcus était si voyante que son but consistait à l'évidence à clamer haut et fort qu'Elizabeth lui appartenait. Et, au cas où cela n'aurait pas suffi, les armoiries des Westfield étaient gravées sur l'anneau.

On gratta à la porte. Elizabeth, qui était sur le point de prendre la chemise de nuit, se ravisa. Elle savait son époux doté d'un solide appétit sexuel, pourtant son intérêt avait plus que faibli ces derniers temps. Si elle voulait raviver sa flamme, elle devait manifester plus d'audace. À défaut de l'expérience dont jouissaient les innombrables maîtresses qu'il avait eues, Elizabeth avait de l'enthousiasme. Et l'espoir que cela suffirait.

Dédaignant la chemise de nuit, elle l'autorisa à entrer. Puis elle prit une profonde inspiration pour se donner du courage et se retourna. Marcus ouvrit la porte et s'immobilisa sur le seuil en la découvrant. Son regard d'émeraude se fit si ardent qu'Elizabeth le sentit passer sur sa peau comme une caresse brûlante. Luttant contre l'envie de couvrir sa nudité, elle releva le menton, manifestant un courage qu'elle était loin de ressentir.

La voix de Marcus, sensuelle et légèrement voilée, lui donna la chair de poule.

— Seulement parée de mon alliance, vous êtes tout simplement divine, ma chère.

Il entra et referma tranquillement la porte. Elizabeth ne se laissa cependant pas duper – elle percevait la tension qui émanait de lui. Fascinée, elle observa la façon dont l'étoffe de son peignoir remua, puis se tendit sous l'effet de son érection. L'eau lui vint à la bouche et ses ongles s'enfoncèrent dans ses paumes tant elle était impatiente de voir les pans de son peignoir s'écarter et révéler l'objet de sa convoitise.

— Vous m'observez ouvertement, ma chère.

Son peignoir ondoya autour de ses jambes quand il traversa la pièce pour la rejoindre. La chaleur de son corps irradia jusqu'à elle, son parfum de bois de santal et d'agrumes l'enveloppa, et elle sentit le désir s'épanouir en elle depuis ses seins jusqu'à ses cuisses comme les vrilles d'une plante vivace. Elle réprima un gémissement. L'abstinence qu'il lui avait imposée ces dernières semaines avait aiguisé son désir.

Depuis quand les plaisirs de la chair lui inspiraient-ils un tel appétit ?

— Vous... vous m'avez manqué, souffla-t-elle.

Elle mourait d'envie de sentir ses mains sur elle.

— Vraiment ?

Il la couvait d'un regard ardent et elle le dévisagea à son tour, notant que la rigidité de sa mâchoire démentait la chaleur de son regard. Il était devenu si distant récemment qu'elle avait l'impression d'avoir un étranger face à elle. Un étranger charmant, au demeurant. Il glissa soudain sa main entre ses cuisses, et le plus long de ses doigts s'insinua entre ses lèvres.

— C'est ma foi vrai, constata-t-il.

Une plainte échappa à Elizabeth quand il retira son doigt, et il l'apaisa d'un doux murmure.

Lentement, il approcha les mains de sa ceinture, tira dessus et écarta les pans de son peignoir, révélant les muscles de son abdomen et l'impressionnante longueur de son membre. Le cadre d'un noir d'ébène formé par son peignoir de soie rehaussait la splendeur de son corps viril.

Elizabeth dut faire un effort pour en arracher son regard et contempler son visage. Elle dit alors ce qu'elle voulait qu'il sache, ce qu'elle voulait qu'il comprenne.

— Vous m'appartenez.

Les traits de Marcus se figèrent. Soucieuse de briser la glace, Elizabeth tendit la main et fit glisser le bout de ses doigts le long de sa gorge et de son torse. Elle l'entendit retenir son souffle, sentit sa peau s'échauffer sous ses doigts et sourit. Elle retrouvait enfin le pouvoir qu'elle avait sur lui.

Elle ne s'était jamais doutée que les choses se passeraient ainsi, ne l'avait jamais vraiment désiré, mais Marcus était sien, désormais. Et cela changeait tout.

Il la prit par la taille et la porta jusqu'au lit.

— Lady Westfield, gronda-t-il.

Il la déposa tout au bord du matelas, son sexe en érection prolongeant son mouvement et la pénétrant d'une seule poussée ferme.

Elizabeth poussa un cri et chercha à échapper à cette intrusion aussi douloureuse qu'inattendue, mais il la maintint fermement en place. Il s'étendit au-dessus d'elle et la força à s'allonger sur le dos, les pans de son peignoir formant un paravent autour de leurs corps joints. Il emprisonna sa bouche dans un baiser dévorant, sa langue l'envahissant si puissamment que tous ses sens en furent bouleversés.

Il ne s'agissait pas d'une tendre entreprise de séduction, comme celles auxquelles il s'était livré jusqu'alors. Marcus se contentait de la posséder d'une façon si primitive qu'elle en resta un instant stupéfaite et confuse. Elle reconnaissait son parfum, le contact de ses mains et de son corps, mais l'homme lui-même, brutalement possessif, lui était parfaitement étranger.

La main qu'il posa sur son sein pour le presser violemment la tira de sa paralysie. Elle se contorsionna sous lui et tourna la tête sur le côté pour respirer.

Les lèvres de Marcus glissèrent alors le long de sa joue, et ses dents se refermèrent cruellement sur le lobe de son oreille.

— C'est *toi* qui m'appartiens, lança-t-il d'un ton furieux.

Menaçant.

Elizabeth se figea quand elle comprit.

Il voulait obtenir sa soumission. Leur mariage, le désir d'Elizabeth pour lui… rien de tout cela ne suffisait à apaiser son désir de vengeance.

— Pourquoi prendre de force ce que je suis disposée à offrir librement ? murmura-t-elle en se demandant s'il ne pourrait la posséder que de cette façon, désormais.

Il enfouit son visage dans le creux de son cou avec un grognement.

— Vous ne m'avez jamais rien offert librement. J'ai dû payer de mon sang tout ce que j'ai obtenu de vous.

Elizabeth glissa ses mains sous son peignoir et caressa les muscles noueux de son dos. Les reins de Marcus se creusèrent sous ses caresses, et ses hanches ondulèrent désespérément contre elle jusqu'à ce qu'elle l'apaise de sa voix.

— Laissez-moi vous donner ce que vous voulez.

Marcus plaqua étroitement Elizabeth contre son torse et mordit son épaule.

— Sorcière, murmura-t-il avant de faire courir sa langue sur la trace qu'avaient laissée ses dents.

Il s'était présenté dans sa chambre avec l'intention d'assouvir leur désir mutuel et de consommer un mariage qui avait tant tardé à être célébré. Il aurait voulu que ce soit une danse, un rituel dont il connaissait toutes les figures, une rencontre soigneusement prévue sans réel abandon intime. Mais il l'avait trouvée entièrement nue, nimbée par la lueur du feu, les cheveux lâchés et le menton fièrement relevé. Elle l'avait défié du regard et avait déclaré qu'il lui appartenait. Pendant toutes ces années, elle ne s'était pas souciée de lui une seconde, et maintenant, *maintenant*, après tout ce qu'il avait enduré, elle revendiquait la victoire.

Et c'était bien elle qui la remportait. Marcus se retrouvait pris au piège, emprisonné entre ses cuisses, perdu au plus profond de sa chair tandis que ses mains pétrissaient habilement son dos.

Il déposa un chemin de baisers brûlants le long de sa gorge jusqu'à ses seins, les lécha et les savoura, les soupesa dans ses deux mains quand leurs pointes se dressèrent et qu'ils s'alourdirent. Incapable de résister à l'attrait de ses mamelons durcis, il les agaça de la pointe des dents avant de les apaiser à grands coups de langue, soucieux de lui imprimer son empreinte. Une empreinte qu'il allait laisser sur elle absolument partout.

Il attendit qu'elle le supplie pour ouvrir la bouche et engloutir son mamelon, qu'il suça lentement, puissamment... jusqu'à ce que la sensation que déclenchaient ses lèvres et sa langue se répercute dans le sexe d'Elizabeth, qui se contracta autour de son membre, lui tirant un long frisson. Les spasmes rythmiques de sa chair étaient si délicieux qu'ils auraient suffi à le faire jouir.

Cette pensée enflamma ses sens, et ses joues se creusèrent quand la succion de ses lèvres s'intensifia. Fermant les yeux, il ondula des hanches pour mieux frotter son clitoris, puis gémit quand il la sentit jouir, son orgasme l'incitant à se répandre en elle à longs traits brûlants.

Haletant et seulement à moitié comblé, il écarta sa bouche de son sein et laissa aller sa tête contre sa poitrine en se demandant s'il serait un jour rassasié d'elle.

Les doigts d'Elizabeth dansaient dans ses cheveux.

— Marcus...

Il se souleva au-dessus d'elle, les bras de part et d'autre de ses épaules, et elle leva les yeux vers lui pour jauger son humeur. Son beau visage avait une expression si sévère qu'elle frissonna, presque effrayée. Ses yeux plissés et le pli que formait sa bouche donnaient l'impression qu'il était en colère.

Il s'écarta d'elle brusquement, et quand elle sentit un courant d'air frais passer sur son corps, Elizabeth eut soudain l'impression qu'il l'abandonnait.

Marcus contempla son épouse alanguie, ses cuisses ouvertes révélant en toute impudeur l'objet de son désir. Malgré le soulagement qu'il venait de connaître, son érection ne manifestait aucune intention de décroître. Il observa, subjugué, le filet de liquide nacré qui s'écoulait entre les cuisses d'Elizabeth, tendit la main, le récolta du bout des doigts et l'étala sur ses lèvres avant d'en masser la perle du clitoris qui jaillissait du capuchon.

Elle est à moi, à moi, à moi... rien qu'à moi.

Rendu à demi fou par le soulagement, le plaisir et le désir mêlés, il étalait sa semence et la regardait avec un détachement feint se tordre et se cambrer en le suppliant.

Chaque recoin de sa peau satinée lui appartenait, chacun de ses cheveux d'ébène, chacune de ses respirations. Pour le restant de leurs jours, il serait autorisé à la toucher ainsi, à la posséder de cette façon.

Rien qu'à moi...

Cette pensée attisa violemment son désir, le rendant aussi dur que le marbre. Il se rapprocha d'elle, referma les doigts autour de son membre et en caressa ses lèvres.

— Prenez-moi à l'intérieur de vous.

Il s'attendait à demi à une certaine réticence de sa part, et son acceptation immédiate lui arracha un gémissement. Sans se faire prier, Elizabeth souleva les hanches pour attirer l'extrémité sensible de son membre dans la fournaise de son sexe. D'un coup de reins, Marcus la pénétra, prenant appui sur ses bras tendus tandis qu'il s'immergeait en elle. Le spasme brûlant de son vagin autour de son sexe lui procura une sensation paradisiaque. Si seulement il avait pu rester ainsi pour toujours...

Il en avait le droit, mais c'était mal.

Il agrippa ses épaules pour l'immobiliser, pressa son visage au creux de son cou et se mit à la besogner furieusement. Répondant sans retenue à son ardeur, elle noua les jambes autour de ses hanches et se souleva pour accompagner chacune de ses poussées. Il utilisait son désir pour la punir, et elle acceptait son châtiment comme elle avait promis de le faire.

— Oui, cria-t-elle en enfonçant ses ongles dans sa chair. Marcus... oh oui !

Il avait l'impression de se noyer, d'être aspiré par un ouragan. Serrant les dents pour ne pas être emporté, il s'arracha à l'étreinte de ses bras et se redressa, les pieds à plat sur le tapis. Puis, saisissant d'une main le montant du baldaquin, il se retira, de façon à ne laisser en elle que l'extrémité de son sexe, chacune de ses terminaisons nerveuses hurlant de protestation.

Elizabeth était en feu. Sa peau, son sexe, la racine de ses cheveux - elle brûlait de partout. Des larmes de frustration jaillirent de ses yeux.

— Ne me privez pas de vous !

— Je devrais ! Vous m'avez bien privé de vous pendant des années !

Elizabeth se redressa sur ses coudes et posa les yeux sur l'endroit où leurs corps étaient soudés, là où elle avait tant besoin de le sentir. Le soulagement que son corps réclamait ne dépendait pas d'elle, mais de lui. Son pouvoir s'arrêtait là, et elle était prête à le lui dire s'il le fallait.

— C'est si bon de vous sentir en moi, haleta-t-elle. Je ferais n'importe quoi pour...

— N'importe quoi ? répéta-t-il en la récompensant d'une infinitésimale avancée de sa verge.

— Oui. Pour l'amour de Dieu, Marcus...

Il s'enfonça encore et se retira aussitôt, ondula des hanches et replongea... à peine, pour se retirer une fois de plus. Elizabeth admira le jeu des muscles de son abdomen et de ses cuisses tandis qu'il se servait habilement de son membre pour la rendre folle.

Elle avait envie de hurler. Sa peau était moite de sueur, elle tremblait de tous ses membres, et son sexe avide brûlait d'être pénétré.

— Que voulez-vous de moi ?

Sans la quitter des yeux, il s'appliqua à varier le rythme et la profondeur de ses va-et-vient.

— Tout.

— Vous l'avez ! Il ne me reste rien.

Il la posséda alors comme une bête affamée, les mains crispées aux montants du lit pour garder l'équilibre, ses coups de boutoir la soulevant du lit, sans se soucier le moins du monde de son confort.

Elizabeth s'abandonna au rythme agité de sa passion et laissa échapper un cri de soulagement quand l'orgasme la submergea.

Penché au-dessus d'elle, Marcus la regarda sombrer et savoura l'extase qui la faisait se contracter irrépressiblement autour de lui tandis qu'il continuait à la besogner.

Il ne se rappelait pas s'être un jour investi à ce point dans l'acte sexuel. Son corps tout entier était couvert d'un écran de sueur, ses hanches allaient et venaient, prolongeant le plaisir d'Elizabeth et précipitant le sien.

Ses grognements sauvages témoignaient du plaisir qu'il prenait à faire l'amour à sa femme, une femme passionnée qui attisait son désir et qui avait autant envie de lui que lui d'elle.

Son cœur se contracta douloureusement et il cria son nom quand il se déversa en elle, souhaitant désespérément que cela l'apaise et sachant que cela ne suffirait jamais. Le besoin qu'il avait d'elle était un puits sans fond, et cela le terrifiait. Alors même qu'il se répandait en elle en la plaquant contre lui, les dents si serrées qu'il en avait mal à la mâchoire, il en voulait davantage.

Il en voudrait toujours davantage, même quand il n'y aurait rien de plus à désirer.

Il se retira d'elle et roula sur le côté comme si elle l'avait brûlé. Son torse se soulevant comme un soufflet de forge, il contempla le ciel de lit et attendit que sa vision redevienne nette et que la pièce cesse de tourner autour de lui. Alors, il se redressa et quitta le lit de sa femme.

La peau imprégnée du parfum d'Elizabeth, Marcus referma son peignoir et s'en alla sans se soucier de la douce protestation qui s'élevait derrière lui.

Sans un seul regard en arrière.

17

Elizabeth s'éveilla quand un rayon de soleil se glissa entre les rideaux pour éclairer directement son visage. Elle s'étira, et son entrejambe endolori lui rappela aussitôt la brutalité dont son époux avait fait preuve au cours de leur nuit de noces, brutalité ponctuée par la grossièreté avec laquelle il avait pris congé d'elle.

Elle quitta lentement son lit et considéra ce qu'elle savait désormais être la vérité : Marcus l'avait épousée par vengeance. Ce qu'il ignorait, c'était qu'il était vengé au centuple, car entre la terrifiante soirée de son agression dans les jardins de Chesterfield Hall et leur nuit de noces, Elizabeth avait trouvé le moyen de s'éprendre de lui. Une erreur aussi stupide que douloureuse.

Mais c'était le destin qu'elle avait choisi, et elle devait s'y résigner. Elle ordonna à Meg de lui préparer un bain, déterminée à débarrasser sa peau de l'odeur de son mari.

Elle avait versé des larmes après son départ, mais c'était bien la dernière fois qu'elle pleurait à cause de Marcus Ashford. À la lumière du jour, elle se demandait comment elle avait seulement pu s'imaginer que leur mariage serait une véritable union. Pour des raisons sexuelles, peut-être. Trop d'orgasmes successifs avaient fini par lui embrouiller l'esprit. En vérité, cela faisait plusieurs semaines que Marcus s'ennuyait avec elle. Il n'avait fait aucun effort pour le cacher. Pourtant, il s'était montré courtois et prévenant jusqu'à leur nuit de noces, et elle ne s'attendait pas que cela change maintenant qu'il avait exercé sa revanche. En retour, elle ferait preuve de la même courtoisie. Son second mariage serait donc semblable au premier : deux étrangers partageant le même nom et vivant sous le même toit.

Malgré ces pensées consolatrices, Elizabeth avait toujours envie de pleurer, sa poitrine était douloureusement comprimée, et l'idée de se retrouver face à Marcus lui donnait la nausée. Quand elle eut terminé sa toilette, elle se regarda dans la glace et constata que des cernes étaient apparus sous ses yeux, trahissant son manque de sommeil et les larmes qu'elle avait versées. Il aurait été dans son intérêt de quitter la maison quelque temps. Ce n'était pas encore chez elle, c'était plutôt le repaire de Marcus, et les souvenirs qu'elle y avait n'étaient pas particulièrement agréables.

Il était temps de descendre. Elle inspira longuement pour trouver le courage de gagner le rez-de-chaussée. En traversant le hall, un coup d'œil à la pendule lui apprit qu'il était encore très tôt, et elle fut d'autant plus surprise de trouver la famille de Marcus déjà attablée pour le petit déjeuner – surprise et dépitée. Elle avait beau apprécier les Ashford, Elizabeth aurait préféré être seule pour panser ses blessures.

Ses beaux-frères se levèrent à son entrée. Ils étaient si grands qu'elle se sentit minuscule face à eux.

— Bonjour, Elizabeth, dit l'élégante comtesse douairière de Westfield.

— Bonjour, répondit-elle en plaquant un sourire sur ses lèvres.

Elaine Ashford était une femme gracieuse à la chevelure couleur de beurre frais et dont les yeux d'émeraude semblaient devenir translucides quand elle souriait.

— Vous êtes bien matinale.

— Marcus est encore au lit ? demanda Paul avec un large sourire.

Elizabeth acquiesça. Paul renversa la tête en arrière et éclata de rire.

— Il est là-haut à récupérer de sa nuit de noces alors que vous êtes ici, habillée de pied en cap et prête à sortir, si je ne m'abuse ?

Elizabeth rougit et lissa sa jupe.

— Je comprends mieux comment notre nouvelle sœur a réussi à conduire notre célibataire endurci de frère jusqu'à l'autel, déclara Paul avec un sourire affectueux.

Robert s'étrangla sur ses œufs brouillés.

— Voyons, Paul, intervint Elaine d'un ton sévère, son regard amusé contredisant ses remontrances. Vous embarrassez Elizabeth.

Celle-ci secoua la tête, incapable de dissimuler son sourire. L'agression dont elle avait été victime, doublée du secret dont il avait fallu l'entourer, ne lui avait guère permis de renouer avec la famille de Marcus durant la période de ses fiançailles, mais elle savait pour avoir fréquenté sa mère et ses frères avant cela qu'ils étaient d'un naturel joyeux et étaient dotés d'un grand sens de l'humour. Le fait que Paul se permette de la taquiner de façon aussi informelle signifiait qu'ils l'acceptaient dans leur cercle, et Elizabeth en conçut un vif soulagement.

Aussi grand et large que Marcus, Paul avait les cheveux noirs et les yeux chocolat. De trois ans plus jeune que son aîné, il était si beau que, s'il l'avait souhaité, il aurait pu séduire toutes les débutantes de la haute société. Mais Paul n'aimait rien tant que passer son temps dans le domaine des Westfield. Elizabeth ne comprenait pas ce qui l'incitait à s'isoler à la campagne, mais elle espérait bien percer ce mystère un jour ou l'autre.

Robert, le plus jeune, était pratiquement le sosie de Marcus, avec ses cheveux bruns et ses yeux verts que rehaussaient des lunettes à monture dorée. C'était un jeune homme calme et studieux, aussi grand que ses frères mais plus mince et moins musclé, du fait de son attrait pour les livres. Robert adorait les sciences et la mécanique et pouvait parler avec passion d'un tas de sujets affreusement rébarbatifs, bien qu'il sortît rarement le nez de ses livres. Pour l'heure, il était plongé dans la lecture du journal.

— Si vous voulez bien m'excuser, mesdames, dit Paul en se levant, je dois passer voir mon tailleur, ce matin. Comme je ne viens que rarement en ville, je profite de l'occasion pour rattraper la mode. Robert, ajouta-t-il à l'intention de son frère, toujours absorbé dans sa lecture, tu viens avec moi. Tu as encore plus besoin que moi de renouveler ta garde-robe.

Robert cligna des yeux.

— Je ne vois pas pourquoi je devrais être habillé à la dernière mode.

— Je n'ai jamais vu un aussi beau garçon se soucier aussi peu de son apparence, maugréa Paul en secouant la tête.

Il s'approcha de son frère et fit basculer sa chaise en arrière.

— Que tu le veuilles ou non, tu viens avec moi, frangin !

Elizabeth observa leur échange avec amusement tandis qu'Elaine haussait les sourcils et portait sa tasse de thé à ses lèvres.

— Ne vous laissez pas abuser par son attitude revêche.

— C'est de Paul que vous parlez ?

— Non. De Marcus. Le mariage nécessite toujours quelques ajustements. Je pense que vous devriez vous éloigner, tous les deux. Prendre vos marques loin des pressions de la capitale.

— C'est ce que nous projetons de faire une fois que la session parlementaire sera terminée.

C'était le prétexte que Marcus lui avait suggéré d'invoquer. Avec l'affaire du carnet d'Hawthorne suspendue au-dessus de leurs têtes comme une épée de Damoclès, ils ne pouvaient pas se permettre de quitter Londres. Attendre la fin de la saison leur était apparu comme la réponse la moins susceptible d'étonner.

— Mais cette décision ne vous convient pas, n'est-ce pas ?

— Pourquoi dites-vous cela ?

— Parce que vous avez pleuré, répondit Elaine avec un sourire.

Redoutant d'être démasquée, Elizabeth fit un pas en arrière.

— Je suis un peu fatiguée, mais je suis certaine qu'une promenade en calèche dans l'air frais du matin remédiera à cela.

— Excellente idée, déclara Elaine en quittant la table. Je viens avec vous.

Elizabeth ne pouvait refuser sous peine de paraître impolie. Elle réprima donc un soupir et hocha la tête. Après avoir ordonné aux domestiques de laisser dormir le comte, Elizabeth et Elaine se mirent en route.

— Je suis étonnée de voir le nombre de cavaliers d'escorte attachés à votre sécurité, remarqua Elaine comme la voiture de ville des Westfield s'ébranlait. Vous êtes mieux gardée que le roi lui-même !

— Westfield est affreusement protecteur.

— Cela ne m'étonne absolument pas de lui.

Elizabeth saisit l'occasion d'en apprendre plus long sur son époux.

— Je me demandais si Marcus ressemblait à son père...

— Non. Paul est celui qui ressemble le plus au défunt comte, tant physiquement que du point de vue du caractère. Robert, Dieu le garde, est une sorte d'anomalie. Et Marcus est le plus charmant, mais aussi le plus secret des trois. Tant qu'il n'a pas atteint l'objectif qu'il s'est fixé, il est rare que je saisisse ses raisons d'agir. Il dissimule ses pensées derrière une façade parfaitement lisse. Je ne l'ai encore jamais vu perdre son calme, mais je suis certaine qu'il a un talon d'Achille. C'est le fils de son père, après tout, et lord Westfield était un homme passionné.

Elizabeth soupira intérieurement. Elle ne pouvait qu'approuver sa belle-mère. En dépit de l'intimité qu'elle avait partagée avec lui, elle ne savait que fort peu de chose sur l'homme qu'elle avait épousé, créature exquise à la voix de velours qui ne partageait que rarement ses pensées. Il n'y avait que quand ils étaient seuls qu'il lui laissait voir sa nature passionnée, et Elizabeth songea que c'était un privilège de connaître cette facette de sa personnalité alors que les membres de sa famille eux-mêmes l'ignoraient.

Elaine se pencha en avant et prit la main d'Elizabeth.

— Dès que je vous ai vue, j'ai su que vous étiez faite pour lui. Marcus ne m'avait jamais paru aussi épris.

Elizabeth rougit.

— Je n'aurais jamais pensé que vous approuveriez notre union après ce qui s'est passé il y a quatre ans.

— J'estime qu'il y a une bonne raison à toute chose, ma chère. Marcus a toujours tout obtenu trop aisément. Je préfère considérer que ce... contretemps a contribué à le faire mûrir.

— Vous êtes trop aimable.

— Vous ne diriez pas cela si vous saviez comme je vous ai maudite il y a quatre ans ! Quand Marcus a quitté le pays, j'étais dévastée.

Elizabeth, assaillie par la culpabilité, serra la main d'Elaine et fut émue quand celle-ci pressa la sienne en retour.

— Mais vous l'avez épousé malgré tout, et il a bien changé depuis le jour où il vous a fait sa première demande. Je n'ai aucun grief contre vous, Elizabeth. Absolument aucun.

Si seulement Marcus avait pu être dans la même disposition d'esprit, se dit Elizabeth avec une profonde tristesse.

La voiture ralentit et s'arrêta. Avant même qu'elles en soient descendues, les employés des magasins s'alignèrent le long du trottoir pour les accueillir. Ils avaient reconnu les armoiries figurant sur la portière de la voiture et ne demandaient qu'à prêter assistance à la nouvelle comtesse de Westfield, qui bénéficiait désormais des largesses de son époux.

La matinée passa très vite, et Elizabeth trouva un répit à sa mélancolie grâce à Elaine, dont elle accueillit tous les avis et conseils comme autant de trésors.

Lorsque sa belle-mère tomba en arrêt devant une adorable création exposée dans la vitrine d'une modiste, Elizabeth suggéra :

— Vous devriez l'essayer.

— J'avoue avoir un faible pour les chapeaux, confessa Elaine en rougissant.

Elizabeth fit signe à sa belle-mère d'entrer dans la boutique et se dirigea jusqu'à la parfumerie voisine, laissant les cavaliers d'escorte qui la suivaient sur le pas de la porte.

Une fois à l'intérieur, elle s'arrêta devant un étalage d'huiles de bain et retira le bouchon d'un des flacons pour en tester le parfum. Il lui déplut, aussi reposa-t-elle le flacon pour en prendre un autre.

— J'ai appris que les félicitations étaient à l'ordre du jour, lady Westfield, susurra derrière elle une voix masculine.

Surprise, Elizabeth faillit lâcher le flacon qu'elle tenait à la main. Elle avait immédiatement reconnu cette voix. Le cœur battant, le ventre noué, elle se retourna pour faire face à Christopher St. John.

À la lumière du jour, sans loup ni perruque pour dissimuler ses traits, c'était un homme d'une beauté tout à fait remarquable. Avec ses cheveux blonds et ses yeux d'un bleu très vif, il avait quelque chose d'un ange. D'un ange déchu, plus précisément, songea-t-elle. Car, à y regarder de plus près, son visage présentait les stigmates d'une existence difficile, et les cernes qui soulignaient ses yeux trahissaient une vie où l'indolence n'avait pas de place.

— Ne vous a-t-on jamais dit qu'il était extrêmement impoli de dévisager les gens ? demanda-t-il avec un sourire plein d'ironie.

— Avez-vous l'intention de me poignarder encore une fois ? répliqua-t-elle sèchement en reculant d'un pas, ce qui l'amena à se cogner contre l'étalage. Si telle est votre intention, finissons-en une bonne fois.

St. John renversa la tête en arrière et rit à gorge déployée, attirant sur lui l'attention de la vendeuse qui se tenait derrière le comptoir.

— Quelle fougue ! Je comprends pourquoi Nigel vous appréciait tant.

Elizabeth écarquilla les yeux en l'entendant mentionner le prénom de son défunt époux. Quelle familiarité !

— Et comment sauriez-vous ce qu'appréciait mon mari ?

— Je sais beaucoup de choses, répondit-il d'un ton plein d'arrogance.

— Ah oui ? répliqua-t-elle, irritée par l'assurance dont il faisait preuve. C'est vrai, j'oubliais que depuis que vous avez appris l'existence du carnet d'Hawthorne, vous n'avez cessé de m'épier.

Elizabeth serrait le flacon d'huile de bain dans sa main au point d'en avoir mal.

St. John y jeta un coup d'œil.

— Vous devriez reposer ce flacon avant de vous blesser.

— Ne vous souciez donc pas tant de mon bien-être. C'est *vous* qui risquez le plus d'être blessé, dit-elle en faisant mine de lui lancer le flacon à la figure, avant de le reposer sur l'étagère d'un geste désinvolte. Que voulez-vous, à la fin ?

St. John la dévisagea, ses traits reflétant un étrange mélange d'émotions.

— Il m'a fallu toute la matinée pour me débarrasser des laquais que Westfield a jugé bon d'attacher à mes pas.

À travers la vitrine, Elizabeth aperçut les cavaliers d'escorte qui montaient la garde, le dos tourné à la boutique.

— Comment êtes-vous entré ici ?

— Par l'entrée des fournisseurs. Vous approcher n'est pas une mince affaire, avec ces cavaliers et Westfield qui veillent constamment sur vous.

— C'est précisément leur rôle.

Il fronça les sourcils.

— La première fois que nous nous sommes rencontrés, je n'ai pu vous parler que quelques instants. Je n'ai pas eu le temps de m'expliquer.

— Expliquez-vous maintenant.

— Tout d'abord, il faut que vous sachiez que je ne vous ferai jamais aucun mal. J'essaie seulement de vous aider.

— Pourquoi voudriez-vous m'aider ? Je suis mariée à un homme qui vous ferait pendre s'il le pouvait.

— Vous êtes la veuve de mon frère, répondit-il tranquillement. C'est la seule chose qui compte à mes yeux.

— *Je vous demande pardon ?*

Physiquement déséquilibrée par sa déclaration, Elizabeth tendit la main derrière elle pour trouver un point d'appui, au lieu de quoi elle renversa plusieurs flacons qui s'écrasèrent sur le sol, répandant dans la boutique un écœurant parfum de fleurs et de musc.

— Vous mentez !

Mais, alors même que cette dénégation franchissait ses lèvres, elle comprit qu'il disait la vérité.

Si on le soumettait à un examen attentif, les similitudes étaient évidentes. Les cheveux de Nigel avaient eu cette même teinte de blé sombre, et leurs yeux étaient du même bleu – dans une version moins intense chez Nigel. Même nez, même mâchoire, alignement des oreilles identique...

— Quel intérêt aurais-je à mentir ? répondit-il simplement.

Elizabeth continua de dévisager le pirate. Leurs bouches constituaient la principale différence entre eux. Celle de Nigel avait été plus petite, ses lèvres plus fines. Sa peau aussi avait été plus fine, plus... soignée. Et Nigel avait porté la moustache et la barbiche, alors que le visage de St. John était glabre. Mais il s'agissait là de différences infimes.

Frères.

Toute couleur déserta son visage.

Ses poumons luttèrent pour se remplir d'air, mais le corset qui comprimait sa poitrine rendait sa respiration difficile. Elle se sentit gagnée par un léger vertige et ses jambes faiblirent, mais St. John la rattrapa avant qu'elle ne tombe. Il la fit ployer sur son bras puissant et l'incita à renverser légèrement la tête en arrière pour faciliter sa respiration.

— Là... l'apaisa-t-il d'une voix rauque. Respirez à fond... voilà... encore une fois.

— Maudit soyez-vous, haleta-t-elle. N'avez-vous donc aucun tact, aucun sens commun pour m'annoncer une telle chose à brûle-pourpoint ?

— Ah, je retrouve votre charme légendaire, railla-t-il.

Il sourit, et l'espace d'un instant, Elizabeth eut l'impression de voir Nigel.

— Continuez à respirer lentement, aussi profondément que vous le pouvez. Seigneur ! Je ne comprendrai jamais comment font les femmes pour supporter ces odieux corsets.

Sur ces entrefaites, le carillon de la porte de la parfumerie tintinnabula.

— La comtesse douairière vient d'entrer, la prévint St. John dans un murmure.

— Elizabeth ! s'écria Elaine, sa voix s'amplifiant à mesure qu'elle approchait. Monsieur, je vous somme de la lâcher immédiatement !

— Je vous prie de m'excuser, milady, répondit St. John avec un sourire qu'Elizabeth trouva charmant. Mais, à mon grand regret, je suis dans l'incapacité de vous obéir. Si je m'avisais de lâcher lady Westfield, elle tomberait par terre.

— Oh ! s'exclama la vendeuse, qui avait quitté son comptoir pour s'enquérir des raisons de ce tumulte. Christopher St. John !

— St. John ? murmura Elaine, tâchant visiblement de se rappeler où elle avait entendu ce nom.

— Il est connu, ajouta la jeune fille.

— Surtout pour ses méfaits, maugréa Elizabeth en remuant les épaules pour se dégager de l'étreinte de St. John, qui éclata de rire.

Elaine fronça les sourcils, perplexe.

— Soyez remercié de votre aide, Mr. St. John. Je suis certaine que le comte appréciera votre intervention.

Les lèvres sensuelles du pirate formèrent un sourire amusé.

— J'en suis moins convaincu que vous, milady.

Elizabeth se contorsionna contre son torse puissant.

— Lâchez-moi, siffla-t-elle rageusement.

Il l'aida à se redresser en gloussant et ne desserra son étreinte que lorsqu'il fut certain qu'elle tenait solidement sur ses jambes. Il se tourna alors vers la jeune employée du magasin et paya les dégâts causés par Elizabeth.

— Avez-vous été victime d'un malaise, Elizabeth ? s'enquit Elaine avec inquiétude. Vous n'auriez peut-être pas dû sortir si peu de temps après votre maladie.

— J'aurais dû manger ce matin. J'ai eu un moment de faiblesse, mais c'est déjà passé.

St. John revint auprès d'elles, s'inclina fort courtoisement et prit congé.

— Attendez ! s'écria Elizabeth en le rattrapant. Vous ne pouvez partir ainsi après une telle révélation.

Christopher jeta un coup d'œil à la comtesse douairière, qui se tenait derrière elle.

— Votre belle-mère est-elle au courant de cette affaire ? demanda-t-il à mi-voix.

— Bien sûr que non !

— Dans ce cas, il est plus sage de remettre cette conversation à plus tard, déclara-t-il en récupérant son chapeau, posé sur un carton près du couloir qui menait à l'entrée des fournisseurs. Je vous recontacterai bientôt. D'ici là, soyez très prudente et ne faites confiance à personne. S'il vous arrivait quelque chose de fâcheux, je ne pourrais jamais me le pardonner.

Elizabeth et Elaine rentrèrent à Westfield Hall peu avant le déjeuner. Elles se séparèrent sur le palier du premier étage, chacune regagnant ses appartements pour se changer. Elizabeth était épuisée, affamée et totalement bouleversée par les révélations de St. John. Si bouleversée qu'elle en avait la migraine.

Que devait-elle faire, maintenant ?

Elle ne pouvait révéler à personne le lien de parenté qu'avait revendiqué St. John tant qu'elle n'aurait pas entrepris de sérieuses vérifications. Et si les allégations du pirate s'avéraient, ce serait une catastrophe pour son mariage ! Marcus haïssait St. John, et il l'avait épousée pour des raisons auxquelles elle préférait ne pas penser. Que ferait-il s'il venait à apprendre que l'homme qu'il poursuivait était aussi intimement lié à elle ? Et Eldridge, comment réagirait-il ? Sans parler de William... Depuis des années, tous imputaient à St. John l'assassinat d'Hawthorne et les blessures qu'avait reçues son frère, mais ces soupçons étaient-ils fondés ? Le pirate était-il réellement l'être odieux qu'on s'était appliqué à lui dépeindre ? Quant à Nigel...

Ô mon Dieu, Nigel ! Il travaillait donc pour le compte d'Eldridge... à traquer son propre frère ?

À moins qu'il n'ait été le complice de son pirate de frère, ce qui faisait de lui... un traître !

Elizabeth avait besoin de temps pour réfléchir aux implications de ce qu'elle venait d'apprendre. Pour le moment, elle arrivait à peine à marcher. Plus tard, quand elle se sentirait mieux, elle réfléchirait à la meilleure façon d'informer son mari de cette nouvelle.

Une fois qu'elle eut refermé la porte de sa chambre, elle s'approcha d'un des fauteuils placés face à la cheminée pour s'y laisser tomber et sursauta en découvrant Marcus assis dans l'un d'eux.

— Bonté divine, Marcus ! Vous m'avez fait peur. Je ne m'attendais pas à vous trouver là.

Il se leva, et Elizabeth se demanda pourquoi il paraissait soudain aussi grand et menaçant.

— Votre frayeur ne peut cependant pas rivaliser avec celle qui m'a saisi quand j'ai découvert votre absence à mon réveil, répliqua-t-il.

Elle sentit son cœur s'emballer, mais releva le menton pour donner le change. Marcus était plus beau que jamais dans son habit d'équitation, et réaliser qu'elle le désirait toujours autant alors qu'elle avait passé la moitié de la nuit à pleurer à cause de lui la mettait en rage.

— Parce que vous vous préoccupez de mon bien-être, à présent ? demanda-t-elle. Il est fort dommage que ce souci ait déserté votre esprit hier soir.

La main de Marcus jaillit pour se refermer sur son avant-bras, et il l'attira vers lui.

— Je n'ai pas entendu la moindre plainte de votre part, gronda-t-il.

— Si vous aviez daigné rester plus longtemps, vous en auriez peut-être entendu.

— Si j'étais resté plus longtemps, vous n'auriez eu aucune plainte à formuler.

Elle se dégagea de son étreinte, le menton tremblant. S'il disait cela, c'était qu'il avait pleinement conscience de la souffrance qu'il lui infligeait.

— Laissez-moi en paix et gardez votre arrogance pour vous. Je dois me changer pour le déjeuner.

— À moins d'être *de trop**, je vais rester.

Il parlait d'un ton égal, mais ses yeux lançaient des éclairs.

— Votre présence m'insupporte, répondit-elle franchement.

— Votre absence de ce matin m'a sans doute insupporté tout autant, répliqua-t-il. Nous n'obtenons pas toujours ce que nous désirons.

— J'en ai bien conscience, lança-t-elle en sonnant la femme de chambre.

Il laissa échapper un soupir de frustration pure.

— Pourquoi vous obstinez-vous à ignorer le danger ?

— J'ai pris avec moi les cavaliers d'escorte, et comme vous pouvez le constater, me voici de retour en un seul morceau. Vous n'étiez pas inquiet quand je sortais auparavant. Dois-je me considérer comme une prisonnière maintenant que nous sommes mariés ?

— Il s'agissait de votre première sortie depuis votre agression. Le danger est plus grand que jamais, et vous le savez.

Elizabeth se laissa tomber sur le siège de sa coiffeuse et le contempla dans le miroir.

Soutenant son regard, Marcus posa les mains sur ses épaules et les serra si fort qu'elle plissa les yeux. Il s'apprêtait à reprendre la parole quand un coup discret frappé à la porte l'interrompit.

Au cours de la demi-heure qui suivit, Marcus fut contraint de regarder sa femme de chambre l'aider à s'habiller. Il ne dit pas un mot, mais sa présence indisposa Elizabeth autant que la jeune fille. Enfin, le supplice s'acheva, et Elizabeth ressentit un profond soulagement lorsqu'ils rejoignirent sa famille pour le repas.

— Je suis rassurée de constater que vous vous sentez mieux, Elizabeth, déclara Elaine. Je remercie le Ciel que ce St. John vous ait évité une chute, même s'il semblait...

— Auriez-vous l'obligeance de répéter ce que vous venez de dire, mère ? demanda Marcus d'un ton dangereusement suave.

Elizabeth dissimula une grimace derrière sa serviette.

— Votre épouse vous a certainement parlé du malaise dont elle a été victime ce matin ? répondit Elaine en le questionnant du regard.

— Le fait est qu'elle ne m'en a rien dit, déclara-t-il en reposant avec une lenteur inhabituelle son couteau et sa fourchette sur le rebord de son assiette. Vous avez bien dit « St. John », n'est-ce pas ?

Elaine battit des cils, visiblement confuse.

Un nœud d'appréhension se forma dans l'estomac d'Elizabeth. Elle aurait dû dire quelque chose, elle le savait, mais sa gorge était si nouée qu'elle était incapable d'articuler un seul mot.

Le coup de poing que Marcus donna sur la table surprit tout le monde. Hormis le sursaut des assiettes, aucun bruit ne rompit le silence qui suivit. Marcus recula sa chaise et se redressa, les mains à plat sur la table. Son regard était assassin, et Elizabeth se ratatina sur sa chaise en retenant son souffle.

— Quand aviez-vous l'intention de m'en informer ? rugit-il.

Les membres de la famille Ashford étaient aussi pétrifiés que des statues de sel.

Galvanisée par leur stupeur, Elizabeth repoussa sa chaise à son tour et se leva. Paul et Robert l'imitèrent aussitôt.

— Milord, déclara-t-elle, il serait préférable...

— Votre feinte docilité ne vous sera d'aucun secours, lady Westfield, dit-il en faisant le tour de la table. Que voulait-il ? Par Dieu, je le tuerai !

— ... que cet entretien ait lieu dans le bureau, poursuivit-elle.

Paul s'interposa entre eux. Marcus le foudroya du regard, avant de se tourner vers le buffet et de se servir une généreuse rasade de cognac.

— Si je ne vous en ai pas parlé, c'est parce que je savais que cela vous déplairait.

Marcus la regarda comme s'il venait de lui pousser une seconde tête, puis avala son cognac d'un trait et quitta la pièce, les traits tirés. Elizabeth sursauta quand la porte d'entrée claqua derrière lui.

Paul émit un long sifflement.

— Seigneur, souffla Elaine en s'adossant à sa chaise. Il était *très* en colère.

Robert secoua la tête.

— Je ne l'aurais pas cru si je ne l'avais pas vu de mes yeux. Et j'ai encore du mal à le croire.

Tous trois tournèrent la tête vers Elizabeth, qui tremblait de tous ses membres.

— Je suis désolée, dit-elle. Tout est ma faute. Je vous demande pardon.

— St. John... dit Robert d'un ton pensif. J'ai déjà entendu ce nom-là quelque part.

— Il vaut mieux que je vous explique, soupira-t-elle. Marcus suspecte St. John d'être responsable des attaques qui ont visé la flotte Ashford, mais aucune preuve n'étaye ses soupçons.

— Ce St. John s'est-il trouvé auprès de vous par pur hasard ? demanda Elaine. Il m'a paru étrange qu'un tel homme s'intéresse à des savons et à des huiles de bain...

— St. John était proche de mon défunt mari. Il ne manque jamais de me saluer quand nous nous croisons, mentit Elizabeth.

Robert ôta ses lunettes et entreprit d'en nettoyer les verres.

— St. John est-il au courant des soupçons de Marcus à son endroit ? s'enquit-il.

— Oui.

— Dans ce cas, il ferait mieux de garder ses distances, gronda Paul.

Elaine tapota son verre du bout de ses ongles.

— Vous ne m'avez pas paru vous soucier particulièrement de lui, Elizabeth.

— Il m'est complètement étranger.

— Et je n'avais encore jamais vu Marcus s'emporter de la sorte, poursuivit Elaine.

— Oui, il était très énervé, approuva Elizabeth, accablée.

À vrai dire, elle ne l'avait jamais vu aussi furieux. Et le fait que sa fureur l'ait poussé à quitter la maison la rendait malade. Elle aussi lui en voulait, mais le gouffre qui les séparait à présent lui paraissait soudain aussi vaste que celui qu'elle avait creusé entre eux en épousant Hawthorne.

— Si vous voulez bien m'excuser… dit-elle avant de quitter la salle à manger.

Le cœur lourd, elle ressassa les événements de la journée tout en gravissant les marches qui menaient à l'étage. Marcus comptait énormément pour elle, et à présent que le lien qui les unissait, si ténu soit-il, était menacé, elle comprenait mieux que jamais la profondeur de son attachement.

Ce matin, la distance entre eux n'avait été que le fait de son mari. Mais elle l'avait accrue à son tour. Si Marcus avait encore eu de l'affection pour elle, elle aurait peut-être eu une chance de le reconquérir. Hélas ! quatre ans auparavant, elle avait réduit à néant toute la tendresse qu'il avait jamais pu avoir pour elle.

Et ce n'était que maintenant qu'elle prenait la mesure de ce qu'elle avait perdu.

18

Elizabeth s'éveilla au contact d'une peau moite contre son dos et de mains plaquées sur elle, l'une enfouie dans sa chevelure, l'autre caressant sa cuisse. Ses doigts de pieds étaient recroquevillés, ses mamelons tendus, comme si son corps était déjà prêt alors que son esprit ne l'était pas.

Un gémissement franchit ses lèvres.

Marcus était resté absent tout l'après-midi et toute la soirée, et elle avait pleuré longtemps avant de trouver le sommeil, alors qu'elle s'était juré de ne pas le faire. Retrouver son contact et son odeur eut sur elle l'effet d'un baume apaisant, mais déclencha aussi une douleur cuisante. Son sexe, dur et chaud, était niché entre ses fesses, preuve silencieuse de ses intentions amoureuses.

— Chut, souffla-t-il en parcourant sa gorge de la caresse de ses lèvres, ses cheveux humides apportant une fraîcheur bienvenue à sa peau enfiévrée.

Il souleva la cuisse d'Elizabeth pour la caler sur la sienne, et ses doigts s'emmêlèrent dans les boucles de sa toison. Ses gestes doux et tendres étaient redevenus ceux de l'amant qui lui donnait un plaisir sans limites, et non ceux de l'époux brutal qu'il avait été la veille.

Avec une habileté née de l'expérience et de la connaissance intime de son corps, Marcus écarta les replis de son sexe avec une infinie délicatesse, titillant son clitoris et la moiteur de son ouverture, la callosité de ses doigts intensifiant prodigieusement le plaisir d'Elizabeth, qui ondula désespérément des hanches contre lui.

— Je vous en supplie...

— Ma femme, s'écria-t-il en caressant le lobe de son oreille de la pointe de sa langue, son souffle tiède effleurant sa peau. Toujours en feu. Nue dans son lit, attendant mes caresses.

Il inséra aisément son doigt dans l'étroit fourreau et effectua un aller-retour. Un seul doigt ne pouvait la satisfaire, mais suffirait à renouveler ses supplications...

— Marcus !

Elle lutta pour se retourner, bouger, prendre ce qu'elle désirait, mais il affermit l'étreinte de son bras et l'immobilisa.

— Détendez-vous et je vous laisserai jouir.

Elizabeth maîtrisa le tremblement qui s'empara d'elle quand il ajouta un deuxième doigt au premier. Le va-et-vient qu'il leur fit effectuer accentua ses halètements, et elle souleva plus haut la jambe afin de mieux s'offrir à lui, tandis que le poing de Marcus se refermait dans sa chevelure pour l'inciter à renverser la tête en arrière.

Elle tourna la tête, et sa bouche rencontra celle, avide, de Marcus, ses coups de langue venant illustrer la frénésie de son désir. Le changement fut instantanément perceptible. Le corps de Marcus se raidit, son membre s'allongea entre ses fesses, et ses hanches se pressèrent vers l'avant.

Il caressa son clitoris, infime pression qui attisa violemment son désir et lui arracha un soupir de plaisir. Elle sentit le torse de Marcus se soulever dans son dos, son souffle s'accélérer dans sa bouche, et elle se mit à chevaucher avec ardeur les doigts qu'il faisait aller et venir en elle.

— Je vous en supplie, s'écria-t-elle en se contractant autour de ses doigts. J'ai besoin de vous.

Marcus écarta ses doigts et referma sa main sur son membre. Elizabeth sentit l'extrémité de son sexe la pénétrer. Recouvrant son sein d'une main, il en pinça doucement la pointe tandis que son sexe progressait en elle.

— Oui, soupira-t-elle en tendant les fesses en arrière pour aller à sa rencontre et l'inciter à la posséder de toute la longueur de son membre.

Son gémissement, tout contre son oreille, l'enflamma. Savoir qu'elle lui donnait un tel plaisir alors même qu'elle était immergée dans le sien était enivrant.

Il s'enfonça encore plus profondément.

Mais cela ne suffisait pas. La courbe de ses fesses empêchait Marcus d'aller aussi loin en elle qu'elle en avait envie, et elle avait désespérément besoin de lui. Pas seulement de son sexe et de sa main sur son sein, mais de son corps au-dessus d'elle et de son regard rivé au sien. Le gouffre qui les séparait était toujours là, accentué par les heures qu'il avait passées loin d'elle, mais quand il la possédait, il n'y avait plus aucune distance entre eux. Ils ne faisaient plus qu'un.

— Je ne vous sens pas assez, se plaignit-elle en remuant les fesses contre son bas-ventre.

— Vous êtes insatiable, gronda-t-il.

— C'est vous qui m'avez rendue ainsi.

Elle recouvrit sa main pour l'inciter à caresser plus fortement son sein.

— Renversez-moi, exigea-t-elle d'une voix âpre, baisez-moi profondément. Laissez-moi vous prendre dans mes bras.

Ce fut cette dernière requête qui émut Marcus. Il se retira d'elle avec un juron et l'allongea sur le dos. Elizabeth écarta les jambes pour l'accueillir et gémit quand il s'enfonça en elle jusqu'à la garde.

Il s'immobilisa alors et l'observa à la lueur du feu. Comme il tournait le dos à la cheminée, Elizabeth ne pouvait pas discerner les traits de son visage, mais elle distinguait la lueur de désir qui faisait briller ses yeux.

Son cœur se serra. Marcus Ashford était à elle, et pourtant il ne lui appartiendrait jamais complètement.

Mais elle possédait au moins cela : sa passion, son désir. Et elle devrait s'en contenter, car c'était tout ce qu'il acceptait de lui donner – la sensation de son sexe la caressant au plus profond d'elle-même, les muscles de ses fesses se contractant quand il allait et venait en elle, le parfum de sa peau brûlante et trempée de sueur, le son guttural de ses cris de plaisir.

Elle l'enlaça et le serra contre elle comme si elle ne devait plus jamais le lâcher, jusqu'à ce que finalement, des larmes silencieuses roulant le long de ses joues, elle s'immerge avec lui dans un délicieux soulagement.

Allongé sur le dos, Marcus contemplait le ciel de lit dans la pénombre. Elizabeth était allongée près de lui, une cuisse par-dessus la sienne, un bras passé en travers de sa taille. La douce sensation de ses courbes tièdes lui semblait paradisiaque après la solitude de leur nuit de noces.

La veille, l'aube s'était levée sans qu'il ait fermé l'œil. Il avait arpenté sa chambre de long en large, luttant contre l'envie de la rejoindre et de la serrer dans ses bras. Il avait cru que la distance physique l'aiderait à rester objectif, mais quand il s'était réveillé et qu'il avait découvert qu'elle n'était pas auprès de lui, il avait réalisé à quel point sa tentative était vaine.

Leur querelle et le gouffre qu'elle avait créé entre eux lui avaient prouvé sa folie. N'était-elle pas *sa* femme ? Il avait attendu des années pour l'avoir, et il la repoussait une fois qu'il l'avait enfin conquise !

Elizabeth s'étira et se redressa sans se soucier de sa nudité. Elle était si belle que Marcus en eut le souffle coupé. Afin de mieux la voir, il se glissa hors du lit pour allumer la chandelle.

— Si vous vous avisez de franchir cette porte, ce ne sera pas la peine de revenir me voir, déclara-t-elle froidement.

Marcus se figea et réprima l'envie de répliquer du tac au tac. Il ne l'autoriserait jamais à le bannir de son lit, même s'il comprenait que c'était son comportement grossier qui l'avait poussée à le menacer ainsi.

— Je souhaite simplement allumer la chandelle pour mieux vous admirer.

Elle ne répondit pas, mais son soulagement était perceptible. Il ferma brièvement les yeux. Il avait tout à fait le droit de vouloir la protéger, pourtant il s'y était affreusement mal pris.

Elle ne lui avait pas soufflé mot de son entrevue avec St. John. Elle ne lui faisait pas confiance…

— Êtes-vous toujours fâché ? demanda-t-elle d'un ton hésitant.

Il poussa un long soupir.

— Je ne sais pas. Que s'est-il passé, aujourd'hui ? Racontez-moi tout.

Elle remua derrière lui, gênée, et Marcus sentit ses cheveux se dresser sur sa nuque.

— St. John m'a abordée. Il dit vouloir m'aider. Je crois qu'il…

— De quelle façon prétend-il vous aider ?

— Il ne me l'a pas dit. Votre mère est arrivée, si bien qu'il n'a pas pu finir de me l'expliquer.

— Mon Dieu, souffla Marcus, horrifié à l'idée de St. John se trouvant aussi près de son épouse et de sa mère.

— Il connaît l'identité de celui qui convoite le carnet d'Hawthorne.

— Évidemment qu'il la connaît, répliqua-t-il d'un ton lourd de sarcasme.

Il aurait dû tuer le pirate.

Il s'approcha de l'âtre pour ranimer le feu et allumer la chandelle, puis retourna auprès d'Elizabeth et posa sur elle un regard soupçonneux.

— Vous n'êtes pas le genre de femme qui s'évanouit pour un rien. Je vous ai vue tirer sur un homme à bout portant sans sourciller. Vous me cachez quelque chose, déclara-t-il en haussant un sourcil interrogateur.

Elle soutint son regard en silence.

— Pourquoi ne m'avez-vous rien dit, Elizabeth ?

— J'étais fâchée contre vous.

Marcus plissa les yeux. Il savait qu'elle devenait venimeuse quand elle était en colère, mais elle n'était pas stupide. La colère ne suffisait pas à justifier qu'elle néglige sa sécurité. Elle ne lui avait pas tout dit, il le sentait. Le pirate l'avait-il menacée d'une façon ou d'une autre ? Si tel était le cas, il trouverait le moyen de le savoir et réglerait cela à sa façon. Mieux qu'il ne l'avait déjà fait.

— Où êtes-vous allé ? demanda-t-elle comme le silence se prolongeait.

— Trouver St. John, évidemment.

Elle écarquilla les yeux, et son regard glissa jusqu'au torse de Marcus.

— Mais vous êtes blessé !

— Il s'est montré encore moins loquace que vous, ma chère épouse. Mais je suis certain qu'il comprend désormais quelle erreur il a commise en vous approchant malgré mon interdiction.

— Qu'avez-vous fait ? murmura-t-elle en effleurant du bout des doigts l'hématome qui s'étalait sur ses côtes.

Il haussa les épaules, pas le moins du monde affecté par son regard horrifié.

— St. John et moi avons eu une petite conversation informelle.

Elle planta brutalement l'index sur sa blessure, et il grimaça.

— *Ceci* n'est pas le fruit d'une conversation, répliqua-t-elle. Et regardez votre main !

Elle examina ses phalanges meurtries et leva sur lui un regard de reproche. Marcus sourit.

— Je regrette que vous ne puissiez pas voir la figure de St. John.

— C'est ridicule. Je ne veux plus que vous l'approchiez, Marcus.

— Je respecterai ce souhait tant qu'il gardera ses distances avec vous.

— N'êtes-vous pas curieux de savoir de quelle façon il compte nous apporter son aide ?

— Il ne m'a proposé aucune aide, à moi, gronda Marcus. Il cherchait à vous tromper, ma chère. À gagner votre confiance pour que vous lui remettiez le carnet.

Elizabeth voulut répliquer, mais jugea préférable de s'en abstenir. Mieux valait que Marcus ne s'intéresse pas de trop près à St. John. C'était déjà un miracle qu'ils n'aient échangé que des coups – à croire que Marcus avait jugé plus sage d'attendre… Eldridge devait vouloir obtenir quelque chose du pirate, sinon il s'en serait débarrassé depuis longtemps.

Elle sursauta quand Marcus saisit sa main et qu'il la fit allonger à plat ventre. Il se plaça ensuite au-dessus d'elle, l'emprisonnant entre ses bras tendus, son sexe dur venant se nicher entre ses fesses.

— Vous êtes ma femme, chuchota-t-il à son oreille. Vous devez partager avec moi tous les événements de votre vie, même les plus anodins. Je ne tolérerai aucun mensonge, aucune dissimulation. Me suis-je bien fait comprendre ?

Elle pinça les lèvres. Quel butor !

Il fit basculer ses hanches en avant de façon à insérer son sexe dans le sillon de ses fesses.

— Je ne vous laisserai pas mettre votre vie en danger. Vous ne devrez plus quitter la maison sans moi. Comprenez-vous seulement à quel point je me suis inquiété ?

— Vous êtes excité, constata-t-elle, stupéfaite.

— Vous êtes nue, répondit-il sur le ton de l'évidence. Vous devez apprendre à me faire confiance, Elizabeth.

Ses lèvres tracèrent un chemin de baisers sur l'arrondi de son épaule tandis qu'il se caressait contre son corps offert.

— Je ferai en sorte de le mériter, ajouta-t-il.

Les mains d'Elizabeth se refermèrent sur le drap tandis qu'elle dissimulait ses larmes.

— Je suis désolée d'avoir provoqué votre colère.

Marcus effleura son cou du bout de son nez.

— Je vous présente mes excuses, moi aussi.

— Je les accepte à condition que vous partagiez mon lit.

Elle gémit quand elle sentit son sexe s'allonger entre ses fesses et ferma les yeux en soupirant. Elle aurait dû lui dire la vérité quand elle en avait l'occasion. Désormais, il se demanderait toujours pourquoi elle la lui avait cachée.

— Mon lit est plus grand, plaisanta-t-il.

Le cœur d'Elizabeth se gonfla de tendresse. Le besoin de lui révéler le lien qu'elle avait avec St. John la submergea, mais le moment était mal choisi.

Elle tendit impatiemment les fesses vers lui.

— Si nous devons changer de chambre, pouvons-nous le faire rapidement ?

Marcus se souleva légèrement pour lui permettre de s'agenouiller sur le lit et la pénétra d'une seule poussée ferme.

— Ma douce Elizabeth, dit-il, la joue plaquée contre son dos, nous pourrons changer de chambre demain...

Elizabeth faisait les cent pas au fond du jardin. Dès qu'elle entendit des pas, elle pivota sur elle-même.

— Mr. James ! Dieu merci, vous êtes venu.

Avery s'arrêta devant elle, les sourcils froncés.

— Pourquoi m'avez-vous fait venir ? demanda-t-il. Où est Westfield ? ajouta-t-il en regardant autour de lui.

Elle le saisit par le bras et l'entraîna derrière un arbre.

— J'ai besoin de votre aide, et Westfield ne doit rien en savoir.

— Je vous demande pardon ? Votre époux est l'agent chargé de votre sécurité.

Elizabeth serra plus fort son bras pour souligner l'urgence de sa requête.

— St. John m'a approchée hier. Il prétend être le frère d'Hawthorne. Je veux savoir la vérité.

Avery fut si choqué par cette révélation qu'il en resta sans voix.

— Westfield était furieux quand il a appris que j'avais vu St. John, poursuivit Elizabeth tout en tendant le cou pour surveiller le chemin par lequel Avery était arrivé. Il a aussitôt quitté la maison pour aller le trouver. Ils se sont battus, ajouta-t-elle en baissant la voix.

Avery eut un de ses rares sourires.

— Ma foi, dans ce cas, tout va bien.

— Comment pouvez-vous dire une chose pareille ? s'écria-t-elle.

— Lord Westfield lui a fait connaître sa façon de penser et a profité de l'occasion pour relâcher la pression.

— Comment pouvez-vous cautionner un comportement aussi imprudent ?

— Je ne le cautionne pas, lady Westfield, mais je peux comprendre les motivations de votre époux. En outre, je suis certain qu'il n'est pas allé trouver St. John sans avoir pris ses précautions. Il ne laisserait jamais ses émotions lui dicter ses actes.

— Je vous assure qu'il était dans tous ses états quand il a quitté la maison.

Avery tâcha de se montrer rassurant.

— Je crois lord Westfield plus que capable de régler cette affaire. Vous devriez vous fier à lui et lui faire part de vos soupçons.

— Je ne peux pas lui soumettre une simple conjecture, répondit-elle en joignant les mains en un geste implorant.

— Que souhaitez-vous me demander que vous ne demanderiez pas à votre époux ?

— Je voudrais que vous vérifiiez l'histoire de St. John. S'il dit vrai, alors nous avons affaire à une histoire de frères ennemis. Hawthorne a été tué et mon frère blessé alors qu'ils enquêtaient sur St. John. Il ne peut s'agir d'une coïncidence. Et lord Eldridge ne doit rien savoir de ce nouveau développement, ajouta-t-elle en pressant sa main.

— Pourquoi ?

— Parce qu'il en parlerait à Westfield et que je ne sais pas comment mon mari prendrait la nouvelle. J'ai besoin de temps pour réfléchir à tout cela.

— À vous entendre, j'ai l'impression que vous croyez déjà ce que vous a dit St. John.

Elizabeth acquiesça.

— La ressemblance entre St. John et Hawthorne est frappante, et ce conte est tellement extraordinaire que je ne vois pas comment St. John pourrait l'avoir inventé de toutes pièces.

— Je crains que vous ne desserviez Westfield en agissant à son insu.

— Un peu de temps, supplia-t-elle. C'est tout ce que je demande. Je vous promets de lui répéter tout ce que vous découvrirez.

Il laissa échapper un soupir longtemps contenu.

— Fort bien. Je vais enquêter et garder le silence dans l'intervalle.

Elizabeth lui adressa un sourire reconnaissant.

— Merci, Mr. James. Vous avez toujours été pour moi un véritable ami.

— Ne me remerciez pas encore, répondit-il en rougissant. Rien ne dit que nous ne finirons pas par regretter tous les deux que je sois intervenu.

Au cours des quelques semaines qui suivirent, Elizabeth s'habitua à la vie conjugale auprès de Marcus. Sur l'insistance de ce dernier, les Ashford étaient restés à Westfield Hall. Marcus était plus tranquille de savoir sa femme entourée, et Elizabeth appréciait la compagnie de sa belle-famille quand les affaires de son mari l'appelaient à l'extérieur.

Sur les conseils d'Eldridge, ils assistaient à des événements mondains susceptibles d'attirer St. John. Le pirate avait trouvé le moyen de semer les agents affectés à sa surveillance, et on ne l'avait plus vu à Londres depuis le jour où il avait abordé Elizabeth. Sa soudaine disparition était un mystère qui mettait tout le monde sur les dents.

Marcus avait toujours à l'esprit la menace qui pesait sur Elizabeth. Des gardes surveillaient la maison nuit et jour, affublés de la livrée des Westfield pour éviter d'alarmer sa famille, mais l'attente rendait Marcus aussi nerveux qu'un lion en cage.

Elizabeth savait depuis leur toute première danse que c'était un homme qui bridait étroitement ses passions, mais avec elle, il laissait libre cours à ses émotions. Quand il était en colère, il hurlait. Quand il était heureux, il éclatait de rire. Quand il était excité, il lui faisait l'amour, quels que soient l'heure ou le lieu. À deux reprises, il avait quitté le Parlement en pleine session pour la rejoindre. Elizabeth ne s'était jamais sentie aussi importante, aussi nécessaire à quelqu'un. Ouvertement possessif, Marcus n'hésitait pas à tancer vertement les hommes qui se montraient trop familiers avec elle.

De son côté, Elizabeth constatait que le mariage n'avait malheureusement pas atténué sa jalousie. C'était là un trait de caractère déplorable, voire une véritable malédiction, dans une société où l'adultère constituait pratiquement la règle tant il était courant. Le mariage n'avait fait qu'accroître l'attrait de Marcus aux yeux des femmes. Sa vibrante énergie avait cédé la place à la grâce languide d'un homme comblé par une femme passionnée, et cela le rendait tout bonnement irrésistible.

Un soir, au cours d'un bal masqué, la jalousie d'Elizabeth prit le dessus. Alors que Marcus allait chercher des rafraîchissements, elle remarqua le manège de plusieurs femmes qui choisissaient d'aller remplir leurs verres au même moment. Comme elle détournait les yeux, écœurée, elle aperçut la duchesse douairière de Ravensend qui venait vers elle.

— Avez-vous vu de quelle façon ces femmes suivent mon époux ? se lamenta-t-elle après une brève révérence.

La duchesse haussa les épaules.

— Les bals masqués permettent de s'affranchir des convenances auxquelles la société s'accroche. Voyez-vous ce palmier qui s'agite au bout du jardin ? Son mouvement est dû aux ébats de lady Grenville et de lord Sackton, qui ont abandonné leurs conjoints respectifs pour s'adonner à l'exhibitionnisme. Quant à Claire Milton, elle est revenue des jardins des brindilles plein les cheveux. Vous ne devriez pas être surprise de voir ces femmes renifler la piste de Westfield comme des chiennes en chaleur.

— Je ne le suis pas, répondit-elle sèchement. Mais je ne le tolérerai pas. Si Votre Grâce veut bien m'excuser, ajouta-t-elle avant de gagner à pas rapides la pièce dans laquelle son mari venait de disparaître.

Elle le repéra aussitôt près des tables des rafraîchissements, un verre dans chaque main, cerné par une nuée de femmes. En la voyant, Marcus eut un haussement d'épaules impuissant, mais Elizabeth vit le sourire malicieux sous le bas de son masque. Jouant des coudes pour se rapprocher de lui, elle s'empara d'un des verres qu'il tenait et noua délibérément son bras au sien. Le dos bien droit, elle conduisit alors Marcus jusqu'à la salle de bal, mais son cœur n'était plus aux réjouissances.

La duchesse la dévisagea brièvement, avant de s'éloigner avec un sourire.

— Merci, lady Westfield, gloussa Marcus. Je crois bien que c'est la première fois qu'une femme se porte à mon secours.

— Vous n'aviez absolument pas envie que je me porte à votre secours, répliqua-t-elle, le détestant pour la désinvolture dont il faisait preuve alors qu'elle était excédée.

Il approcha la main de son visage pour caresser une boucle de ses cheveux poudrés.

— Vous êtes jalouse, constata-t-il d'un ton railleur.

Elizabeth détourna les yeux en se demandant, comme cela lui arrivait souvent, combien de femmes l'avaient connu charnellement parmi cette assemblée.

Marcus se planta alors devant elle.

— Que se passe-t-il, ma chère ?

— Cela ne vous regarde pas.

Sans se soucier des regards braqués sur eux, Marcus caressa sa lèvre inférieure de son pouce.

— Si vous ne me dites pas ce qui vous chiffonne, je ne serai pas en mesure de vous aider.

— Je hais les femmes que vous avez connues avant moi, avoua-t-elle en rougissant.

Elle baissa les yeux, s'attendant qu'il éclate de rire. Au lieu de quoi sa voix de velours l'enveloppa d'un voile de tendresse.

— Vous souvenez-vous de ce que je vous ai dit un jour ? Que la proximité physique pouvait fort bien se passer d'intimité ? Vous êtes la seule femme avec qui j'aie jamais été intime, ajouta-t-il en approchant les lèvres de son oreille et en baissant la voix.

Elle ne put retenir une larme, que Marcus essuya.

— Je veux vous ramener à la maison, déclara-t-il en dardant sur elle un regard brûlant derrière son masque, et être intime avec vous.

Elizabeth partit à son bras, impatiente de l'avoir rien qu'à elle. Cette nuit-là, il lui fit tendrement l'amour, l'adora de son corps, lui donna tout ce qu'elle demandait. Sa tendresse lui fit venir les larmes aux yeux quand il la serra dans ses bras après l'amour. Elle eut alors l'impression d'être pour lui la chose la plus précieuse au monde.

Chaque jour qui passait la rapprochait un peu plus de lui. Elle avait de plus en plus besoin de lui, pas seulement pour satisfaire ses pulsions sensuelles, mais pour bien d'autres raisons. Cette passion qu'il avait éveillée en elle, il lui faudrait toute une vie pour l'assouvir.

Elle ne pouvait que prier pour que le destin lui accorde cette chance.

19

— Vous n'auriez pas dû venir chez moi.

Christopher St. John grimpa dans la voiture des Westfield aux portières dépourvues d'armoiries, emplissant l'habitacle de sa présence magnétique. Elizabeth, tout en se rencognant sur la banquette, jeta un coup d'œil par la fenêtre et fut surprise par l'élégance de la petite maison dans laquelle il vivait. Une élégance d'autant plus inattendue qu'il avait élu domicile dans un quartier retiré de la ville. Les deux hommes de main d'allure patibulaire qui montaient la garde trahissaient cependant la nature peu recommandable des activités de St. John.

— Une dame de qualité n'a rien à faire en pareil lieu, et la somptuosité de votre équipage attire le genre d'attention dont vous n'avez nul besoin.

— Vous savez bien que je n'avais pas le choix. Je suis venue dès que j'ai connu votre adresse. Je n'avais aucun autre moyen de vous contacter. Et vous devez apporter des réponses à un certain nombre de questions, Mr. St. John.

Sa bouche se retroussa sur un sourire malicieux tandis qu'il s'adossait à la banquette en ajustant les pans de son manteau.

— Il n'est pas nécessaire de vous montrer aussi formelle. Après tout, ne sommes-nous pas unis par un lien de parenté ?

— Comme si je pouvais l'oublier !

— Vous me croyez donc.

— J'ai fait mener une enquête pour vérifier vos dires.

St. John promena un regard approbateur sur l'habillage de cuir de la voiture.

— Quel dommage que vous ayez épousé Westfield. Le pauvre diable ne roule pas précisément sur l'or, hein ?

— Je vous suggère de trouver un nouvel angle d'approche si vous souhaitez me voir conserver une humeur égale. Je ne suis pas d'un commerce agréable quand je suis en colère, l'avertit-elle.

St. John renversa la tête en arrière et éclata de rire.

— Par Dieu, que vous me plaisez ! N'ayez crainte, je suis d'une loyauté sans faille envers ma famille, et Westfield en fait partie, désormais, non ?

— Westfield ignore tout de cette affaire, et je préfère que les choses en restent là pour le moment, répondit-elle en se massant les tempes dans le vain espoir de dissiper un début de migraine.

St. John tendit le bras et ouvrit un petit compartiment logé dans la portière. Il en sortit un verre, y versa deux doigts de cognac et le lui offrit. Elizabeth refusa, et il escamota la carafe.

— J'ai compris que vous ne lui aviez rien dit quand il est venu me trouver. Je pensais cependant que vous l'auriez fait depuis.

Elizabeth étudia plus attentivement son visage et décela la trace jaunâtre d'un hématome en voie de guérison autour de son œil gauche, ainsi qu'une estafilade sur sa lèvre.

— Vos blessures sont-elles le fait de Westfield ?

— Personne d'autre que lui ne s'aviserait de lever la main sur moi.

— Je suis désolée, dit-elle en grimaçant. Je n'avais pas l'intention de lui souffler mot de notre entrevue, mais j'ai omis de conseiller à ma belle-mère de garder le silence.

St. John agita la main pour signifier que c'était sans importance.

— Ne vous mettez pas martel en tête. C'était plus stimulant qu'autre chose, en définitive. Cela faisait des années que nous nous contentions de nous lancer des piques, il était temps de passer aux choses sérieuses. Et je suis content qu'il m'ait trouvé, car cela m'a permis de découvrir ce qu'il ressentait pour vous. Avant vous, je ne lui avais jamais connu de point faible... et, à mon grand regret, je ne peux pas vous exploiter comme tel.

— Que reprochez-vous à Westfield, au juste ?

— Cet homme est trop arrogant, trop titré, trop fortuné, trop beau – trop tout. Il est riche comme Crésus et il pousse des cris d'orfraie si j'ai le malheur de le soulager d'une minuscule parcelle de sa fortune.

— Donneriez-vous une grande fête si on venait à vous voler quelque chose ? répliqua-t-elle avec un ricanement.

Le pirate s'étrangla à demi sur son cognac.

— J'ai besoin que vous me parliez d'Hawthorne, dit-elle en se penchant vers lui. Cela me rend folle de penser que je ne savais pas qui il était.

St. John ôta son chapeau et passa sa main dans ses boucles blondes.

— Nigel était votre époux. Je préfère que vous gardiez de lui le souvenir de l'homme qui a partagé votre vie pendant un an.

— Mais je ne comprends pas. Si vous étiez proches l'un de l'autre, comment a-t-il pu travailler pour Eldridge sans jamais vous nuire... à moins... à moins de...

— À moins d'être un traître ? acheva-t-il à sa place. Elizabeth, je vous saurais gré de ne pas vous soucier de cela. N'a-t-il pas toujours été pour vous un bon époux ?

— Je devrais me contenter des facettes de sa personnalité que je connaissais et faire comme si j'ignorais qu'il y en avait d'autres ?

Il soupira et posa son chapeau à côté de lui.

— Votre enquête a-t-elle révélé quelque chose au sujet de notre père ?

Elizabeth se cala contre le dossier de la banquette et se mordit la lèvre.

— Ah, je vois que oui, reprit St. John. Vous savez donc qu'il était un peu fêlé, comme on dit. Qu'il n'avait pas toute sa tête, qu'il...

— Je comprends.

— Vraiment ?

Il baissa les yeux et fixa les talons de ses souliers.

— Vous a-t-on aussi parlé de sa violence ? De ses crises de démence ? Non ? Tant mieux. Qu'il vous suffise de savoir qu'aucun régisseur ne voulait travailler pour lui et qu'il était trop cinglé pour gérer correctement ses finances. À sa mort, Nigel a découvert que le domaine était en faillite.

— Comment cela ? Nous n'avons pourtant jamais manqué de rien.

— Nigel et moi nous sommes vus pour la première fois lorsque j'avais dix ans. Ma mère avait été élevée au village, et quand sa grossesse est devenue évidente, elle a perdu son emploi à l'office et a été renvoyée dans sa famille. Nigel avait deux ans de moins que moi, mais même quand nous n'étions que des enfants, nous savions la vérité. Nous nous ressemblions trop, nous avions trop de tics en commun. Nigel s'arrangeait pour venir me voir en cachette. Vivre avec notre père ne devait pas être facile. Il avait besoin d'un ami. D'un frère.

« C'est pourquoi je suis venu à Londres quand j'ai appris ses difficultés financières. Je me suis lié d'amitié avec des personnes influentes à qui j'ai rendu toutes sortes de services. En résumé, disons que j'ai utilisé tous les moyens pour gagner de l'argent.

Aucune fierté ne perçait dans la voix de St. John. Il parlait d'un ton parfaitement neutre.

— Nigel m'a demandé comment je faisais pour rembourser ses dettes, qui étaient, je vous prie de le croire, absolument colossales. Quand je le lui ai dit, il était hors de lui. Il a déclaré qu'il ne pouvait pas jouir de sa fortune retrouvée alors que je mettais ma vie en danger. Par la suite, quand j'ai découvert qu'on enquêtait sur mon compte, Nigel est allé trouver lord Eldridge et...

— ... il est devenu un agent au service de la Couronne, acheva Elizabeth, désespérée de découvrir que ses pires craintes étaient justifiées. Mon frère était chargé de vous traquer. Hawthorne s'est servi de moi pour gagner les bonnes grâces de William !

St. John se pencha en avant, mais elle eut aussitôt un mouvement de recul, et il n'insista pas.

— Je reconnais que les informations que j'obtenais par le biais de l'agence me permettaient d'échapper à Westfield, mais Nigel avait énormément d'estime pour vous, n'en doutez pas. Il aurait demandé votre main même si Barclay n'avait pas été votre frère. Il vous respectait et vous admirait. Il parlait souvent de vous et m'avait fait promettre de veiller sur vous au cas où il lui arriverait malheur.

— Quelle ironie ! marmonna Elizabeth. Westfield préfère que je ne touche pas à ma pension de veuvage, et pourtant une partie de cet argent lui revient de droit, si j'ai bien compris.

— D'une certaine façon, concéda le pirate. Il est vrai que la vente des vaisseaux Ashford a couvert une partie des dettes d'Hawthorne.

Elizabeth se sentit pâlir. C'était encore pire que tout ce qu'elle avait imaginé.

— Il y a tant de choses que je ne comprends pas... Comment ma broche s'est-elle retrouvée en votre possession ?

— Je n'étais pas loin quand Barclay et Hawthorne ont été attaqués, déclara St. John avec tristesse. C'est moi qui ai envoyé des hommes chercher de l'aide pour sauver votre frère. J'ai pris la broche parce que je n'étais pas certain de pouvoir me fier à quiconque pour veiller à ce qu'elle vous revienne.

— Pourquoi étiez-vous présent ? Hawthorne est-il mort à cause de vous ?

— Peut-être, répondit-il en baissant les yeux. Il arrive toujours un moment où l'on doit payer ses fautes.

— Que contient ce carnet de si important ? Qui cherche à s'en emparer ?

— Je ne peux pas vous le révéler, Elizabeth.

— Pourquoi ? s'écria-t-elle. J'ai le droit de savoir.

— Je suis désolé. Je ne peux rien vous dire. Il en va de votre sécurité.

— Cette personne a tenté de me tuer !

— Remettez-moi le carnet. C'est la seule façon de garantir votre sécurité.

Elle secoua la tête.

— Westfield le garde sous clé. Je n'y ai pas accès. Outre les parties chiffrées, il contient des plans de côtes et de voies navigables. Marcus pense qu'il comporte aussi des informations détaillées concernant les missions de Nigel. Si je vous le remettais, à vous, un pirate notoire, ce serait un acte de trahison. Westfield m'interrogerait, découvrirait notre lien de parenté ; Eldridge l'apprendrait et…

— Westfield vous protégerait. Quant à Eldridge, j'en fais mon affaire.

Elizabeth déglutit avec peine. Elle ne pouvait pas perdre Marcus. Pas maintenant.

— Après ce qui s'est passé il y a quatre ans, mon mari n'a plus confiance en moi. Si je le trahissais de cette façon, il ne me le pardonnerait jamais.

St. John étouffa un juron.

— Ce carnet n'a plus aucune valeur maintenant que Nigel est mort. Personne ne saura jamais le déchiffrer. En vous l'ôtant des mains, je vous libère, et vous pourrez enfin vivre votre lune de miel. De mon côté, je pourrai débusquer le coupable et mettre un terme à toute cette histoire.

— Vous en savez bien plus long au sujet de ce carnet que vous n'êtes disposé à me le dire, répliqua-t-elle. S'il n'avait aucune valeur, ma vie ne serait pas en danger.

— L'homme qui est derrière tout cela est fou, gronda St. John. Fou à lier. Pensez à l'agression dont vous avez été victime au cours de votre bal de fiançailles. Est-ce là l'action d'une personne raisonnable ?

Elizabeth eut une moue dubitative.

— Comment avez-vous appris cet incident ?

— J'ai des hommes qui veillent sur vous. L'un d'eux était présent ce soir-là.

— Je le savais ! s'écria-t-elle. Il y avait forcément quelqu'un d'autre dans le jardin. Quelqu'un qui a mis mon agresseur en fuite.

— Je fais de mon mieux pour vous venir en aide...

Elle s'esclaffa.

— Vous avez disparu pendant des semaines !

— Pour votre bien, affirma-t-il. J'enquêtais.

— Trouvez le coupable ! Laissez-moi en dehors de cette affaire.

Il posa son verre dans le compartiment de la portière.

— Pendant que je parcourais les routes d'Angleterre, vous avez été victime de deux agressions. Cet homme me connaît trop bien. Il agit dès qu'il sait que j'ai quitté la ville, déclara St. John en serrant ses mains dans les siennes. Trouvez le moyen de me remettre ce carnet et, je vous le promets, je mettrai un terme à tout cela.

Elizabeth libéra ses mains en secouant la tête.

— Répondez-moi franchement : ce carnet a-t-il un rapport quelconque avec le meurtre de Nigel ?

St. John resta penché en avant, les coudes calés sur les genoux, et la regarda droit dans les yeux.

— D'une certaine façon.

— Que voulez-vous dire ?

— Vous en savez déjà beaucoup trop, Elizabeth.

Des larmes de frustration emplirent ses yeux. Impossible de savoir si St. John était sincère ou remarquablement persuasif. Elizabeth suspectait les informations contenues dans le carnet de le concerner. Si tel était le cas, son mari utiliserait ces informations pour traduire St. John en justice. Et Marcus attendait cela depuis des années.

— Je dois réfléchir. Cela fait beaucoup de choses à absorber d'un coup.

Elle poussa un lourd soupir.

— Je n'ai eu que peu de bonheur dans ma vie. Mon époux est ma seule joie. Vous et les machinations de votre frère représentez peut-être la fin de ce bonheur.

— Je suis sincèrement désolé, Elizabeth, dit-il, son regard bleu assombri par le regret. J'ai lésé bien des gens dans ma vie, mais vous blesser, vous, m'attristerait profondément.

St. John ouvrit la portière de la voiture et s'apprêta à descendre. Soudain, il se retourna, se pencha vers elle et déposa un baiser plein de délicatesse sur sa joue. Il sortit alors et prit sa main.

— Vous connaissez mon adresse à présent. N'hésitez pas à venir me trouver si vous avez besoin de quoi que ce soit. Et ne faites confiance à personne d'autre qu'à Westfield. Promettez-le-moi.

Elle eut un bref hochement de tête, et il recula.

Le valet attendait patiemment, trop stylé pour manifester la moindre émotion.

— Nous rentrons, ordonna-t-elle, la tête comprimée dans un douloureux étau, l'estomac noué d'appréhension.

Son instinct lui disait que St. John serait l'instrument de son malheur.

Marcus étudia Elizabeth depuis le seuil de sa chambre à coucher. Elle dormait, le sommeil conférant la plus parfaite innocence à son beau visage. En dépit de la trahison dont elle s'était rendue coupable, il sentit son cœur se serrer face au spectacle paisible qu'elle offrait ainsi. Il remarqua près d'elle, sur la table de chevet, deux sachets ouverts de poudre contre la migraine et un verre d'eau à moitié plein.

Elle s'étira lentement, comme si la puissance de la présence de Marcus et la chaleur de son regard avaient pénétré son sommeil. Elle ouvrit les yeux, les posa sur lui, mais son regard tendre fut presque aussitôt voilé par des paupières lourdes de culpabilité. À cet instant, Marcus sut que le rapport qu'il avait reçu disait vrai. Il lui fallut faire appel à toute sa volonté pour rester immobile, quand il désirait seulement ramper jusqu'à elle et enfouir sa douleur dans son giron.

— Marcus, l'appela-t-elle de cette merveilleuse voix de gorge qui ne manquait jamais de l'émouvoir.

Malgré sa colère et son tourment, il sentit son sexe palpiter à cette invite.

— Venez me rejoindre, mon cher. Je veux vous serrer dans mes bras.

Les pieds de Marcus se rapprochèrent traîtreusement du lit. Quand ils l'eurent atteint, il avait retiré sa redingote et son gilet.

— Comment s'est passée votre journée ? demanda-t-il d'un ton faussement neutre.

Elle s'étira, le mouvement de ses jambes faisant glisser le drap et révélant son buste couvert de la fine camisole qu'elle avait enfilée pour dormir. Il se sentit durcir et s'en voulut. Mais rien ne pouvait tempérer l'effet qu'elle avait sur lui. En ce moment même, son cœur luttait pour lui trouver des excuses.

Elle fit la grimace.

— Franchement ? Ce fut une des journées les plus affreuses de ma vie. Mais vous pouvez y remédier, ajouta-t-elle avec un sourire tentateur.

— Que s'est-il passé ?

Elle secoua la tête.

— Je n'ai pas envie d'en parler. Racontez-moi plutôt votre journée. Elle a dû être meilleure que la mienne.

Elle rabattit les couvertures, l'invitant silencieusement à la rejoindre.

— Ne pourrions-nous dîner dans nos appartements, ce soir ? Je n'ai guère envie de me rhabiller.

Bien sûr que non. Combien de fois avait-elle déjà dû se déshabiller et se rhabiller aujourd'hui ? Mais elle ne s'était sans doute même pas dévêtue. St. John s'était peut-être contenté de soulever ses jupes et...

Marcus serra les dents et chassa l'image qui venait de surgir dans son esprit.

Il s'assit au bord du lit, ôta ses souliers, puis se tourna vers elle.

— Vous n'avez pas apprécié votre expédition en ville ? s'enquit-il d'un ton détaché qui, cette fois, éveilla les soupçons d'Elizabeth.

Elle prit tout son temps pour redresser les oreillers et les tapota avant de s'y adosser.

— Pourquoi ne pas me dire tout simplement ce qui vous tracasse ? demanda-t-elle.

Il fit passer sa chemise par-dessus sa tête, puis se leva pour retirer son pantalon.

— Votre amant s'est-il révélé incapable de vous satisfaire, ma chère ? Seriez-vous pressée de me voir achever ce qu'il a commencé ? demanda-t-il en se glissant dans le lit auprès d'elle.

Il eut cependant la surprise de s'y retrouver tout seul. Elizabeth était descendue de l'autre côté et se tenait à présent au pied du lit.

Les poings calés sur les hanches, elle le fusillait du regard.

— De quoi parlez-vous ?

Marcus s'adossa contre les oreillers.

— On m'a rapporté que vous aviez passé un certain temps en compagnie de Christopher St. John, aujourd'hui. Dans ma voiture. Rideaux tirés. Il vous a tendrement baisé la joue au moment de vous quitter et conseillé de venir le trouver si vous aviez besoin de *quoi que ce soit*.

Les yeux violets d'Elizabeth lançaient de dangereux éclairs. La colère la rendait plus belle que jamais, si belle que le cœur de Marcus manqua un battement.

— Je vois, déclara-t-elle d'un ton pincé. Vos appétits ont beau me laisser bien souvent épuisée et endolorie, j'éprouve malgré cela le besoin de recourir aux services d'un amant. Vous devriez peut-être songer à me faire interner, non ? suggéra-t-elle avant de quitter la chambre de Marcus.

Il la regarda s'éloigner, bouche bée. Pensant qu'elle allait revenir, il attendit un instant, puis, comme elle n'en faisait rien, il enfila son peignoir et la rejoignit dans sa chambre.

Vêtue elle aussi d'un peignoir, elle se tenait sur le pas de la porte donnant sur le couloir et demandait à sa femme de chambre de lui monter à dîner ainsi que d'autres sachets de poudre contre la migraine. Une fois la domestique partie, elle se glissa dans son lit sans lui accorder un seul regard.

— Osez nier, gronda-t-il.

— Je n'en vois pas l'utilité. Vous vous êtes déjà fait une opinion.

Il fondit sur le lit, l'attrapa par les épaules et la secoua.

— Dites-moi ce qui s'est passé ! Dites-moi que c'est faux !

— Mais ça ne l'est pas, répliqua-t-elle avec un tel détachement qu'il eut envie de hurler. Vos hommes vous ont très exactement rapporté les faits.

Il la contempla, choqué, et sur ses épaules, ses mains se mirent à trembler. Craignant de céder à la violence, il la lâcha et croisa les mains derrière son dos.

— Vous avez rencontré St. John et vous refusez de me dire pourquoi. Quelle raison aviez-vous de le voir ? demanda-t-il en haussant progressivement le ton. Et comment expliquez-vous que vous l'ayez laissé vous embrasser ?

Elizabeth ne répondit pas à ses questions, se contentant de lui en poser une en retour.

— Me pardonnerez-vous, Marcus ?

— Vous pardonner quoi ? hurla-t-il. Dites-moi ce que vous avez fait ! Vous êtes-vous entichée de lui ? Vous a-t-il convaincue de lui accorder votre confiance ?

— Et si c'était le cas ? répliqua-t-elle. Si je vous avais été infidèle mais que je veuille vous revenir, me reprendriez-vous ?

Sa fierté fut si révoltée à l'idée qu'Elizabeth ait pu se donner à un autre que, l'espace d'un instant, il crut que la nausée allait le gagner. Il se retourna et contracta convulsivement les poings.

— Que me demandez-vous ? cracha-t-il.

— Vous savez fort bien ce que je vous demande. Maintenant que vous connaissez ma duplicité, allez-vous me rejeter ? Peut-être allez-vous me répudier, puisque vous ne me désirez plus.

— Puisque je ne vous désire plus ? Mais je vous désire sans cesse ! À chaque instant. La nuit. Le jour. Parce que vous voulez qu'il en soit ainsi, ajouta-t-il en se retournant.

Elle ne dit rien. Son visage ne formait plus qu'un masque d'indifférence.

Marcus ne savait plus que faire. Il pouvait l'envoyer à la campagne, dans sa famille. Prendre ses distances avec elle...

Mais la seule idée de son absence le rendait fou. Il avait un tel besoin d'elle qu'il souffrait physiquement dès qu'elle s'éloignait. Sa fierté se retrouvait piétinée par les exigences de son cœur.

— Vous resterez avec moi.

— Pour quoi faire ? Réchauffer votre lit ? N'importe quelle femme peut s'en charger.

Il n'aurait eu qu'à tendre le bras pour la toucher, mais son attitude était si glaciale qu'il avait l'impression d'être à des lieues d'elle.

— Vous êtes mon épouse. Vous assouvirez mes besoins.

— Est-ce là tout ce que je suis pour vous ? Une commodité ? Rien de plus ?

— J'aimerais que vous ne me soyez rien, répliqua-t-il avec hargne. Par le Ciel, comme je le voudrais !

À sa profonde stupéfaction, il vit le visage d'Elizabeth se décomposer sous ses yeux. Elle quitta son lit et se laissa tomber à genoux.

— Marcus, sanglota-t-elle, la tête basse.

Il resta figé sur place.

Elle passa les bras autour de ses jambes, la joue pressée contre ses pieds, ses larmes coulant entre ses orteils.

— J'étais avec St. John aujourd'hui, mais je ne vous ai pas trompé. J'en serais incapable.

Presque étourdi de confusion, il s'accroupit lentement et la prit dans ses bras.

— Seigneur... Elizabeth...

— J'ai besoin de vous. J'ai besoin de vous pour respirer, pour penser, pour *exister*.

Ses yeux noyés de larmes ne quittaient pas son visage. Elle recouvrit sa joue d'une main, et Marcus inclina la tête pour accompagner sa caresse et humer son odeur.

— Que se passe-t-il ? demanda-t-il d'une voix éraillée tant sa gorge était nouée. Je ne comprends pas.

Elle pressa le bout de ses doigts contre ses lèvres.

— Je vais tout vous expliquer.

Elle s'exécuta alors, sa voix altérée se brisant à plusieurs reprises au cours de son récit. Quand elle se tut, Marcus resta un instant muet de stupeur.

— Pourquoi ne pas vous être confiée à moi avant ?

— Jusqu'à cet après-midi, je ne connaissais qu'une partie de l'histoire. Et quand j'ai appris la suite, je n'étais pas certaine de la réaction que vous auriez. La peur l'a emporté sur la raison.

— Vous et moi sommes liés à jamais, dit-il en prenant sa main pour la poser sur son cœur. Vous ne vouliez peut-être pas de moi, mais je suis à vous.

On frappa à la porte. Marcus étouffa un juron, se redressa et aida Elizabeth à se relever. Il alla ouvrir et prit le plateau qu'apportait la femme de chambre.

— Dites à la gouvernante de se préparer à faire les malles.

La domestique s'inclina et repartit.

Elizabeth le regarda en fronçant les sourcils, son teint de porcelaine rosi par les larmes.

— Qu'avez-vous l'intention de faire ?

Marcus se débarrassa du plateau, la prit par la main et lui fit traverser le salon jusqu'à sa chambre.

— Nous allons nous retirer à la campagne avec ma famille. Vous devez quitter Londres et rester au loin le temps que je trouve un sens à cet imbroglio, déclara-t-il en refermant la porte derrière eux. Jusqu'à présent, nous nous sommes concentrés sur St. John ; rester à Londres me paraissait plus sûr quand je croyais qu'il représentait la seule menace. À présent, je n'ai pas la moindre idée de l'identité du ou des suspects. Vous n'êtes pas en sécurité ici. Ce pourrait être n'importe qui. Quelqu'un que nous avons invité à notre bal de fiançailles, une relation que nous recevons sans la moindre méfiance…

Il passa la main sur sa nuque.

— Et le Parlement ? objecta-t-elle.

Il lui jeta un regard incrédule tandis qu'il se débarrassait de son peignoir.

— Croyez-vous sincèrement que le Parlement compte davantage pour moi que vous ?

— Je sais que c'est important pour vous.

— Vous l'êtes aussi, répondit-il en s'approchant d'elle pour lui ôter son peignoir ainsi que sa camisole.

— J'ai faim, protesta-t-elle.

— Moi aussi, murmura-t-il en la soulevant dans ses bras pour la porter jusqu'au lit.

— Quitter Londres serait effectivement plus sage, approuva Eldridge avec brusquerie.

Il faisait les cent pas devant la fenêtre, les mains nouées derrière son dos.

— Nous n'avions aucun moyen de le savoir, dit Marcus d'un ton qui se voulait apaisant.

Il comprenait à quel point il devait être difficile pour Eldridge d'apprendre qu'il y avait eu un traître parmi eux.

— J'aurais dû voir les signes. St. John n'aurait pas pu échapper à la justice pendant toutes ces années sans aide. Mais je n'ai tout simplement pas voulu envisager cette possibilité. La fierté m'a aveuglé. Et aujourd'hui, il y a peut-être un autre traître parmi nous, voire plusieurs.

— Il est grand temps de faire pression sur St. John. Pour ce que j'en sais, c'est le seul individu à avoir eu vent des activités d'Hawthorne et de l'existence de son satané journal.

Eldridge acquiesça.

— Talbot et James s'occuperont de lui. Vous, vous restez attaché à la sécurité de lady Westfield.

— Envoyez-moi chercher, en cas de besoin.

— Bien sûr, répondit Eldridge en se laissant tomber dans son fauteuil avec un long soupir. Dans l'immédiat, vous êtes un des rares agents en qui j'aie une totale confiance.

Aux yeux de Marcus, il n'existait qu'un homme qui ait autant à cœur que lui les intérêts d'Elizabeth. Une fois qu'il eut quitté Eldridge, il alla le trouver et lui raconta toute l'histoire.

William contempla le carnet de cuir rouge qu'il tenait entre les mains et secoua la tête.

— C'est bien la première fois que j'entends parler de cela. Je ne savais même pas qu'Hawthorne tenait un journal. Quant à vous... ajouta-t-il en levant les yeux, au service d'Eldridge ! Je n'en reviens pas. Nous nous ressemblons assez, finalement.

— Cela explique sans doute que nous ayons été bons amis autrefois, déclara Marcus sans emphase en promenant son regard autour de lui.

Il se souvenait du jour où il avait discuté dans ce même bureau des arrangements en vue de son mariage avec Elizabeth, il y avait si longtemps de cela... Il se leva, prêt à prendre congé.

— Je vous remercie de veiller sur le journal.

— Attendez un instant, Westfield.

— Oui ? fit Marcus en interrompant son mouvement.

— Je vous dois des excuses.

Marcus se raidit.

— J'aurais dû écouter votre version des faits avant de vous juger, déclara William en posant le carnet et en se levant. Des explications seraient sans doute inutiles à ce stade et ne se résumeraient qu'à des prétextes visant à justifier le fait que je vous ai trahi.

La colère et le ressentiment de Marcus étaient profondément ancrés en lui, mais une lueur d'espoir l'incita à ne pas repousser la main que lui tendait William.

— Je pense être malgré tout disposé à les entendre.

William rajusta sa cravate.

— Je ne savais trop que penser la première fois qu'Elizabeth a mentionné l'intérêt qu'elle vous portait. Vous étiez mon ami, et je savais que vous aviez bon fond. Mais je savais aussi que vous étiez un fieffé coquin. Connaissant la position de ma sœur vis-à-vis de l'infidélité, je me suis dit que vous étiez fort mal assortis.

Il haussa les épaules, l'air embarrassé.

— Vous n'avez pas idée de ce que c'est que d'avoir une sœur. Le souci qu'on se fait pour elle, le besoin qu'on a de la protéger... D'autant qu'Elizabeth est bien plus fragile qu'il n'y paraît.

— Je sais.

William se mit à arpenter la pièce. Marcus l'observa. Il savait d'expérience que quand son vieil ami s'agitait ainsi, c'était le signe qu'il s'apprêtait à exprimer des sentiments aussi profonds que sincères.

— Elle était folle de vous, vous savez.

— Vraiment ?

William laissa échapper un ricanement.

— Évidemment qu'elle l'était. Elle n'arrêtait pas de parler de vous. Et vos yeux ceci, et vos sourires cela... et un millier de choses encore que je n'écoutais même pas. C'est pour cette raison que je n'ai pas mis en doute un instant la lettre maculée de larmes dans laquelle elle m'apprenait votre infidélité. Une femme amoureuse croit tout ce que lui dit l'homme qu'elle aime. J'ai estimé que vous étiez au-delà de toute rédemption si elle vous fuyait comme elle le faisait.

Il s'immobilisa et se tourna vers Marcus.

— Je suis désolé d'avoir pensé cela de vous. Désolé de ne pas m'être lancé à sa suite pour lui faire entendre raison. Désolé, quand j'ai appris que j'avais été injuste envers vous, de ne pas être venu vous présenter mes excuses. J'ai laissé ma fierté dicter mes actes et je vous ai perdu, vous, le seul frère que j'aie jamais eu. Je vous en demande sincèrement pardon.

Marcus soupira intérieurement et s'approcha de la fenêtre. Le regard dans le vide, il chercha une réplique facile et désinvolte qui dissiperait la tension. Mais, au fond de lui, il préférait accorder à cet instant toute la solennité qu'il méritait.

— Vous n'êtes pas le seul à blâmer, Barclay. Pas plus qu'Elizabeth. Si je lui avais parlé de l'agence, rien de tout cela ne serait arrivé. Au lieu de quoi, alors que je savais qu'elle rêvait de stabilité, j'ai pris le parti de lui cacher la vérité. Parce que je voulais tout. Je ne me suis rendu compte que trop tard que ce que je voulais et ce dont j'avais besoin étaient deux choses distinctes.

— Je sais que c'est le dévouement que j'ai pour ma sœur qui vous a amené ici aujourd'hui, Westfield. Mais je tiens à ce que vous sachiez que je vous suis tout aussi dévoué. Si d'aventure il vous fallait un second, sachez que vous pourrez toujours compter sur moi.

Marcus se retourna, hocha la tête et décida de saisir la chance qui s'offrait à lui.

— Fort bien, déclara-t-il, je crois que nous pouvons estimer que nous sommes quittes, *si* vous acceptez de me pardonner de vous avoir ravi lady Patricia.

— Vous oubliez que vous m'avez aussi ravi Janice Fleming, objecta William. Il est vrai que je vous avais gentiment rossé pour cette trahison.

— Votre mémoire vous joue des tours, mon vieux. Je vous rappelle que c'est vous qui avez fini dans l'abreuvoir.

— Bonté divine, c'est ma foi vrai, j'avais oublié l'incident.

Marcus fit tournoyer son monocle en le laissant pendre au bout de son ruban.

— Et vous avez aussi fait un plongeon dans la Serpentine une autre fois...

— C'est vous qui y avez atterri le premier ! J'ai voulu vous venir en aide, et vous avez tiré sur le bras que je vous tendais !

— Vous n'auriez jamais accepté que je me noie seul. À quoi serviraient les amis s'ils refusaient de souffrir avec vous ?

William éclata de rire. Ils échangèrent alors un grand sourire et signèrent la trêve sans qu'il leur soit nécessaire de parler.

— Vous avez raison. À quoi serviraient-ils ?

20

Au terme de deux jours de voyage, ils atteignirent en fin d'après-midi la demeure ancestrale de la famille Ashford. Massive et impressionnante, avec ses tourelles s'élevant à des hauteurs diverses le long de l'immense façade de pierre, elle ressemblait à un château.

Les trois voitures et le fourgon contenant les bagages s'arrêtèrent devant le monumental portail, dont les battants s'écartèrent. Une nuée de domestiques en livrée s'empressa alors au bas des marches de l'escalier.

Une fois descendue de voiture, Elizabeth contempla la demeure, émerveillée. Marcus la rejoignit et la prit par la taille.

— Bienvenue chez vous, lui murmura-t-il à l'oreille de sa belle voix grave.

Il déposa un baiser sur la zone sensible de son cou, à la jonction de l'épaule et de la gorge.

— Attendez de voir l'intérieur, ajouta-t-il avec une fierté évidente.

Quand ils pénétrèrent dans le hall, Elizabeth retint son souffle. Le plafond voûté s'élevait à une hauteur vertigineuse où se perdait l'origine de la longue chaîne au bout de laquelle pendait un énorme lustre de cristal. Des torchères éclairaient les alcôves situées de part et d'autre du hall, et le sol dallé de pierre était recouvert d'immenses tapis d'Aubusson.

Elizabeth s'avança lentement en regardant autour d'elle, le bruit étouffé de ses pas se répercutant longuement sous la voûte. Devant elle, à l'autre bout du vestibule, se dressait un mur uniquement composé de vitres qui donnait sur une immense pelouse. Mais le point central de la pièce était le majestueux escalier à double révolution qui s'incurvait gracieusement de part et d'autre des murs, les volées de marches se rejoignant au niveau du palier. De là, l'ascension se poursuivait une fois qu'on avait emprunté un des deux couloirs, qui menaient respectivement aux ailes est et ouest de la demeure.

— Impressionnant, n'est-ce pas ? demanda Paul en tournant vers elle un regard plein de fierté.

Elizabeth acquiesça, les yeux écarquillés.

— Je crois que le terme ne suffit pas à rendre justice à un tel lieu.

Ils empruntèrent l'escalier de gauche tandis que les domestiques chargés de leurs malles gravissaient l'autre volée de marches. Marcus s'arrêta devant une porte ouverte et fit signe à Elizabeth de le suivre à l'intérieur. Paul et Robert les laissèrent en promettant de les retrouver pour le dîner.

La pièce dans laquelle Elizabeth pénétra était immense et magnifiquement décorée dans des tons taupe et bleu ciel. Des rideaux de soie rayés encadraient les fenêtres, qui surplombaient l'allée circulaire. Outre la porte par laquelle ils étaient entrés, d'autres portes livraient accès aux diverses pièces de l'appartement. Par la porte de gauche, elle découvrit un salon au-delà duquel elle aperçut une chambre au mobilier indiscutablement masculin, et par celle de droite, un boudoir prolongé par une nursery.

Marcus vint se planter derrière elle.

— Cela vous plaît-il ?

— C'est parfait, approuva-t-elle.

Il la gratifia d'un sourire doublé d'un clin d'œil taquin avant de traverser le salon pour gagner la chambre.

Restée seule, Elizabeth observa la pièce avec plus d'attention. Elle découvrit ainsi que la petite bibliothèque nichée sous la banquette était remplie de ses livres préférés et que ses accessoires de toilette habituels se trouvaient dans les tiroirs de la coiffeuse.

Marcus avait pensé à tout.

Une fois débarrassée de son chapeau et de ses gants, Elizabeth décida d'aller rejoindre son époux. Elle franchit la double porte qui menait à sa chambre et le trouva, en chemise, assis à son bureau. Elle s'approcha de lui avec un grand sourire.

— Marcus, s'enquit-elle avec douceur, pensez-vous qu'il soit nécessaire de me charmer chaque jour ?

Il se leva, contourna son bureau, la serra doucement dans ses bras et déposa un baiser sur son front.

— Bien sûr.

Elle lui rendit son étreinte, si heureuse et reconnaissante qu'elle ne put s'empêcher de le lui dire.

— Je suis soulagé que la maison vous plaise, dit-il en dévorant sa gorge de baisers. Je vous la ferai visiter avant le dîner, et demain matin, je vous présenterai le personnel.

— Ce n'est pas tant la maison qui me ravit que le soin que vous avez apporté aux moindres détails de mon installation, lança-t-elle en déposant un baiser sur son menton.

Il la serra soudain très fort, puis, tout aussi soudainement, s'écarta et retourna à son bureau. Il sortit des papiers d'un tiroir et se mit à les consulter, tête baissée.

Elizabeth soupira, dépitée d'être ainsi délaissée, et se laissa tomber dans un fauteuil devant la cheminée.

— Que faites-vous ? s'enquit-elle.

— Je vérifie les livres de comptes avant de rencontrer le régisseur du domaine, dit-il sans relever les yeux. Je m'occupe habituellement des comptes à la fin de la saison, mais puisque nous sommes ici, autant commencer.

— Vous ne travaillez plus au déchiffrement du carnet ?

Il leva les yeux et hésita un instant avant de lui répondre.

— Garder le journal d'Hawthorne et vous-même dans un seul et même lieu m'a paru risqué.

Elle se figea, stupéfaite.

— Où est-il ? Entre les mains d'Eldridge ?

— Non, répondit-il avant de prendre une longue inspiration. Je l'ai confié à Barclay.

— Comment ? s'exclama-t-elle en se levant vivement. Mais pourquoi ?

— Parce qu'il est le seul – St. John excepté – à connaître le détail des missions sur lesquelles Hawthorne a travaillé. Et parce que en ce moment, il fait partie des très rares personnes en qui j'ai confiance.

— Et Mr. James ?

— Eldridge lui a donné une autre mission.

Elizabeth sentit son estomac se nouer.

— St. John ?

Marcus plissa les yeux.

— Oui. Nous devons apprendre tout ce qu'il sait.

— Avez-vous seulement pensé à Margaret ? Au bébé ? Il va bientôt naître ! William ne doit pas s'impliquer dans ce genre d'affaire, déclara-t-elle en portant la main à son cœur. Imaginez qu'ils soient victimes d'une agression... Comment avez-vous pu faire une chose pareille alors que je vous avais supplié de les laisser en dehors de ça ?

— Barclay est préparé à l'éventualité d'une agression contre lui ou sa femme depuis l'assassinat d'Hawthorne, répliqua Marcus en faisant le tour de son bureau.

— Est-ce parce qu'il y est si bien préparé que ma chambre a été mise à sac ? riposta-t-elle.

— Elizabeth...

— Soyez maudit. Je vous avais accordé ma confiance.

— Vous m'avez fait confiance pour assurer votre sécurité et j'y veille, déclara-t-il d'un ton proche de la colère.

— Vous ne vous souciez pas de moi, objecta-t-elle. Sinon, vous n'auriez pas commis un acte qui ne pouvait que me blesser. William et Margaret sont ma seule famille. Risquer leur vie de cette façon...

— Ils ne sont pas votre seule famille ! Je suis là, moi aussi !

Elle secoua vigoureusement la tête.

— Non. Vous appartenez à l'agence. Tout ce que vous faites ne sert que les intérêts de l'agence !

— C'est faux. Vous le savez très bien.

— Je sais que je me suis trompée sur votre compte. Je n'aurais jamais dû vous faire confiance, répondit-elle en chassant une larme d'un revers de main. Vous m'avez délibérément caché que vous remettiez le carnet à William.

— Parce que je savais que cela ne vous plairait pas et que vous refuseriez de comprendre.

— Vous mentez. Vous me l'avez caché parce que vous saviez que c'était mal. Et oui, je refuse de comprendre qu'on se comporte ainsi !

Elizabeth contourna le fauteuil et gagna la porte.

— Je n'ai pas fini de parler, madame.

— Eh bien, poursuivez, monsieur, jeta-t-elle pardessus son épaule, courant presque pour cacher les larmes qui roulaient sur ses joues. Quant à moi, je n'ai plus le cœur à vous écouter.

William arpentait le salon de long en large.

Margaret soupira et se contorsionna sur les coussins, s'efforçant de trouver une position confortable malgré son dos qui la faisait souffrir.

— Vous n'aviez jamais entendu parler de ce journal ?

— Jamais. Mais Hawthorne était un type assez curieux. Cela ne m'a guère surpris d'apprendre que son père était fou. Je suis certain que Nigel n'était pas tout à fait net, lui non plus.

— Qu'est-ce qui vous faire dire cela ?

— Un fait qui me paraît étrange... J'ai consulté les notes de Westfield. Il a déjà consacré beaucoup de temps à l'étude de ce carnet, et tout ce qu'il en a tiré, ce sont des descriptions de localisations lointaines sans la moindre explication. L'utilité même de ce journal m'échappe.

Margaret posa les mains sur son ventre rond et sourit en sentant son enfant remuer.

— Laissons de côté le contenu de ce carnet pour nous concentrer sur Hawthorne. Comment est-il devenu votre partenaire ?

— Eldridge me l'a assigné.

— Avait-il spécifiquement demandé à travailler avec vous ?

— Pas que je sache. Si je me souviens bien, il avait parlé d'un compte personnel à régler avec St. John.

— Il aurait donc aussi bien pu travailler avec Westfield, qui enquêtait déjà sur St. John.

William enfouit ses deux mains dans sa chevelure.

— Sans doute, mais Westfield faisait équipe avec Mr. James, alors que moi, je n'avais encore établi aucun lien solide avec qui que ce soit.

— Et Westfield et vous ignoriez vos activités respectives alors que vous étiez d'excellents amis ?

— Eldridge ne révèle jamais…

— … ce genre d'information au cas où l'un de vous serait fait prisonnier et soumis à la torture, récita Margaret en frissonnant. Dieu merci, vous avez cessé de vous divertir de cette façon. Je ne sais pas comment Elizabeth supporte cela. Il faut dire qu'elle est bien plus forte que moi. Est-il possible qu'Hawthorne ait épousé Elizabeth dans l'espoir d'apprendre quelque chose au sujet des activités de Westfield ?

— Non, répondit William en s'asseyant à côté d'elle et en posant la main sur la sienne. Il n'aurait rien pu apprendre sur Westfield. Et moi non plus. Je pense qu'il l'a épousée pour s'assurer de rester mon partenaire.

— Oui, c'était avisé de sa part. Nous avons donc Hawthorne qui enquête avec vous sur St. John, mais dont le but consiste en fait à contrarier vos projets. Il est par ailleurs marié avec votre sœur et tient un journal en langage codé qui semble jusqu'ici n'avoir ni queue ni tête, mais qui doit être important puisque certaines personnes sont prêtes à tuer pour mettre la main dessus.

— Brillamment résumé.

— Le plus simple consisterait à capturer St. John, à lui remettre le journal et à le forcer à dire ce qu'il raconte.

William eut un sourire contrit.

— Selon Elizabeth, St. John prétend qu'Hawthorne était le seul à pouvoir le décoder. Mais c'est à l'évidence un mensonge, aussi Avery traque-t-il St. John, qui vient malheureusement de quitter Londres une fois de plus. C'est lui qui détient la clé de tout.

— Je me fais du souci pour Elizabeth, comme vous le savez, mais j'aurais préféré que Westfield laisse ce carnet ailleurs qu'ici.

— Je le sais, mon tendre amour. S'il y avait eu une autre option, je l'aurais suggérée. Mais, à dire vrai, je suis la seule personne en qui Westfield puisse avoir confiance concernant la sécurité d'Elizabeth. Et vous et moi sommes prudents depuis si longtemps... Avant tout, c'est à l'avenir de nos enfants que je pense. Je ne supporterais pas de les faire vivre dans la terreur. Il est temps de mettre un terme définitif à toute cette affaire.

Margaret prit son visage entre ses mains.

— Je suis heureuse que vous ayez enfin appris la vérité au sujet d'Hawthorne et de St. John. Cela atténue sans doute la culpabilité qui vous hante depuis des années. La mort d'Hawthorne était peut-être inévitable, au fond, tant sa vie était enracinée dans des activités criminelles.

Elle déplaça la main de William de façon à la poser sur son ventre et sourit quand il écarquilla ses beaux yeux bleus en sentant un coup de pied contre sa paume.

— Pourrez-vous me pardonner d'avoir accepté cette tâche alors que vous portez mon enfant ? s'enquit-il d'un ton anxieux avant de déposer un baiser sur son front poudré.

— Bien sûr, mon aimé, répondit-elle. Vous ne pouviez faire autrement. D'autant qu'il ne s'agit pas seulement d'Elizabeth, mais aussi de votre amitié avec Westfield. Je considère le fait qu'il ait requis votre aide comme un signe d'espoir. Nous résoudrons cette énigme ensemble. Alors, peut-être, pourrons-nous tous vivre en paix.

— Que se passe-t-il donc, Elizabeth ? demanda Elaine d'un ton soucieux. Cela me peine de vous voir aussi désemparée.

— Je devrais être à Londres en ce moment, pas ici, marmonna Elizabeth tandis qu'elles prenaient place au salon.

Elle était incapable de détourner ses pensées de William et de Margaret. Marcus avait peut-être fait ce qu'il estimait être le plus sage, mais il aurait dû en discuter avec elle. Lui permettre d'en parler avec William et de le remercier du concours qu'il voulait bien leur apporter. Son cœur se serra à la pensée de son frère qui l'aimait si tendrement.

— Je suis désolée que vous ne vous sentiez pas heureuse ici…

— Non, il ne s'agit pas de cela, s'empressa-t-elle d'affirmer. J'aime beaucoup cette maison. Mais certains… certaines choses me contrarient.

— Je ne saisis pas très bien, avoua Elaine avec un léger froncement de sourcils.

— J'avais demandé à Westfield de faire quelque chose d'important pour moi, et il n'en a pas tenu compte.

— Il devait avoir de bonnes raisons pour cela, assura Elaine. Il vous adore.

Paul entra sur ces entrefaites.

— Quelle est la cause de cette ambiance morose ? s'enquit-il avant de découvrir les yeux rougis par les larmes d'Elizabeth. Serait-ce Marcus ? Vous a-t-il encore crié après, Beth ?

En dépit de sa tristesse, le fait que Paul lui attribue un diminutif fit sourire Elizabeth. Personne ne l'avait encore appelée ainsi.

— Non. Mais je souhaiterais presque qu'il le fasse, avoua-t-elle. Il se comporte de façon si polie avec moi depuis une semaine que je n'en puis plus. Une bonne dispute me ragaillardirait sans doute.

Paul rit.

— Je reconnais que Marcus n'a pas son pareil pour vous battre froid en affectant la plus parfaite politesse. Dois-je comprendre que vous avez eu une querelle d'amoureux ?

— L'expression me paraît bien fade pour décrire la chose, mais je suppose que cela s'y apparente, en effet.

Une lueur malicieuse fit briller les yeux de Paul.

— Figurez-vous que je suis une sorte d'expert en matière de querelles d'amoureux. La meilleure façon d'en guérir consiste avant tout à ne pas se lamenter sur son sort... car la vengeance procure de bien plus grandes satisfactions.

Elizabeth secoua la tête. Cela faisait déjà six jours qu'elle refusait à Marcus l'accès de sa chambre. Chaque soir, il en avait testé la serrure, et chaque soir, trouvant la porte fermée, il était reparti sans insister. Pour se révéler dans le courant de la journée aussi charmant, poli et prévenant qu'à l'accoutumée.

— Je pense avoir fait tout ce qui était en mon pouvoir pour solliciter une réponse de sa part, répondit-elle.

— Dans ce cas, haut les cœurs, Beth ! Les querelles d'amoureux ne durent jamais longtemps.

Sur ce point, Elizabeth n'était pas d'accord avec son beau-frère. Elle tiendrait bon jusqu'à ce que Marcus lui présente des excuses. Il avait fait peu de cas de sa requête, et tant qu'il ne comprendrait pas qu'une décision de cette importance méritait une discussion, elle ne céderait pas.

Elle se faisait fort de se montrer aussi entêtée que lui.

Elizabeth était si tendue qu'elle sursauta au craquement d'un morceau de charbon dans l'âtre. Elle guettait le moment où Marcus viendrait tester le bouton de sa porte. Une fois que ce serait fait, elle pourrait enfin se détendre et tenter de trouver le sommeil.

S'il s'en tenait au manège des jours précédents, elle n'avait plus très longtemps à patienter. Assise dans son lit, elle entortilla nerveusement le drap entre ses doigts. Le col de dentelle de sa chemise de nuit devait être trop serré, car elle avait du mal à déglutir.

Le bouton de porte tourna alors lentement vers la droite.

Elle n'arrivait pas à en détacher les yeux, n'arrivait même pas à battre des cils.

Un léger déclic retentit quand le bouton atteignit la butée du mécanisme.

Elle serra les dents si fort qu'elle en eut mal à la mâchoire.

Le bouton revint à sa position initiale.

Elle ferma les yeux et soupira, tant de soulagement que de déception. Elle n'eut pas le temps de s'interroger sur ce paradoxe, cependant, car une seconde plus tard, la porte s'ouvrit sur Marcus. Il entra dans la chambre en faisant tourner autour de son index un ruban au bout duquel était attachée la clé de la porte.

Elizabeth se mordit la lèvre, furieuse, mais ne dit pas un mot. Un tel manque de fair-play n'aurait pas dû l'étonner de la part d'un individu prêt à tout pour obtenir ce qu'il voulait.

Il s'approcha d'une chaise, qu'il retourna de façon à faire face au lit, et s'y assit. Puis, tranquillement, il cala sa cheville droite sur le genou gauche et arrangea les plis de son peignoir autour de lui. Ainsi confortablement installé, il fit disparaître dans sa poche la clé qui lui avait permis d'entrer.

— Vous êtes l'homme le plus arrogant que j'aie jamais rencontré !

— Je serai ravi de débattre des défauts que vous m'attribuez une autre fois. Pour l'heure, je préférerais que nous évoquions les raisons qui vous poussent à m'interdire votre lit.

Elle croisa les bras sur sa poitrine.

— Vous les connaissez parfaitement.

— Vraiment ? Je crains de les avoir oubliées. Auriez-vous l'obligeance de me les rappeler, aussi vite qu'il vous sera possible de le faire, je vous prie ? J'ai pris sur moi pour vous accorder le temps de ravaler votre bile, mais ma patience est à bout après une semaine d'attente.

— Je ne suis pas seulement le déversoir de vos humeurs, monsieur. Si votre besoin est aussi désespéré, je ne puis que vous conseiller de vous prendre en main.

— Si j'avais seulement besoin d'un soulagement physique, votre conseil eût été superflu, répliqua-t-il après une brève inspiration. Mais vous ne m'avez toujours pas donné la raison pour laquelle vous verrouillez votre porte.

Elizabeth observa un long silence avant de répondre.

— Je considère que vous me devez des excuses.

— Vraiment ?

— Oui.
— Et à quel sujet, je vous prie ?
— Vous le savez fort bien. Je vous avais demandé de laisser William en paix, et vous n'en avez fait qu'à votre tête.
— Je ne m'excuserai pas pour cela, répondit-il, ses longs doigts élégants se refermant sur les accoudoirs de bois sculpté de la chaise.
Elle releva le menton.
— Dans ce cas, nous n'avons plus rien à nous dire.
— Détrompez-vous, car ce soir je compte partager votre lit, ma chère épouse, et j'aimerais que l'expérience soit plaisante.
— Je ne suis pas une créature dénuée de sentiments et d'intelligence, Marcus. Vous ne pouvez pas les piétiner et vous attendre ensuite que je vous accueille à bras ouverts.
— Je chéris vos sentiments, Elizabeth, et je respecte votre intelligence. Je ne vous aurais pas épousée si ce n'était pas le cas.
— Alors, comment expliquez-vous que vous n'ayez pas jugé bon de me faire part de vos intentions ? Agir sans m'en aviser et me dissimuler vos actes, ce n'est pas respecter mon intelligence, Marcus.
— Je ne vous ai rien dissimulé. Quand vous m'avez interrogé, je vous ai aussitôt répondu. Par ailleurs, je n'avais pas besoin de vous demander votre opinion, puisque je la connaissais déjà, ajouta-t-il sèchement. Je n'ai pas besoin qu'on me répète les choses pour m'en souvenir.
— Et mon opinion a-t-elle si peu d'importance à vos yeux que vous n'en teniez aucun compte ?
— Je tiens autant compte de votre opinion que de la mienne, déclara-t-il en se levant. Mais votre sécurité passera toujours avant le reste. Toujours.

Elizabeth quitta son lit. Marcus était plus grand qu'elle, mais elle préférait avoir cette conversation avec lui debout.

— Et que faites-vous de la sécurité de William ? De celle de sa famille ?

Marcus se rapprocha d'elle et effleura sa joue de ses doigts repliés, les paupières closes, comme pour mieux savourer le contact de sa peau. Elizabeth frissonna en retrouvant son parfum, ce mélange de bois de santal et d'agrumes qui lui montait à la tête.

— Je suis navré d'avoir été forcé de l'impliquer. Si par malheur il lui arrivait quelque chose, je serais à tout jamais accablé par la culpabilité et regretterais toujours la perte de celui qui fut et qui, je l'espère, redeviendra un jour aussi proche de moi qu'un frère. Mais je survivrais, ajouta-t-il en baissant la voix. Je ne pourrais pas en dire autant si je devais vous perdre.

— Marcus…

Stupéfaite, Elizabeth posa la main sur celle de Marcus et la maintint contre sa joue.

— Je ne sais pas comment j'ai survécu ces quatre années sans vous, poursuivit-il. Quand je regarde en arrière et que je repense à ces journées qui n'en finissaient pas, à cette souffrance perpétuelle, à cette impression que je passais à côté de quelque chose de vital…

Il secoua la tête.

— Je ne pourrais pas le revivre. Et c'était avant. Avant que je découvre les innombrables facettes de votre sourire, la tiédeur de votre peau, vos gémissements de plaisir, le bonheur de vous avoir auprès de moi, que ce soit en public ou en privé.

Elizabeth eut soudain l'impression de manquer d'air. Elle ouvrit la bouche pour respirer, submergée par les émotions. Il l'attira contre lui et la serra tendrement dans ses bras.

— Je suis désolé de vous avoir blessée, mais je reprendrais la même décision des centaines de fois si le besoin s'en faisait sentir. C'est difficile pour vous, je le conçois, de même que je conçois que vous ne puissiez pas vous mettre à ma place. Je mourrais sans regret pour vous protéger, parce que la vie sans vous n'a aucune valeur à mes yeux. Et c'est pour cette raison que j'accepte de renoncer à mes responsabilités au sein de l'agence, parce que mon travail vous est néfaste.

— P... pourquoi...

Elle avala avec peine sa salive et se serra contre lui.

— Je ne m'attendais pas que vous me disiez de telles choses. Je... je ne sais pas quoi vous répondre.

— Cette semaine loin de vous m'a fait comprendre qu'il valait mieux que je m'explique franchement, de façon qu'il n'y ait plus le moindre doute entre nous.

— Je n'aurais jamais cru que vous puissiez m'aimer. Pas après tout ce que j'ai fait.

Il cala sa joue sur le sommet de sa tête.

— Je me suis souvent demandé pourquoi vous aviez cet effet-là sur moi. J'ai connu des tas de femmes, belles, intelligentes, drôles, audacieuses. Pourquoi fallait-il que je m'entiche de vous ? Pourquoi pas d'une femme qui accepterait de m'ouvrir son cœur ? Je l'ignore. Peut-être justement parce que vous m'étiez inaccessible et que je devais déployer d'immenses efforts pour vous conquérir. Peut-être aussi parce que j'entretenais l'espoir de guérir vos blessures.

Il haussa les épaules.

— Dieu seul le sait, conclut-il.

— Je ne peux pas m'empêcher de souhaiter que vous m'ayez parlé de vos intentions, marmonna-t-elle en dépit de la déclaration qu'il venait de lui faire.

— J'espère avoir plus de temps à l'avenir pour vous convaincre du bien-fondé de mes opinions. Je regrette de ne pas avoir disposé de ce luxe dans le cas qui nous occupe.

Elizabeth se laissa aller entre ses bras et plissa les yeux.

— Combien de temps aurait-il fallu pour que je me range à votre opinion, selon vous ?

Il rit.

— Une semaine, à ce qu'il semble... Et nous ne disposions pas de ce temps-là.

Elizabeth leva les yeux vers lui. La tendresse qu'elle lut dans son regard et le charme de son sourire lui donnèrent envie de soupirer comme une toute jeune fille. Le temps et l'intimité n'atténuaient en rien l'effet qu'avait sur elle sa beauté virile. Elle ne trouvait pas les mots pour exprimer les choses aussi sobrement et courageusement que lui, mais elle était décidée à faire de son mieux.

Ses mains se glissèrent entre eux et écartèrent les pans du peignoir de Marcus pour révéler le corps qui lui faisait venir l'eau à la bouche. Le bout de ses doigts glissa sur sa peau tiède, depuis son ventre jusqu'à ses cuisses.

— Sentez-vous ce que vous me faites ? demanda-t-il en fermant les yeux quand ses caresses lui tirèrent un long frisson.

Il s'humecta les lèvres et la prit par la taille, un violent désir empourprant ses joues.

— Vous me rendez fou, Elizabeth, je n'en peux plus.

Il saisit sa main pour l'approcher de son sexe, déjà dur et palpitant, et retint son souffle quand ses doigts se refermèrent autour de la colonne de chair.

Émerveillée, Elizabeth le parcourut du regard. Ces simples caresses d'exploration avaient suffi à faire baisser sa garde à Marcus.

« C'est cela, la confiance », lui avait-il dit un jour.

Et il fallait qu'elle lui fasse confiance. Elle savait qu'il agirait toujours dans son intérêt, même si elle n'approuvait pas forcément ses méthodes. N'en aurait-elle pas fait autant pour lui ?

Les émotions qui se bousculaient en elle la poussèrent à s'agenouiller devant lui pour le prendre dans sa bouche et lui donner le plaisir qu'il désirait.

Comme elle aimait cela, elle aussi ! Ce contact soyeux, ces râles de plaisir, ces longs doigts crispés dans sa chevelure, ces fesses dures comme du marbre sous ses paumes...

Un instant plus tard, il la souleva dans ses bras et la porta jusqu'au lit, où il la débarrassa en un tournemain de sa chemise de nuit. Elle s'immergea dans la douceur du lit, s'enivra de la fermeté de son corps au-dessus d'elle, et tout cela fusionna quand il souleva ses cuisses pour la pénétrer profondément.

Submergée par un flot de chaleur et consumée par le souvenir de ses paroles, elle l'encercla de ses bras et poussa un cri de joie pure. Ses larmes vinrent mouiller l'épaule de Marcus, se mêlant à sa sueur.

Enfin, quand il la rejoignit dans l'orgasme, alors qu'un long frisson le traversait de part en part, Elizabeth approcha ses lèvres de son oreille et laissa parler son cœur.

21

— Mr. Christopher St. John demande à être reçu, milady.

Elizabeth leva les yeux de son roman et contempla le majordome, bouche bée. Retrouvant ses esprits, elle laissa tomber son livre sur le sofa et se leva précipitamment.

— Où est-il ?

— Dans le salon du rez-de-chaussée, milady.

Marcus était sorti avec le régisseur pour faire la tournée des fermes du domaine. Elaine était montée faire la sieste après le déjeuner ; quant à Paul et à Robert, ils étaient partis au village une heure auparavant. Elizabeth était seule, mais elle n'avait pas peur, et elle le fit savoir d'un hochement de tête aux deux gardes qui se tenaient de part et d'autre de la porte du salon.

St. John se leva à son entrée, ses vêtements splendides rehaussant sa beauté angélique. Il sourit, et sa ressemblance avec Nigel la déconcerta un instant.

En s'approchant de lui, elle remarqua qu'il avait maigri, que ses cernes s'étaient creusés et qu'en dépit de la fierté de son maintien il était épuisé.

— Vous faites preuve d'une folle audace en vous présentant ici.

— Je m'attendais à moitié à voir Westfield entrer en chargeant comme un taureau, répondit-il avec un haussement d'épaules. Je suis soulagé de vous voir. L'idée d'une bagarre ne me sourit guère. Où se trouve le comte ? demanda-t-il en tendant le cou pour regarder derrière elle.

— Dans les parages.

Il haussa ses sourcils blonds et sourit.

— Du moment qu'il passe au large, cela me convient.

— Eldridge a lancé ses hommes sur vos traces.

Le sourire du pirate s'évanouit aussitôt.

— Je sais.

— Vous prétendez vouloir m'aider, mais votre entêtement à garder le silence met ma vie en péril.

Il se détourna, s'approcha de la fenêtre et porta son regard sur l'allée circulaire.

— Je n'ai jamais voulu vous impliquer dans cette affaire. Je savais que cet individu était abject, gronda-t-il, mais pas au point de se servir de vous et de vous menacer... Si seulement ce satané carnet n'avait pas resurgi !

— Je ne peux pas dire que je partage votre avis sur ce point, car si le carnet ne m'était pas parvenu, Marcus et moi ne nous serions peut-être jamais retrouvés.

St. John se retourna et lui offrit un sourire triste. Puis son regard balaya la pièce, s'attardant sur les gardes en livrée devant la porte.

— Je constate que Westfield veille sur votre sécurité. Cela me rassure quelque peu.

— Vous semblez bien las, lança-t-elle à brûle-pourpoint.

— Je vous remercie pour cette remarque, maugréa-t-il, alors que je me suis donné tant de mal pour paraître présentable. Mon valet de chambre a du souci à se faire.

— Le meilleur valet du monde est incapable de dissimuler les effets d'une vie déréglée, répliqua-t-elle. N'avez-vous jamais envisagé de changer d'occupation ? Votre mode de vie finira par vous tuer.

— Je ne suis pas venu vous trouver pour parler de mon mode de vie, dit-il, les lèvres pincées.

Elizabeth s'assit et attendit qu'il en fasse autant.

— Fort bien. Dans ce cas, laissez-moi vous dire que le carnet n'est pas ici.

St. John proféra un juron si audacieux qu'Elizabeth rougit.

— Eldridge l'a-t-il en sa possession ?

Elle hésita un instant, se demandant s'il était sage de lui transmettre la moindre information à ce sujet.

— Non, répondit-elle finalement, l'agitation de ses doigts trahissant discrètement son embarras.

— Tant mieux. Tenez-le loin de lui.

— Pour l'instant, il s'est contenté de demander à Westfield de le déchiffrer. En ce moment, ce qui l'intéresse avant tout, c'est de vous mettre la main dessus.

— Cela ne m'étonne pas. Ce qui m'étonne, c'est qu'il ait attendu aussi longtemps. Comme s'il avait voulu que tous ses agents soient excités comme des puces avant de les lancer à mes trousses. Eldridge n'agit jamais à la légère.

Elizabeth le dévisagea attentivement.

— Pourquoi êtes-vous venu ?

— Quand j'ai appris qu'Eldridge avait envoyé ses troupes à ma recherche, j'ai compris à quel point la situation était devenue délicate. Je ne sais pas quoi faire. En fait, je ne vois qu'une solution, mais elle est pratiquement impossible à mettre en place.

Elle s'apprêtait à répondre quand un bruit attira leur attention à l'extérieur. Ils s'élancèrent d'un même mouvement vers la fenêtre. Une carriole venait de s'arrêter devant l'entrée et chancelait dangereusement sur ses trois roues, la quatrième étant rompue.

— Restez là, ordonna Elizabeth, sachant que Marcus voudrait s'entretenir avec le pirate.

Il ne fallut qu'un instant à Elizabeth pour s'assurer qu'on apportait au villageois toute l'aide nécessaire, et elle s'empressa de retourner au salon... qu'elle trouva désert.

Elle resta un instant sur le seuil, hébétée.

— Où est-il passé ? demanda-t-elle aux gardes.

Aussitôt, ils se précipitèrent à l'intérieur de la pièce et la balayèrent du regard.

St. John s'était volatilisé.

Marcus cala ses épaules contre la tête de lit et serra sur lui le corps comblé de son épouse. Le grommellement de protestation d'Elizabeth ne parvint pas à le faire sourire. Il caressa son dos du plat de la main, espérant l'aider à trouver le sommeil. Lui-même était incapable de dormir.

Pourquoi St. John était-il venu ? S'il avait vraiment voulu s'emparer du carnet, il ne se serait pas contenté de l'assurance d'Elizabeth qu'il n'était plus en sa possession. Et pourtant, alors qu'il ne lui avait soutiré aucune autre information, il s'était enfui. Arranger à l'avance l'incident de la roue cassée de la carriole était un stratagème typique de St. John. Et se présenter alors que seules Elizabeth et Elaine étaient là signifiait qu'il avait surveillé les lieux avant sa visite.

Il resserra ses bras autour d'Elizabeth et, comme en réponse, elle frotta son visage contre son torse. La mise en garde du pirate était claire. *Tu n'es en sécurité nulle part, Westfield. Pas même dans ton propre domaine.*

Alors même que cette pensée lui venait, Marcus se figea. Il pencha la tête sur le côté et tendit l'oreille, à l'affût des bruits de la maison. Il ne perçut rien d'anormal, mais ne parvint pas à se détendre pour autant.

Il avait depuis longtemps appris à se fier à son instinct, aussi s'écarta-t-il d'Elizabeth pour descendre du lit.

— Que faites-vous ? demanda-t-elle.

Sa moue déçue le flatta, et il s'attarda à la contempler. Il y avait eu une époque où il ne pouvait que rêver de l'avoir un jour dans son lit, et quand la bague qu'elle portait à l'annulaire capta la lueur des flammes qui mouraient doucement dans l'âtre, la mâchoire de Marcus se contracta. Rien ni personne ne pourrait nuire à Elizabeth, désormais.

— Attendez-moi là, ma douce, murmura-t-il en enfilant son pantalon.

Il ramassa la petite épée qu'il avait laissée à portée de main sur une chaise voisine et la sortit de son fourreau. Elizabeth redressa la tête, mais Marcus plaça l'index sur ses lèvres pour lui intimer le silence, avant de traverser silencieusement la chambre sur ses pieds nus. Après avoir pris une profonde inspiration, il entrouvrit la porte du salon.

Par l'entrebâillement, il pouvait voir la porte de la chambre d'Elizabeth, à l'autre bout du salon. Un rai de lumière filtrait sous le battant, indiquant qu'une chandelle était allumée à l'intérieur de la chambre.

Une fois de plus, son instinct l'avait prévenu du danger. Il y avait quelqu'un dans la chambre d'Elizabeth. Marcus se faufila sans bruit hors de la sienne. St. John n'avait pas abandonné la partie. Il était revenu, comme Marcus l'avait supposé.

Il avait voulu placer un garde en faction dans le salon, mais Elizabeth avait été horrifiée à l'idée de savoir quelqu'un dans la pièce voisine quand ils faisaient l'amour. Elle s'était montrée inflexible, et Marcus avait fini par céder. Quelle bêtise ! songea-t-il en secouant la tête. Il gagna la porte de la chambre d'Elizabeth, voulut l'ouvrir, mais elle était verrouillée. Il retourna chercher la clé dans sa chambre en se maudissant.

Elizabeth était en train d'enfiler sa chemise de nuit.

Marcus secoua la tête et fronça les sourcils.

— Restez ici, articula-t-il silencieusement.

— Que se passe-t-il ? répondit-elle sur le même mode.

En guise de réponse, il prit la clé et repassa au salon. Aussitôt, il remarqua que le rai de lumière qu'il avait vu un instant avant avait disparu. L'obscurité était totale, et il lui fallut un peu plus de temps que la première fois pour atteindre la porte de la chambre. Le courant d'air qu'il sentit passer sur ses orteils lui apprit que la fenêtre de la chambre était ouverte.

Marcus n'était pas fou au point d'entrer dans une pièce obscure. Il gagna le couloir faiblement éclairé, attrapa la chandelle qui brûlait dans l'alcôve et alluma le chandelier qui trônait sur la console.

Quand il se retourna, il s'aperçut que la porte de la chambre d'Elizabeth qui donnait sur le couloir était entrouverte. Il l'ouvrit d'un coup de pied, tenant le chandelier d'une main, son épée dans l'autre. Les rideaux étaient ouverts, et les pâles rayons de la lune projetaient des ombres dans la pièce. La brise du soir s'engouffra dans les voilages, créant une présence fantomatique qui lui fit serrer les poings. Il doutait que quiconque ait pris le risque d'entrer et de sortir par la fenêtre du premier étage, très élevé. Ce qui signifiait que l'intrus était toujours dans la pièce ou bien qu'il était sorti dans le couloir quand Marcus était allé chercher la clé.

— Que se passe-t-il, milord ? murmura une voix grave derrière lui.

Marcus se retourna et se retrouva face à l'un des gardes. Derrière lui se tenait Elizabeth, qui mordillait nerveusement sa lèvre inférieure. Il sentit sa gorge se contracter à l'idée qu'elle venait de traverser le couloir. Mais elle n'aurait rien pu faire d'autre, et il sentit une fois de plus son cœur se gonfler d'admiration. Elizabeth était une femme courageuse, dotée d'un solide esprit pratique.

— Quelqu'un est entré dans la chambre de lady Westfield, répondit-il au garde. Attendez avec elle pendant que je m'assure que l'intrus est bien ressorti.

Le garde hocha la tête, et Marcus fouilla la chambre de fond en comble. La pièce était vide, mais cela ne suffit pas à l'apaiser.

— Réveillez les autres gardes, ordonna-t-il en retournant dans le couloir. Fouillez toutes les pièces vides et vérifiez les issues. Trouvez par quel moyen il a réussi à s'introduire dans la maison. Et à partir de cette nuit même, l'un de vous montera la garde dans le salon de nos appartements.

Marcus remit le chandelier au garde, puis saisit Elizabeth par le coude et la raccompagna dans sa chambre.

— Il est temps d'arrêter de se cacher, Marcus.

— Non.

— Vous savez qu'il le faut, déclara-t-elle en lui faisant face.

Il secoua vigoureusement la tête, la mâchoire crispée.

— C'est bien trop dangereux.

— Nous n'avons pas le choix. Songez au risque que vous faites courir à votre famille.

Marcus prit le visage d'Elizabeth entre ses mains.

— Ma famille, c'est vous.

— Je vous en prie, ne soyez pas si obstiné.

— Vous m'en demandez trop, Elizabeth.

— Je ne demande que la liberté, répliqua-t-elle en levant vers lui un regard étincelant. Je n'en peux plus. Cette attente n'en finit pas. Nous devons prendre l'initiative et lui forcer la main. En finir une bonne fois pour toutes.

Il ouvrit la bouche, mais elle posa son doigt sur ses lèvres.

— Ne discutez pas. Je comprends votre position. Considérez la mienne. C'est tout ce que je vous demande.

Savoir qu'elle avait raison n'apaisa pas le tourment de Marcus. Une fois qu'ils eurent regagné le lit, il la serra étroitement dans ses bras. Il avait besoin de sa chaleur pour combattre la terreur glacée qui comprimait sa poitrine.

— Je vous en prie, ne vous tracassez pas ainsi, murmura-t-elle, ses douces lèvres effleurant son torse. Nous réussirons. J'ai confiance en vous.

Marcus raffermit son étreinte, ému qu'elle croie suffisamment en lui pour proposer quelque chose d'aussi périlleux. Elle lui avait dit un jour qu'elle ne lui ferait jamais confiance, et il l'avait crue. Découvrir qu'il avait réussi à la toucher aussi profondément était comme un baume pour ses blessures, qui cicatrisaient un peu plus chaque jour.

Mais il n'avait que mépris pour lui-même et ne comprenait pas comment elle pouvait avoir une telle confiance en lui alors qu'il manquait à tous ses devoirs vis-à-vis d'elle.

Pour Elizabeth, les trois jours qui suivirent l'incident survenu dans sa chambre furent chargés de tension. Durant la journée, Marcus se retirait dans son bureau, où il traquait sans relâche les éventuelles faiblesses de la défense dont il avait entouré Elizabeth. Et les nuits étaient pires encore. La présence du garde de l'autre côté de la porte l'empêchait de se détendre assez pour profiter des attentions de Marcus, qui se refusait à lui faire l'amour quand elle était aussi réticente.

— Je n'aime pas vous voir aussi morose, Beth, lui dit Paul un jour, alors qu'elle ramassait les menus éparpillés sur la table de la salle à manger.

— Je ne suis pas morose.

Il haussa les sourcils.

— Est-ce de l'ennui, alors ? Notez que je ne vous le reprocherais pas. Voilà des jours que vous êtes consignée à la maison.

Elle fronça les sourcils et faillit avouer que Marcus lui manquait affreusement. Mais un tel aveu eût été déplacé, aussi se contenta-t-elle de secouer la tête.

— Puis-je vous proposer d'aller jusqu'au village ?

— Non, je vous remercie, Paul.

Marcus lui avait interdit de quitter l'enceinte de la maison, mais ce n'était pas la seule raison de son refus. Le déjeuner n'allait pas tarder à être servi, et ces derniers jours, c'était le seul moment où elle pouvait jouir de sa conversation. Elle savait que c'était absurde qu'il lui manque autant alors qu'ils étaient physiquement aussi proches, mais elle ne pouvait pas s'en empêcher et, si surprenant que cela parût, n'en avait pas vraiment envie. Elle avait un jour été terrifiée par le puissant besoin qu'elle avait de lui, mais elle en était venue à chérir ce lien qui les unissait.

— En êtes-vous bien certaine ? insista Paul.

Elizabeth agita la main et lui adressa un sourire rassurant, puis se dirigea vers le hall. Bientôt, elle allait pouvoir appeler Marcus. Son pas se fit plus léger lorsqu'elle songea au sourire qu'il lui adresserait quand elle apparaîtrait sur le seuil de son bureau. Perdue dans ses pensées, elle ne vit pas surgir le bras qui la ceintura et l'entraîna sous la volée de marches du côté gauche de l'escalier. Les menus qu'elle apportait à l'office pour en discuter avec la cuisinière lui échappèrent et se répandirent sur le sol de marbre.

Son cri de protestation étranglé fut étouffé par un baiser passionné tandis que le corps puissant de son époux la plaquait contre le mur. Les mains qu'elle avait spontanément levées pour repousser son assaillant se posèrent sur sa nuque quand elle le reconnut, et elle l'attira vers elle.

— Ma tendre épouse, murmura-t-il en l'embrassant.

— Qu… que faites-vous donc ? demanda-t-elle, le cœur battant encore de la frayeur qu'il venait de lui faire.

— Vous me manquez, répondit-il en mordillant tendrement sa gorge. Cela fait déjà trois jours…

Les yeux clos, elle huma son odeur, étourdie par la chaleur de sa peau, son grand corps tendu de désir, ses mains puissantes qui la caressaient fiévreusement…

— Pourquoi diable faut-il que vous portiez toujours des vêtements ? se plaignit-il. Toutes ces couches d'étoffe sont autant d'obstacles à mes caresses.

Elizabeth regarda autour d'eux. Le soleil donnait à plein à travers la baie vitrée. Si quelqu'un venait à passer par là, ils n'auraient nulle part où se cacher.

— Arrêtez. Il le faut.

— Je ne peux pas.

Elle laissa échapper un rire étouffé, si échauffée par ses attentions qu'elle aurait souhaité elle aussi ne porter aucun vêtement.

— Que faites-vous ? haleta-t-elle, son corps mollissant au contact de celui de Marcus.

— Je rattrape le temps perdu.

Marcus s'écarta légèrement, les mains très occupées, l'une au niveau de sa taille, l'autre s'efforçant désespérément de palper sa poitrine à travers son corset.

— On pourrait nous voir, l'avertit-elle.

— Vous ne parviendrez pas à me dissuader, répliqua-t-il en faisant courir sa langue sur les lèvres d'Elizabeth.

— Vous n'avez tout de même pas l'intention de me prendre ici !

— Qui sait ? répliqua-t-il en tirant sur son bustier de soie. J'ai désespérément besoin de vous, déclara-t-il, son regard ardent confirmant ses dires.

— Tout de suite ?

Elle se mordit la lèvre, ravie qu'il n'ait plus aucun contrôle sur son désir.

— Ne pouvez-vous pas attendre ?

Il secoua la tête, et ce geste suffit à emplir de joie le cœur d'Elizabeth.

— Moi aussi, j'ai envie de vous, confessa-t-elle.

La caresse des mains de Marcus s'affermit, et son regard se fit si pénétrant qu'elle en rougit.

— Je n'aurais jamais cru que vous auriez envie de moi, pas vraiment, dit-il en baissant la voix. Mais vous avez envie de moi, n'est-ce pas ?

Elle hocha la tête et pressa ses lèvres contre les siennes.

— Je vous désire tellement que cela me fait mal. Vous me manquez atrocement.

— Je ressens la même chose, dit-il en l'attirant tout contre lui.

— Je suis égoïste, Marcus. Je veux votre attention tout entière.

— Vous l'avez, répondit-il avec un sourire coquin. Puis-je espérer que vous voudrez aussi de moi tout entier ? Nous pourrions nous esquiver. Trouver un endroit discret...

— M'autoriserez-vous à vous bander les yeux ? À vous attacher ? À vous garder rien que pour moi pendant des heures, des jours ?

Marcus s'écarta, les yeux écarquillés.

— Parlez-vous sérieusement ? s'enquit-il, incapable de dissimuler son excitation à cette idée.

Les images qu'Elizabeth venait d'évoquer agissaient sur ses propres sens, et elle sentit une moiteur familière naître entre ses cuisses.

— On ne peut plus sérieusement.

— Je vous accorde cinq minutes pour trouver un lit et vous dévêtir. Si vous mettez plus longtemps, je serai contraint de vous ôter cette robe en la tranchant avec un poignard.

Elle éclata de rire.

— Vous n'oseriez pas ! J'adore cette robe.

— Quatre minutes trois quarts...

Elizabeth tourna les talons et s'éloigna en courant.

— N'oubliez pas de ramasser mes menus, lança-t-elle par-dessus son épaule.

Parvenue au pied de l'escalier, elle souleva le bas de sa robe, et elle avait gravi la moitié des marches qui menaient au palier du premier étage quand le majordome apparut sur la galerie. Il descendit jusqu'à elle.

— Une lettre vient d'arriver pour vous, milady.

Elizabeth prit la missive sur le plateau d'argent qu'il tendait vers elle et reconnut aussitôt le sceau des Langston sur le cachet de cire.

— Je vous remercie.

Elizabeth rompit le sceau et lut le bref contenu du pli. Puis le relut.

— Margaret a donné naissance à l'enfant ! s'écria-t-elle. C'est un garçon !

— Deux minutes... retentit la voix moqueuse de Marcus juste en dessous d'elle.

Instantanément, elle s'immobilisa.

— N'avez-vous pas entendu ? Je dois aller les voir !

— Venez par ici, lady Westfield, ronronna-t-il d'un ton inquiétant en gravissant les marches avec la grâce d'un prédateur. Vous vouliez mon attention, vous l'avez. Votre neveu peut bien attendre.

Elizabeth éclata de rire.

— Il vous faudra d'abord m'attraper, le défia-t-elle en reprenant vivement son ascension.

Elle atteignit le palier, tenant sa lettre d'une main, relevant ses jupes de l'autre, et s'engagea dans le couloir en courant, Marcus sur ses talons.

Elaine les observait depuis le seuil du salon du rez-de-chaussée.

— Je ne l'ai jamais vu aussi heureux, confia-t-elle à Paul, qui se tenait près d'elle. Le mariage a opéré sur lui un véritable miracle.

— Absolument, approuva Paul.

Elle leva vers lui un regard affectueux et sourit.

— Ce qui fait de vous, mon cher fils, le prochain sur la liste.

22

Il était plus de minuit quand la voiture de louage arriva à Chesterfield Hall. Par mesure de prudence, Marcus et Elizabeth descendirent dans la rue qui longeait l'arrière de la maison et entrèrent par la porte de service.

— Toutes ces précautions sont-elles vraiment nécessaires ? se plaignit Elizabeth en frissonnant dans l'air frais de la nuit.

Marcus plaça son manteau par-dessus le sien et passa son bras autour de ses épaules.

— Je refuse de vous faire courir le moindre risque.

Ils gagnèrent l'ancienne chambre d'Elizabeth par l'escalier de service.

— À quel point tenez-vous à moi ? murmura-t-elle en le précédant dans le couloir.

— Plus qu'au plus précieux des trésors, affirma-t-il.

Après avoir refermé la porte derrière eux, Marcus ôta les deux manteaux de ses épaules, la fit pivoter vers lui et plongea son regard dans le sien. Son baiser fut tendre et généreux, ses lèvres s'attardant sur sa bouche avec une affection évidente.

— M'aimez-vous, Marcus ?

Elle s'était promis de ne jamais l'interroger sur les sentiments qu'il avait pour elle. Chaque jour, il lui montrait de cent façons à quel point elle comptait pour lui. Mais le besoin d'entendre les mots avait eu raison de ses résolutions.

Il sourit contre ses lèvres.

— Devez-vous vraiment le demander ?

Elizabeth s'écarta pour scruter son visage.

— Cela vous est-il si difficile de me le dire ?

Il s'apprêtait à lui répondre quand on frappa à la porte.

— Entrez, répondit Marcus, incapable de dissimuler son soulagement.

William passa sa tête blonde et bouclée dans l'entrebâillement de la porte.

— Lady Barclay vous a entendus arriver. Elle aimerait qu'Elizabeth vienne voir son neveu tout de suite. Westfield, je regrette, mais vous devrez attendre jusqu'à demain matin.

— Bien sûr, j'arrive immédiatement, dit Elizabeth.

Elle se hissa sur la pointe des pieds et attendit que Marcus approche ses lèvres.

— Nous poursuivrons cette conversation plus tard, milord.

Il frotta le bout de son nez contre le sien.

— Je reste à votre disposition, milady.

Elizabeth quitta la pièce, et William resta en compagnie de Marcus. Celui-ci examina attentivement son beau-frère et remarqua les cernes qui ombraient ses yeux.

— Vous semblez épuisé, Barclay.

— Le futur comte de Langston jouit d'un appétit vorace, et lady Barclay ne veut pas entendre parler de nourrice. J'ai bien tenté de la raisonner, mais sans succès. Elle s'est montrée inflexible.

— Félicitations, déclara Marcus en lui tendant une main que William serra vigoureusement. Vous êtes le plus heureux des hommes.

William hocha la tête, avant de se passer la main dans les cheveux.

— Vous n'auriez pas dû revenir à Londres, déclara-t-il.

— Je suis bien d'accord, mais votre sœur s'est montrée aussi inflexible que votre épouse. Et, pour comble de malheur, elle est bien décidée à servir d'appât pour attirer son agresseur et en finir une bonne fois pour toutes, soupira Marcus. Cette femme n'a peur de rien.

— En effet, elle a toujours été ainsi. Ne prenez pas cet air sinistre, Westfield.

— C'est mon épouse. Vous devez comprendre ce que j'éprouve. Vous-même, ne vivez-vous pas dans la crainte depuis quatre ans ?

— Ce n'est pas comparable, répondit William. Je n'avais pas à m'inquiéter d'un mystérieux carnet, et j'ignorais qu'il y avait un espion au sein même de l'agence. Le danger est bien plus grand aujourd'hui. Vous savez à quel point j'aime Elizabeth, mais j'ai un fils à présent. Il est temps de clore ce chapitre de nos vies et d'aller de l'avant.

— S'il arrivait quelque chose à Elizabeth, je me retrouverais sans rien, car nous n'avons pas d'enfants. Vous me demandez tous deux l'impossible.

— Westfield... soupira William. Vous et moi serons prêts, le moment venu.

— Quand le moment sera venu de quoi ? s'enquit Elizabeth en apparaissant sur le seuil.

— Quand le moment sera venu pour vous d'être *enceinte**, répondit William avec un sourire visant à dissimuler la véritable nature de leur conversation.

Elizabeth écarquilla les yeux.

— Vous parliez d'enfants ? demanda-t-elle en se tournant vers Marcus. De *nos* enfants ?

Cette idée fit sourire Marcus. Chaque jour, il s'émerveillait d'avoir enfin Elizabeth auprès de lui. C'était un vrai miracle.

William serra sa sœur dans ses bras.

— Ton fils est très beau, lui dit-elle avec un doux sourire. Il dormait quand je suis arrivée. J'ai hâte de le prendre dans mes bras lorsque nous serons tous deux moins fatigués.

William déposa un baiser sur son front, puis, avec un bâillement, prit congé.

— Je vous laisse. À demain matin.

La porte se referma doucement derrière lui, et Elizabeth carra les épaules avant de se tourner vers Marcus.

— Nous n'avons encore jamais abordé la question des enfants.

— Ce n'est pas nécessaire. Ils viendront quand ils viendront, voilà tout.

Elle détourna les yeux en se mordillant la lèvre.

— Quelque chose vous chagrine, ma chère ?

— Je n'ai pas envie d'en parler.

Il fit courir le bout de son doigt le long de sa clavicule en riant doucement.

— Vous dites souvent cela avant de me forcer à vous soutirer vos pensées. Mais il se fait tard. Voulez-vous avoir l'obligeance d'écourter ce petit jeu ?

Elle ferma les yeux.

— Ne pourrions-nous nous contenter d'aller directement au lit ? Je suis fatiguée.

— Expliquez-moi ce qui ne va pas. J'ai les moyens de vous faire parler, ajouta-t-il d'un ton séducteur. Souhaitez-vous que je les emploie ?

— Il est possible… commença-t-elle avant de baisser la voix. Il est possible que je sois stérile.

Il recula, stupéfait.

— Où êtes-vous allée pêcher cette idée ridicule ?

— Réfléchissez. J'ai été mariée à Hawthorne pendant un an et…

— C'est qu'il n'a pas mis beaucoup de cœur à l'ouvrage, ricana Marcus.

— Vous avez mis beaucoup de cœur à l'ouvrage ces derniers mois, objecta-t-elle. Et mes menstrues reviennent avec la régularité d'une horloge.

Cette fois, Marcus fronça les sourcils et observa la tête baissée d'Elizabeth. Sa tristesse évidente lui serra le cœur.

— Ma tendre épouse, dit-il en passant les mains dans son dos pour dénouer son bustier. Vous vous inquiétez sans raison.

— Chaque mois, j'ai l'impression de manquer à mes devoirs envers vous, dit-elle en posant sa joue contre le col de velours de sa veste.

— Voilà qui est singulier. Car, chaque mois, je me dis quant à moi que j'ai bien de la chance de vous avoir pour moi tout seul un peu plus longtemps.

— Je vous en prie, ne plaisantez pas.

— Loin de moi cette idée. J'ai deux frères. La lignée des Ashford n'est pas en péril.

— Vous désirez sûrement un héritier direct, et mon devoir consiste à vous le donner.

— Cessez, ordonna-t-il en la faisant pivoter sur elle-même afin de continuer plus aisément à délacer son bustier. Je ne désire que vous. Toute ma vie, je n'ai jamais désiré que vous.

— Marcus…

Sa voix se brisa, et il eut l'impression que son cœur en faisait autant.

— Je vous aime, dit-il d'un ton bourru, la gorge serrée. Je vous aime depuis toujours. Si nous devions finir nos jours ensemble, rien que nous deux, je serais le plus heureux des hommes et mourrais de même. N'en doutez jamais.

Elle se retourna et prit sa tête entre ses mains pour attirer ses lèvres contre les siennes, baignées de larmes.

— Je ne vous mérite pas, sanglota-t-elle, ses doigts caressant frénétiquement ses cheveux.

Marcus accueillit cet assaut fiévreux en silence, incapable de parler à présent qu'il avait dit les mots qu'il s'était juré de ne jamais prononcer, de ne jamais seulement penser. Elizabeth se pressait si fort contre lui qu'il chancela en arrière. Ses mains firent glisser sa veste sur ses épaules, puis s'affairèrent sur les boutons d'ivoire de son gilet.

— Elizabeth... murmura-t-il tandis qu'elle le dépouillait de ses vêtements avec une habileté stupéfiante.

Il la comprenait si bien, mieux peut-être qu'il ne se comprenait lui-même. Elle se sentait coincée, piégée par des sentiments qu'elle s'appliquait à fuir depuis qu'elle le connaissait. Une fois de plus, elle fuyait, à cette différence que ce n'était plus lui qu'elle fuyait, mais *vers* lui. Et il lui donnerait le réconfort dont elle avait besoin, parce qu'il l'aimait de toutes les fibres de son être.

— Ôtez-moi ceci ! s'écria-t-elle en tirant sur le bustier de sa robe. Délivrez-moi !

Il passa les mains derrière son dos, saisit les pans dénoués de son bustier et dégrafa sa robe, qui tomba à ses pieds. Elizabeth l'enjamba, puis, vêtue de son corset, de sa chemise et de toute une superposition de jupons, elle le fit asseoir par terre, le força à s'allonger et enfourcha ses hanches. Marcus rit du sérieux qu'elle mettait à la chose ainsi que du besoin brutal et dévorant qu'elle avait de lui. Mais il cessa de rire et cambra violemment le dos quand elle le prit en main et qu'elle s'empala sur son membre.

— Seigneur, gémit-il.

Comme chaque fois qu'il la pénétrait, il se demanda si le plaisir allait décroître pour atteindre un degré supportable. S'il ne devait jamais y avoir que cela, s'il s'avérait qu'il ne pouvait pas lui donner d'enfants, cela ne le dérangerait pas. Il le savait au plus profond de son âme.

Elizabeth s'immobilisa, haletante, sa taille et sa poitrine comprimées par le corset, et baissa les yeux vers son époux, allongé en dessous d'elle. Marcus Ashford, réputé pour son caractère inébranlable et implacable, avait les joues empourprées, les yeux brillants et les lèvres entrouvertes. Incapable de résister plus longtemps, elle plaça une main sur sa nuque et approcha ses lèvres des siennes. La saveur sombre et dangereuse de sa bouche, doublée du contact chaud et soyeux de sa langue, la fit frissonner et se contracter autour de son membre qui palpitait en elle.

— Marcus...

Animée d'un voluptueux désir, elle se souleva, ondula du bassin, puis revint sur lui alors même qu'il se cambrait, la pénétrant si profondément qu'elle se tordit de plaisir. Chacune des caresses de Marcus, chaque grognement qui remontait dans sa gorge lui disait à quel point il l'aimait et avait besoin d'elle, malgré le mal qu'elle lui avait fait, malgré tout.

L'intensité de son regard glissait sur elle comme une caresse. Il aimait l'observer, elle le savait. Il aimait l'entendre crier et sentir le besoin qu'elle avait de lui. Son corps ondulait, comme doté d'une vie propre, tandis qu'elle s'abandonnait tout entière à son désir. L'étreinte de son corset créait une sensation nouvelle, déclenchait une sorte de vertige.

— Oui, dit Marcus dans un râle. Prenez ce que vous voulez. Laissez-moi vous le donner.

Elle posa les mains sur son ventre et sentit ses muscles rouler sous ses doigts. Leurs regards se rivèrent l'un à l'autre.

Il la fit ployer vers lui, glissa sa langue entre ses lèvres et la fit aller et venir dans sa bouche au même rythme que son sexe.

« Je mourrais pour cela », avait-il dit.

Elizabeth sut qu'il avait dit vrai quand elle se sentit mourir entre ses bras.

Mourir. Et renaître aussitôt après.

Elizabeth s'éveilla tard le lendemain matin et découvrit qu'elle était seule. Elle procéda à sa toilette et s'habilla rapidement, pressée de retrouver Marcus avant de passer le reste de la journée avec Margaret et le bébé.

Alors qu'elle descendait l'escalier, elle aperçut lord Eldridge et Avery James en compagnie de son mari dans le vestibule. Elle s'immobilisa, le temps de se préparer à les rencontrer, puis reprit sa descente.

En la voyant approcher, Marcus vint l'accueillir au bas des marches.

— Bonjour, ma chère.

Le regard qu'il posa sur elle, brûlant et admiratif, était éloquent.

— Que se passe-t-il ? demanda-t-elle.

— Je dois partir avec Eldridge. St. John a été vu à Londres, et j'ai à m'occuper d'un certain nombre d'autres choses.

Elizabeth adressa un bref sourire à lord Eldridge et à Avery.

— Bonjour, milord. Mr. James, les salua-t-elle.

Les deux gentlemen inclinèrent la tête.

Reportant son attention sur Marcus, elle scruta les traits de son visage et remarqua les plis qui encadraient sa bouche.

— N'y a-t-il rien d'autre ? Êtes-vous certain de ne rien me cacher ?

— Je m'inquiète seulement à l'idée de vous laisser seule. Avery restera avec vous, mais je préférerais veiller sur vous moi-même. Chaque fois que je tourne le dos, il se produit un incident fâcheux et...

Elizabeth posa un doigt sur ses lèvres pour le faire taire.

— Je ne cours aucun risque avec Mr. James. Et William est ici.

— La garde royale tout entière ne suffirait pas à me tranquilliser.

— Dans ce cas, restez, dit-elle simplement. Envoyez Mr. James avec Eldridge.

— C'est impossible. J'ai renoncé à ma charge, mais il reste quelques détails à régler avant que je ne sois libéré de toute obligation vis-à-vis de l'agence.

Elizabeth plaqua la main sur sa bouche et des larmes embuèrent ses yeux. Marcus avait tenu sa promesse.

— Dites-moi que ce sont des larmes de joie.

— Je vous aime, murmura-t-elle.

La bouche de Marcus s'incurva sur un sourire complice.

— Je reviens aussi vite que possible. D'ici là, tâchez d'éviter les ennuis.

Une fois sortis de Chesterfield Hall, Marcus et Eldridge prirent les rênes que leur tendaient les valets et enfourchèrent leurs montures.

— Avez-vous dit quoi que ce soit à lady Westfield ? s'enquit Eldridge quand ils atteignirent la rue.

— Non, cela n'aurait servi qu'à l'alarmer inutilement.

— Vous considérez qu'une menace de mort à votre endroit ne justifie pas qu'elle s'alarme ?

— St. John m'aurait supprimé depuis longtemps, si telle était son intention, répliqua Marcus. Menacer lady Westfield est bien plus efficace, et il le sait. Mais il est possible qu'il cherche à m'inciter à renforcer ma sécurité dans l'espoir que cela fera baisser celle dont j'entoure lady Westfield. Une tentative ridicule, mais qui ne lui coûte rien de plus que de vous adresser cette lettre de menaces dont vous êtes venu me faire part.

Marcus était tellement sûr de son fait que, lorsqu'un coup de feu retentit et qu'une douleur cuisante lui déchira l'épaule, il ne vit rien venir.

Les chevaux se cabrèrent, Eldridge hurla, et Marcus fut violemment projeté au sol. Abasourdi, il fut incapable de se défendre contre la demi-douzaine d'hommes qui s'étaient tenus en embuscade dans l'allée où ils venaient de s'engager.

Il ne put que réaliser, avec une effroyable lucidité, à quel point il s'était trompé, quand il vit Talbot fondre sur lui, un poignard à la main.

« Talbot s'entend très bien avec Avery James. Ce ne sera pas la première fois qu'ils coopéreront », avait dit Eldridge.

Aveugle à la trahison, Marcus avait laissé Elizabeth entre les mains de celui qui cherchait justement à lui nuire !

Gisant sur le dos, il remarqua que le feuillage des arbres qui jalonnaient l'allée formait un contrepoint verdoyant à l'acier gris de la lame qui se rapprochait de lui avec une précision mortelle.

Sa plus grande frayeur ne venait cependant pas de l'imminence de sa mort, mais de celle qui menaçait son épouse tant aimée, et qui ne pourrait pas compter sur lui au moment où elle en aurait le plus besoin.

23

— Vous êtes superbe.

Margaret rougit.

— Bonté divine, Elizabeth, comment pouvez-vous dire une chose pareille ? Je dois être affreuse. Je n'ai pas fait une seule nuit complète depuis la naissance du bébé, je ne suis pas coiffée, je suis...

— Radieuse, intervint Elizabeth.

Margaret, qui couvait son nouveau-né d'un regard de pure adoration, sourit.

— Je n'aurais pas cru possible de pouvoir aimer quelqu'un aussi fort, dit-elle en levant les yeux vers Elizabeth, qui se tenait près de la porte. Vous verrez ce que c'est, quand Westfield et vous aurez des enfants.

Elizabeth hocha tristement la tête et tendit la main vers la poignée de la porte.

— Je vais vous laisser nourrir tranquillement mon neveu.

— Vous pouvez rester, protesta Margaret.

— Nous sommes arrivés si tard hier que je n'ai pas encore récupéré. Je vais aller faire une petite sieste et je reviendrai ensuite.

— Lord Westfield n'est pas ici ?

— Il avait à faire. Il ne devrait pas tarder à rentrer.

— Fort bien, acquiesça Margaret. Revenez me voir quand vous serez reposée. Je manque de compagnie féminine.

Elizabeth se retira dans sa chambre en bâillant, fatiguée mais le cœur lourd d'inquiétude. Marcus avait des soucis. Il avait beau avoir prétendu le contraire, Elizabeth ne parvenait pas à se débarrasser de l'impression que quelque chose ne tournait pas rond.

Elle s'arrêta dans le couloir qui menait à ses appartements et fronça les sourcils en découvrant que la porte était entrouverte. Elle entra sans bruit et aperçut une silhouette familière penchée au-dessus des tiroirs ouverts de son secrétaire. L'homme se retourna vers elle.

Ce ne fut qu'alors qu'elle vit le couteau qu'il tenait dans sa main.

Interdite, elle déglutit avec difficulté.

— Qu'êtes-vous en train de faire, au juste, Mr. James ?

Marcus se préparait à la morsure de la lame du poignard de Talbot quand un coup de feu le fit sursauter. Le corps de Talbot parut bondir, et il écarquilla des yeux horrifiés. Une tache écarlate se forma sur son gilet et s'étala rapidement autour du trou qui traversait son torse de part en part. Le bras avec lequel il s'apprêtait à frapper Marcus retomba mollement, et il s'écroula, obligeant Marcus à rouler sur le côté pour éviter que son corps sans vie ne lui tombe dessus.

Cerné par une macabre mêlée, Marcus se remit debout et contempla la bataille qui faisait rage autour de lui. Une dizaine d'hommes dont les visages lui étaient inconnus se livraient un combat sans merci.

Les nuages de poussière qui s'élevaient de la chaussée de terre battue asséchaient sa gorge et lui piquaient les yeux, mais la cacophonie des lames d'acier qui s'entrechoquaient autour de lui lui fit soudain réaliser que, s'il ne pouvait plus bouger le bras gauche, son bras droit était parfaitement valide. Il s'empressa de dégainer son épée, prêt à combattre.

— Restez au sol.

Il pivota sur lui-même, l'épée relevée, et se retrouva nez à nez avec St. John.

— Vous n'êtes pas en état de vous battre, déclara sèchement le pirate en rangeant un pistolet fumant qui ne lui était plus utile dans l'immédiat.

— Depuis combien de temps James et Talbot sont-ils à votre solde ?

St. John s'approcha de lui.

— Ils n'ont jamais été à ma solde. Ce qui ne veut pas dire que je n'ai pas des yeux et des oreilles à l'agence. Mais les deux hommes que vous venez de mentionner n'ont jamais compté parmi mes associés.

Marcus s'immobilisa, le temps d'assimiler cette nouvelle information. Il se retourna, chercha Eldridge du regard, mais ne le vit nulle part. Quand son regard tomba sur Talbot, il parvint à la seule conclusion possible. Et il eut alors l'impression que son univers tout entier basculait.

— Il semble que vous commenciez à y voir plus clair, commenta St. John dans un ricanement. Je vous aurais bien dit la vérité plus tôt, mais vous ne m'auriez pas cru.

Un homme s'écroula à ses pieds, et il fit un bond en arrière pour l'éviter.

— Laissez mes hommes se charger de cela, Westfield. Il faut panser votre blessure avant que vous ne vous vidiez de votre sang, et rejoindre lady Westfield.

Se retrouver associé avec St. John était affreusement irritant, et Marcus cracha la bile qui était remontée dans sa gorge.

Les combats s'étaient calmés autour d'eux, mais le sang de Marcus rugissait avec une telle force dans ses tympans qu'il avait l'impression d'être devenu sourd. Il ôta son manteau et le laissa tomber sur le sol maculé de sang. St. John lui confectionna aussi rapidement qu'efficacement un pansement de fortune pendant que Marcus regardait les hommes de main du pirate traîner à l'écart plusieurs corps sans vie. La désinvolture avec laquelle ils agissaient était effrayante.

— Depuis combien de temps êtes-vous au courant ?

— Des années.

— Et le carnet ? Le journal d'Hawthorne ?

Sans répondre, St. John serra le pansement jusqu'à ce que Marcus grimace. Il hocha alors la tête et recula.

— Êtes-vous capable de monter en selle ?

— J'ai essuyé un coup de pistolet, je ne suis pas invalide.

— Parfait. Allons-y. Je vous expliquerai tout en chemin.

— Où est le carnet, milady ? demanda Avery.

Elizabeth n'avait pas détaché les yeux de la lame du couteau.

— En sécurité.

— Personne n'est en sécurité.

— De quoi parlez-vous ?

Il avança prestement vers elle, et elle eut un mouvement de recul.

— Ce n'est pas le moment de tourner autour du pot. Si vous ne réfléchissez pas très vite et si vous ne me faites pas implicitement confiance, nous allons tous mourir.

— Je ne comprends pas.

— Je ne suis pas certain de comprendre non plus. Je viens de voir plusieurs hommes approcher par le jardin et se déployer en arc de cercle autour de la maison.

— Pour nous assiéger ? s'écria-t-elle, horrifiée. Mais... il y a les domestiques, lord et lady Barclay... Ô mon Dieu ! Le bébé.

Avery la saisit par le coude et l'entraîna vers la porte.

— Lord Langston est sorti en même temps que Westfield et Eldridge. Si ces brigands sont assez nombreux, ils parviendront facilement à s'emparer de vous. Ils ont déjà mis votre chambre à sac, ils connaissent le chemin.

— Mais qui serait assez audacieux pour...

Une silhouette emperruquée apparut à contre-jour sur le pas de la porte, bloquant l'issue.

Avery s'immobilisa, et sa mâchoire se crispa de dépit. D'un mouvement du menton, il désigna la porte.

— Lui.

Marcus risqua un œil à travers les buissons et souffla un juron. Il ne pouvait penser qu'à sa femme, et son cœur cognait à tout rompre. Jamais, dans aucune de ses missions, il n'avait ressenti une telle panique.

Il avait compté quatre hommes devant et trois autres derrière la maison. S'il avait été en pleine forme, cela ne l'aurait pas effrayé, mais avec un seul bras valide... Affaibli par la perte de sang, paralysé par la peur qu'on fasse du mal à Elizabeth, il aurait été incapable de les mettre hors d'état de nuire. Au comble de la frustration, il devait donc se contenter de regarder les hommes de St. John se charger de la basse besogne, rampant subrepticement sur tout le périmètre et guettant l'occasion d'intervenir et de prendre leurs adversaires par surprise.

— Eldridge a tout de suite remarqué la ressemblance entre Hawthorne et moi, déclara St. John d'un ton tranquille qui attira l'attention de Marcus. Après avoir fait son enquête, il a menacé Hawthorne de révéler les raisons pour lesquelles il était entré à l'agence.

— À moins...

— À moins que nous ne travaillions pour lui. Eldridge nous fournissait les informations, nous opérions et il récoltait la moitié des gains.

— Mon Dieu, soupira Marcus en reportant son attention sur Chesterfield Hall. Dire que je lui ai accordé toute ma confiance, ajouta-t-il avec amertume.

Quatre ans. Il avait consacré quatre ans de sa vie à un mensonge.

— Hawthorne, lui, ne lui a jamais fait confiance. D'où l'idée du carnet.

— Qui contient ?

— Strictement rien, répondit St. John, qui haussa les épaules quand Marcus le fusilla du regard. Hawthorne savait que s'il prenait à Eldridge l'envie de se débarrasser de nous, nous ne pourrions rien faire, alors il a inventé cette histoire de journal secret contenant prétendument des preuves de la culpabilité d'Eldridge et des indications de lieux où nous aurions dissimulé des butins dont nous l'aurions privé. En réalité, nous n'avions strictement rien, mais ce carnet était la garantie de notre sécurité : s'il nous arrivait quelque chose, la trahison d'Eldridge serait révélée et il perdrait ce qu'il croyait être une fortune.

— Vous avez sauvé votre peau en risquant celle de ma femme ? gronda Marcus. Regardez ce qu'elle a subi. Ce qu'elle subit en ce moment même.

— Je suis responsable de la fouille de sa chambre. Mais je n'ai rien à voir avec les agressions. Il s'agissait de mises en garde à mon intention. J'aurais tué Eldridge depuis longtemps s'il ne m'avait pas juré que lady Westfield mourrait au cas où il devrait mourir de ma main. Il menaçait aussi de révéler la trahison d'Hawthorne. Je ne pouvais pas laisser cela arriver. Alors, nous avons attendu, lui et moi, le jour où l'équilibre des forces changerait et où l'un de nous deux serait libre de tuer l'autre.

Marcus se redressa quand le dernier des hommes d'Eldridge fut éliminé, la gorge silencieusement tranchée. Avec la même efficacité qu'ils avaient déployée sur le chemin de terre battue, les hommes de St. John traînèrent les corps à l'écart de la maison et les abandonnèrent dans les taillis.

— Pourquoi ne vous a-t-il pas tué quand le carnet a resurgi ?

— Parce que Eldridge est persuadé que je suis le seul à pouvoir déchiffrer le code d'Hawthorne, répondit St. John avec un rire sans joie. Il vous a autorisé à essayer pour vérifier cette hypothèse. Si vous aviez réussi, j'imagine qu'il vous aurait éliminé et qu'il aurait rejeté la faute sur moi. Il ne peut pas se débarrasser de moi facilement parce que cela déclencherait des émeutes.

Ils quittèrent le couvert des buissons et coururent jusqu'à la maison.

— C'est trop calme, murmura Marcus une fois qu'ils eurent franchi la porte d'entrée.

Des frissons parcouraient sa colonne vertébrale, sa peau et ses vêtements étaient imprégnés de sueur. Ils avancèrent prudemment, ignorant quels pièges les guettaient.

— Westfield.

Marcus et St. John se figèrent au même instant. Ils tournèrent la tête et virent briller les yeux du vicomte Barclay, qui se tenait sur le seuil d'une porte.

— Avez-vous quelque chose à me dire ? s'enquit-il en fusillant St. John du regard.

Marcus se retourna de façon à présenter son pansement à son beau-frère.

— Bonté divine ! Que vous est-il arrivé ?

— Eldridge.

William écarquilla les yeux, visiblement sous le choc.

— Comment ? Je ne puis... Eldridge ?

Marcus ne bougea pas d'un pouce, mais William le connaissait assez pour savoir qu'il était on ne peut plus sérieux. Il poussa un long soupir et écarta les questions qui trouveraient réponse plus tard pour accorder la priorité aux affaires urgentes.

— Vous ne pouvez pas rester ainsi. Il faut que vous voyiez le chirurgien.

— Il faut que je voie ma femme, Barclay. Eldridge est ici. Dans la maison.

— Non !

Le regard horrifié de William se porta aussitôt vers les étages.

— Et vous le jugez digne de confiance ? demanda-t-il en désignant St. John.

— Je ne sais plus trop à qui me fier, mais il vient de me sauver la vie. Pour l'instant, cela me suffit.

Pâle et visiblement confus, William parut hésiter, mais Marcus n'avait pas le temps d'attendre. Eldridge avait trop d'avance sur eux, et Elizabeth était en danger de mort. Abandonnant les autres derrière lui, il s'élança dans l'escalier, au mépris de toute prudence.

— Lord Eldridge ? s'étonna Elizabeth en tendant le cou pour regarder derrière lui. Où est Westfield ?

— Lord Westfield est très pris. Si vous souhaitez le retrouver, je vous conseille de me remettre le carnet d'Hawthorne et de me suivre.

Elle le dévisagea, abasourdie, se demandant ce qu'il avait l'intention de faire. Son regard fut alors attiré par de minuscules taches sombres sur le col de velours gris de son manteau. Son mauvais pressentiment s'accentua. Elle serra les poings et marcha droit sur lui.

— Qu'avez-vous donc fait ? Où est-il ? hurla-t-elle.

Eldridge tiqua, stupéfait, et Avery profita de cette fraction de seconde pour s'élancer sur lui et le plaquer au sol.

Les deux hommes tombèrent sur le plancher dans un fracas épouvantable, roulèrent dans le couloir et allèrent heurter le mur opposé. L'esprit ébranlé, le cœur serré, Elizabeth se demanda fugitivement si le bruit ne risquait pas de réveiller le bébé. Et ce fut cette pensée qui la galvanisa.

Elle balaya la pièce du regard, cherchant quelque chose, n'importe quoi, qu'elle pût utiliser comme arme.

— Fuyez ! gronda Avery, qui s'efforçait de tenir à distance la lame du couteau d'Eldridge.

Ce simple mot la fit réagir. Soulevant ses jupes, elle s'engagea dans le couloir à côté des deux hommes qui se livraient un combat mortel et courut vers les appartements de Margaret. Mais à peine eut-elle tourné l'angle du couloir qu'elle percuta un obstacle. Un cri de terreur franchit ses lèvres tandis qu'elle tombait en avant, s'agrippant désespérément au corps puissant qui s'effondrait avec elle.

— Elizabeth.

Ses poumons se vidèrent quand ils atterrirent.

Affalée sur son époux, elle releva la tête et vit disparaître les souliers de William, qui courait vers les appartements qu'il partageait avec son épouse.

— Laissez-moi Eldridge, gronda St. John en les dépassant.

Elizabeth reporta son regard sur son époux, mais eut du mal à le distinguer à travers les larmes qui embuaient ses yeux. Marcus la fit délicatement rouler sur le côté. Il était effroyablement pâle et sa bouche était si crispée qu'elle ne formait plus qu'un trait, mais son regard reflétait un soulagement indéniable.

— Il m'a fait croire qu'on vous avait enlevé ! s'écria-t-elle.

— Non, j'ai seulement échappé à une tentative de meurtre.

Elle remarqua alors le bandage imprégné de sang qui recouvrait son torse et son épaule.

— Ô mon Dieu ! Mais vous êtes blessé !

— Et vous ? demanda-t-il en se mettant debout et en l'aidant à se relever. Vous allez bien ?

Elle hocha la tête, sans chercher plus longtemps à cacher ses larmes.

— Mr. James m'a sauvé la vie en retenant Eldridge jusqu'à ce que je réussisse à m'échapper. Mais je venais de le surprendre en train de fouiller ma chambre, Marcus. Il cherchait le carnet et il avait un couteau...

Marcus l'attira contre lui et apaisa son tremblement en la serrant de son bras valide.

— Là, là... Allez rejoindre votre frère, ma douce. Restez près de lui jusqu'à ce que je vous rejoigne, vous m'avez bien compris ?

— Où allez-vous ? demanda-t-elle en s'agrippant à la ceinture de son pantalon. Il faut vous faire soigner.

Vous perdez du sang. Laissez-moi vous conduire auprès de William, décida-t-elle, après quoi j'envisagerai de…

La bouche de Marcus s'empara brièvement de la sienne.

— Je vous adore, ma belle épouse intrépide, mais avec votre permission, je vais clore cette affaire. J'en appelle à votre pitié au nom de ma fierté masculine.

— Ce n'est pas le moment de faire preuve d'arrogance ! Vous n'êtes pas en état de pourchasser des criminels, et je tire bien mieux au pistolet que la plupart des hommes.

— Je ne vous contredirai pas sur ce point. Je suis néanmoins au regret de vous apprendre qu'en la circonstance je me dois d'exercer mes prérogatives maritales, quitte à affronter la querelle qui s'ensuivra, ajouta-t-il d'un ton sans réplique. Allez rejoindre votre frère, ma douce. Faites ce que je vous dis. Je reviendrai vers vous très vite, et vous aurez alors tout loisir de déverser votre courroux sur moi.

Les bruits d'un duel à l'épée s'élevèrent soudain dans le couloir voisin. Le regard de Marcus se durcit, faisant frissonner Elizabeth. Quand il l'incita d'un geste ferme à aller retrouver William, elle obéit et se dirigea d'un pas chancelant vers les appartements de son frère.

— Soyez prudent, lança-t-elle.

Mais quand elle regarda par-dessus son épaule, il était déjà parti.

Marcus regarda Elizabeth s'éloigner et remercia le Seigneur de l'avoir créée. Tout ce en quoi il avait cru, tous ceux à qui il avait fait aveuglément confiance, tout cela venait d'être balayé d'un seul coup.

Tout, sauf elle.

Malgré sa furieuse envie de se réfugier auprès d'elle, il devait d'abord mettre un terme à ce cauchemar. Il lui tourna le dos et courut en direction des bruits de combat.

Il franchit le coin du couloir, les dents serrées, déterminé à en finir. Il découvrit St. John qui se mouvait avec grâce, son bras prolongé d'une épée fendant l'air à une telle vitesse qu'on avait du mal à suivre ses mouvements des yeux. Eldridge lui faisait face, dépouillé de sa perruque, la chevelure en désordre, le visage rougi par l'effort. Le combat qu'il livrait était perdu d'avance, mais ce n'était pas à Marcus de décider du sort du chef de l'agence. Certes, il avait ses griefs, mais son épouse était en vie, alors que le frère de St. John était mort.

Son attention se porta sur Avery, qui se tenait à l'écart, une dague à la main. Marcus attendit sans se montrer pour offrir l'occasion à Avery de faire ce qui était juste. Ils travaillaient ensemble depuis des années, et Marcus l'avait toujours considéré comme un ami. Depuis une heure, cependant, il n'en était plus aussi sûr, mais il ne pouvait pas s'empêcher d'entretenir le mince espoir que sa confiance n'avait pas été complètement trahie.

St. John feinta, puis fondit sur son adversaire. Eldridge, à bout de forces, ne parvint pas à parer le coup, et Marcus vit la lame se planter dans la cuisse du chef de l'agence, qui tomba à genoux.

Le pirate se pencha au-dessus de lui, les dents serrées, et sa main se referma sur sa gorge.

— Vous ne pouvez pas me tuer, coassa Eldridge. Vous avez besoin de moi.

Avery se décida alors à intervenir. Il s'approcha de St. John par-derrière, le bras levé, prêt à frapper.

— Avery, gronda Marcus.

Avery pivota et se rua sur lui, brandissant sa dague. Marcus para le coup avec sa petite épée en faisant un bond en arrière.

— Ne faites pas cela, rugit-il.

Mais Avery ne recula pas.

— Je n'ai pas le choix.

Marcus essaya de faire durer la confrontation, dans l'espoir qu'Avery finirait par céder à la panique et abandonnerait. Il s'arrangea pour diriger sa lame vers les parties les moins vulnérables du corps de son adversaire, s'évertuant à blesser et non à tuer. Mais Avery ne désarmait pas, et finalement, épuisé par sa propre blessure, Marcus se résigna à lui porter un coup fatal.

Avery s'écroula, haletant, dos au mur, un filet de sang au coin des lèvres. Ses mains rougies pressaient la blessure que Marcus venait d'infliger à son torse. Eldridge gisait aux pieds d'Avery, l'épée de St. John si profondément fichée dans son cœur qu'elle mordait le plancher.

Marcus s'accroupit et poussa un long soupir.

— Ah, Avery. Pourquoi ?

— Vous connaissez la réponse à cette question, milord, répondit-il, le front baigné de sueur. La prison ne convient pas aux gens de mon espèce.

— Vous avez épargné mon épouse. J'aurais pu vous aider.

Entre les lèvres d'Avery se forma une bulle rouge et translucide qui explosa quand il reprit la parole.

— Je m'étais... je m'étais profondément attaché à elle.

— Et elle à vous.

Marcus sortit un mouchoir de sa poche et essuya la sueur du front d'Avery. Les yeux de l'agent se fermèrent au contact de l'étoffe.

Marcus contempla Eldridge. La scène, irréelle, lui fendit le cœur.

— Il y avait d'autres… hommes, murmura Avery. Est-elle… en sécurité ?

— Oui, elle est saine et sauve.

Avery hocha imperceptiblement la tête, un râle franchit ses lèvres, et son corps s'affaissa quand la mort le prit dans ses bras.

Marcus se redressa en chancelant, épuisé et démoralisé.

Il jeta un coup d'œil à St. John.

— Vous m'avez sauvé la vie, murmura le pirate.

— Je n'ai fait que m'acquitter de la dette que j'avais envers vous depuis que vous aviez sauvé la mienne. Qu'avez-vous l'intention de faire en ce qui concerne Eldridge ?

— Le pauvre homme a été victime d'une attaque de bandits de grand chemin, répondit St. John en récupérant son épée. Mes hommes veilleront à ce que sa dépouille soit découverte en un temps et en un lieu appropriés. Si nous en avons terminé ici, je vais les rejoindre pour leur donner mes ordres.

Marcus ne put s'empêcher de ressentir une pointe de culpabilité et de tristesse. Il avait admiré Eldridge, et il porterait le deuil de l'homme qu'il avait cru qu'il était.

— Emportez le journal d'Hawthorne avec vous, dit-il d'un ton bourru. Je préfère ne plus jamais voir ce satané carnet.

— Mes hommes se chargeront de ces deux-là, déclara le pirate en désignant les cadavres de la pointe de son épée. Nous sommes délivrés, Westfield. Vous et Barclay saurez bien inventer une fable plausible à raconter au roi. Les fruits pourris seront chassés de l'agence, et la menace d'Eldridge de me hanter par-delà la mort disparaîtra.

— Oui, je crois que vous dites vrai.

Mais Marcus ne trouvait pas cette fin réconfortante. Il savait que cette journée l'obséderait jusqu'à la fin de ses jours.

— Marcus ?

Au son de la voix hésitante de sa femme, il se retourna. Elizabeth se tenait à quelques pas de là, un pistolet pendant au bout de son bras. Quand il la vit, si menue et pourtant si déterminée, il sentit l'étau qui comprimait son cœur se relâcher, et il laissa la laideur derrière lui pour aller trouver le réconfort entre ses bras.

Épilogue

Londres, avril 1771

Le temps était idéal pour une promenade au parc, et Marcus savourait cette journée de rêve. Sa monture était impétueuse et caracolait impatiemment, mais il parvenait à tenir les rênes d'une main afin de porter la main à son chapeau de l'autre quand il croisait une connaissance. C'était le début de la saison, sa première saison complète avec Elizabeth depuis qu'il l'avait épousée, ce qui le mettait d'excellente humeur.

— Bonjour, lord Westfield.

Marcus tourna la tête vers le landau qui venait d'arriver à sa hauteur.

— Lady Barclay, répondit-il en souriant.

— Puis-je m'enquérir de lady Westfield ?

— Mais certainement. J'ai le regret de vous apprendre qu'elle fait la sieste en ce moment même. Je me languis de sa compagnie.

— J'ose espérer qu'elle n'est pas souffrante ? s'inquiéta Margaret, dont les sourcils menacèrent de se rejoindre sous le grand rebord de son chapeau.

— Non, elle va très bien. Un peu fatiguée et endolorie, tout au plus. Mais, comme vous le savez, nous venons d'arriver en ville, et le voyage n'est pas de tout repos.

Il s'était révélé d'autant plus épuisant que Marcus n'avait guère laissé son épouse se reposer au cours de la nuit qu'ils avaient passée à l'auberge.

Elizabeth devenait de plus en plus belle chaque jour. De plus en plus irrésistible aussi. Marcus pensait souvent au portrait de la défunte comtesse de Langston qui trônait au-dessus de la cheminée du petit salon de Chesterfield Hall. Il avait un jour souhaité lire autant de bonheur dans le regard d'Elizabeth. Il pouvait à présent affirmer que les yeux de son épouse trahissaient un bonheur plus grand encore.

Et dire qu'un an auparavant Marcus croyait encore qu'assouvir le désir qu'il avait d'elle mettrait fin à son tourment ! Il remerciait chaque jour le Seigneur de lui avoir permis de dompter si bien ses démons. Ensemble, Elizabeth et lui avaient trouvé la paix, et Marcus chérissait cette douce harmonie.

— Je suis soulagée d'apprendre qu'il n'y a rien de grave. Mon fils est impatient de revoir sa tante, et elle a promis de nous rendre visite cette semaine.

— Dans ce cas, je suis certain qu'elle tiendra parole.

Ils bavardèrent encore un moment, mais quand le cheval de Marcus manifesta son impatience, il fut contraint de prendre congé. S'engageant dans une allée moins fréquentée, il laissa sa monture galoper avant de reprendre la direction de Grosvenor Square. Il n'était pas sûr d'avoir laissé assez de temps à Elizabeth pour se reposer, mais il était trop désireux de la retrouver pour retarder son retour.

Alors qu'il atteignait le perron de Westfield Hall, il reconnut l'homme qui en sortait et un affreux pressentiment le submergea.

Il tendit les rênes de sa monture au valet et s'engouffra à l'intérieur de la maison.

— Bonjour, milord, dit le majordome quand il lui remit son chapeau et ses gants.

— Ce jour ne peut pas être bon. Je viens de voir le docteur sortir d'ici.

— Lady Westfield est souffrante, milord.

— La comtesse douairière ?

Mais il savait qu'il ne pouvait s'agir de sa mère, qu'il avait vue en pleine forme au petit déjeuner. Elizabeth, en revanche, n'était plus elle-même depuis au moins deux semaines. Affreusement inquiet, il gravit deux à deux les marches de l'escalier. La mère d'Elizabeth avait été emportée par la maladie – Marcus ne pouvait l'oublier, car les cicatrices laissées par sa disparition les avaient maintenus éloignés pendant des années.

Il pénétra dans leurs appartements d'un pas prudent, presque hésitant. Quand il s'immobilisa sur le seuil du boudoir d'Elizabeth, il repéra l'odeur caractéristique de la maladie, malgré les fenêtres qu'on avait ouvertes en grand pour permettre à l'air de circuler. Son épouse reposait sur le sofa, aussi immobile qu'une morte, le teint affreusement pâle, la peau recouverte d'un léger voile de sueur alors qu'elle ne portait qu'un fin négligé et qu'il faisait plutôt frais dans la pièce.

Ce docteur était un âne. Marcus n'avait pas ses connaissances, mais il était clair qu'Elizabeth était très gravement malade.

Une femme de chambre allait et venait dans la pièce, arrangeant les fleurs dans l'espoir de répandre dans la pièce un parfum plus agréable que celui de la maladie.

— Mon amour.

Marcus se laissa tomber à genoux près du sofa et écarta les mèches humides du front d'Elizabeth.

Sa peau était moite, et il refoula l'envie qu'il avait de la serrer très fort dans ses bras.

Elizabeth gémit doucement au contact de la main de son époux. Elle ouvrit les yeux et le contempla d'un regard avide, comme si elle ne lassait pas de le regarder.

— Je pensais à vous. Où êtes-vous allé ?

— Faire une promenade à cheval.

— Méchant homme. N'avez-vous pas honte de tourmenter toutes les femmes de Londres en vous pavanant ainsi ? Leurs pauvres cœurs palpitent désespérément dès qu'elles posent les yeux sur vous.

Le cynisme qui avait autrefois marqué les traits de Marcus avait disparu, et il était plus beau que jamais. Il fit l'effort de sourire malgré son inquiétude.

— Vous ne me faites plus jamais de scènes de jalousie. Je me demande ce que je dois en penser.

— Monstre d'arrogance. Je vous fais confiance, voilà tout. Je n'aurai bientôt pas le choix, de toute façon, puisque je ne pourrai plus être auprès de vous, ajouta-t-elle en soupirant.

— Vous ne pourrez plus... Ô mon Dieu !

Il l'attira dans ses bras.

— Je vous en supplie, l'implora-t-il, dites-moi ce qui ne va pas. Je ne supporte pas de vous savoir malade. Je trouverai les meilleurs spécialistes, je consulterai tous les ouvrages médicaux, je ferai venir les...

Elizabeth pressa le bout de ses doigts sur ses lèvres.

— Une sage-femme suffira amplement.

— Une sage-femme ?

Il écarquilla les yeux et les posa sur son ventre.

— *Une sage-femme ?*

— Vous avez certainement mis beaucoup de cœur à l'ouvrage, le taquina-t-elle, charmée par la lueur émerveillée qui était apparue dans son regard. Vous ne devriez pas être aussi surpris.

— Elizabeth, dit-il en pressant sa main. Les mots me manquent.

— Dites-moi que vous êtes heureux. C'est tout ce que je demande.

— Heureux ? Sacré nom de Dieu, j'étais déjà heureux quand il n'y avait que vous et moi. Et satisfait. À présent... à présent, il n'y a pas de mots pour décrire ce que je ressens.

Elizabeth enfouit son visage au creux du cou de son époux et s'enivra de son odeur. Le sentir auprès d'elle la réconfortait instantanément. Depuis quelques semaines déjà, elle se doutait de son état, car sa poitrine était devenue plus sensible et elle se sentait constamment fatiguée. Cacher à Marcus ses malaises matinaux n'avait pas été facile, mais elle y était arrivée jusqu'à ce matin. Et elle avait fini par faire appeler le médecin quand elle avait été certaine au plus profond de sa chair qu'il lui annoncerait la nouvelle qu'elle avait tant envie d'entendre.

— Je sais précisément ce que vous ressentez, murmura-t-elle. Je ne saurai jamais vous dire à quel point j'ai été touchée que vous continuiez à m'aimer alors même qu'il semblait que je ne serais jamais en mesure de vous donner un héritier.

Blottie contre son époux, Elizabeth songea que sa vie était bien différente de ce qu'elle était un an plus tôt. Elle avait prétendu désirer la sérénité, mais ce qu'elle appelait ainsi n'était en fait que de l'engourdissement, une cachette qui lui permettait de passer à côté du fait qu'il lui manquait quelque chose de vital.

Dire qu'un an auparavant elle avait eu si peur, tellement persuadée qu'aimer Marcus ne pourrait que l'affaiblir... alors qu'aujourd'hui, c'était cet amour qui faisait sa force.

— Je vous aime, murmura-t-elle, parfaitement heureuse pour la première fois depuis sa prime enfance.

En sécurité entre ses bras, elle se laissa dériver vers le sommeil et rêva de son avenir.

Remerciements

Merci beaucoup aux jurys des concours IRW Golden Opportunity et Gateway to the Rest de 2004 d'avoir décerné à cette histoire le premier prix. Voir mon nom apparaître au sommet de la liste des gagnants m'a donné confiance en cette histoire et en mon talent d'écrivain.

Embrassades bien méritées pour mes partenaires critiques – Sasha White, Annette McCleave et Jordan Summers. Leur soutien et leur amitié m'ont apporté (ainsi qu'à l'histoire !) une aide incommensurable.

Ma gratitude éternelle va à ma fabuleuse éditrice, Kate Duffy. Elle est absolument merveilleuse, et j'ai une chance folle d'écrire pour elle.

Enfin, un grand merci aux Allure Authors (www.allureauthors.com), mes amies et collègues, pour leur soutien et leurs encouragements. Vous formez un merveilleux groupe de femmes, et je suis fière de faire partie d'Allure !

Auteure de renommée internationale, classée numéro un sur les listes du *New York Times*, Sylvia Day a écrit une douzaine de romans primés, traduits dans plus de quarante langues. Sa série contemporaine *Crossfire* s'est vendue à des millions d'exemplaires. Elle est numéro un dans vingt pays, et ses livres historiques, paranormaux ou romantiques sont d'énormes succès.

Elle a été nominée pour le prix Goodreads du Meilleur auteur, et son œuvre a été récompensée par le prix Amazon dans la catégorie « Meilleure romance de l'année ». Elle a également reçu le prix Romantic Times et a été nominée à deux reprises pour le prestigieux RITA Award. Elle est présidente de la célèbre association Romance Writers of America, à laquelle participent plus de dix mille écrivains.

Rendez-lui visite sur son site Internet officiel : www.sylviaday.com, sur sa page Facebook : facebook.com/authorsylviaday et suivez-la sur Twitter : twitter.com/sylday

Composition
NORD COMPO
Achevé d'imprimer en Espagne
par BLACKPRINT CPI
le 12 février 2014.
1er dépôt légal février 2014.
EAN 9782290086810
OTP L21EDDN000575N001
Éditions J'ai lu
87, quai Panhard-et-Levassor, 75013 Paris
Diffusion France et étranger : Flammarion